I0544435

UN REFUGE POUR SIERRA

DELTA FORCE DEUX, TOME 8

SUSAN STOKER

DU MÊME AUTEUR

Autres livres de Susan Stoker

Delta Force Deux

Un refuge pour Gillian

Un refuge pour Kinley

Un refuge pour Aspen

Un refuge pour Jayme

Un refuge pour Riley

Un refuge pour Devyn

Un refuge pour Ember

Un refuge pour Sierra

Sauvetage à Eagle Point

Un sauveteur pour Lilly

Un sauveteur pour Elsie

Un sauveteur pour Bristol

Un sauveteur pour Caryn

Un sauveteur pour Finley

Un sauveteur pour Heather

Un sauveteur pour Khloe

Le Refuge

Un soutien pour Alaska

Un soutien pour Henley

Un soutien pour Reese (30 May)

Un soutien pour Cora

Un soutien pour Lara

Un soutien pour Maisy

Un soutien pour Ryleigh

<u>Silverstone</u>

Pour la confiance de Skylar (1 Juillet)

Pour la confiance de Taylor (1 Septembre)

Pour la confiance de Molly (1 Décembre)

Pour la confiance de Cassidy (1 Mars 2024)

<u>*Hawaï : Soldats d'élite*</u>

Un paradis pour Élodie

Un paradis pour Lexie

Un paradis pour Kenna

Un paradis pour Monica

Un paradis pour Carly

Un paradis pour Ashlyn

Un paradis pour Jodelle (11 Juillet)

<u>Mercenaires Rebelles</u>

Un Défenseur pour Allye

Un Défenseur pour Chloé

Un Défenseur pour Morgan

Un Défenseur pour Harlow

Un Défenseur pour Everly

Un Défenseur pour Zara

Un Défenseur pour Raven

<u>Ace Sécurité</u>

Au Secours de Grace

Au Secours d'Alexis

Au Secours de Bailey

Au Secours de Felicity

Au Secours de Sarah

Forces Très Spéciales Series

Un Protecteur Pour Caroline

Un Protecteur Pour Alabama

Un Protecteur Pour Fiona

Un Mari Pour Caroline

Un Protecteur Pour Summer

Un Protecteur Pour Cheyenne

Un Protecteur Pour Jessyka

Un Protecteur Pour Julie

Un Protecteur Pour Melody

Un Protecteur pour l'avenir

Un Protecteur Pour Les Enfants de Alabama

Un Protecteur Pour Kiera

Un Protecteur Pour Dakota

Forces Très Spéciales : L'Héritage

Un Sanctuaire pour Caite

Un Sanctuaire pour Brenae

Un Sanctuaire pour Sidney

Un Sanctuaire pour Piper

Un Sanctuaire pour Zoey

Un Sanctuaire pour Avery

Un Sanctuaire pour Kalee

Un Sanctuaire pour Jane

Delta Force Heroes Series

Un héros pour Rayne

Un héros pour Emily

Un héros pour Harley

Un mari pour Emily

Un héros pour Kassie

Un héros pour Bryn

Un héros pour Casey

Un héros pour Wendy

Un héros pour Mary

Un héros pour Macie

Un héros pour Sadie

Un héros pour Annie

<u>Autre</u>

Un moment suspendu : Recueil de nouvelles

<u>AUDIO</u>

Un paradis pour Élodie

CHAPITRE UN

Fred « Grover » Groves était allongé sur le sol poussiéreux de la cellule de fortune dans laquelle l'avaient jeté Shahzada et ses hommes après s'être défoulés sur lui avec beaucoup d'allégresse. Il saignait du nez et de la bouche, et il avait sans aucun doute une sale tête, mais ce n'était pas la pire raclée de sa vie. En tant que soldat de la Delta Force, il ne comptait plus les poings qu'il s'était pris au visage. À vrai dire, ce que venait de lui infliger Shahzada semblait plutôt tranquille, en comparaison.

Grover était arrivé en Afghanistan sans avoir vraiment de plan en tête. Il savait seulement qu'il ne pouvait pas se contenter de traîner dans leur base au Texas en attendant que quelqu'un d'autre lui apporte les informations dont il avait besoin.

Depuis qu'il avait reçu la lettre de Sierra Clarkson, il était tendu, ne tenait plus en place.

Lors de leur rencontre, plus d'un an auparavant, ici, en Afghanistan, il avait été immédiatement attiré par la petite rousse. C'était une contractuelle, qui servait les repas dans la cantine de la base, et quelque chose en elle l'avait intrigué. Elle était pétillante et heureuse, un rayon de soleil dans l'atmosphère morose de l'endroit. La plupart des hommes présents n'avaient pas choisi d'être déployés, et la chaleur, le sable et le temps passé loin de leurs familles finissaient par peser même aux soldats les plus chevronnés.

Sierra avait offert un sourire à tous ceux qui se présentaient devant elle. Elle n'avait pas l'air de se soucier du fait que sa petite taille l'obligeait à se tenir debout sur un petit tabouret pour faire son travail. Elle saluait chacun, soldat, contractuel ou interprète, avec le même enthousiasme. Un peu inquiet de sa naïveté, Grover avait tout de même été immédiatement séduit par la chaleureuse rousse, et avait voulu apprendre à mieux la connaître. Il était parvenu à la convaincre de rester en contact avec lui après la fin de sa mission. Elle était d'accord.

Et puis, il n'avait plus jamais eu de ses nouvelles.

Pas un mail.

Pas une lettre.

Il avait d'abord cru qu'elle l'avait rejeté. Ce qui était dur, mais Grover n'était pas du genre à forcer quelqu'un à être son ami s'il n'en avait pas envie. Seulement, au fur et à mesure que les mois passaient et que son équipe de Deltas recevait de plus en plus de rapports sur les disparitions de contractuels dans cette région d'Afghanistan, Grover sentait son malaise grandir. D'autant que Sierra s'était elle aussi évanouie dans la nature. Comme les autres, toutes ses affaires avaient disparu avec elle. Ce détail avait ralenti la prise d'action des autorités, qui avaient considéré que certains contractuels n'avaient tout simplement pas supporté les conditions difficiles et avaient déserté leur poste.

Cette explication n'avait jamais convaincu Grover ni son équipe. Il était hautement improbable que *tous* les disparus se soient volatilisés sans en parler à leurs chefs ou à leurs amis présents sur la base. Mais sans preuve que ces hommes et Sierra avaient été enlevés, les autorités ne pouvaient rien faire.

Et puis, un mois plus tôt, Grover avait reçu une lettre, une lettre de Sierra. Datée de la semaine suivant son départ de la base afghane. Elle lui avait écrit. Elle avait bien voulu apprendre à le connaître. Cette fichue lettre s'était perdue dans le système postal pendant presque un an.

Grover sut sans aucun doute que quelque chose lui était arrivé.

Son instinct n'avait cependant pas suffi à convaincre les officiers en charge de monter une mission de sauvetage complète. Il y avait déjà une équipe de SEAL sur place, avec pour tâche de se renseigner sur les disparitions, mais ils avaient été déployés ailleurs peu après leur arrivée, sur une autre mission que leurs supérieurs estimaient plus importante.

Aux yeux de Grover, rien n'était plus important qu'une douzaine de citoyens américains portés disparus.

Les informations sporadiques qui arrivaient d'Afghanistan au compte-gouttes étaient vieilles de plusieurs jours quand elles arrivaient enfin au Texas, et les Deltas se préparaient à se rendre sur place eux-mêmes pour en vérifier la qualité. Jusqu'à ce que la copine de Doc, Ember, manque se faire tuer par une fan détraquée, retardant leur départ en mission. Grover était parvenu à convaincre leur commandant de le laisser aller seul en Afghanistan, avant le reste de l'équipe, pour voir ce qu'il pourrait y apprendre.

Il n'avait pas particulièrement prévu de faire quoi que ce soit d'imprudent.

Il n'avait pas prévu d'ignorer toutes les procédures standard qu'on lui avait enfoncées dans le crâne depuis son premier jour à l'armée.

Et pourtant, il était là. Prisonnier.

Grover savait que Trigger serait furieux. Lui, et le reste de l'équipe. Mais il s'en fichait. Il avait obtenu le résultat qu'il espérait.

Il avait retrouvé Sierra.

Tout le monde pensait qu'elle était morte depuis longtemps. Shahzada était réputé pour être sans pitié. Il ne gardait jamais ses prisonniers plus d'un mois, encore moins un an entier. Il obtenait les informations qu'il pouvait leur soutirer, puis les exécutait.

Son visage le lançait, mais Grover sentait à peine la douleur. Son corps tremblait sous le coup de l'adrénaline, et il sourit de soulagement.

— Mais qu'est-ce que tu fais là ? demanda Sierra d'une voix pleine de stupeur.

Grover aurait aimé la voir. Mais les alcôves creusées dans les parois de la caverne ne lui permettaient pas ce luxe. Il aurait aussi aimé la toucher, la rassurer, lui signifier qu'il la sortirait de là, même s'il en mourait. Comme il doutait de pouvoir l'atteindre, il dut se contenter de ses mots pour lui offrir un peu de réconfort.

— Longue histoire, dit-il.

Elle eut une espèce de petit rire, et Grover ne put s'empêcher de sourire à nouveau. Apparemment, elle n'avait pas perdu tout son cran.

— Tu as autre chose à faire, peut-être ? demanda-t-elle, sarcastique.

— Eh bien, j'étais censé jouer au poker avec quelques habitants du coin, mais j'imagine que ce n'est plus au programme, répliqua-t-il.

— Ça tombe bien, ma manucure vient d'être annulée, alors je peux traîner un peu avec toi, contra Sierra sans se laisser démonter.

Grover ferma les yeux sous le coup de l'émotion qui menaçait de le submerger. Jusque-là, il n'avait pas été certain qu'il la retrouverait, ni dans quel état ; il s'était préparé à découvrir une coquille vide, l'ombre de la personne qu'elle avait été. Mais, par miracle, on aurait presque dit qu'elle allait... bien. Sa voix était rauque d'avoir été si peu utilisée, mais elle ne pleurait pas, n'était pas hystérique ni morte de peur. Il n'avait aucune idée de ce qu'elle avait vécu au cours de l'année passée, mais il était évident que rien n'était parvenu à l'abattre complètement.

Il connaissait des soldats expérimentés qui n'auraient pas tenu le coup aussi bien qu'elle.

Les mots du général de la base, qu'il avait rencontré à son arrivée dans le pays, lui traversèrent l'esprit. *Il faut vous rendre à l'évidence, elle n'est sûrement plus en vie. Et si elle l'est, c'est qu'elle travaille avec Shahzada, depuis le temps.*

Grover avait refusé d'y croire. Il ne connaissait pas Sierra, mais sa personnalité tout entière criait que c'était une bonne personne. Elle ne rejoindrait jamais un groupe terroriste, même pour survivre. Il aurait pu le jurer sur sa propre vie.

Sa vie qu'il avait *réellement* mise en jeu.

— Je suis venu te chercher, lâcha soudainement Grover.

Elle resta silencieuse, et il attendit sa réponse.

— Comment savais-tu que j'étais ici ? demanda-t-elle. Même moi, je ne sais *pas* où on est.

— Moi non plus, admit Grover. Les disparitions de contractuels n'avaient pas l'air de coïncidences, mais personne n'a trouvé d'indices sur l'endroit où vous aviez été emmenés, toi et les hommes disparus. Comme ils avaient aussi pris vos affaires, certains ont cru que vous aviez juste déserté. Après tout, quel genre de kidnappeur prend soin d'emporter les affaires de ses victimes ?

— Shahzada, marmonna Sierra.

— Exactement. Quand mon équipe et moi n'avons pas obtenu les réponses dont nous avions besoin, j'en ai eu assez d'attendre.

— Et donc tu es venu tout seul ? C'est autorisé ?

Grover eut un rire. Sa poitrine le lança aux endroits où il avait pris des coups, mais il ignora la pointe de douleur.

— Plus ou moins. Mon commandant a approuvé, et mon équipe devrait arriver dans moins d'une semaine. Plus tôt encore, s'ils partent dès que la vidéo qu'ont prise ces connards ressort sur internet.

— On dirait presque que tu es... heureux d'être là.

— C'est le cas, acquiesça Grover sans hésiter.

— Tu es complètement malade, lui dit Sierra.

— En fait, mon plan a encore mieux marché que ce que j'espérais.

— Ton plan ?

— Oui, mon plan de me laisser capturer pour pouvoir parler à d'autres otages, leur demander s'ils t'avaient vue. S'ils savaient quoi que ce soit sur ta situation, expliqua Grover.

— Attends, tu t'es *laissé* kidnapper ? Volontairement ?

— Oui.

— Mais... c'est de la folie !

— Peut-être, mais ça a marché. Je t'ai trouvée.

— Oui, et ? On fait quoi, maintenant ? Tu m'as trouvée, mais on est tous les deux prisonniers.

— On attend.

— On attend quoi ?

— Que les gars de mon équipe fassent ce qu'ils font le mieux... tout défoncer, répondit Grover avec assurance, sans la moindre hésitation.

— Je vois...

Grover perçut l'incrédulité dans sa voix, sans que ça le perturbe plus que ça. Il ne lui en voulait pas de ne pas se montrer pleine d'espoir après tant de temps, et il était d'accord que ce qu'il avait fait était aussi imprudent qu'excessif... mais ça avait marché. Il était là, à parler avec cette femme qui n'avait jamais quitté ses pensées.

— Ils viendront, lui assura-t-il. Il faut juste qu'on soit malins, et qu'on se fasse discrets d'ici là.

Sierra eut un nouveau petit rire.

— Quoi ? lui demanda Grover.

— Tu veux savoir comment vont se dérouler les prochaines journées ? fit-elle.

Grover se tendit, mais elle ne lui laissa pas le temps de répondre.

— Ils vont te tabasser, chacun leur tour, pour donner aux nouveaux venus l'occasion de tester leurs techniques de torture. D'abord, tu feras le dur, tu résisteras, mais après, ils arrêteront de s'amuser et passeront aux choses sérieuses. Ils te mettront la tête sous l'eau pendant plusieurs minutes. Te fouetteront. Écorcheront la plante de tes pieds pour que tu ne puisses plus marcher. Te recouvriront d'essence et menaceront d'y mettre le feu.

Grover serra les poings. Il ne craignait pas la torture. Il en avait déjà subi, et son seuil de tolérance à la douleur était élevé. Et puis, il savait que Trigger et les autres le retrouveraient et le sortiraient d'ici le plus tôt possible.

Mais il ne pouvait s'empêcher de penser aux raisons qui

faisaient que Sierra connaissait aussi *intimement* les techniques de torture prisées par Shahzada.

— Ils t'ont fait tout ça ? gronda-t-il à voix basse.

— Oui.

Elle n'ajouta rien, sa voix douce et résignée.

À ce seul mot, Grover sentit une rage intense lui enflammer la poitrine, si vite que c'en était effrayant. Il tuerait chacun des hommes qui l'avaient touchée. Leurs morts à tous seraient lentes et douloureuses.

Il n'était pas sûr de comment la réconforter ; elle reprit avant qu'il ne se décide.

— Plus depuis un moment, cela dit. Je pense que j'ai été la première à être enlevée. Ils se sont entraînés sur moi. Je me suis rendu compte assez vite qu'ils se lassaient si je me brisais trop tôt. Je n'aurais jamais pensé que mon diplôme en psychologie me serait utile dans ce contexte, mais il faut croire que si.

Elle rit doucement, d'un rire sans joie.

— Les larmes, ça marche étonnamment bien. Enfin, pour moi. Ils adorent voir leurs prisonniers sangloter, désespérés. Donc j'ai vite appris à pleurer sur commande. Le plus important, c'est de ne jamais les laisser découvrir si tu tiens à quelque chose. Ils se concentreront dessus, essaieront de l'utiliser contre toi. Par exemple, si tu n'aimes pas être nu, ne dis rien quand ils t'enlèveront tes vêtements. Sinon, ils ne te les rendront jamais. Ça les amuse de voir leurs prisonniers souffrir.

Grover n'était pas surpris par ces informations. On lui avait enseigné ce genre de comportement tôt dans sa formation.

— Et contre toi, ils ont utilisé quoi ? demanda-t-il doucement.

— Quand ils m'ont capturée, je ne savais pas tout ça, et je les ai suppliés de me laisser garder une bague que m'avait donnée ma grand-mère. Elle est morte quand j'avais quinze ans, et j'ai hérité de son alliance. Mais quand ils ont découvert à quel point j'y tenais, ils m'ont narguée avec pendant des mois. Ils ont promis qu'ils me la rendraient si je leur disais tout ce que je savais sur la base militaire.

Au début, je les ai crus, je leur ai tout raconté, même si ce n'était pas grand-chose. Je travaillais à la cantine, mince. Mais ils n'avaient pas du tout l'intention de me rendre ma bague, bien sûr. Ils l'utilisaient juste comme une nouvelle manière de me torturer.

— Je suis désolé, lui dit Grover.

— Ce n'est pas grave. Ce n'est pas comme s'ils pouvaient me prendre mes souvenirs de ma mamie, de toute façon, donc qu'ils aillent se faire foutre.

Grover médita sur ses mots un moment. Il avait eu tort, en partie. Même si Sierra n'était pas complètement brisée... la jeune femme douce et naïve qu'il avait rencontrée n'était plus.

À sa place se tenait une femme plus forte, plus dure, qui ferait ce qu'elle devrait faire pour survivre.

S'il en détestait les causes, ce changement en soi ne le dérangeait pas. Assez ironiquement, ils n'en étaient que plus semblables, tous les deux. Lui-même avait vu et vécu des choses qui l'avaient rendu plus fort et plus dur... et en fin de compte, c'était ce qu'on faisait de ces changements qui importait. Sa captivité avait visiblement fait d'elle une survivante ; c'était grâce à cela qu'elle ne s'était pas brisée.

Elle avait vécu la pire épreuve possible et l'avait utilisée à son propre avantage, de la seule manière possible... elle en était ressortie plus forte.

La connexion qu'il ressentait entre eux était déjà forte, mais elle semblait s'intensifier encore chaque minute.

C'était délirant. Ils étaient dans une situation extrêmement périlleuse. Il ne la voyait même pas, putain, mais il ne pouvait nier qu'il était impressionné. Même si son cœur saignait pour elle. Il ne pouvait s'imaginer l'enfer qu'elle avait vécu au cours de l'année écoulée. Elle avait dû devenir plus forte, pas le choix : c'était la seule façon pour elle de ne pas devenir folle.

— Mon conseil, c'est de les laisser avoir ce qu'ils veulent. Ne leur donne pas d'informations qui puissent leur permettre de blesser, kidnapper ou tuer qui que ce soit, bien sûr, mais plus vite tu sembles t'effondrer, plus vite ils arrêtent de te torturer.

— OK, acquiesça Grover.

Il savait déjà tout ça. Mais sa priorité était de la rassurer.

— Et si jamais ils m'utilisent, moi, pour te faire réagir, il faudra que tu restes impassible, continua-t-elle.

Ses mots semblèrent résonner en écho sur les murs rocheux de leur prison.

— Pardon ? demanda Grover, pensant qu'il ne l'avait pas bien comprise.

— Ils me traîneront devant toi et me frapperont en espérant te provoquer. Si tu réagis, d'une manière ou d'une autre, ils continueront. La meilleure chose à faire est de les ignorer.

— Putain de merde ! jura Grover.

C'était une tactique assez commune chez les ravisseurs, utiliser un prisonnier contre un autre. Mais la pensée de Sierra, torturée devant ses yeux, sans qu'il puisse y faire quoi que ce soit, le remplit de rage à nouveau.

— Je suis sérieuse, insista Sierra. Plus tu protestes, plus ils me blessent. Et si je ne réagis pas quand ils te frapperont, *toi*, ne le prends pas personnellement, s'il te plaît. C'est la meilleure marche à suivre. Si je n'essaie pas de les arrêter, le jeu deviendra ennuyeux et ils passeront à autre chose.

— Écoute-moi bien, Sierra. Tu m'écoutes ?

Grover attendit sa réponse pour continuer.

— Oui, finit-elle par dire à voix basse, après un moment de silence.

— Je peux supporter tout ce qu'ils m'infligeront. Ce que je ne peux *pas* supporter, par contre, c'est la pensée que tu sois blessée à cause d'une de mes actions. Je te promets de ne rien faire qui puisse aggraver ta situation.

— Ne fais pas de promesses que tu ne pourras pas tenir, dit-elle sans émotion.

— Je ne romps jamais mes promesses, affirma Grover d'un ton ferme.

Il l'entendit soupirer.

— Les autres ont dit la même chose, mais en fin de compte, ils m'en ont tous voulu de ne pas avoir essayé de les aider. D'avoir laissé ces connards les frapper.

— Je ne suis pas comme eux, dit simplement Grover.

Il comprenait. Vraiment. Les autres contractuels qui avaient été enlevés n'avaient ni la formation ni l'expérience de Grover. Et comme Sierra avait fait des études de psychologie, elle comprenait mieux ses ravisseurs que les autres. Elle avait visiblement appris comment se comporter pour rester en vie au cours de l'année passée. Elle était intelligente, déterminée, une dure à cuire... et son admiration pour elle n'en finissait pas de grandir.

Grover bougea de manière à être allongé sur le côté, près du mur qui connectait sa cellule à celle de Sierra. Il se sentait plus proche d'elle ainsi. Il avait tant de questions à lui poser, mais ce n'était ni le lieu ni le moment. Il espérait avoir la chance d'apprendre à la connaître, une fois qu'ils seraient sortis d'ici. Pour l'instant, il devait se reposer. Il ne doutait pas que leurs ravisseurs seraient bientôt de retour.

— Tout va bien ? lui demanda Sierra.

Le fait qu'elle s'inquiète pour lui, alors qu'elle était captive depuis si longtemps, lui dit tout ce qu'il devait savoir sur Sierra Clarkson.

Et il ferait n'importe quoi pour la sortir de cet enfer.

CHAPITRE DEUX

Sierra retint sa respiration en attendant la réponse de Grover. Elle l'entendait bouger et se demandait ce qu'il faisait. Cela faisait plusieurs mois qu'elle n'avait eu personne à qui parler. Et même si elle était surtout horrifiée que les terroristes aient enlevé quelqu'un d'autre... égoïstement, elle était soulagée d'avoir un peu de compagnie.

Sierra avait décidé il y a bien longtemps de ne pas laisser ses ravisseurs la briser. Et jusqu'ici, ils n'y étaient pas parvenus. Mais pendant les longues nuits passées dans l'obscurité de la caverne, la solitude la rongeait. Il lui arrivait encore d'avoir peur... mais heureusement, la colère avait depuis longtemps pris le dessus.

Elle savait que la présence de Grover allait faire de sa vie un enfer pendant quelque temps. Ils l'utiliseraient, elle, pour lui soutirer des informations à lui. Et s'il ignorait ses avertissements, sa douleur à elle durerait bien plus longtemps que nécessaire.

Le dernier contractuel avant lui, un homme appelé Guy, avait supplié les terroristes d'arrêter de la frapper, ce qui n'avait fait que les pousser à continuer avec allégresse. Ils aimaient le voir souffrir. Pour être honnête, Sierra avait conscience qu'ils ne la frappaient pas aussi fort qu'ils auraient pu. Au début de sa captivité, ils y avaient vraiment mis tout leur cœur. Maintenant, elle leur sortait le grand jeu, et ça marchait presque à chaque fois. Leurs coups perdaient en force et ils se contentaient de la frapper sans réel enthousiasme. Ils préféraient faire souffrir les hommes en face, qui devaient assister au spectacle.

— Tout va bien, finit enfin par répondre Grover.

Sa voix était basse, à la limite du grondement. Sierra conjura l'image de son aspect la dernière fois qu'elle l'avait vu : cheveux blond foncé, à la limite du châtain, des yeux marron chaleureux. Il faisait au moins trente centimètres de plus qu'elle... et quand elle avait levé les yeux vers lui, elle avait eu le sentiment qu'il pourrait abattre tous ses démons.

Sierra se souvenait encore de ce qu'elle avait ressenti lorsqu'elle lui avait écrit la seule lettre qu'elle avait eu l'occasion d'envoyer. Elle était pleine d'excitation, impatiente à l'idée d'apprendre à le connaître. Bien sûr, rien de tout ça n'était arrivé, finalement.

Mais voilà qu'il était ici. Qu'il s'était *laissé volontairement capturer* pour la retrouver. Qui faisait ce genre de choses ?

Les soldats des forces spéciales très classes, apparemment.

Sierra savait qu'il faisait partie de la Delta Force. Elle n'avait pas réellement saisi la teneur de cette information avant d'avoir fait quelques recherches après le départ de Grover. C'était une des branches les plus mystérieuses des forces spéciales. Beaucoup de spéculations sur leurs missions, mais très peu de preuves concrètes. Cela lui avait paru amusant, à l'époque, parce qu'elle n'aurait jamais deviné que Grover et ses amis faisaient partie d'une espèce de groupe militaire d'élite ultrasecret ; elle avait toujours cru que les soldats de ce genre d'équipe seraient des machos arrogants. Tout le contraire de ces hommes-là. Les soldats qu'elle avait rencontrés étaient drôles, amicaux, visiblement très protecteurs, mais aussi très pragmatiques.

— Parle-moi, Sierra, ordonna Grover quand le silence entre eux eut duré trop longtemps.

— De quoi ? demanda-t-elle.

Elle crut l'entendre souffler de soulagement.

— Tout. Tu es blessée ? Quand mon équipe arrivera, est-ce

que tu pourras courir ? Sinon, ce n'est pas grave, je te porterai. Si mes souvenirs sont bons, tu fais à peu près la taille d'un insecte.

— Un insecte ? Super, Grover. Vas-y, détruis mon amour-propre.

— Pardon. Je voulais seulement dire qu'il me semblait que tu étais plutôt menue.

Menue. Sierra aimait bien. On l'avait déjà qualifiée de petite, courtaude, minuscule... même de naine. Elle préférait largement menue.

— Je peux courir, lui répondit-elle avec assurance.

Pendant un moment, Grover ne dit rien. Puis il soupira.

— Je t'assure, insista Sierra. Par contre, je n'ai pas de chaussures.

— Ne t'inquiète pas pour ça. Mes gars en auront prévu une paire pour toi.

— Ah bon ? Comment est-ce qu'ils savent que je suis là ?

— Crois-moi, ils le savent.

— À vrai dire, je n'en reviens toujours pas que *tu* aies su que j'étais là.

— Je n'en étais pas certain. Mais j'avais un pressentiment, dit Grover.

— Un pressentiment ? Tu as conscience que c'est du délire ? demanda Sierra avec une certaine lassitude.

— Je sais. Mais je n'arrivais pas à me défaire du sentiment que tu étais vivante. Et j'avais raison.

Il dit ces derniers mots d'un ton plutôt fier de lui, et Sierra ne put que secouer la tête.

— C'est vrai, tu avais raison.

— En tous cas, mon équipe nous retrouvera, et les gars auront des habits pour toi, des bottes. Ne minimise pas ta situation ; est-ce que tu peux marcher ? Et courir ?

— Oui, répéta Sierra, toujours aussi sûre d'elle.

— Putain... j'aimerais pouvoir te voir.

L'assurance de Sierra plongea d'un coup. Elle passa une main hésitante sur son crâne. Elle savait qu'elle n'avait pas fière allure, même sans miroir. Elle avait perdu beaucoup de poids, et elle n'avait pas pris de douche digne de ce nom depuis son enlèvement. Se faire asperger par un tuyau d'arrosage ne comptait pas, même si l'eau lui faisait un bien fou à chaque fois.

— Il vaut mieux pas, à mon avis, répondit-elle.

— Sierra ?

— Oui ? murmura-t-elle.

— C'est un miracle que tu ne sois pas morte. Un putain de *miracle*. Je ne m'attends pas à ce que tu aies l'air de sortir d'un salon de beauté. Tu as vécu un enfer, et tu t'en es sortie. Je n'en ai strictement rien à foutre de ton aspect. Tu es là, tu es vivante, et de ce que j'entends, on dirait que tu t'es débrouillée pour rester parfaitement saine d'esprit. Je vais te sortir de là. Je te jure que je vais te sortir de là.

Sierra sentit l'émotion lui serrer la gorge. Elle aurait voulu pleurer, mais les larmes ne venaient pas. Elle n'arrivait plus qu'à pleurer sur commande, quand elle essayait de manipuler ses ravisseurs. Ils lui avaient pris toutes ses vraies larmes. Peut-être pour toujours.

— Si ça se trouve, c'est moi qui te sortirais de là, plaisanta-t-elle au bout d'un moment.

— Ça marche, répliqua Grover sans hésiter. Je te laisse me sauver.

— Je suis sûre que ton équipe de Deltas adorerait. Ils ne te lâcheraient plus jamais avec ça.

— C'est sûr, approuva Grover. À l'instant, ils sont probablement tous furieux contre moi, par contre, de m'être laissé capturer.

— Ça, je ne comprends toujours pas. Comment tu as fait, d'ailleurs ?

— Bizarrement, c'était assez facile, répondit Grover.

Être assise dans le noir, à écouter sa voix basse et profonde, était la meilleure chose qui soit arrivée à Sierra au cours de l'année passée. Elle avait échangé quelques mots avec tous les autres prisonniers, bien sûr, mais leurs conversations étaient à sens unique. Ils voulaient tous lui poser des questions. Où se trouvaient-ils ? Que voulaient leurs ravisseurs ? Qu'allaient-ils leur infliger ? Aucun n'avait été aussi apparemment détendu que Grover, c'était certain. Et aucun n'avait parlé avec autant d'assurance, non plus. Certes, il faisait partie des forces spéciales, alors que les autres étaient des civils, mais quand même.

— Quand je suis arrivé à la base, j'ai raconté à tout le monde que je pensais que ces histoires d'enlèvements, c'était des conneries. J'ai fait semblant d'être ivre les deux premiers soirs, j'ai dit beaucoup de bêtises comme quoi les habitants du coin étaient trop stupides pour réussir à kidnapper quelqu'un de la base. Globalement, je me suis comporté comme un petit con, en veillant à offenser tout le monde, des simples soldats au général lui-même. Les deux soirées suivantes, j'ai fait pareil, mais en dehors de la base. J'ai trouvé des gens qui parlaient anglais et j'ai insulté tout le monde : notre pays, l'armée américaine, les terroristes... tout le monde. Le troisième soir, j'ai fait semblant d'être complètement ivre et j'ai accepté qu'un habitant du coin me ramène en voiture. Il était censé m'amener à la base, mais, comme prévu, ce n'était pas sa destination, raconta Grover.

Sierra l'écoutait avec autant d'admiration que d'horreur.

— Ça ne va pas nuire à ta réputation ? Tu ne risques pas d'avoir des ennuis avec l'armée ?

— Rien à foutre, répondit Grover avec passion. Les autres n'essayaient même pas de s'intéresser aux disparitions. Comme s'ils s'en fichaient, comme s'ils avaient mieux à faire que de s'occuper de quelques contractuels.

Sierra déglutit.

— Je dormais, lui dit-elle. Je n'ai pas entendu les hommes entrer dans ma tente, et ils m'ont bâillonnée avant même que je me réveille. Ils m'ont mis un sac à dos de force et m'ont dit qu'il contenait une bombe. Qu'ils feraient sauter la base entière si je ne les suivais pas en silence. Donc c'est ce que j'ai fait.

— Ces connards.

Il le dit à voix basse, mais Sierra l'entendit.

— Ils m'ont amenée jusqu'à une maison au village et m'ont dit qu'ils m'avaient enlevée pour que les hommes de Shahzada puissent s'entraîner à torturer. Les premiers mois ont été... difficiles, dit-elle, minimisant radicalement la douleur qu'elle avait éprouvée à l'époque. Ils ont bien pensé à prendre toutes mes affaires en quittant la base pour faire passer ça pour une désertion. Ils savaient ce qu'ils faisaient. Apparemment, tu avais raison. Personne ne se sentait concerné par le sort de quelques civils disparus. Si ç'avait été des soldats, je suis sûre qu'on en aurait fait toute une histoire.

— Moi, je me sentais concerné, dit doucement Grover.

— J'ai perdu le compte des jours, et au bout d'un moment... je pense qu'ils se sont lassés de m'embêter, et qu'ils m'ont juste gardée au cas où. Pas que ça leur pose problème de tuer une femme, plutôt comme s'ils s'étaient dit qu'ils pourraient peut-être m'utiliser comme levier, pour faire pression, quelque chose du genre. Ce qu'ils ont fait, d'ailleurs. Plusieurs fois. Malgré ça... j'ai eu de la chance.

Au lieu du reniflement moqueur auquel elle s'attendait, Grover signifia son approbation.

— C'est vrai, tu as eu de la chance.

Sierra savait que beaucoup de gens la croiraient folle de penser qu'elle était chanceuse après ce qu'elle avait vécu. Mais elle était en vie, et les autres contractuels non. Tant qu'elle respirait encore, elle se battrait.

Elle devait changer de sujet, ou parler de ça la déprimerait.

— Comment ton équipe saura-t-elle où te chercher ?

— Ce sont les meilleurs. Ils nous trouveront.

Grover avait l'air si confiant. Sierra voulait le croire, mais ses espoirs avaient déjà été déçus tant de fois. Un jour, elle avait entendu des soldats parler anglais juste devant la maison où elle était retenue captive, au village. Elle ne pouvait pas crier, au risque d'alerter le garde posté devant sa porte, mais... elle aurait pu jurer qu'on allait la sauver.

Les soldats avaient continué leur chemin sans s'arrêter, bien sûr, sans même frapper à la porte. Il lui avait fallu des semaines pour se remettre de cette déception, du désespoir d'entendre ces voix s'assourdir, puis s'éteindre.

Maintenant, elle était beaucoup moins optimiste.

— On va découvrir qui est Shahzada et on le tuera, dit Grover. Il faut l'arrêter. On s'assurera qu'il ne soit plus jamais en mesure de kidnapper qui que ce soit.

Sierra cligna des yeux, surprise.

— Comment ça ?

— Comment ça, comment ça ? répliqua Grover.

Sierra en aurait ri, mais elle était trop choquée par le fait qu'il ne connaisse pas l'identité de leur ravisseur.

— Il était là, tout à l'heure. Shahzada. Il faisait partie des hommes qui te frappaient.

Un silence accueillit sa réponse.

— Grover ?

— Lequel ? gronda-t-il.

— Enfin, je ne l'ai pas vu te frapper, mais j'ai reconnu sa voix.

— Tu serais capable de reconnaître son visage ? demanda Grover.

— Bien sûr. Toi aussi. Tu l'as rencontré, Grover.

— Quand ?

— Il y a un an. À la base. Il se fait appeler Muhammad Qahhar. C'est un des interprètes employés par l'armée.

— Putain ! Je le savais ! jura Grover.

Sierra l'entendit donner un coup de poing dans le mur et grimaça.

— Je pensais que tu le savais, dit-elle quand il se fut calmé.

— Pas du tout, dit Grover. Je n'ai reconnu aucun des hommes qui me frappaient, sur le coup, et personne n'est jamais parvenu à décrire Shahzada. C'est un vrai fantôme. J'avais le sentiment que la personne qui enlevait les contractuels devait avoir un lien avec la base. C'était logique. J'imagine que d'autres interprètes font partie de sa faction.

Sierra ne dit rien. Elle avait pensé la même chose, mais elle n'avait reconnu personne d'autre au cours de sa captivité.

— Je vais le tuer.

L'absence d'émotion dans la voix de Grover rendait ses mots d'autant plus puissants.

— D'accord.

— Je te jure, promit-il. Bon, parle-moi du programme. Est-ce qu'ils risquent de nous réveiller en pleine nuit pour nous tabasser ?

Étonnamment, son changement de sujet permit à Sierra de se détendre un peu. Elle lui raconta tout ce qu'elle avait appris au cours des derniers mois. Décrivit les hommes qui semblaient le moins enthousiastes à l'idée de torturer les prisonniers, et ceux qui frappaient le plus fort, qui en profitaient le plus. Expliqua que quand elle était seule dans la prison, des jours entiers se passaient parfois sans qu'elle voie ou parle à qui que ce soit. Elle décrivit les repas qu'ils apportaient, quand ils se souvenaient d'elle, et fit de son mieux pour partager tout ce qu'elle considérait comme des failles dans leur système de sécurité.

En retour, Grover lui dit exactement où étaient situées les grottes, à quelle distance de la base se trouvait la montagne, et combien d'hommes il avait aperçus devant l'entrée lorsqu'il avait été emmené à l'intérieur.

Ils passèrent presque une heure à échanger des informations, et Sierra ne s'était jamais sentie aussi utile. Grover ne la traitait pas comme si elle était faible ou digne de pitié. Il louait la pertinence du moindre fragment d'information qu'elle lui fournissait... et elle sentit vite une faible lueur d'espoir s'allumer au creux de son ventre. C'était dangereux pour son mental, mais elle ne pouvait s'en empêcher.

Grover était convaincu que son équipe viendrait les chercher. Qu'ils seraient tous les deux bientôt libres.

Libre.

Elle avait rêvé de sortir de cette caverne plus de fois qu'elle n'aurait su dire. D'être assise sur le porche de la maison de ses parents, dans le Colorado. De voir la neige. D'avoir froid, plutôt que trop chaud. Mais ça n'avait jamais été plus que des rêves. Elle avait trop peur pour croire que la liberté était toute proche.

— Je te promets, dit Grover, comme s'il pouvait lire dans ses pensées. On va te sortir de là. Et aussi, il vaut mieux te prévenir... je vais vouloir continuer à apprendre à te connaître une fois qu'on sera de retour aux États-Unis.

Sierra cligna des yeux. Est-ce qu'il…

— Tu me demandes de sortir avec toi ? demanda-t-elle, éberluée.

Grover eut un rire. Malgré sa voix un peu rauque, les bras sales de Sierra se couvrirent de chair de poule.

— Oui.

— Euh… Ne le prends pas mal, mais… je ne suis pas sûre que ce soit une bonne idée.

— Le truc, c'est ça, répondit doucement Grover. La première fois qu'on s'est rencontrés, tu m'as intrigué, Sierra. Et maintenant que je t'ai retrouvée, et que je me rends compte de combien tu es forte, car tu dois l'être pour avoir survécu à ce que tu as subi, je suis *encore plus* intéressé. Je n'ai aucune idée de ce qui se passera quand on sera rentrés. Mince, je ne sais même pas où tu habites. Ce que je dis, seulement… c'est que je voudrais reprendre là où on s'est arrêtés, il y a un an. On nous a arraché l'occasion d'apprendre à se connaître, et ça m'énerve.

Le cœur de Sierra battait la chamade dans sa poitrine. Grover semblait trop beau pour être vrai. Elle repensa à sa propre réaction lors de leur rencontre… et se rendit compte qu'elle n'était finalement pas si surprise que ça par sa confiance en lui ni par son assurance.

— D'accord, dit-elle en s'efforçant de paraître aussi forte qu'il la pensait. Si jamais on sort d'ici, je te laisserai m'inviter aux trois rendez-vous que j'accorde aux hommes avant de décider si on est compatibles. Mais si c'est nul, je ne te promets rien.

— Marché conclu, dit immédiatement Grover.

Pendant un instant, Sierra se demanda ce qu'elle venait d'accepter, exactement, mais il reprit avant qu'elle n'ait le temps de changer d'avis.

— Et c'est *quand* on sort d'ici, pas *si* on sort d'ici. Tu viens d'où, Petit Pois ?

Sierra fronça les sourcils.

— Comment tu viens de m'appeler ?

— Merde… euh… rien. Pardon.

C'était assez adorable de l'entendre être embarrassé.

— Non, sérieusement. Qu'est-ce que tu as dit ?

— Petit Pois, marmonna-t-il. C'est juste... j'ai pensé à Flammèche, à cause de ta chaleur et de la couleur de tes cheveux, mais c'est Petit Pois qui est sorti. C'est que... mince. C'est que tu es toute petite et adorable. Merde ! Ignore-moi.

Amusée, Sierra secoua la tête. Elle n'avait jamais eu de surnom, et même si « Petit Pois » sonnait très juvénile, elle ne pouvait nier qu'elle préférait ça à Flammèche.

— Pas grave, dit-elle. Je sais que vous autres, les militaires, vous ne pouvez pas résister à un bon surnom, n'est-ce pas, *Grover* ?

— Au moins, le mien vient de mon nom de famille, pas du Muppet de la rue Sésame.

— Tu es sûr de ça ? le taquina Sierra.

— OK, je l'ai cherchée, celle-là.

Sierra se mit à rire, et se rendit compte que cela faisait longtemps qu'elle n'avait pas ri. Même s'il lui arrivait le pire dans les jours à venir, elle serait toujours reconnaissante à Grover de lui avoir apporté un peu de légèreté à cet instant.

— Mes parents habitent dans le Colorado. Dans les montagnes. Ils ont une grande maison, avec une vue incroyable. Je jure qu'on y voit à des kilomètres. J'ai toujours trouvé ça un peu isolé, par contre. Je n'aimais pas être si loin de l'animation de la ville, et les hivers... mon Dieu, ils sont longs et glacés. Enfin, maintenant, ça me paraît être le paradis.

— Tu y retourneras, promit Grover.

— Je me suis toujours demandé comment s'en sortaient mes parents, dit doucement Sierra. Parfois, j'ai l'impression que c'est pire pour eux que pour moi. Je ne peux pas imaginer à quel point ça doit être déchirant de ne pas savoir ce qui est arrivé à son enfant.

— Tu es bien la seule à penser que c'est plus dur pour tes parents que pour toi, une prisonnière de guerre, dit Grover. Mais il te suffit de tenir le coup encore un peu, et puis tu pourras voir par toi-même. Et... sache-le... tu vas détester le froid.

— Ah bon ?

— Oui. Après être restée aussi longtemps dans le désert, même les températures douces te donneront l'impression d'être gelée. Au Texas, on a le même genre de grands espaces, et il fait plus chaud, dit-il d'un air nonchalant. Pas autant de montagnes, à moins de vivre complètement dans l'ouest de l'État, mais joli à sa manière.

Sierra cligna des yeux. Elle ne rêvait pas, du moins elle le pensait, mais elle devait avoir mal compris ce que laissait entendre Grover... non ?

— Difficile de t'emmener à des rendez-vous si je suis à Killeen et toi en haut d'une montagne dans le Colorado, continua-t-il.

Sierra ne savait absolument pas quoi répondre à ça.

— Tu te souviens d'Aspen ? C'était l'aide-soignante militaire rattachée aux Rangers la dernière fois qu'on est venus. Elle mangeait avec mon équipe.

Il fallut un moment à Sierra pour que son cerveau retrouve ses marques.

— Ah, oui, je me souviens. Pourquoi ? Elle va bien ?

— Oui, tout à fait. Elle a épousé Brain. Ils ont eu un fils il y a quelques mois.

— Mince alors, c'est vrai ?

— Yep. Elle a quitté l'armée et travaille comme infirmière pour un service d'ambulance de Killeen. Les autres sont tous casés, eux aussi. Lucky a épousé ma sœur, même.

Sierra ne savait pas quoi dire.

— Euh... Félicitations ?

Grover eut un rire.

— Merci. Les filles s'entendent toutes super bien. Elles sont toujours là les unes pour les autres, quoi qu'il arrive. Tu aurais dû les voir quand le neveu et la nièce d'Oz ont disparu. Elles ont fait face ensemble, je n'avais jamais vu ça... à part dans mon équipe, bien sûr. Et quand je suis parti pour l'Afghanistan, elles organisaient une rotation pour préparer des repas à Ember, la copine de Doc, qui venait de se faire tirer dessus. Elles sont incroyables.

Sierra comprenait bien ce qu'était en train de faire Grover. C'était... plutôt mignon. Mais assez peu réaliste.

— Je suis sûre que je n'ai rien en commun avec elles, dit-elle.

— Je ne dirais pas ça. Tu connais déjà Aspen. Et je pense que tu serais surprise. Mince, Ember Maxwell est une des femmes les plus célèbres du pays... si elle peut s'intégrer aussi facilement, toi aussi, c'est certain.

— Attends, Ember Maxwell ? *Cette* Ember Maxwell ?

Grover rit à nouveau.

— Yep. Elle est avec Doc, maintenant. Elle a emménagé à Killeen et ouvert un gymnase pour enfants, pour leur apprendre les sports du pentathlon moderne.

— Oh, merde. J'avais oublié que les Jeux olympiques avaient lieu cette année. Elle y a participé ? voulut savoir Sierra.

— Oui. Mais il y a eu un incident avec des terroristes la veille de sa compétition, et elle s'est déboîté l'épaule.

— Oh, non !

— Elle est quand même arrivée quinzième.

— C'est incroyable, dit Sierra.

— Tu me fais penser à elle.

— Mais oui, c'est ça.

— C'est vrai. Elle est douce et amicale, mais c'est une dure à cuire. Elle a entendu parler de toi, en plus, et s'est tellement inquiétée qu'elle a posté une photo de toi sur ses réseaux sociaux, en demandant aux gens qui auraient pu t'apercevoir de contacter les autorités.

Sierra sursauta.

— C'était *elle* ?

— Comment ça ?

— Il y a quelque temps, les terroristes étaient nerveux parce que ma photo faisait le tour d'internet, tout à coup. Ils avaient peur que quelqu'un ait vu quelque chose.

— Zut alors, ça a marché, dit Grover en riant doucement.

— Je n'en reviens pas qu'Ember Maxwell ait posté ma photo. Qu'elle sache qui je suis.

— Tout le monde sait qui tu es, Petit Pois, dit Grover. Du

moins dans mon cercle. Ils étaient tous aussi inquiets que moi. OK, bon, peut-être pas complètement... mais ils te connaissent. Et ils s'inquiètent. Et ils feraient tout leur possible pour que tu te sentes chez toi au Texas... s'il te venait l'envie de venir t'y installer quelque temps.

— On t'a déjà dit que tu n'étais pas très subtil ? demanda Sierra.

— Je n'essaie pas de l'être.

Un bruit résonna quelque part dans le souterrain, attirant leur attention. Lorsque Grover reprit la parole, son ton était à nouveau sérieux et pragmatique.

— Je peux supporter tout ce qu'ils me feront, lui dit-il. Notre seul boulot, c'est de tenir jusqu'à l'arrivée de mon équipe.

— OK.

— Essaie de dormir un peu, lui ordonna-t-il.

Sierra hocha la tête, même s'il ne pouvait pas la voir. Elle se sentait mieux rien que de savoir qu'il était là, de l'autre côté du mur. Elle ne savait pas si son équipe parviendrait à les retrouver ni à les sortir de là, mais pour la première fois depuis longtemps... elle se dit que cette fois, peut-être, les choses seraient différentes.

CHAPITRE TROIS

Grover retint son gémissement juste avant qu'il ne franchisse ses lèvres. Tous ses muscles lui faisaient mal, mais il se força à ne pas y penser. Il avait eu droit plusieurs fois à la formation « Survie, résistance et évasion », avec le reste de son équipe. Ce n'était pas une partie de plaisir, loin de là, mais c'était nécessaire. La partie sur la torture s'était avérée particulièrement brutale, mais comparée aux effets d'une *vraie* session de torture, la formation lui semblait rétrospectivement une vraie promenade de santé.

Grover savait à quoi il s'exposait en se laissant capturer, et il le referait sans hésiter si cela lui permettait de retrouver Sierra. Il était toujours un peu surpris d'avoir réussi. À la trouver, mais aussi à se faire attraper par les talibans.

La découverte que Shahzada travaillait dans la base en tant qu'interprète ? Surprenant, mais surtout inacceptable. C'était un homme sans pitié, avec une grande influence sur les habitants de la région. Grover se jura de le tuer avant de quitter le pays.

Pour Sierra... bien sûr, il était bien trop prématuré de l'inviter à sortir, et encore plus d'essayer de la convaincre de déménager au Texas, mais il n'avait pas pu s'en empêcher. Tout ce qu'il avait appris depuis son arrivée dans la caverne ne faisait qu'ajouter à son admiration. Elle était encore en vie, c'était déjà remarquable en soi, mais elle semblait de plus être restée saine d'esprit, ce qui ne faisait que prouver sa ténacité.

Grover ne pouvait s'empêcher d'être attiré par elle. Il y a un an, il l'avait trouvée jolie. Il avait apprécié son cran, son sourire éclatant, et sa petite taille ne le rebutait pas. Son attraction n'était que plus forte maintenant qu'il savait qu'elle s'était montrée plus maline que ses ravisseurs, qu'elle avait utilisé ses connaissances en psychologie contre eux... et Sierra ne semblait pas opposée à l'idée d'apprendre à le connaître.

Il était trop tôt pour lui assurer qu'ils s'échapperaient l'un et l'autre sans sérieuses conséquences, cependant. Et même si Sierra semblait avoir relativement peu de séquelles, Grover se fit quand même une note mentale de contacter un groupe d'hommes de sa connaissance qui géraient une retraite au Nouveau-Mexique spécifiquement dédiée à la prise en charge de personnes souffrant de stress post-traumatique. Les vétérans, les femmes et enfants ayant échappé à des situations familiales abusives, tous ceux qui pouvaient avoir besoin d'un endroit calme où décompresser et se concentrer sur eux-mêmes.

Il ne savait pas si Sierra aurait besoin de leurs services, mais si c'était le cas, il s'assurerait qu'elle reçoive l'aide qu'il lui fallait.

En dépit de son désir de l'aider... Grover secoua la tête devant sa propre arrogance.

Qu'est-ce qui lui prenait ? Sierra ne voudrait certainement pas penser à ce qui lui était arrivé, et Grover lui rappellerait forcément sa captivité.

Il était certainement la première personne à qui elle parlait depuis un moment. Elle avait désespérément besoin d'un contact humain, quel qu'il soit, *évidemment* qu'elle se montrait réceptive.

Il la sortirait de là même s'il en mourrait, mais elle ne lui devait rien. Il était sérieux en lui proposant un rendez-vous, mais il décida avec une certaine résistance de se rétracter au moindre signe d'hésitation de sa part.

Il ne portait plus sa montre, que ses ravisseurs lui avaient enlevée en même temps que le reste de ses affaires, à l'exception de son pantalon. Mais son horloge interne lui indiquait qu'il faisait certainement jour à présent. Il se força à parcourir la petite alcôve dans laquelle on l'avait jeté pour détendre ses muscles noués.

La lumière ne pénétrait pas aussi loin dans le souterrain obscur ; lorsqu'il aperçut l'éclat d'une lampe torche s'avancer dans leur direction, Grover se tendit.

Il aurait largement préféré que les terroristes les laissent tranquilles, mais apparemment, ce n'était pas au programme. Merde.

Il aurait voulu rassurer Sierra, lui dire que tout irait bien, mais il n'en eut pas l'occasion.

— Ça fait longtemps, dit l'un des hommes en se dirigeant droit vers la cellule de Sierra.

Grover aurait voulu s'énerver, leur crier de la laisser tranquille, mais le souvenir de sa promesse lui fit garder un visage neutre et la bouche fermée. Plutôt mourir que de faire ou dire quoi que ce soit qui puisse les pousser à la blesser.

Un homme plaça une chaise devant son alcôve, pour que Grover ait une vue imprenable sur ce qu'ils décideraient de faire à Sierra. Deux autres la traînèrent hors de sa cellule et la forcèrent à s'asseoir.

— Qu'est-ce que vous allez me faire ? demanda Sierra d'une voix que Grover ne reconnut pas.

C'était une voix tremblante et suraiguë, rien à voir avec la femme forte et capable avec laquelle il avait discuté la veille.

Grover ne réfléchit pas trop longtemps à sa voix, cependant, trop occupé qu'il était à boire du regard son apparence physique.

Ses magnifiques cheveux roux avaient été rasés, ce qu'il en restait formant des plaques qui parsemaient son crâne. Elle était émaciée, semblait avoir perdu environ quinze kilos depuis la dernière fois qu'il l'avait vue, d'après ses estimations, alors même qu'elle était déjà menue à l'époque. On aurait dit qu'elle s'envolerait au moindre coup de vent. Elle ne portait qu'une culotte et un T-shirt usé, au tissu déchiré par endroits. Elle était sale, aussi, sa peau et ses vêtements incrustés de la poussière qui recouvrait chaque centimètre de la caverne où ils étaient retenus.

Grover en était malade. Il avait la nausée. Il détestait la voir dans cet état. Sierra se recroquevilla tout en continuant à gémir et à supplier ses tortionnaires de l'épargner. De ne pas la toucher.

Au moment où Grover commençait à se dire qu'elle avait fini par devenir folle au cours de la nuit, qu'il était impossible qu'elle fasse semblant comme ça, leurs regards se croisèrent un bref instant.

Ce qu'il vit dans ses yeux fit se tendre chaque muscle de son corps.

Colère. Détermination. Haine envers ses ravisseurs. Et une force si profonde que même lui en avait sous-estimé l'ampleur.

Cette femme, qui avait l'air abattue, asservie, en était bien loin. Chaque mot qui sortait de sa bouche était destiné à ses ravisseurs. C'était une actrice hors pair, et elle était sublime.

Il haïssait la trace de honte qu'il distinguait dans ses yeux. Si elle pensait qu'il était dégoûté de la voir ainsi, elle avait complètement tort. Il n'avait jamais été aussi impressionné qu'à cet instant. Lorsqu'ils s'étaient rencontrés, il s'était dit qu'elle était trop innocente, trop confiante. Elle était arrivée en Afghanistan peu de temps auparavant, excitée à l'idée de servir son pays, même en tant que simple contractuelle en service alimentaire.

La femme qu'il voyait aujourd'hui avait perdu sa couverture de naïveté et l'avait remplacée par une armure d'acier.

Grover savait que c'était tordu à bien des niveaux, mais il était encore plus attiré par *cette* femme qu'il ne l'avait été par la version plus crédule qu'il avait connue. Ce qui était dire, parce qu'il avait déjà été *très* intéressé à l'époque, des mois plus tôt.

Les yeux de Sierra se remplirent de larmes tandis qu'elle continuait à supplier les hommes de la laisser retourner à sa cellule, de ne pas la blesser, par pitié.

Avant qu'ils ne commencent à la frapper, un quatrième

homme s'approcha, s'avançant dans le passage étroit sur le sol irrégulier de la caverne.

Shahzada.

Grover fit une grimace.

Il le reconnaissait, maintenant que Sierra lui avait révélé son identité. Quand Grover l'avait croisé à la cantine de la base, un an plus tôt, il s'était montré aussi agaçant qu'arrogant, et rien n'avait changé.

Le chef de l'organisation terroriste de la région s'arrêta devant lui, ignorant les plaintes continues de Sierra dans son dos.

— Bienvenue dans mon pays, dit-il.

— Pas terrible, comme accueil, répliqua Grover.

Shahzada eut un sourire moqueur.

— Et… content de *te revoir*, ajouta Grover.

— Je vois que tu as compris, dit Shahzada.

— Que tu es Muhammad, un des interprètes choisis et engagés par l'armée ? Que tu es complètement libre de tes mouvements sur la base et que ça fait un an que tu en profites pour enlever des contractuels ? Oui, j'ai compris, répondit Grover, avant de continuer sans lui laisser la chance de répondre. J'ai aussi compris que tu es un putain de lâche. Tu n'enlèves pas de soldats parce que tu sais que tu ne peux rien contre nous. Tu n'es en position de force que face à des civils. Tu es *pathétique*, cracha-t-il, espérant reporter la colère de l'homme contre lui et le distraire de Sierra.

Comme prévu, Shahzada rougit de colère.

— Tu vas le regretter, dit-il d'un ton meurtrier.

Grover ouvrit grand la bouche pour bâiller.

— Si tu le dis, répondit-il au bout d'un moment, comme s'il s'ennuyait.

Shahzada grogna et se détourna de Grover. Sans hésiter, il se saisit du bâton long et épais que tenait l'homme le plus proche de Sierra et l'abattit d'un grand coup sur les cuisses de celle-ci.

Grover dut se retenir de ne pas se relever immédiatement

du sol poussiéreux où il s'était assis pour mieux montrer son indifférence. Il parvint à rester immobile. De justesse.

Sierra hurla si fort que cela lui fit mal aux oreilles, mais Grover garda un visage impassible et stoïque.

À chaque nouveau coup qu'il lui portait, Sierra criait de plus en plus fort. Si elle ne l'avait pas prévenu la veille, Grover aurait ajouté ses supplications aux siennes. Il lui fallut toute sa discipline pour rester assis.

Objectivement, il voyait que Shahzada ne faisait que causer des ecchymoses superficielles. Sa peau ne se déchirait pas, ce qui lui indiquait à peu près le niveau de douleur qu'elle devait subir, et aucun coup ne visait à la tuer. Elle avait raison ; c'était un spectacle, à l'attention de Grover. Mais ça ne voulait pas dire qu'il appréciait de la voir se faire frapper ainsi.

Au bout de quelques minutes seulement, Shahzada jeta le bâton à terre et fronça les sourcils. Sierra avait le visage couvert de larmes, et n'avait pas cessé de supplier.

— Pathétique, lâcha Shahzada. C'est assez.

Il se tourna vers Grover.

— À *lui*, maintenant.

Grover savait ce que signifiait l'éclat dans ses yeux. Il aurait droit à une longue et douloureuse session de torture aux mains de cet homme. Mais si ça voulait dire que Sierra y échappait, il s'y soumettrait avec plaisir.

Deux hommes relevèrent Sierra, qui n'avait pas cessé ses gémissements, et la jetèrent dans sa cellule. Grover laissa échapper un discret soupir de soulagement au son du verrou qui cliqueta en tombant en place.

Elle était sortie d'affaire pour l'instant. Pour lui, par contre, les ennuis ne faisaient que commencer.

Shahzada sourit alors que ses hommes ouvraient la grille de la cellule de Grover.

— Je me suis bien entraîné sur tous ces « civils », comme tu dis. J'ai beaucoup appris sur ce que peut supporter le corps humain avant de se briser. Je vais bien m'amuser.

Grover prit une grande inspiration. Il pouvait supporter tout ce que lui infligeraient ce connard et ses sbires. Trigger et le reste de l'équipe seraient bientôt là. Il fallait juste qu'il garde l'attention de Shahzada fixée sur lui, loin de Sierra, et qu'ils restent en vie tous les deux.

Au lieu d'être placé sur la chaise qui avait servi pour Sierra, Grover fut traîné le long du couloir sombre, loin des cellules. Ce n'était pas bon signe. Autant il pouvait supporter un passage à tabac dans les règles, autant des mesures plus extrêmes comme une installation électrique seraient plus délicates à gérer.

Avant de vider son esprit, il eut le temps d'être reconnaissant en pensant que Sierra n'assisterait pas au spectacle. Elle avait assez souffert comme ça. Il aurait détesté ajouter encore à son traumatisme.

Allez, Trigger. Ramène-toi et sors-nous de là.

* * *

Les larmes de Sierra cessèrent dès que ses ravisseurs eurent le dos tourné. Elle était devenue très douée pour pleurer sur commande. Ses cuisses lui faisaient mal, mais ce n'était rien qu'elle n'ait déjà surmonté. Exactement comme elle l'avait expliqué à Grover, plus elle pleurait et suppliait, plus la torture se terminait vite. Shahzada et ses disciples étaient trop prévisibles. Elle avait ressenti une joie perverse en les manipulant, par le passé, obtenant de petites victoires quand elle le pouvait, avec le sentiment d'avoir gagné contre eux, d'une certaine manière. Aujourd'hui, cependant, elle ne ressentait que de l'horreur.

Grover n'avait pas dit un mot quand Shahzada la frappait, ce dont elle lui était reconnaissante. Elle se doutait que pour un homme comme lui, ne rien faire pendant qu'on frappait une femme sous ses yeux était une forme de torture à part entière. Mais il avait pris au sérieux ses avertissements de la veille, ce qu'elle appréciait.

Par contre, elle aurait préféré qu'il ne la voie pas. Sierra savait qu'elle n'avait pas l'air en forme.

C'est ça... Euphémisme de l'année. Elle n'arrivait plus à

porter son pantalon, qui ne tenait plus autour de sa taille en l'absence de ceinture ou de quoi que ce soit qui puisse le retenir. Elle avait perdu tellement de poids qu'elle n'était plus que l'ombre d'elle-même. Cela faisait longtemps qu'elle n'avait plus ses règles, et même si elle essayait de conserver une certaine force dans ses muscles en s'étirant et en faisant le tour de sa cellule, elle n'avait plus aucune endurance.

Et puis, il y avait ses cheveux.

Elle était si fière de ses longues boucles rousses, avant. Son meilleur attribut, sans aucun doute. Après des semaines de captivité, c'était devenu plus un poids qu'autre chose. Sierra sentait les insectes qui s'y logeaient la nuit, et ses cheveux étaient si sales qu'elle grimaçait chaque fois qu'une mèche effleurait son visage. En plus de ça, ses ravisseurs s'en servaient souvent pour la traîner d'un endroit à l'autre.

Au bout d'un moment, elle avait eu une idée. Chaque fois qu'elle se faisait torturer, elle suppliait les hommes de ne pas toucher ses cheveux. Elle devenait hystérique quand ils le faisaient, et pleurait sans s'arrêter. Il avait fallu quelques semaines, mais finalement, ils s'étaient servis de ses cheveux comme moyen de la torturer, en les rasant. Ils l'avaient maintenue en place et tandis qu'elle se débattait de toutes ses forces, ils les avaient d'abord coupés au couteau, avant d'utiliser un vieux rasoir électrique à la lame émoussée pour lui raser le crâne.

Elle avait pleuré et crié dans une performance dont ils se souviendraient certainement toute leur vie. Ils avaient ri et l'avaient raillée tout du long, ne quittant sa cellule que lorsque Sierra s'était redressée lentement pour aller sangloter au-dessus d'une pile de boucles rousses.

Ils avaient fait exactement ce qu'elle voulait. Sierra se sentait bien mieux sans ses cheveux, qui avaient commencé à former des nœuds épais qui tiraient sur la peau de son crâne. Elle se sentait plus légère, plus propre. Pas réellement propre, bien sûr, puisqu'elle n'avait pas pris de douche depuis sa dernière nuit à la base. Mais tout de même, son soulagement était immense… et l'incident avait prouvé combien il était facile d'influencer l'esprit de ses tortionnaires.

Depuis, ils avaient rasé son crâne à deux autres reprises, et chaque fois ils avaient eu droit à une nouvelle démonstration de son désespoir, Sierra qui se débattait, donnait des coups de pied en les suppliant de la laisser. Et mon Dieu, cela faisait du *bien* de pouvoir les manipuler, même un peu. Par contre, elle savait qu'ils n'avaient pas fait l'effort de la raser correctement. Il restait encore des touffes de longueurs variées, et elle ne pouvait que s'imaginer à quel point c'était laid. Elle se sentait bien mieux, mais elle devait avoir l'air d'une folle.

Et, même si c'était idiot et vaniteux, elle *détestait* que Grover l'ait vue dans cet état.

Elle savait que c'était inévitable. Que s'il avait raison et que son équipe venait les chercher, il la verrait bien à un moment ou à un autre, mais ça la déprimait quand même.

Les minutes s'écoulèrent. Sierra n'avait aucune idée de combien de temps elle passa, assise dans sa cellule, à attendre avec impatience le retour de Grover. En priant pour qu'il revienne bien. Shahzada avait tendance à garder ses prisonniers en vie quelque temps, à les torturer plusieurs fois avant de les exécuter. Elle ne pouvait qu'espérer qu'il traite Grover d'une manière similaire.

Elle se tendit dès la seconde où elle discerna des voix qui se dirigeaient vers elle. Elle savait qu'elle ne pouvait pas se permettre de se précipiter vers les barreaux de sa cellule, mais ce n'était pas faute d'en avoir envie. Les lumières que portaient les terroristes n'éclairaient pas beaucoup, mais elle parvint à distinguer Grover dans la faible lueur.

Il arrivait à peine à marcher, malgré les deux hommes qui le soutenaient de part et d'autre. Il trébuchait sur ses propres pieds, qui traînaient dans la poussière. Shahzada n'était pas là, mais les deux autres souriaient comme s'ils venaient de passer le meilleur moment de leurs vies.

Grover ne portait plus qu'un caleçon, et elle voyait des traces sombres sur ses jambes et son torse. Du sang. Son visage aussi en était couvert. On l'y avait visiblement frappé plusieurs fois, et cela fit bouillir Sierra de rage. Elle ne dit pourtant pas un mot tandis que les hommes ouvraient la cellule d'à côté pour y jeter Grover.

Ils se retournèrent et partirent sans un mot, et elle attendit d'être complètement seule avec Grover dans le noir complet de la caverne pour quitter sa place près du mur au fond de sa cellule. Sierra rampa jusqu'à l'autre côté et s'y allongea. Elle tendit la main à travers les barreaux, pliant le coude. Sa position était inconfortable, mais si Grover se rapprochait, elle savait qu'elle pourrait le toucher. Et elle en avait besoin. Plus qu'elle n'avait jamais eu besoin de quoi que ce soit.

— Grover ?

Il grogna.

— Viens. Suis ma voix. J'ai passé ma main à travers les barreaux, je devrais pouvoir te toucher si tu te rapproches assez.

Elle entendit un mouvement lent dans la cellule d'à côté et retint sa respiration tandis qu'il s'approchait. Elle sursauta quand ses doigts frôlèrent les siens une première fois, mais attrapa sa main au passage la deuxième fois qu'elle la sentit. La main de Sierra était couverte de poussière, celle de Grover humide de sang. Mais rien de tout cela n'avait d'importance. Il était vivant, sa peau était chaude, et elle sentait son cœur battre dans les veines de son poignet.

Elle ne savait pas quoi dire. Elle ne voulait pas lui demander ce qui s'était passé ; elle savait déjà que ce n'était rien de bon. Sierra repensa à tout ce qu'elle avait vécu l'année passée, et sut qu'il avait dû souffrir autant qu'elle, si ce n'était même plus.

— Je vais bien, dit Grover dans un souffle.

Ses mots étaient indistincts, et Sierra serra sa main dans la sienne.

— Pour le coup, tu parles comme la marionnette de rue Sésame, dit-elle.

Il rit doucement, et le son courut le long du dos de Sierra avant de se loger près de son cœur. Elle s'efforça de trouver un sujet de conversation, n'importe lequel, qui puisse le distraire de sa douleur.

— Est-ce que mes cheveux ont l'air aussi affreux que je le pense ?

— Non.

Elle se doutait qu'il mentait. Quoi qu'il en soit, elle passa une quinzaine de minutes à lui raconter comment elle avait manipulé ses ravisseurs jusqu'à ce qu'ils pensent que c'était *leur* idée de lui couper les cheveux.

— Je sais que c'est laid, que je dois avoir l'air terrifiante, mais je me sens bien mieux comme ça.

— Malin, dit Grover.

— Si ça peut te faire te sentir mieux, ils risquent de te laisser tranquille pendant quelques jours. Ils préfèrent que leurs victimes soient relativement fortes avant d'essayer de les briser.

Grover émit un nouveau grognement.

— Parfait, ça laisse plus de temps à mon équipe pour arriver.

Elle l'entendit marmonner autre chose à voix basse.

— Qu'est-ce que je peux faire pour t'aider ?

Elle se sentait inutile, à être allongée là. Tenir sa main ne semblait pas être suffisant, et de loin.

— Pile ce que tu es en train de faire, répliqua Grover. Ils t'ont fait ça, à toi aussi ? demanda-t-il ensuite.

— Non, répondit Sierra d'un ton coupable. Quand ils m'ont enlevée, certains des hommes de Shahzada n'avaient jamais torturé qui que ce soit. Je leur servais d'entraînement. Enfin, c'est ce qu'ils m'ont dit. Ils m'ont fait des trucs horribles, surtout la simulation de noyade, mais en général, rien qui me fasse saigner. Peut-être parce que je suis une femme. Ou parce que je ne suis pas un soldat, que je n'ai aucune information intéressante à leur fournir, je ne sais pas. Mais je me sens coupable qu'ils y soient allés si doucement avec moi, en comparaison.

— Pas la peine, dit Grover. Ils t'ont pris ta liberté. C'est déjà bien assez.

— Oui, j'imagine. Tu as fait ce que je t'avais dit ? ne put-elle s'empêcher de demander. Tu leur as dit ce qu'ils voulaient entendre ?

— Ils n'ont pas posé de question, répondit Grover. Ils m'ont juste frappé. Surtout Shahzada.

— Connards, murmura Sierra d'une voix pleine de haine. Il est jaloux de toi. Il se rappelle sûrement comme ton équipe était respectée. Du peu que j'ai entendu cette année... on dirait que ça l'énerve de ne pas avoir gagné plus d'influence au sein du réseau taliban, et qu'il se venge sur ses prisonniers. Je pense qu'il voudrait grimper les échelons, mais il enlève les mauvaises cibles pour ça.

Grover grogna à nouveau.

— Je ne dis pas que ses disciples sont de bonnes personnes, mais ils ne sont pas aussi assoiffés de sang que lui. Ils ont des familles, des femmes et des enfants. J'ai l'impression qu'ils aiment l'idée de gagner en influence, mais qu'ils ne sont pas prêts à être aussi violents que Shahzada pour ça, continua-t-elle.

— Ils vont mourir quand même.

Sierra hocha la tête.

— Je sais. Et je ne me sens pas mal. Pas du tout. Leur destin était scellé dès le moment où ils ont pris le parti de Shahzada.

Grover ne répondit pas, et au bout de quelques instants, elle sentit sa main se détendre dans la sienne.

Sierra ne le lâcha pas. Elle savait que son bras finirait par avoir des crampes à cause de sa position inconfortable, mais elle s'en fichait. Elle avait besoin de cette connexion avec Grover. Elle se sentait coupable qu'il souffre autant. Elle-même n'avait jamais été torturée à ce point au cours de l'année qu'elle avait passée ici.

Elle passa le pouce sur le dos de sa main. Elle devrait le lâcher à un moment ou un autre, et retourner de l'autre côté de sa cellule, pour que leurs ravisseurs ne les voient pas ensemble le matin suivant en venant leur apporter à manger. Sinon, Shahzada n'hésiterait pas à utiliser ce lien contre eux.

Mais pour l'instant, elle resta recroquevillée près de l'extrémité du mur poussiéreux de sa cellule et tint la main de Grover pendant qu'il dormait. Du moins, elle espérait qu'il dormait, qu'il ne s'était pas évanoui. Elle ne pouvait pas exclure la possibilité que Shahzada ait frappé Grover assez fort pour rompre quelque chose d'important dans son corps.

Déplaçant son doigt juste assez pour sentir son pouls, Sierra poussa un soupir de soulagement en percevant le battement régulier.

Elle avait eu peur de croire Grover, plus tôt, quand il avait dit que son équipe les retrouverait, mais elle priait désormais avec plus de ferveur que jamais.

Dépêchez-vous. Grover a besoin de vous.

CHAPITRE QUATRE

Trigger, Lefty, Brain, Oz, Lucky et Doc trépignaient presque d'impatience, assis à la table de conférence de la base militaire en Afghanistan. Le général responsable était en train de leur récapituler les mesures qui avaient été prises pour essayer de retrouver les contractuels après leurs disparitions, ainsi que ce qu'avaient trouvé les autres équipes de forces spéciales qui s'étaient penchées sur la question.

Extérieurement, Trigger semblait écouter, mais intérieurement, il se concentrait sur les informations que lui et son équipe avaient trouvées parmi les affaires de Grover. Il avait caché un fichier crypté sur son ordinateur portable dans lequel il expliquait en détail son intention de se faire remarquer dans le village voisin.

Mais c'était la courte note qu'il avait laissée juste avant de se faire capturer qui avait le plus retenu leur attention.

Pas de preuves, mais il doit y avoir une taupe. Soit quelqu'un sur la base travaille avec Shahzada, soit il y est en personne.

Il en avait parlé avec son équipe, et ils étaient tous d'accord avec leur camarade disparu. Le fait que personne n'ait d'informations sur Shahzada ou sur les contractuels signifiait forcément que le chef taliban était tenu au courant des raids et autres missions qui visaient ses activités.

— ...n'est-ce pas, Trigger ? demanda le général.

Trigger cligna des yeux et jeta un regard à Lefty, qui hocha subtilement la tête.

— Bien sûr, répondit-il au général, sans avoir la moindre idée de ce qu'il était en train d'approuver.

— Je suis navré pour votre camarade, mais les rapports stipulent qu'il était incontrôlable durant son séjour. Qu'il n'était pas lui-même, qu'il buvait trop et se montrait très agressif.

Trigger aurait voulu s'énerver contre le général. Lui demander si les actions de Grover justifiaient le fait qu'il ait été enlevé.

Bien sûr que non. De la même manière qu'une femme qui portait des vêtements révélateurs ne *méritait* pas d'être agressée. C'était insultant de sa part de ne pas avoir réfléchi au fait que le comportement de Grover faisait peut-être partie d'un plan.

Mais personne ne connaissait Grover aussi bien que son équipe. Et ils savaient tous à quel point leur ami était désespéré de trouver des informations sur Sierra Clarkson.

Ils ne s'étaient pas attendus à ce qu'il prenne des mesures aussi extrêmes, cela dit.

— Nous comprenons que les règles doivent être respectées, dit Trigger. Mais nous ferons ce qui doit être fait pour retrouver notre camarade ainsi que pour mettre fin à ces enlèvements une bonne fois pour toutes. Shahzada et sa petite bande de terroristes doivent être arrêtés. J'aimerais demander à ce que la base soit confinée jusqu'à ce que nous le retrouvions. Personne n'entre ni ne sort. Pas d'interprètes, pas de soldats afghans, pas de femmes et d'enfants.

Le général eut l'air surpris.

— C'est plus facile à dire qu'à faire, répondit-il.

Trigger se pencha en avant.

— Nous pensons, comme le pensait Grover, qu'il y a un traître sur la base. Nous ne savons pas s'il s'agit de quelqu'un de la région ou de l'un des nôtres. Mais ça nous donnerait un sacré coup de main qu'aucune information ne puisse passer. Cela rendrait Shahzada mal à l'aise, mettrait la pression à son organisation. Nous allons retrouver notre ami. Et, avec un peu de chance, tous les contractuels qui sont encore en vie.

Trigger voyait bien que l'autre homme était sceptique, mais il finit par hocher la tête.

— Combien de temps ? demanda-t-il.

— Autant qu'il faudra, répondit Oz.

Ils savaient tous que ce n'était pas crédible. Ils avaient quelques jours, une semaine tout au plus ; après ça, la base devrait retourner à son fonctionnement habituel. Mais une semaine suffirait largement. Rien ne les empêcherait de retrouver Grover.

Après une vingtaine de minutes supplémentaire, la réunion prit fin et Trigger et son équipe se dirigèrent vers la tente qu'on leur avait assignée. Trigger leur décrivit son plan tandis qu'ils vérifiaient leurs équipements.

— Notre meilleure option est de faire comme Grover... traîner sur la place du village. Brain, il va falloir que tu écoutes ce qui se dit, si quelqu'un mentionne Grover. Si c'est le cas, on suivra ces gens par deux. Personne ne se déplace seul, compris ?

Ils hochèrent tous la tête.

— Tout le monde a son émetteur ?

Nouveaux hochements de tête. Trigger avait appris de son collègue Ghost, le chef d'une autre équipe de leur base texane, qu'un ami commun, Tex, lui avait fourni ces petits appareils. Trigger n'avait jamais été très fan de ces balises de localisation, mais il préférait ne pas perdre un autre de ses camarades pendant qu'ils cherchaient Grover. Il regrettait de ne pas avoir forcé Grover à en prendre un avant son départ.

D'ailleurs, il s'en voulait aussi mortellement de l'avoir laissé venir seul en Afghanistan. Il savait avec quel désespoir il avait cherché à savoir pourquoi Sierra ne donnait plus signe de vie, au cours de l'année passée. Et depuis qu'il avait reçu cette lettre perdue pendant un an, son inquiétude n'avait fait que grandir.

Trigger aurait dû se douter que Grover ferait quelque chose d'aussi radical. Mais de là à se laisser capturer volontairement ? C'était plus extrême que tout ce qu'il aurait pu imaginer. Il ne savait pas si Sierra était encore en vie, mais il ne doutait pas que si c'était le cas, Grover ferait tout pour la protéger jusqu'à ce qu'ils arrivent.

— On le retrouvera, dit Lucky, interrompant la réflexion de Trigger.

— Je sais.

— On a la liste des habitants du coin qui travaillent sur la base ? demanda Oz.

— Le général est censé nous l'envoyer.

— Bien. Et les photos des disparus ?

— Yep.

— On pourra les montrer aux gens, demander s'ils en ont aperçu un et ce qu'ils savent.

— Tu crois vraiment que Shahzada travaille ici ? demanda Lefty.

— Oui, répondit Trigger. C'est l'option la plus logique. Et ça expliquerait qu'il puisse aussi facilement emporter toutes les affaires des disparus, en plus des contractuels eux-mêmes.

— Il avait sûrement des complices, aussi, ajouta Doc.

— Merde. Tu m'étonnes que les SEAL n'aient pas réussi à les retrouver. Shahzada savait sûrement qu'ils étaient là, et même ce qu'étaient leurs plans, dit Brain d'un air dégoûté.

— Si Grover s'est fait attraper parce qu'il était ivre, même pour de faux, quelqu'un sait quelque chose, c'est sûr. C'est un grand gaillard, ils n'auraient pas pu disparaître dans la nuit sans qu'on les voie, dit Lucky.

— Exactement, acquiesça Trigger. Soyez prêts à partir à sept heures, ce soir. En attendant, appelez vos familles. Et puis on ira voir si quelqu'un est prêt à admettre avoir vu Grover et qui l'accompagnait. On ne reviendra pas avant d'avoir récupéré Grover... et Sierra, j'espère.

Trigger devait parler à Gilian. Il avait besoin d'entendre la voix de sa femme. Il n'aimait pas penser qu'il ne la reverrait pas… mais il se fit la promesse de ne pas rentrer chez lui tant que Grover ne se trouverait pas avec eux.

* * *

Grover avait perdu le compte des jours. Sierra avait raison, après sa première raclée, on l'avait laissé tranquille pendant un certain temps… mais sa deuxième session avait été bien pire que la précédente. Shahzada était un sadique qui prenait plaisir à le blesser sans autre but que de le faire souffrir. Cette fois encore, il ne lui avait posé aucune question. N'essayait pas de lui soutirer des informations. Il aimait juste le voir saigner.

Shahzada l'avait informé qu'il n'était pas content que la base soit confinée. Personne ne pouvait entrer ou sortir, ce qui l'agaçait beaucoup. Il avait pour rôle de transmettre des informations à un de ses supérieurs dans l'organisation des talibans, et maintenant qu'il était interdit d'entrée à la base, c'était devenu impossible.

Grover se rendit compte assez vite que Shahzada avait dupé *tout le monde*. L'armée américaine pensait qu'il était un membre essentiel des talibans, qu'il avait beaucoup plus d'influence qu'il n'en avait. En réalité, Sierra avait à nouveau raison : il faisait seulement partie des centaines d'hommes qui auraient voulu grimper les échelons. Il alimentait les rumeurs sur son propre pouvoir pour effrayer les habitants du village et les civils étrangers de la base.

Tout en torturant Grover, Shahzada se vantait de toutes les fois où il avait transmis de fausses informations dans le cadre de son travail d'interprète. Au lieu de dire aux villageois que les soldats américains étaient là pour les aider à réparer leur système d'égouts et à purifier leurs sources d'eau, il leur disait qu'ils n'avaient pas la moindre intention de leur venir en aide. Qu'ils devraient se débrouiller seuls. Il avait fait tout ce qu'il pouvait pour semer la discorde entre les soldats et les villageois. Avait joué de sa position pour menacer les plus faibles, les avertissant que s'ils travaillaient avec les soldats, leurs familles en paieraient le prix.

Dans l'ensemble, on pouvait dire que Shahzada était un tyran de cour de récré. Un gros poisson dans une petite mare, qui rêvait de progresser dans la hiérarchie talibane. Et qui, pour cela, enfumait tout le monde.

Certes, il avait enlevé plusieurs contractuels, mais il n'avait jamais eu le courage de capturer un vrai soldat. Jusqu'à maintenant.

Et Grover serait sa perte. Il devait juste tenir le coup.

Il eut une soudaine inspiration sifflante lorsqu'un mouvement trop brusque fit hurler ses côtes de douleur. Quelques-unes étaient fêlées, d'après ses estimations. Il avait certainement des hématomes aux reins. Et la session de torture du jour avait compris une séquence où il avait eu les bras attachés dans le dos et le corps retenu par une corde qui le suspendait au plafond. Ses épaules étaient à l'agonie et Grover savait qu'elles étaient déboîtées. Les hommes de Shahzada lui avaient même rendu service en le piétinant lorsqu'ils l'avaient décroché. La douleur avait été effroyable quand elles s'étaient remises en place dans leurs articulations, mais à long terme, c'était pour le mieux.

À présent, il était allongé sur le sol de sa cellule, dans le noir, un de ses bras passé par-dessus sa tête et à travers les barreaux, Sierra lui tenant à nouveau la main. La sensation de sa paume contre la sienne participait largement à amoindrir sa douleur.

— Je les *hais*, dit Sierra après quelques minutes de silence. Enfin, je les haïssais déjà quand ils se contentaient de me garder enfermée ici sans que je sache ce qu'ils comptaient faire de moi. Mais là ? Je veux les tuer. Tous. Lentement. Les faire souffrir comme ils te font souffrir.

— C'est surtout Shahzada, se sentit obligé de faire remarquer Grover.

— Rien à faire. Ils participent tous. Ils m'ont retenue ici contre mon gré. Ils me frappent quand Shahzada le leur ordonne. Je me fiche qu'ils ne me frappent pas aussi fort qu'ils le pourraient, ça n'enlève rien à leurs actions. Ils rient quand je fais semblant de pleurer pour mes cheveux. Ils *aiment* me voir les supplier. Ils sont tous coupables, et j'espère qu'ils mourront tous dans d'atroces souffrances !

Grover ne put retenir le sourire qui traversa son visage. C'était tout à fait inapproprié, mais il était tellement soulagé que Shahzada et ses hommes n'aient pas réussi à éteindre le feu qui brûlait en elle que ça lui était franchement égal.

— Ils paieront pour leurs crimes, lui dit-il.

Il l'entendit souffler d'agacement.

— C'est quoi, la première chose que tu voudras manger en rentrant ? lui demanda-t-il en espérant la distraire des connards qui les retenaient captifs.

— Sérieusement ?

— Oui, pourquoi ?

— Parce que ça fait des mois que je n'ai eu droit qu'à une espèce de bouillie d'avoine, se plaignit-elle.

Grover se rendit soudainement compte qu'il avait peut-être manqué de tact.

— Pardon. Oublie.

— Je n'ai jamais trop réfléchi à ce que je mangeais, avant. Enfin, je faisais attention à mon poids, parce que vu ma taille, même en gagnant deux kilos, je paraîtrais bien plus grosse. Mais je n'avais pas vraiment de nourriture préférée ou quoi que ce soit. Maintenant que je n'ai rien mangé de bon depuis des mois... je me rends compte à quel point ça me manque.

— Il y a une pizzeria au nord d'Austin qui sert ma pizza préférée du monde, dit Grover. DeSano Pizzeria Napoletana. Le nom est super chic, et je jure que je n'ai jamais rien goûté de meilleur. On croirait que tout est cuisiné au cœur de l'Italie plutôt qu'au Texas.

— Les frites de chez McDonald's, dit Sierra. Ça m'agaçait d'avoir du sel sur les doigts, avant, mais maintenant, j'ai l'eau à la bouche rien que d'y penser.

— Tu pourrais avoir ce que tu veux et tu choisis des frites de fast-food ? la taquina Grover.

— Hé, on ne juge pas, se plaignit Sierra.

— Désolé, dit Grover. Autre chose ?

— Des légumes frais. Des tomates à même la grappe. Une

grande salade avec des légumes et du fromage. Recouverte de sauce ranch.

— Pas mal. Quoi d'autre ?

— Un donut fourré à la crème.

Grover eut un rire et ignora l'éclair de douleur qui traversa ses côtes.

— Fan de sucre, alors ?

— Yep, répliqua Sierra sans la moindre hésitation. Cela dit, n'importe quoi me ferait vraiment plaisir, à l'instant. Je... j'ai perdu beaucoup de poids.

Il détestait entendre la honte dans sa voix.

— Tu le regagneras. Je t'aiderai.

La main de Sierra se resserra autour de la sienne un instant, avant de se détendre à nouveau.

— Pour notre premier rendez-vous, j'irai nous chercher une pizza chez DeSano Pizzeria Napoletana. Je te ferai une énorme salade avec des légumes du marché. Des concombres, des tomates, des poivrons, du fromage... ce que tu veux, il y en aura. On ira en haut de la grange que je viens de construire sur ma propriété. On y voit à des kilomètres. On mangera jusqu'à être complètement rassasiés, on passera le temps en discutant, puis on mangera à nouveau. On aura tellement mangé qu'on arrivera plus à redescendre, donc il faudra qu'on dorme en haut.

Sierra eut un rire.

— Notre premier rendez-vous se transforme en soirée pyjama ?

— Allez. Pourquoi pas ? On a déjà dormi ensemble, ici, donc pourquoi pas quand on sera rentrés ?

Il y eut un moment de silence avant que Grover n'entende le son le plus joli qu'il ne lui ait jamais été donné d'entendre. Sierra qui éclatait de rire.

— Tu pars du principe que je veux venir au Texas avec toi, dit-elle quand elle se fut suffisamment calmée.

— Tout à fait, acquiesça Grover.

Elle attendit une ou deux minutes de plus avant de parler.

— Tu ne ressembles à aucun autre homme que j'ai connu.

Tu es autoritaire et trop sûr de toi. Tu penses qu'il te suffit de vouloir quelque chose pour que tout se passe comme tu le souhaites, dit-elle.

Elle n'ajouta rien.

— Et ? finit par demander Grover.

— Et quoi ?

— Il y avait un « mais » quelque part.

— C'est vrai. Mais… va savoir pourquoi, je n'arrive pas à t'en vouloir.

— Je suis un gars honnête, lui dit-il avec sérieux.

Il détestait ne pas pouvoir la regarder dans les yeux en disant ces mots. Il serra sa main plus fort.

— Quand je t'ai vue il y a un an, tu m'as attiré immédiatement. Tu étais comme un rayon de soleil dans un monde plutôt sombre. Quand je n'ai pas eu de tes nouvelles, je l'avoue… j'étais aussi énervé que déçu. Mais même après des mois et des mois, je n'arrivais pas à penser à autre chose. Et quand j'ai découvert qu'en fait, tu m'avais écrit ? C'était fini. Je n'allais pas laisser des putains de terroristes me voler ma chance d'apprendre à te connaître, reprit-il.

— Et donc, tu es venu jusqu'ici et tu t'es laissé capturer juste pour pouvoir m'inviter à sortir ? demanda Sierra.

Grover eut un petit rire.

— Hé, je suis le dernier célibataire de l'équipe, et je ne rajeunis pas.

— Arrête. Je suis sûre que les femmes se battent pour que tu les regardes. Au cas où ça t'aurait échappé, tu es plutôt pas mal, Grover.

— J'ai trente-trois ans, Petit Pois, pas vingt. J'aime à penser que je ne suis pas superficiel au point de ramener chez moi chaque femme qui décide qu'elle aimerait bien coucher avec un soldat. Je ne nierai pas que je suis passé par là à mes débuts dans l'armée, mais ce n'est plus ce dont j'ai envie. Depuis longtemps. Et il y a moins de femmes que tu le penses qui sont prêtes à se lancer dans une relation avec un soldat comme moi, qui doit pouvoir partir à tout moment sans dire où il va ni quand il reviendra.

— Eh bien, ce sont des idiotes, dit doucement Sierra. Je ne dis pas que c'est facile d'épouser un militaire, mais à leur place, je serais fière de ce que fait mon copain ou mon mari. J'ai été témoin des effets du terrorisme moi-même, et je sais combien il est important d'empêcher les tyrans d'arriver au pouvoir.

Grover resta silencieux un instant. Il ne savait pas les choses les plus basiques sur Sierra. Il ne savait pas si elle était du matin, si elle avait tendance à étaler ses affaires dans la salle de bain ou au contraire à tout organiser avec soin. Il ne connaissait pas ses livres et ses films préférés. Par contre, il savait des choses bien plus importantes, et il aimait tout ce qu'il apprenait sur elle. Elle était pragmatique. Intelligente. Réaliste. Loyale. Pleine de compassion. Un peu violente sur les bords.

Il savait que ce dernier trait était rarement considéré comme un point positif, mais il lui fallait une partenaire qui comprenne que la violence faisait partie de son métier. Bien sûr, les Deltas ne se retrouvaient pas obligés de tuer pendant toutes leurs missions, mais ils le faisaient lorsque c'était absolument nécessaire.

Grover bougea un peu et grimaça. Putain, ça faisait mal. Shahzada n'était vraiment qu'un salaud, et il ne serait pas fâché de le voir mort.

— Tu crois vraiment que ton équipe va nous retrouver ? Enfin, en quoi sont-ils différents de ceux qui ont essayé avant ? demanda Sierra, comme si elle pouvait lire dans ses pensées.

— Ils nous trouveront, la rassura Grover. J'en suis certain, parce que si l'un des autres avait disparu, je ne m'arrêterais pas avant de l'avoir retrouvé et d'avoir envoyé en enfer tous ceux qui auraient osé le garder loin de moi. En plus, je leur ai laissé des notes sur tout ce que j'ai fait à la base, et ce que j'avais prévu de faire la nuit où j'ai été capturé. Ils suivront cette piste et ils nous sortiront de là.

— Je ne comprends pas pourquoi Shahzada s'acharne autant sur toi, dit Sierra.

— Sûrement parce qu'il a une petite bite, dit Grover.

Il y eut un instant de silence, puis Sierra éclata à nouveau de rire. Une fois encore, Grover ne put s'empêcher de sourire en l'entendant.

— D'accord, ça me va, dit-il quand elle eut repris le contrôle. Plus sérieusement, je ne suis pas certain de savoir moi-même, reprit Grover. Je sais qu'il est en colère parce que la base est confinée. Et, comme tu l'as dit, il est frustré de ne pas progresser dans la hiérarchie. Il est toujours coincé ici, dans ce village. Il veut plus de pouvoir. Et comme il a passé du temps à la base, il est sûrement jaloux des hommes comme moi.

— Des forces spéciales ? demanda Sierra.

Grover haussa les épaules, oubliant les séquelles de sa suspension d'un peu plus tôt. Il dut retenir un gémissement de douleur et prendre une grande inspiration avant de répondre.

— Des hommes plus grands et plus forts que lui, qui n'ont pas besoin de recourir à la peur et à l'intimidation pour avoir de l'influence.

— Parle-moi de tes amis, lui dit-elle.

On aurait pu croire à un abrupt changement de sujet, mais Grover suivait sa logique. Il appréciait qu'elle pense à lui et son équipe comme l'opposé de Shahzada. Des hommes honorables.

Et ainsi, Grover lui parla de son équipe. Il parla de certaines missions, sans inclure de détails sur l'endroit où ils étaient ni ce qu'ils y avaient fait. Il mentionna quelques situations périlleuses et comment ils s'en étaient sortis en se faisant tous absolument confiance.

Il lui raconta comment Trigger avait rencontré sa femme, quand l'avion de Gilian avait été détourné. Comme Lefty avait été dévasté lorsque Kinley avait rejoint le programme de protection des témoins, mais n'avait jamais cessé de croire qu'il la reverrait. Il expliqua l'incroyable faculté de Brain à parler et à lire autant de langues étrangères, et à quel point cela leur avait été utile au cours des années. Lui raconta l'histoire du sergent Spence, qui avait tenté de tuer Brain et Aspen, et comme celle-ci avait été soulagée de quitter l'armée.

Il parla longtemps de Logan et Bria, le neveu et la nièce d'Oz, et de sa propre relation compliquée avec son frère Spencer, dont les actions avaient failli provoquer la mort de leur sœur Devyn. Il lui raconta leur mission aux Jeux olympiques, leur rencontre avec Ember, et que son scepticisme d'origine à son encontre s'était changé en affection, qu'il l'aimait maintenant comme une sœur.

Après avoir parlé de ses amis pendant ce qui lui semblait être des heures entières, Grover avait la gorge sèche, mais il ne pouvait plus s'arrêter. Il se mit à lui parler de sa maison. Des travaux pour détruire l'ancienne grange que comprenait sa propriété et de celle qu'il avait bâtie sur les fondations avec ses amis. Il lui parla des magnifiques portes de la grange, qu'il avait réaffectées à sa maison. Il lui dit à quel point il adorait se réveiller, sortir sur sa terrasse arrière et s'asseoir pour profiter de la matinée en silence. Il lui parla en riant de la salle de cinéma que Devyn avait réussi à le convaincre de construire. Comme sa maison possédait une pièce vide et dépourvue de fenêtres, elle avait décidé que ce serait parfait pour un mini-cinéma. Il y avait donc installé un écran géant avec un projecteur pour pouvoir y regarder des films depuis un de ses fauteuils super confortables.

Grover finit par se rendre compte qu'il parlait sans interruption depuis des heures, sans laisser à Sierra l'occasion de placer un seul mot. Il fronça les sourcils.

— Pardon. Je ne voulais pas partir dans un monologue, s'excusa-t-il timidement.

— Ne t'excuse pas. Je... Je crois que j'adore tes amis, même sans les connaître, dit doucement Sierra.

— Ce sont toutes de bonnes personnes. Ils ne sont pas parfaits, bien sûr, mais quand on est ensemble, ça fonctionne. Et on adore tous que nos femmes s'entendent aussi bien. On se sent mieux, quand on part en mission. On sait qu'elles seront là les unes pour les autres, quoi qu'il arrive, dit Grover.

— C'est ce qu'on dirait. Tu disais qu'Aspen avait eu un fils, c'est ça ?

— Oui, Chance. Et Riley a eu une fille il y a peu, Amalia.

— Ouah. Pourtant, ça ne fait pas très longtemps qu'elle est avec Oz, si ?

Grover eut un rire.

— Non. Mais une fois qu'Oz a vécu les joies de la parentalité avec son neveu et sa nièce, il a décidé qu'il voulait d'autres enfants. Tout de suite.

— Contente que Riley ait accepté, commenta Sierra d'un ton pince-sans-rire.

— Tu veux des enfants ? demanda Grover avant de se réprimander mentalement d'avoir posé une question aussi privée. Pardon, c'était impoli de ma part.

— Non, pas de souci. Ce n'est pas comme si notre situation était normale. Si c'était un premier rendez-vous, aux États-Unis, et que tu me demandais ça, j'aurais sûrement envoyé un message SOS à une amie et lui demandant de lancer la procédure « Sors-moi de là direct ».

— Est-ce que j'ai envie de savoir ce que c'est ? demanda Grover. Enfin, je devine à peu près avec le nom, mais bon...

— Je n'en reviens pas que tu ne connaisses pas. Mais sinon, oui, c'est exactement ce dont ça a l'air. Une femme prévoit une sortie de secours avec une amie avant un rendez-vous. L'amie en question devra appeler ou envoyer un message en prétextant une urgence, ce qui permet à l'autre de partir plus tôt que prévu si la soirée se passe mal.

— Vraiment ?

Sierra souffla d'un air amusé.

— Je ne pense pas que ça te soit déjà arrivé.

— En fait, je crois que si. Mais je ne me suis pas rendu compte que c'était ça, sur le coup, dit Grover.

— Oh mon Dieu, c'est vrai ? Il s'est passé quoi ? Pourquoi est-ce qu'une femme voudrait te lâcher comme ça ?

— Eh bien, déjà, merci de ta confiance, mais cette vision que tu as de hordes de femmes qui me courent après dès que je sors de chez moi est complètement fausse. Je suis maladroit, et j'ai tendance à parler sans réfléchir... comme le prouve ma question peu élégante à l'instant. On était allés dîner, je l'avais amenée à un restaurant de grillades, et pendant qu'on regardait le menu j'ai appris qu'elle était végane.

— Oups, dit Sierra en riant.

— Ouais. C'est l'ami d'un ami d'un ami qui avait organisé notre rencontre. Apparemment, elle ne savait pas non plus que j'étais dans l'armée. Alors qu'elle était complètement opposée à toute forme de violence. C'était une pure pacifiste.

— Deuxième erreur, plaisanta Sierra.

— Yep. Je pensais encore pouvoir sauver les meubles. Elle était jolie et gentille. Je trouvais qu'on s'entendait plutôt bien, malgré tout ça. La troisième erreur, c'était ma sœur.

— Devyn ? C'est son nom, c'est ça ?

— En fait, j'ai trois sœurs, mais en l'occurrence, oui, c'était Devyn. Elle était dans un bar avec ses amies, elle habitait encore dans le Missouri, à l'époque. Il y avait un gars qui disait être un vétéran, mais elle en savait assez sur l'armée pour comprendre qu'il racontait des conneries. Donc elle n'arrêtait pas de m'envoyer des messages pour me détailler les bêtises qu'il sortait à une de ses amies qu'il essayait de draguer. C'était ridicule, il en faisait beaucoup trop, et chaque fois que mon portable vibrait, la fille avec qui j'étais fronçait les sourcils. Je pense qu'elle s'est dit que je devais avoir une autre copine, voire plusieurs, que j'étais ce genre de mec. Bref, peu après, elle est allée aux toilettes, et son portable a sonné dès qu'elle est revenue. C'était sa voisine, qui disait que le chien de cette fille-là s'était échappé quand elle l'avait sorti. J'ai proposé de rentrer avec elle pour l'aider à chercher, mais elle a décliné et elle est partie.

Sierra faillit s'étouffer en retenant son rire, et Grover aurait donné n'importe quoi pour pouvoir la voir à ce moment-là.

— Votre premier et dernier rendez-vous, j'imagine.

— En effet.

— Ouah, OK, donc oui, tu t'y es un peu mal pris. Tu ferais les choses autrement si ça t'arrivait aujourd'hui ? demanda-t-elle.

— Oui, quand j'ai su qu'elle était végane, je l'aurais emmenée ailleurs.

— Bonne idée.

— Je ne pouvais rien faire par rapport à mon boulot, mais

j'aurais dû garder ce fichu portable dans ma poche au lieu de le poser sur la table.

— Un homme qui apprend de ses erreurs. Incroyable, plaisanta Sierra.

— Je ne réfléchis toujours pas avant de parler, par contre, la prévint Grover.

— Je pense que notre situation actuelle transcende les règles de société sur ce dont on peut parler ou non lors d'une première rencontre. En plus, techniquement, ça fait un an qu'on se connaît, dit Sierra.

Grover caressa du pouce le dos de sa main. Son épaule lui faisait un mal de chien à force de tirer son bras par-dessus sa tête, mais il refusait de bouger. Il avait besoin de cette connexion tout autant qu'elle.

— Je veux tout savoir sur toi, admit-il.

— La réponse à ta question de tout à l'heure, c'est que... je ne sais pas. Je n'ai jamais trop réfléchi à la question d'avoir des enfants. Je sais que j'ai bientôt trente ans, mes parents n'arrêtent pas de me rappeler que le temps passe, mais pour être honnête, je me sens bien toute seule. J'ai pu accepter ce boulot, ici en Afghanistan, sans me poser de question. Maintenant que je le dis à voix haute, ça paraît super égoïste, termina-t-elle doucement.

— Pas du tout. Ce n'est pas parce que tu es une femme que tu dois avoir des enfants, la rassura Grover.

— C'est vrai, j'imagine. Peut-être que je changerai d'avis quand je serai amoureuse.

— Peut-être, mais peut-être pas. En tous cas, je ne pense pas que ne pas vouloir d'enfant fait de toi quelqu'un d'égoïste.

— Et toi ? demanda Sierra, lui renvoyant la balle.

— Comme toi, je n'en sais rien. J'adore Logan et Bria, mais ce ne sont pas des bébés. Logan a onze ans, Bria presque sept. Ce ne sont plus des nourrissons, donc c'est plus facile d'être avec eux.

— La plupart des gens n'admettraient pas ce genre de chose, lui dit Sierra.

— Peut-être pas. Tu veux appeler ton amie, qu'elle te sorte de là ? plaisanta Grover.

Comme il l'espérait, cela la fit rire.

— Tu crois que ça marcherait ? Je l'appellerais immédiatement si c'était le cas. Il est nul, ce rendez-vous, Grover. La nourriture est dégueu, le restau est super sale, et l'éclairage est vraiment nul.

Grover éclata de rire sans réfléchir, avant de gémir quand le mouvement fit se rappeler à son bon souvenir la douleur dans ses muscles.

— Tout va bien ? lui demanda doucement Sierra.

— Oui. J'avais juste oublié les caresses de Shahzada, l'espace d'une seconde.

Sierra serra sa main plus fort.

— Quand il reviendra, j'essaierai d'attirer son attention, de t'obtenir une pause, dit-elle.

— Non ! aboya Grover, plus durement qu'il n'aurait voulu.

Il prit une grande inspiration et continua d'un ton plus calme.

— Non. Tout va bien. Je sais ce que peut encore supporter mon corps. S'il respecte ses habitudes, il nous laissera tranquilles demain, ça laisse à mon équipe encore une journée pour arriver. Mais s'ils ne sont pas encore là avant que Shahzada décide de revenir jouer, il faut que tu agisses comme tu l'as fait jusqu'ici. Fais comme si je n'existais pas. Tu m'entends ?

— J'ai l'impression que tu es blessé par ma faute, admit-elle à voix basse.

— C'est faux. Je suis blessé parce que Shahzada est un tyran. Un salaud assoiffé de pouvoir. Un homme qui cherche désespérément à faire croire aux autres qu'il est puissant alors que ce n'est qu'un lâche, qui n'est courageux que s'il a l'avantage, lui dit Grover.

Il se fit une note mentale de ne plus laisser le moindre gémissement franchir ses lèvres tant que Sierra pourrait l'entendre. La dernière chose qu'il voulait, c'était ajouter à son angoisse. Elle avait assez souffert comme ça, il n'alourdirait pas encore plus son fardeau.

— Tu as raison, dit-elle au bout d'un moment.

— Je sais.

— Voilà, encore un trop-plein d'assurance, le taquina-t-elle.

— Tu préfèrerais que je sois indécis ? demanda Grover.

— Non ! s'exclama-t-elle immédiatement. Je constate, c'est tout.

Ils restèrent silencieux pendant une minute ou deux.

— Il est tard. On ferait mieux de dormir, finit par dire Grover.

— Je sais.

Aucun d'eux ne bougea.

— Il va falloir qu'un de nous se décide à lâcher l'autre, dit Grover en riant.

— Pas envie, dit Sierra en resserrant sa prise.

— Ils viendront, affirma Grover. Nouveau trop-plein d'assurance. Ils viendront. Je connais mes amis, je sais qu'ils rêvent de me mettre une raclée pour me punir de m'être laissé capturer. Hors de question qu'ils laissent passer ça. Alors ils viendront, j'en suis certain.

Il entendit Sierra rire doucement.

— Je te crois. Si tu veux, je me tiendrai entre vous pour te protéger de leur fureur.

— Alors là, *ça,* c'est un spectacle auquel je rêve d'assister, dit Grover en se représentant la scène.

— Merci de ne pas m'avoir oubliée. À force de rester assise dans le noir, jour après jour, pendant si longtemps, j'ai un peu fini par penser que je ne valais pas la peine d'être secourue.

— Je ne t'ai jamais oubliée, Sierra Clarkson. *Jamais.*

— Moi non plus, je ne t'ai jamais oublié, répondit-elle d'une voix si basse que Grover faillit ne pas l'entendre.

Elle serra sa main une dernière fois avant de le lâcher.

Il était effrayé de voir combien il se sentait démuni sans le contact de sa peau.

Lentement, Grover rapprocha son bras, le ramenant dans sa cellule à travers les barreaux. Il serra les dents devant la douleur. Puis, au lieu de se retourner et de dormir, il se leva.

Il devait s'étirer, tester les limites de son corps. Quand son équipe arriverait, il devrait être prêt à bouger.

Grover n'entendait plus Sierra, mais rien que de savoir qu'elle était là lui donna la motivation dont il avait besoin pour pousser son corps fatigué et endolori à s'activer. Il n'aurait pas de repos tant qu'ils ne seraient pas tous les deux sortis d'ici, tant que Shahzada ne serait pas mort, tant qu'ils ne seraient pas tous sur le chemin du retour.

CHAPITRE CINQ

Trois jours plus tard, Sierra se réveilla en sursaut dans sa cellule, clignant des yeux, essayant de percer l'obscurité qui l'entourait constamment... à l'exception des rares fois où ses ravisseurs lui apportaient à manger, ou quand il leur prenait l'envie de la frapper, et qu'ils apportaient une lampe avec eux. Elle ne savait pas exactement ce qui l'avait réveillée, jusqu'à ce qu'elle distingue le même son à nouveau.

Des coups de feu.

Qui résonnaient dans la caverne alors qu'elle se redressait à la hâte. Comme elle et Grover l'avaient prévu, enfin, comme il lui avait ordonné, elle se pressa contre le mur du fond, avant de s'accroupir et de se faire la plus petite possible.

— Sierra ? appela Grover d'une voix tendue.

— Je suis par terre ! répondit-elle.

— Quoi qu'il arrive, ne bouge pas ! ordonna-t-il.

Sierra aurait voulu lui dire de se baisser, lui aussi, mais elle savait que ce serait inutile.

Shahzada était revenu le tabasser la veille, mais cette fois, ils n'avaient pas quitté la prison. Sierra avait entendu chaque coup frapper sa peau, les grognements et gémissements qu'il n'était pas parvenu à retenir. Il lui avait fallu mobiliser tout son contrôle sur elle-même pour rester assise dans sa cellule sans leur hurler d'arrêter, mais elle s'était juré de ne pas aggraver la situation de Grover.

Shahzada avait ordonné à ses hommes de la frapper, elle aussi. Dès qu'ils avaient tendu le bras vers elle, elle s'était mise à pleurer et à supplier. Sa scène pathétique avait globalement fonctionné. Soit par dégoût envers sa faiblesse, soit par ennui, ils avaient abandonné leur torture encore plus vite qu'à leur habitude.

Elle et Grover avaient discuté après leur départ, et il lui avait présenté les différents scénarios de leur sauvetage. Sa confiance en l'arrivée de ses camarades n'avait jamais faibli. Ils seraient là bientôt, il le savait. Il lui avait dit de rester au fond de sa cellule et de se faire toute petite, au cas où les hommes de Shahzada tentent de les tuer avant qu'ils ne puissent être secourus.

Cette possibilité terrifiait Sierra. Au début de sa captivité, elle craignait tous les jours qu'ils ne la tuent. Mais au fur et à mesure que les mois s'écoulaient, elle se mit à penser qu'elle devait être une sorte de plan de secours pour les terroristes. En plus de l'utiliser contre les autres prisonniers, ils la gardaient pour leur servir de monnaie d'échange, le cas échéant. Au départ, elle leur servait à tester leurs méthodes de torture, mais au bout d'un moment, elle était passée au second plan, puis au troisième.

Elle ne pouvait imaginer l'horreur d'avoir survécu tout ce temps pour finir par mourir à quelques secondes de la liberté. Elle avait donc suivi à la lettre les ordres de Grover.

Et voilà qu'on aurait dit que leur sauvetage était imminent.

Sierra savait qu'elle respirait trop fort, trop vite, mais elle ne pouvait s'en empêcher. Son cœur battait à toute vitesse, et elle se demanda si elle n'allait pas s'évanouir. Elle posa son menton sur ses genoux et serra les paupières en entendant des voix s'approcher.

Il lui fallut un moment pour comprendre que c'était de l'anglais qu'elle entendait, et non la langue maternelle de ses ravisseurs.

Elle releva la tête... et se retrouva pile dans l'axe d'un puissant rayon de lumière.

— Merde ! s'exclama-t-elle en jetant un bras devant ses yeux pour les protéger de l'éclat.

— Mince, pardon ! dit un homme en réponse. Je m'assurais juste que tu n'étais pas près des barreaux. Tiens bon, Sierra, on va te sortir de là tout de suite. Ne bouge pas.

Sierra hocha la tête. De toute façon, elle ne voyait que des taches lumineuses à l'intérieur de sa paupière. Elle entendit plusieurs coups, suivis d'un grand fracas.

Incapable de garder les yeux fermés plus longtemps, Sierra releva la tête.

Cette fois, elle cligna des yeux de surprise. Les barreaux de sa cellule avaient été arrachés du mur sur lequel ils étaient fixés, et une partie traînait désormais dans la poussière. Elle leva les yeux et vit trois hommes se tenir devant sa cellule. L'un d'eux lui tendit la main.

— À moins que tu ne souhaites prolonger ton séjour ici, il faut qu'on y aille.

Sierra se releva si vite qu'elle en perdit l'équilibre. Lançant une main sur le côté pour s'empêcher de basculer dans la poussière, elle vacilla jusqu'aux soldats. L'un d'eux tenait une puissante lampe torche qu'il tournait vers le plafond, permettant au rayon de rebondir et d'éclairer toute la zone. Le troisième homme fit tomber un sac à dos sur le sol et se mit à fouiller à l'intérieur tandis qu'elle s'avançait.

— Je suis Trigger. Voici Oz et Doc, dit celui qui tenait la lampe. On n'a pas beaucoup de temps, mais tu ne pourras pas te balader dans le désert dans cet état.

Pour la première fois depuis un bon moment, Sierra se souvint de son aspect lamentable. Vêtue seulement d'un T-shirt déchiré et d'une culotte, résolument sale, elle ne pouvait s'imaginer ce que ces hommes pouvaient bien penser.

— Sierra ? appela Grover.

Et puis il apparut.

Il avait lui-même une sale tête. Visiblement, ses camarades lui avaient apporté un pantalon de rechange, qu'il avait déjà enfilé. Mais il était toujours torse nu, et recouvert de plaies et de bleus. Sa barbe avait eu une semaine pour pousser, et son visage était dans un état encore pire que le reste de son corps. Sierra eut à peine le temps de voir ses grands yeux marron la regarder d'un air préoccupé avant de se retrouver plaquée contre la poitrine qu'elle venait d'examiner avec inquiétude.

— Grover, il faut qu'on bouge. Maintenant. On n'a pas le temps pour ça, avertit Trigger, quelque part derrière elle.

Grover resserra son étreinte un bref instant, comme s'il ne voulait pas la laisser partir, mais il hocha la tête avant de reculer. Ses mains ne quittèrent pas les bras de Sierra.

— Tenez, dit Doc en leur jetant un paquet de tissu.

Grover l'attrapa au vol avant de mettre un genou à terre devant Sierra. Il toucha son pied.

— Lève, dit-il.

Confuse, elle fit ce qu'il disait et se retrouva vite vêtue du premier pantalon qu'elle avait porté depuis des mois. Il était trop grand, ce qui était prévisible, mais Grover passa rapidement une corde à travers les passants et l'attacha à l'avant. Une paire de bottes tomba sur le sol près de lui.

— Accroche-toi à moi et lève le pied droit, continua Grover sans lever la tête.

Sierra aurait voulu lui dire qu'elle pouvait s'habiller elle-même, mais elle était un peu perdue par la vitesse des événements, et obéit donc sans discuter, s'appuyant sur les épaules de Grover. Elle se concentra sur ses mouvements rapides et efficaces tandis qu'il lui enfilait une chaussette, puis une botte, qui était presque à sa taille. Il l'aida de même pour le deuxième pied, avant d'attraper un T-shirt que lui tendait Trigger et de l'enfiler d'un coup, puis de mettre ses propres chaussettes et bottes.

Sierra était presque submergée de soulagement et d'adrénaline, jusqu'à ce qu'elle tente de faire un pas en avant. Elle avait l'impression que ses pieds suffoquaient dans leurs bottes, et marcher était très désagréable. Ce n'était pas à cause de la taille ou de la forme des chaussures ; c'était juste qu'elle avait été pieds nus pendant plus d'un an. C'était difficile de s'habituer à la sensation.

— Ça viendrait, dit Oz, près d'elle.

Il n'avait pas manqué son malaise.

Elle hocha la tête.

— Je sais.

Elle ne savait *pas*, en fait, mais décida qu'il valait mieux faire semblant plutôt que d'admettre sa faiblesse, à l'instant. Elle ne voulait surtout pas représenter un poids pour eux.

Grover se releva, et Sierra leva les yeux vers lui, presque jusqu'à se tordre le cou. Elle n'avait pas pensé à leur différence de taille au cours de la semaine passée. Quand ils étaient allongés par terre, à se tenir la main à travers les barreaux, ça n'avait pas grande importance. Mais là, en le regardant dans les yeux, elle se sentait minuscule.

— Tiens, lui dit un homme qu'elle ne connaissait pas en lui tendant quelque chose.

Sierra l'attrapa automatiquement et vit que c'était une casquette de baseball.

Elle la regarda, avant de regarder l'homme, perplexe.

— Je suis Brain. Je me suis dit que ça empêcherait ton crâne de brûler.

— Merci, dit-elle, sa voix ne tremblant qu'un tout petit peu.

Elle se dit qu'ils avaient peut-être en réalité apporté une casquette pour cacher la chevelure rousse peu discrète qu'elle avait dans leur souvenir. Mais comme ses ravisseurs l'avaient à nouveau rasée récemment, elle était reconnaissante de pouvoir recouvrir d'une casquette le carnage qu'elle suspectait.

— Content de te voir, Sierra. Tu es bien Sierra Clarkson ? demanda un autre homme.

— Oui, répondit-elle.

— On peut abréger les politesses ? grogna quelqu'un d'autre. Je ne suis vraiment pas à l'aise ici, aussi loin dans la montagne. On se casse.

— Voici Lefty et Lucky, lui dit Grover en désignant tour à tour l'homme qui avait dit son nom, puis l'autre.

Il passa son bras dans le dos de Sierra, posant sa grande

main sur sa hanche, et elle ne put s'empêcher de s'appuyer contre lui.

Dès qu'ils se mirent à marcher, elle put sentir que Grover boitait. Elle se souvint un peu tard de son aveu d'avoir sûrement quelques côtes fêlées après sa deuxième session aux mains de Shahzada. Il se comportait comme s'il allait bien, mais en réalité, il devait souffrir le martyre.

Elle passa le bras autour de sa taille et s'accrocha à sa ceinture. Elle fit de son mieux pour porter un peu de son poids, mais elle savait qu'elle ne devait pas lui être très utile.

Il baissa les yeux vers elle et sourit.

— Le petit pois le plus solide de la boîte, dit-il.

Sierra leva les yeux au ciel.

— Ce surnom est ridicule, répliqua-t-elle.

— Je sais, dit Grover sans la moindre trace de culpabilité.

Elle fut heureuse de voir Trigger prendre place de l'autre côté de Grover. S'il avait besoin de soutien, autant *elle* ne servirait pas à grand-chose, autant son ami serait utile.

Ils avancèrent avec précaution le long du tunnel, en direction de la sortie. Ils dépassèrent quelques cadavres, mais Sierra remarqua qu'aucun n'était celui de Shahzada.

Alors qu'elle se disait qu'ils s'apprêtaient enfin à s'échapper de l'enfer dans lequel elle était retenue depuis des mois, de nouveaux coups de feu retentirent.

Grover l'attrapa, la souleva et la poussa contre le mur du tunnel, la protégeant de son propre corps. Les hommes qui l'entouraient déchargèrent leurs armes à leur tour, et les oreilles de Sierra tintèrent du bruit des tirs qui résonnaient dans la grotte.

— On dirait qu'ils ne sont pas contents qu'on leur enlève leurs invités ! cria Oz.

Sierra jeta un regard par-delà le corps de Grover et vit qu'il souriait.

— Descendez-les ! Descendez-les tous ! fit Trigger en réponse.

Les dix minutes qui suivirent furent les plus longues de la vie de Sierra.

Grover la traîna en arrière dans le tunnel et la fit s'asseoir sur le sol. Il retourna ensuite près de ses camarades et ouvrit le feu à leurs côtés. Sierra savait qu'il valait mieux ne rien faire qui puisse perturber leur concentration. Elle détestait ça, mais elle était un fardeau pour eux actuellement, et si elle les distrayait, ils pourraient se retrouver blessés. Elle resta donc assise à l'endroit où Grover l'avait laissée, les bras passés autour de ses genoux, à prier pour qu'ils s'en sortent tous sains et saufs.

Le rythme des tirs ralentit.

— C'est bon. On y va ! cria Brain.

Grover fut à ses côtés en un instant, la relevant et gardant son poing serré sur le bras de Sierra en la traînant derrière lui jusqu'à la sortie de la grotte.

Sierra était terrifiée, voulait demander s'il était certain que rien ne les attendait à l'extérieur. Mais elle n'en eut pas le temps avant de passer le seuil.

Elle avait rêvé de ce moment. De sortir de la grotte, libre. Ce n'était certes pas exactement la situation qu'elle s'était représentée, mais bon, elle n'allait pas cracher sur ce cadeau.

Tout autour d'eux, des hommes gisaient au sol, immobiles et couverts de sang. Elle se serait sentie mal s'ils n'avaient pas travaillé avec Shahzada, n'avaient pas pris beaucoup de plaisir à les torturer, elle et Grover.

— Vous avez vu Shahzada ? demanda Grover.

Trigger aboya un rire tandis qu'ils partaient vers la droite, dos à la montagne.

— Comme si ce sale lâche se battait aux côtés de ses hommes, dit-il.

Sierra ne reconnaissait pas les environs, puisqu'elle avait les yeux bandés lors de son arrivée. Mais cela n'avait pas d'importance. Elle était dehors. Libre. Enfin… presque.

— La prochaine étape ne va pas être facile, Petit Pois.

Sierra regarda Grover.

— Ah, parce que l'année passée l'était ? dit-elle avec une pointe de sarcasme.

Même dans leur situation on ne peut plus sérieuse, elle vit les lèvres de Grover former un semblant de sourire.

— D'accord. Alors, cette étape risque de craindre sérieusement. On descend.

— On descend ? demanda Sierra en fronçant les sourcils. Où ça ?

— Là, répondit Trigger en pointant du doigt le bord du plateau sur lequel ils se trouvaient.

Sierra baissa les yeux, confuse.

— On passe par-dessus, confirma Lucky. Les hommes de Shahzada ne pourront pas nous suivre sur un à-pic comme ça. Enfin, ils pourraient, mais ça m'étonnerait qu'ils le fassent.

— Oui, parce que c'est de la folie ! C'est quasiment une chute à la verticale ! s'exclama Sierra.

— Yep, dit Doc, l'air presque impatient.

— Vous êtes des malades, marmonna Sierra.

À ce moment-là, des cris retentirent sur leur gauche.

Brain traduisit pour eux alors que les mots devenaient plus distincts depuis leur position près de la paroi rocheuse de la montagne.

— « Ils sont là. Tuez les hommes et amenez-moi la femme. »

— Qu'il aille se faire foutre, murmura Grover.

Sierra jeta un œil en direction des voix et aperçut Shahzada entouré d'un nouveau groupe d'hommes. Évidemment, il se tenait *derrière* eux, donnant des ordres plutôt que de mener la charge.

— C'est lui, c'est Shahzada ! s'exclama Sierra avant de pousser un cri de surprise quand Grover la tira vers le bas.

Elle balaya l'endroit du regard et se rendit compte qu'ils faisaient des cibles faciles. Ils n'avaient pas de cachette le long de la montagne ; la seule manière de sortir de là était en effet de passer par-dessus le bord, comme l'avait suggéré Trigger.

Shahzada avait le dessus. Il pouvait se contenter d'amener des renforts depuis la route étroite derrière lui, et au bout du compte, il blesserait ou tuerait les membres de l'équipe de Grover.

Ils étaient là pour *elle* ; elle devait faire quelque chose. Elle n'était pas un super soldat des forces spéciales, mais elle n'était pas lâche pour autant.

Elle attrapa le bras de Grover.

— Je vais aller à leur rencontre, faire semblant de me rendre. Vous, tirez-leur dessus.

C'était une idée folle. Même Sierra le savait, mais elle devait faire quelque chose.

— Non.

Un seul mot. Ce fut tout ce que lui accorda Grover. Et cela agaça profondément Sierra.

— Je peux servir de distraction, insista-t-elle.

— J'ai dit *non*, répéta Grover.

— On ne peut pas se contenter d'attendre ici !

— Aie confiance, répondit-il calmement au milieu du vacarme de coups de feu.

Sierra ne comprenait pas comment Grover pouvait bien rester aussi calme. Shahzada et ses hommes les auraient bientôt battus. Si Grover pensait avoir souffert aux mains du taliban jusque-là, il n'était pas prêt pour ce qui allait suivre. Shahzada n'apprécierait certainement pas leur tentative de fuite. Et il se vengerait sur Grover, sur ses amis. Et sur elle.

— Respire, Petit Pois, lui ordonna Grover. C'est bientôt fini.

Elle ouvrit la bouche pour lui signaler qu'il était cinglé, quand elle se rendit compte soudainement que le nombre de coups de feu tirés par les talibans avait diminué.

Elle jeta un œil derrière Grover et cligna des yeux, surprise. Presque deux douzaines de cadavres gisaient dans la poussière. Alors qu'elle regardait, un autre homme tomba à genoux avant de s'étendre de tout son long.

— Ils n'ont aucun entraînement. Ils tirent au hasard, sans aucune précision. Alors que nous, chacun de nos tirs compte, expliqua Grover.

Il ne tirait pas, contrairement au reste de son équipe. Malgré leur handicap, complètement à découvert près de la montagne, on aurait dit que les balles que tiraient Trigger, Doc et les autres atteignaient systématiquement leurs cibles.

— Ne tuez pas Shahzada, dit Grover. Il est à moi.

L'espace d'un instant, Sierra crut qu'il s'adressait à *elle*.

— On bouge dans dix secondes, répondit Trigger.

Sierra sentit le corps de Grover se tendre.

— On bouge ? On bouge où ? demanda-t-elle.

— On va régler son compte à Shahzada une bonne fois pour toutes, dit simplement Grover.

Sierra était déjà remplie d'adrénaline, mais à ces mots, son corps entier se mit à trembler.

— Du calme, Petit Pois. Tout va bien.

Ce n'était pas la peur qui la faisait trembler, mais elle ne parvenait pas à desserrer les dents suffisamment pour en informer Grover. C'était de la colère. De la *rage*. Elle était si furieuse qu'elle ne contrôlait plus ses muscles.

— Je vais avec eux. Je reviens dans une minute. Reste ici avec Doc, lui dit Grover.

— Non.

Cette fois, c'était sa réponse à elle qui était succincte.

— Je dois m'assurer qu'il est bien mort, reprit-elle.

Elle était prête à se battre si Grover refusait, mais il croisa son regard et fut apparemment convaincu par ce qu'il y vit.

— OK, mais tu restes derrière Doc quoi qu'il arrive. Compris ?

Elle hocha la tête, reconnaissante au-delà des mots qu'il n'essaie pas de la forcer à rester en arrière. Elle en avait besoin. Besoin de savoir que l'homme qui l'avait enlevée n'était plus de ce monde. Besoin d'être certaine qu'il ne pourrait plus la poursuivre. Ni elle, ni qui que ce soit d'autre.

Elle n'était pas idiote. Elle savait qu'il n'était pas le seul de son espèce. Que d'autres portaient autant de haine en leur cœur, et qu'ils la déverseraient sur des innocents. Mais savoir que Shahzada était mort l'aiderait grandement à oublier ce cauchemar, une fois qu'elle serait rentrée chez elle.

Un bref instant, la pensée de rentrer aux États-Unis lui parut presque écrasante.

Serait-elle capable de retourner à sa vie d'avant ? *Comment* était sa vie, avant ? Elle avait accepté ce boulot de contractuelle parce qu'elle avait eu envie de changer d'air. Eh bien, elle n'avait pas été déçue. Elle avait vingt-huit ans. Elle ne voulait pas retourner vivre chez ses parents, mais elle ne savait pas quoi faire d'autre ni où aller.

— Maintenant, dit Trigger à voix basse.

Sierra n'eut plus le temps de réfléchir à son avenir. Elle était derrière Doc, accrochée au sac qu'il portait sur son dos, tandis qu'ils avançaient vers l'endroit où Shahzada avait disparu.

Ils dépassèrent les terroristes morts et les mourants, et Doc ramassa leurs armes pour les jeter sur le côté de la route. Quelqu'un finirait certainement par les récupérer, mais au moins, on ne leur tirerait pas dessus dans leur dos quand ils seraient plus loin.

— Il est là, dit Grover.

Sierra jeta un regard derrière Doc et aperçut Shahzada, qui essayait de s'éloigner en rampant de l'équipe de Deltas. Trigger s'avança jusqu'à lui et appuya de son pied botté sur la plaie qu'avait laissée une balle dans sa jambe. Shahzada poussa un hurlement de douleur.

Lefty se pencha pour lui arracher des mains l'AK-47 qu'il tenait.

Brain, Oz et Lucky l'encerclèrent, pour s'assurer qu'aucun des hommes qui gisaient au sol autour d'eux ne se réveille et ne tente d'intervenir.

— On n'a pas beaucoup de temps. Vas-y, Grover. Finis-en, ordonna Trigger.

Doc empêcha Sierra de s'approcher de plus de cinq mètres environ de ce qui allait se dérouler, mais elle ne put détacher les yeux de la scène.

Grover sortit un couteau d'un petit étui sur sa cuisse, qu'elle n'avait pas remarqué. Elle supposait que son équipe avait dû lui donner quand ils l'avaient libéré de sa cellule. Sans un mot, il se pencha et déchira d'un geste la chemise de Shahzada, découvrant son torse. Il lui murmura quelque chose que Sierra n'entendit pas, mais qui fit se débattre violemment le taliban. Il leva le bras, tentant de frapper Grover.

Grover eut un rire sans joie et repoussa sa main.

Avant de lui entailler la poitrine d'un mouvement si rapide que Sierra l'aurait manqué si elle n'avait pas observé la scène avec autant d'attention.

— Tu ne devrais peut-être pas regarder ça, marmonna Doc en se tournant pour l'éloigner de la scène.

— Si tu me touches, tu meurs, siffla Sierra.

Doc se figea, et elle lui fut reconnaissante de prendre en compte son avertissement. Elle savait qu'elle ne pourrait rien faire contre lui, et elle ne tenterait bien sûr jamais de le blesser, mais il *fallait* qu'elle voie ça. Qu'elle voie Shahzada mourir. Si cela faisait d'elle une femme assoiffée de sang, eh bien, soit.

Elle regarda Grover entailler encore quelques fois la poitrine de l'autre homme. Il jouait avec lui. Lui rendait à moindre échelle ce qu'il lui avait fait subir pendant si longtemps. Grover parla à nouveau, sans que Sierra distingue ses mots.

Le temps semblait s'être arrêté. Sierra ne pouvait détacher les yeux de Grover. Elle aurait dû être dégoûtée. Horrifiée. Morte de trouille.

Mais ce n'était pas le cas. Le moment était d'une morbidité cathartique, à voir l'homme qui lui avait causé tant de peine, de terreur, de douleur, ressentir une fraction de ce qu'elle avait ressenti.

Le tuer n'effacerait pas ses actions, ne rendrait pas les autres contractuels, morts en captivité, ne referait pas pousser ses cheveux ni ne lui rendrait l'année qu'elle avait perdue. Mais malgré tout ça, elle se sentirait mieux.

Vraiment, vraiment mieux.

— On a de la compagnie, prévint Brain.

Grover n'avait pas attendu son avertissement. Il avait visiblement entendu les renforts grimper le sentier de montagne. Il tendit la main, attrapa la nuque de Shahzada, le forçant à le regarder dans les yeux, avant de plonger le couteau dans sa poitrine, juste au-dessus du cœur.

Le redouté terroriste, ou plutôt, le petit tyran qui aurait voulu être connu pour sa violence, eut un dernier sursaut, avant que son corps ne se relâche aux pieds de Grover.

Sans autre cérémonie, Grover retira la lame de son couteau, la nettoya sur le pantalon du cadavre et la rangea dans son étui. Il fit un signe du menton en direction de Trigger, et les six hommes se tournèrent comme un seul pour revenir dans la direction d'elle et Doc.

Sierra gardait les yeux fixés sur Grover. Quand il arriva auprès d'elle, il lui offrit ce qu'elle n'avait même pas conscience d'avoir attendu.

— Il est mort. Il ne pourra plus jamais te blesser, ni qui que ce soit d'autre.

— Merci.

Les mots semblaient insuffisants pour exprimer sa reconnaissance envers tout ce qu'il avait fait pour elle. Il s'était littéralement laissé capturer dans l'espoir d'être amené là où elle était retenue prisonnière, alors qu'il ne savait même pas si elle était en vie. Il ne savait rien d'elle, à vrai dire, et pourtant il avait remué ciel et terre pour la retrouver. De ce qu'elle comprenait, tout ça dans le mois qui avait suivi la réception de sa lettre perdue dans la poste. Une fois qu'il avait reçu la confirmation qu'elle avait disparu, qu'elle avait vraiment été enlevée, il avait agi immédiatement.

Et même si elle savait que Grover avait ses propres raisons d'en vouloir à Shahzada, ayant après tout été vicieusement torturé au cours de la semaine passée, il s'était agi d'autre chose. Elle le savait instinctivement.

Oui. Il s'était assuré que le terroriste était véritablement mort, qu'il ne représenterait plus une menace pour *elle*.

Grover hocha la tête et fit un signe de remerciement à Doc. Ils retournèrent tous d'où ils étaient venus, au bord de la montagne, ce bord qu'ils étaient apparemment censés franchir.

— Je vois que le plan n'a pas changé, hein ? demanda nerveusement Sierra.

— Ça va être du gâteau, dit Lucky, qui semblait avoir hâte de tenter l'aventure.

— Sans cordes ? vérifia Sierra.

— Pas besoin, lui répondit Lefty. Accroche-toi juste à Grover.

— Et qui le retient, *lui* ? marmonna-t-elle.

Ils marchèrent le long du rebord pendant un moment, sans que Sierra sache ce qu'ils cherchaient. Mais visiblement, ils finirent par le trouver.

— Là, dit Oz.

Sans plus de cérémonie, Sierra se retrouva assise sur le sol poussiéreux, les jambes pendant au-dessus du vide. De près, la descente semblait moins pire que ce qu'elle avait cru depuis l'entrée de la grotte, mais on n'aurait quand même pas dit qu'il serait facile de passer par là. Le terrain était extrêmement pentu, parsemé de buissons secs. Elle n'avait aucune idée de la distance, mais elle distinguait de vagues formes d'arbres à plusieurs kilomètres au-dessous d'eux.

— Il y a une petite rivière en bas, l'informa Trigger. Et les arbres nous serviront de couverture. Ton boulot, c'est de te laisser glisser sur les fesses lentement et sûrement. On s'occupe du reste.

Sierra hocha la tête. Elle n'était pas sûre d'avoir envie de faire ça, mais elle voulait encore moins se faire rattraper par les terroristes.

— Ils ne nous suivront pas, dit Grover d'un ton apaisant. Maintenant que Shahzada est mort, personne n'est là pour leur donner des ordres. Certains pourraient essayer de nous arrêter sans grande motivation, mais le plus probable, c'est qu'ils se dispersent et essaient de cacher leur lien avec lui ou les talibans.

— Jusqu'à ce que quelqu'un reprenne le flambeau, marmonna Brain.

— On y va, dit Trigger lorsque de nouveaux cris retentirent plus loin sur la route.

— Lentement et sûrement, rappela Grover. Je suis juste à côté.

Sierra hocha la tête et prit une profonde inspiration. Sans plus attendre que quelqu'un passe avant elle ou qu'on la rassure à nouveau, elle se poussa par-dessus le rebord et entama la descente.

À son grand étonnement, ça n'avait rien à voir avec un

toboggan. Elle ne perdit pas le contrôle, et ses visions d'une dégringolade le long de la pente comme le pirate Roberts dans *Princess Bride* s'estompèrent. Certes, elle avait mal aux fesses à cause des cailloux et des branches sur lesquels elle glissait, mais elle pouvait s'aider dans ses mouvements en s'accrochant aux quelques buissons.

Le temps n'avait plus d'importance à ses yeux tandis qu'elle se concentrait sur sa descente. Elle avait une conscience aiguë de Grover à ses côtés, et des autres qui les suivaient. Lors d'un passage particulièrement ardu, il passa devant elle, s'assurant qu'elle ne perdait pas le contrôle. Ses camarades n'étaient pas loin et l'encourageaient doucement tout en veillant à ce que personne ne les suive.

— Tu t'en es très bien sortie, Petit Pois. Tu crois que tu peux marcher ?

Sierra leva la tête et vit Grover qui se tenait debout près d'elle, lui tendant la main. Clignant des yeux, elle se rendit compte qu'elle était si concentrée sur la pente qu'elle n'avait pas remarqué que le sol sur lequel elle glissait était de moins en moins abrupt. Les arbres auxquels elle avait jeté un œil de temps en temps pour évaluer la distance qui restait étaient plus proches que jamais, et le sol ne semblait plus aussi instable.

Elle attrapa la main de Grover et se laissa tirer sur ses pieds. Elle vacilla, mais il était là pour s'assurer qu'elle ne tombait pas. Il commença à l'attirer dans ses bras, avant de s'interrompre. Elle leva les yeux vers lui d'un air interrogateur.

— Je suis désolé, lui dit-il.

Elle fronça les sourcils.

— De quoi ?

— Que tu m'aies vu perdre le contrôle, là-haut.

Sierra n'avait strictement aucune idée de ce dont il parlait.

— Perdre le contrôle ? répéta-t-elle.

— Après tout ce que tu as traversé, tu n'avais pas besoin de me voir jouer avec Shahzada comme je l'ai fait. J'aurais dû laisser Trigger lui mettre une balle dans la tête et passer à autre chose.

Sierra secoua la tête.

— Non. Sa mort aurait été trop douce. Je suis plutôt désolée que tu n'aies pas eu *plus* de temps pour lui infliger exactement ce qu'il méritait.

Grover eut l'air surpris à son tour.

— Tu n'es pas dégoûtée ?

Sierra leva la main et effleura une plaie sur son front. Du sang en coulait encore, et il aurait sans doute une cicatrice. À cause de Shahzada. Ou d'un des hommes auxquels il avait ordonné de le frapper.

— Non, je ne suis pas dégoûtée, confirma-t-elle.

Grover attrapa sa main et la serra fort dans la sienne, contre sa poitrine. Il la dévisagea avec intensité.

— Tu es unique, Sierra Clarkson, dit-il.

Sierra n'était pas sûre de ce qu'il voulait dire par là. Elle eut un rire nerveux.

— Oui, ça fait un an que je n'ai pas pris de douche, je suis chauve, sans défense, et je pue autant qu'un cadavre qui pourrit dans les bois depuis des mois, répondit-elle.

Il n'esquissa pas même un sourire.

— Je m'attendais à ce que si je te retrouve, tu ne sois plus que l'ombre de la femme que tu étais quand je t'avais rencontrée à la cantine de la base. Je m'attendais à ce que tu sois brisée, peut-être même un peu folle, après avoir été retenue captive si longtemps. À la place, j'ai retrouvé une femme qui a fait de son mieux pour me réconforter, *moi*. Tu étais là depuis des mois, et pourtant, tu as quand même essayé de me rassurer, de me calmer. Tu m'as tenu la main, tu m'as parlé. Quand les balles ont commencé à pleuvoir, tu n'as pas paniqué. Tu ne t'es pas mise en travers de notre chemin. Pour autant, tu n'es pas faible et docile. Tu es intelligente. Tu es courageuse. Tu sais comprendre quand la situation te dépasse... mais tu n'es pas sans défense. Pas du tout. Être sale et sentir mauvais, ce sont des choses qui passent, Sierra. Tes cheveux repousseront. C'est bien plus difficile de changer qui nous sommes à l'intérieur. Ce qu'on devient *à cause* des autres. Et toi, tu es totalement, absolument incroyable. Ne laisse jamais personne te faire croire le contraire... Pas même toi.

Sierra dévisagea Grover et déglutit avec peine. Elle n'était pas au bord des larmes, ne savait même pas si elle était *capable* de pleurer normalement. Mais les mots qu'il venait de prononcer voulaient dire plus pour elle qu'elle n'aurait su l'exprimer. Elle s'était sentie si seule, si perdue, pendant si longtemps. Elle ne savait pas si elle reverrait la lumière du jour. Et voilà qu'elle était là, à l'extérieur, endolorie et épuisée, et toujours si incertaine quant à son avenir, mais libre. Et les mots de Grover lui donnèrent l'assurance dont elle avait besoin pour se remettre à avancer.

Elle hocha la tête et se pencha vers lui.

Ses bras se refermèrent autour d'elle, la serrant doucement. Elle ne se sentait pas suffoquée. Sierra savait qu'il la lâcherait dès l'instant où elle ferait mine de se dégager.

— Purée de pommes de terre, steak saignant, et du pain à l'ail juste sorti du four, murmura-t-elle.

Sous sa joue, elle sentit le rire de Grover résonner dans sa poitrine, prouvant à quel point ils étaient proches.

— Saumon grillé, haricots verts au beurre, pain de maïs, répliqua-t-il.

Il ne demanda pas de quoi elle parlait. Il s'en souvenait, jouait le jeu. Et elle lui en était si reconnaissante.

Sierra en salivait. Elle releva la tête et lui sourit.

— Avec une énorme part de gâteau au chocolat en dessert.

— De la tarte aux pêches avec une boule de glace, dit-il.

— Hé, on bouge ! leur cria Lucky, un peu plus loin.

Sierra sursauta ; elle n'avait pas entendu les hommes les dépasser. Grover la stabilisa et attrapa sa main, la serrant doucement.

— Brain et lui sont partis s'assurer qu'on ne risquait rien, expliqua-t-il.

Sierra se rendit compte que Grover l'avait sûrement distraite volontairement pendant que ses camarades prenaient en charge leur sécurité, et sentit à nouveau une vague de reconnaissance la submerger.

— On est à quelle distance de la base ? demanda-t-elle.

— Je ne sais pas trop, mais Trigger les aura contactés, entre-temps. Une fois qu'on sera en bas de la colline, on réfléchira à l'étape suivante.

— La colline, oui, bien sûr, dit Sierra en levant les yeux au ciel.

Grover sourit.

— Tu vas y arriver, Petit Pois, ne t'inquiète pas.

C'était fou que si peu de mots puissent être aussi précieux. Sierra avait faim, soif, peur, et elle était complètement dépassée par les événements. Pourtant, aux côtés de Grover, elle avait l'impression qu'elle pourrait surmonter n'importe quelle épreuve.

CHAPITRE SIX

Grover était contrarié. Il avait espéré pouvoir se rendre à la base et apporter à Sierra l'attention médicale dont elle avait besoin directement après leur descente de la montagne. Il estimait qu'ils se trouvaient à une quinzaine de kilomètres du village, sans être certain de la distance exacte. Marcher pendant quinze kilomètres après être restée immobile si longtemps serait une épreuve pour elle, mais ses camarades seraient là pour l'aider, la porter s'il le fallait.

Il serait heureux de la porter lui-même, mais il savait qu'il n'était pas au meilleur de sa forme, ce qui l'énervait beaucoup. Ses côtes le lançaient, mais il avait déjà eu assez de côtes fêlées et cassées dans sa vie pour être capable d'ignorer la douleur et de faire ce qui devait être fait.

Sierra ne pesait pas plus de quarante-cinq kilos, mais Grover ne courrait pas le risque de la blesser si jamais son propre corps le lâchait. Quand il l'avait serrée dans ses bras, il avait senti sa colonne vertébrale, et il détestait qu'elle soit devenue aussi frêle. Heureusement, malgré la fragilité de son corps, elle n'avait rien perdu en détermination.

Son apparence était encore plus choquante ici, à l'air libre, qu'elle n'avait paru dans la caverne. Elle avait perdu sa casquette durant la descente, et des touffes de cheveux auburn parsemaient son crâne. Elle était couverte de poussière et de crasse, et elle avait raison sur un point... elle ne sentait pas très bon. Mais après tout, Grover non plus. Ils étaient en vie. C'était tout ce qui importait.

Il s'avérait qu'il ne serait pas possible d'atteindre la base le jour même. Trigger avait contacté le général et appris que les villageois étaient tendus après avoir reçu des nouvelles de ce qui s'était passé dans la montagne. Beaucoup d'entre eux avaient perdu des proches lors du raid, et même si ces hommes travaillaient avec Shahzada et les talibans, ils n'en étaient pas moins des frères, des fils, des maris. Les quelques fidèles qui restaient avaient excité les foules, donnant lieu à des rassemblements et des émeutes aux portes de la base. Le général avait maintenu le confinement, pour la sécurité de tous. Il recommandait à Trigger et à son équipe, ainsi qu'à Sierra de se faire discrets pour la nuit et de revenir quand la situation se serait calmée.

Grover avait espéré qu'un hélicoptère pourrait venir les récupérer, mais les talibans possédaient des lance-roquettes, et se faire descendre en plein vol avant d'avoir pu amener Sierra en lieu sûr était bien la dernière chose dont ils avaient envie.

Ils se contenteraient donc de s'installer quelque part en attendant que les choses se tassent. Ils contacteraient à nouveau la base le lendemain matin pour s'assurer de la situation avant de décider de la marche à suivre.

— Ce n'est pas grave, dit doucement Sierra en posant sa main sur l'avant-bras de Grover.

Il sursauta, s'admonestant mentalement d'avoir été distrait ne serait-ce qu'une seule seconde. Elle n'aurait pas dû pouvoir s'approcher à ce point sans qu'il le remarque.

— C'est cent fois mieux de dormir à la belle étoile que de passer une nuit de plus dans cette maudite caverne, poursuivit-elle.

Le fait qu'elle tente de *le* rassurer ne faisait que contribuer à prouver combien elle était spéciale.

Ils étaient quasiment certains de ne pas avoir été suivis, mais personne ne voulait courir le risque de faire un feu. Une fois le soleil couché, l'obscurité fut totale, mais Sierra ne se plaignit pas. Pas un seul grognement, pas une seule protestation ne franchit ses lèvres. Elle mangea ce qu'elle put des rations de survie que lui proposa Oz, but l'eau traitée chimiquement, et laissa même Doc examiner l'état de ses pieds sans un mot.

On aurait presque pu croire à une soirée camping entre amis. Mais Lefty et Brain étaient assis un peu à l'écart des autres, leurs armes à portée de main, comme un rappel que leur situation pouvait dégénérer à tout moment.

Sierra était assise en tailleur près de Grover, un de ses genoux frôlant sa cuisse. Lorsqu'il la sentit frissonner, il baissa les yeux vers elle. Ils avaient activé trois bâtons lumineux qui les éclairaient faiblement tandis que la nuit tombait autour d'eux.

— Tu as froid ? lui demanda Grover.

— Un peu, répondit-elle.

Il se retourna et fouilla dans le sac à dos de Doc. Il se sentait démuni sans le sien, mais il était reconnaissant à ses amis d'être venus aussi préparés. Il finit par en extraire un haut d'uniforme de camouflage désert. Il serait bien trop grand pour elle, mais devrait suffire à la réchauffer un peu.

— Tiens. Ce n'est pas à ta taille, mais c'est mieux que rien.

Sierra écarquilla les yeux et tendit immédiatement la main. Grover se réprimanda mentalement de ne pas y avoir pensé plus tôt, mais ne put s'empêcher de sourire en la voyant s'enrouler dans la chemise et pousser un soupir de contentement.

— Il ne fait même pas si froid que ça. Mes parents seraient déçus de mon manque de résistance, dit-elle.

En face d'eux, Lucky poussa un grognement.

— Difficile pour tes parents, ou qui que ce soit, d'être déçus après avoir entendu ton histoire, à mon avis.

— Tu ne les connais pas, plaisanta Sierra.

Grover décelait une note de... bonheur... dans sa voix, qu'il n'y avait jamais entendue. Il supposait que c'était l'effet de la liberté. Même si elle voulait le croire quand il lui disait que son équipe viendrait à leur rescousse, il se doutait qu'elle n'y avait pas réellement cru avant que cela n'arrive.

Il avait du mal à concevoir qu'elle était restée en captivité pendant un an. Quelques mois auraient suffi à briser n'importe qui d'autre. Sierra souriait légèrement, et se comportait de manière tout à fait normale. Grover était soulagé qu'elle ne soit pas hystérique, même s'il se doutait qu'il lui faudrait encore du temps avant de se remettre de cette épreuve, pour peu qu'elle y parvienne.

— Parle-nous d'eux ? demanda Trigger.

Grover était heureux que ses amis soient là. Il n'était pas très doué pour faire la conversation. Il voulait certes tout savoir de Sierra, mais il aurait été gêné de poser toutes ses questions lui-même.

— Ils ont grandi à Leadville, dans le Colorado, tous les deux... vous connaissez ?

— C'est en altitude, c'est ça ? demanda Lucky.

— Oui. À trois mille quatre-vingt-quatorze mètres d'altitude, pour être exact. Côté température, ça donne environ vingt degrés Celsius en moyenne l'été, et moins vingt-cinq degrés en hiver. Il n'y a qu'à peu près trois mille habitants à l'année.

Trigger poussa un sifflement.

— Dis donc, c'est froid.

— Yep.

— Et tu as grandi là-bas ? demanda Grover.

— Oui. Et j'ai adoré. Je skiais tout le temps. On voit plusieurs pics à plus de quatre mille deux cents mètres d'altitude depuis la ville. La vue depuis la terrasse arrière de chez mes parents est ridiculement belle. On dirait une carte postale, raconta Sierra.

— Tu as fini par partir quand même, nota Oz.

— Oui. J'aime mes parents, et ils m'aiment, mais j'avais besoin de plus que ça. Je voulais faire quelque chose de ma vie. Je suis allée à la fac à Denver et j'y ai trouvé du travail après avoir obtenu mon diplôme, mais ça n'a pas suffi. Un jour, j'ai écouté un podcast de l'entreprise de contractuels pour laquelle j'ai fini par travailler, qui m'a intriguée. Après beaucoup d'hésitation, j'ai décidé d'accepter ce boulot, ici en Afghanistan. La paye était bonne, je l'admets... mais au-delà de ça, j'avais l'impression de pouvoir faire quelque chose pour mon pays.

Sierra se tut, et Grover ne put s'empêcher d'attraper sa main. Dès l'instant où ses doigts se serrèrent autour des siens, il se détendit. Elle se tourna un peu, et il fut traversé d'un éclair de soulagement en voyant à son regard que ce contact semblait l'aider autant que lui.

— En tous cas, oui, j'avais l'habitude du froid. Quand je suis arrivée ici, j'ai cru que j'allais mourir. Il faisait tellement chaud. Bien sûr, à Denver, même si on l'appelle la Mile High City tellement elle se situe en altitude, il fait chaud en été ; mais pas autant qu'ici. Je ne peux même plus m'imaginer aller skier par des températures négatives. Je me suis habituée au climat local, et j'ai l'impression que j'aurai toujours froid quand il fera moins de vingt-cinq degrés, maintenant.

— Ça reviendra, lui dit Trigger. Vous vous souvenez de l'entraînement de survie en milieu arctique ? enchaîna-t-il à l'attention de ses amis. Mon Dieu, on n'était pas prêts pour celui-là. Doc a eu des gelures aux orteils et Lucky a failli perdre le bout de ses oreilles. On a beaucoup appris sur la meilleure façon de survivre au froid, mais putain, c'était dur. Je préfère la chaleur, et largement.

— Je sais pas, cette mission qu'on a eue en Afrique n'était pas complètement agréable non plus, répondit Oz. C'était l'été, on était pile sur l'équateur, et l'humidité était si épaisse qu'on avait du mal à respirer. Nos vêtements étaient trempés pour toute la durée de la mission. C'est un miracle que Lucky ait été le seul à avoir le pied des tranchées, parce que nos chaussettes étaient constamment mouillées, entre la transpiration et l'humidité ambiante.

Ils poussèrent un grognement collectif au souvenir de la mission.

— Quels sont tes projets, une fois que tu seras rentrée ? demanda gentiment Doc au bout d'un moment. Tu retournes à Leadville, pour rester avec tes parents ?

Grover se raidit, impatient d'entendre la réponse de Sierra.

— Non. Enfin, si, je veux les voir. Je suis sûre qu'ils

voudront s'assurer eux-mêmes que je vais bien, mais j'ai presque trente ans. Je ne veux pas retourner habiter chez eux. Et Leadville n'est pas exactement l'endroit où je me vois finir ma vie.

Sierra lui jeta un coup d'œil et Grover ne put s'empêcher d'informer ses amis de sa proposition.

— Je l'ai invitée à venir à Killeen, précisa-t-il.

— Super.

— Clairement, il y fait moins froid.

— Gillian serait ravie de te rencontrer.

— Ember aussi. Elle sera tellement soulagée de savoir que tu vas bien.

Ses camarades apportèrent immédiatement tout leur soutien à son idée, ce que Grover apprécia plus qu'il n'aurait su le dire.

— Je pensais aussi l'emmener au Refuge, ajouta-t-il.

— Excellente idée, approuva Trigger. Elle va sûrement devoir faire face à plein de demandes d'interviews. Brick et son équipe pourront aider.

— Ember aussi, proposa Doc. Pour ce qui est de gérer les reporters, les paparazzis et les interviews, elle s'y connaît.

— Et je sais que Riley pourra te conseiller par rapport aux gens qui te demanderont si tu comptes écrire un livre, continua Oz.

— Le Refuge ? Brick ? demanda Sierra lorsqu'elle put placer un mot.

Grover s'inquiétait qu'elle ne se sente envahie par leur enthousiasme, mais elle n'avait pas l'air stressée.

— Je crois que je t'en ai parlé quand on était dans la caverne ; en tous cas, j'en avais l'intention. Le Refuge est une retraite gérée par une équipe d'anciens des forces spéciales, sous les ordres de Brick. Ils souffraient tous d'une forme de stress post-traumatique lorsqu'ils ont quitté la force ou été libérés pour des raisons de santé. Il y a des SEAL, des Deltas, des Night Stalkers, des DSF, c'est les forces spéciales de la Garde côtière, des Bérets verts, et des SAS, qui sont l'équivalent britannique. Ils ont acheté quelques centaines d'hectares de terrain près de Los Alamos, au Nouveau-Mexique. D'après les rumeurs, c'est un endroit incroyable pour les hommes et les femmes du monde entier qui essaient de retrouver un certain équilibre dans leurs vies après une expérience traumatisante. Et pas seulement des militaires. Beaucoup d'événements peuvent laisser des séquelles psychologiques, et Brick et son équipe voulaient offrir un havre de paix à tous ceux qui en auraient besoin.

— Ça a l'air incroyable, dit doucement Sierra. Je me sens un peu perdue, pour être honnête. Évidemment, je suis très heureuse d'être assise ici avec vous au lieu d'être toute seule dans ma grotte. Mais je ne sais pas ce que je vais faire de ma vie, maintenant.

— Tu faisais quoi, avant de venir ici ? voulut savoir Trigger.

— Je travaillais dans un entrepôt Amazon. Pas vraiment le genre de truc qui va changer le monde.

— Hé, n'aie pas honte d'avoir un boulot. J'imagine que tu avais ton propre appartement, que tu achetais ta nourriture et payais tes factures... ça fait partie de la vie d'adulte, lui dit Lucky.

— Oui, mais la raison pour laquelle j'ai accepté cette mission de contractuelle, c'était parce que je voulais changer les choses. Travailler dans un entrepôt, ce n'est pas vraiment ce que j'avais en tête.

— Tu n'as rien trouvé dans le domaine de la psychologie ? demanda Grover.

Sierra haussa les épaules.

— Je me suis rendu compte que même si j'aimais beaucoup ça, je ne voulais pas vraiment travailler dans le domaine de la médecine... et la plupart des boulots, en tous cas ceux qui sont bien payés, nécessitent d'avoir plus de diplômes que ça. J'admets que j'aurais dû faire un peu plus de recherches avant de me décider à étudier la psychologie, dit-elle d'un air un peu penaud.

— Tu n'as pas besoin de décider là, tout de suite, ce que tu veux faire du reste de ta vie, la rassura Trigger. La priorité, c'est de t'occuper de toi. Tu as remarquablement bien géré ta situation, mais on sait tous que parfois, le traumatisme ressort de nulle part. Tu pourrais être en train de vivre ta vie tranquillement, et il suffit qu'un souvenir remonte pour te tirer vers le bas. Gilian fait encore parfois des cauchemars alors que ça fait deux ans. Elle se réveille au milieu de la nuit et n'arrive plus à se rendormir.

— Riley et moi, il nous arrive de nous réveiller d'un coup et de devoir aller vérifier que les enfants vont bien. Qu'ils sont bien endormis dans leurs lits, ajouta Oz.

— Pour Devyn, c'est les oiseaux. Elle va beaucoup mieux, mais parfois, rien que d'entendre un oiseau chanter la ramène instantanément à cette forêt où elle avait été laissée pour morte, dit Lucky.

— Assistante de direction, vétérinaire à temps partiel, correctrice, organisatrice d'événements, secouriste, et ex-athlète olympique devenue gérante d'une petite entreprise, commenta doucement Grover. C'est ce que font les autres femmes. Tu peux être qui tu veux, faire ce qui te fait envie. Mais tu n'as pas à décider maintenant. Prends un moment pour respirer, Sierra. Reprends tes marques. Mange de la bonne nourriture, célèbre ta victoire sur Shahzada.

Il l'entendit soupirer.

— Tu as raison.

— Je sais, répliqua-t-il immédiatement.

Cela fit rire les autres hommes, et Grover fut heureux de voir un sourire se dessiner sur les lèvres de Sierra.

— Aucun de vous n'a de problème de confiance en lui, hein ?

— Et pourquoi on en aurait ? On est les meilleurs dans ce qu'on fait, et on a tous des femmes qui nous aiment, pour une raison qui m'échappe, répondit Doc avec un grand sourire.

— Pour info, Grover m'a parlé de vos femmes. Elles ont l'air...

Sierra laissa sa phrase en suspens.

— Incroyables ?

— Magnifiques ?

— Super fortes ?

— Intimidantes, termina Sierra avec un sourire.

Doc eut un petit rire.

— Elles ne le sont pas, je t'assure.

Sierra secoua la tête.

— Dit le mec qui sort avec la femme la plus célèbre de tout internet.

— Sérieusement, insista Doc. Je ne voulais pas aimer Ember quand je l'ai rencontrée, je l'avoue. Je suis un homme très discret, et elle était tout sauf ça, du moins, je le croyais. Je me disais aussi qu'elle serait une diva pourrie gâtée. Mais pas du tout.

— D'ailleurs, Shahzada n'était vraiment pas content quand elle a posté ma photo en ligne, lui dit Sierra.

Grover était tout à fait content de laisser la conversation se poursuivre sans lui. Cela lui convenait parfaitement de s'asseoir, tenir la main de Sierra et la laisser apprendre à connaître ses meilleurs amis au monde. La question n'était pas de savoir si les gars l'apprécieraient, mais de savoir combien de temps il faudrait pour qu'ils soient tous entièrement conquis.

— Ember va être absolument ravie de savoir que son plan a fonctionné. Enfin, elle espérait que quelqu'un contacterait les autorités en disant savoir où tu étais, mais si tes ravisseurs étaient mal à l'aise en voyant ta photo réapparaître, c'est déjà bien, fit Doc avec satisfaction.

— Je n'en reviens toujours pas qu'Ember Maxwell sache qui je suis, dit Sierra en secouant un peu la tête. Je veux dire, je ne suis pas quelqu'un d'important.

— Tu *es* importante, insista Grover.

Sierra haussa les épaules.

— Ce n'est pas grave. Je m'en fiche. Mais j'ai eu le temps d'y réfléchir, cette année. Si j'avais été... je ne suis pas sûre du bon terme... plus intéressante ? Charismatique ? Bruyante ? Je ne sais pas. Mais je ne peux m'empêcher de penser que si j'avais été plus... *remarquable*, les gens auraient fait plus d'efforts pour me retrouver dès le départ.

Grover fut presque submergé de honte et de regret.

— Moi, j'aurais dû faire plus d'efforts pour savoir ce qui

t'était arrivé. Je n'aurais pas dû attendre de recevoir cette fichue lettre.

— Oh, non, je ne parle pas de toi, dit immédiatement Sierra.

Mais Grover secoua la tête.

— Si, c'est vrai. Un mois. C'est tout ce qu'il a fallu entre le moment où j'ai reçu la lettre et celui où je t'ai trouvée. J'aurais pu t'épargner onze mois de cet enfer, et je n'ai rien fait.

— Tu ne peux pas t'en vouloir pour ça, lui dit Sierra.

— Et pourtant... répliqua-t-il à voix basse.

— Non, c'est du délire. C'est idiot. C'est ridicule ! s'exclama Sierra. Grover, tu ne me connaissais même pas. Tu ne peux pas te sentir responsable de chaque personne que tu croises dans la rue. Si tu rencontres quelqu'un, et que cette personne trébuche et tombe par terre la semaine suivante, ce sera de ta faute aussi ?

Il la dévisagea. Son visage était dans la pénombre, la faible lueur des bâtons lumineux n'éclairant pas aussi loin. Ses cheveux en plaques étaient ébouriffés, et elle fronçait les sourcils.

Il n'avait jamais vu une femme aussi belle de sa vie.

Sierra balaya leur petit groupe du regard.

— Dites-lui que c'est ridicule, ordonna-t-elle.

Trigger haussa les épaules.

— C'est vrai qu'il t'a trouvée alors que les autres avaient échoué.

— En plus, je t'*avais* remarquée, ajouta Grover. Avec le filet sur les cheveux et tout.

Sierra s'agenouilla près de lui. Elle nageait dans la chemise d'uniforme à manches longues qu'elle avait enfilée, et même dressée sur ses genoux, elle ne le dépassait pas. Elle agita un doigt dans sa direction.

— Non ! Je t'interdis de te sentir coupable. Sinon, moi, je me sentirai coupable de ne pas avoir fait plus attention, comme tu m'avais dit de le faire il y a des mois. Et si je me sens coupable, je n'arriverai jamais à oublier tout ça aussi facilement que je le voudrais. J'en ferai des cauchemars pendant des années, jusqu'à devoir prendre tellement de médicaments que je serai un vrai zombie. Je ne serai plus capable de garder un boulot stable et je devrai vivre dans le sous-sol de mes parents et je mourrai de froid parce que je suis bien incapable de survivre à des températures de moins vingt-cinq degrés, maintenant !

Elle avait le souffle court, ayant élevé la voix sur la fin de son discours. Grover se mit à rire. Pas d'elle, bien sûr, jamais d'elle, mais de la situation.

— D'accord, Petit Pois, dit-il en attrapant le doigt qu'elle pointait toujours vers lui.

— D'accord *quoi* ? insista-t-elle.

Mince, elle était encore plus maline que ce qu'il avait pensé. Grover grimaça.

— J'essaierai de ne pas me sentir coupable.

— Nope. Ce n'est pas suffisant.

Elle se tourna vers les autres.

— Dites-lui, vous, leur ordonna-t-elle.

Lucky, Oz, Doc et Trigger la regardèrent d'un air perdu.

— On lui dit quoi ? demanda finalement Oz.

— Dites-lui qu'il n'a pas le droit de se sentir responsable de ma captivité.

— Tu n'as pas le droit de te sentir responsable de sa captivité, répéta consciencieusement Oz.

Ça, Grover pouvait accepter. Il regrettait de n'avoir pas pris sa disparition plus au sérieux. De n'avoir pas fait ce qu'il pouvait pour la retrouver plus tôt. Et de ne pas avoir eu le temps de torturer Shahzada autant qu'il l'aurait voulu.

— Je ne me sentirai pas responsable de ta captivité, dit-il avec honnêteté.

Sierra le dévisagea d'un œil suspicieux.

— Pourquoi j'ai l'impression que tu as lâché l'affaire trop facilement ? demanda-t-elle.

Grover ne comptait pas s'étendre sur le sujet.

— Ça fait un moment que je n'ai pas eu de copine, mais je sais qu'il ne faut pas discuter avec une femme qui me pointe du doigt, répondit-il à la place.

— Il a raison, commenta Lucky. Devyn m'a fait le coup une fois, et j'étais terrifié.

— Assieds-toi, la cajola Grover en tirait doucement sur la main de Sierra. Tu devrais manger encore un peu. Prendre des petits snacks régulièrement recharge plus en énergie que de manger trois gros repas.

— Je sais que tu changes de sujet, grommela Sierra tout en obéissant.

Doc et Lucky se levèrent pour remplacer Lefty et Brain dans leur tour de garde.

— On a raté quoi ? demanda Brain en s'asseyant.

— Vous êtes tous arrogants, mais à raison, vos femmes et enfants sont super, et Grover n'a pas le droit de se sentir responsable de mon enlèvement, lui expliqua Sierra, la bouche pleine de la ration de cake à la banane qu'ils avaient ouverte plus tôt dans la soirée.

— D'accord. Je vois qu'on a fait le tour, dit Lefty avec un petit rire.

— Tu crois que tu vas pouvoir dormir, Sierra ? demanda Trigger. On ne sait pas ce qu'il y aura au programme, demain. Peut-être qu'on devra marcher sur quinze kilomètres, peut-être qu'un hélicoptère viendra nous chercher, sûrement un mélange des deux, mais il faut qu'on soit prêts à tout.

— Je pense que oui, répondit-elle en hochant la tête.

Ils restèrent silencieux pendant quelques minutes, et Sierra fixa le sol, plongée dans ses pensées tout en mangeant son cake. Lorsqu'elle eut fini, Grover la sentit frissonner. Il ouvrit la bouche pour lui dire qu'il allait lui chercher une des couvertures qu'ils avaient toujours dans leurs sacs, lorsqu'elle se tourna vers lui.

— Est-ce que tu..., commença-t-elle avant de baisser les yeux à nouveau.

Grover tendit la main et releva son visage du bout du doigt.

— Qu'y a-t-il, Petit Pois ? N'hésite jamais à me demander quoi que ce soit.

— Je me demandais... Tu es grand, et moi non... et tu es chaud. Je sens la chaleur de ton corps d'ici. Ce n'est pas très important, tu peux dire non si c'est bizarre... zut, tant pis, oublie. C'*est* bizarre.

— Quoi, Sierra ? Ne me fais pas revenir sur ma promesse de ne pas me sentir coupable, menaça Grover.

Sierra plissa les yeux.

— Tu vas relancer le sujet chaque fois qu'il faudra me convaincre, hein ?

— Sûrement, admit-il. Allez, crache le morceau.

Balayant leur campement du regard, Sierra parut surprise de voir que les autres s'étaient tous éloignés un peu. Ils se préparaient à aller dormir eux-mêmes, installant leurs sacs à dos en guise d'oreillers et rangeant les bâtons lumineux. La seule lumière émanait désormais du dernier, juste devant Grover et Sierra. Il était soulagé de voir que ses camarades leur offraient une illusion d'intimité. Il savait d'expérience qu'ils entendaient tout ce qui se passait autour d'eux, mais Sierra ne s'en rendait pas forcément compte.

— Je me demandais juste si je pouvais peut-être m'asseoir sur tes genoux, finit-elle par dire sans le regarder, clairement embarrassée de sa demande. Partager la chaleur corporelle, tu vois ?

Grover se figea. Il avait résisté à la tentation de la toucher toute la soirée. La première fois qu'il l'avait sentie frissonner, il avait voulu l'attirer vers lui pour la réchauffer, mais il s'était dit que ça risquait d'être trop pour elle. Ils n'avaient pas beaucoup parlé de ce qu'elle avait subi aux mains de Shahzada et ses fidèles. Il ne savait pas si elle avait été agressée sexuellement en plus de physiquement. Pour cette raison, il n'avait rien voulu tenter qui puisse lui rappeler de mauvais souvenirs.

— Je t'avais dit que c'était idiot, dit-elle en s'éloignant un peu.

Merde. Grover avait été perdu dans ses pensées trop longtemps, elle avait pris son silence pour un refus. Il s'empressa de tendre le bras pour la rapprocher de lui, avant de la soulever et de la déposer sur ses genoux.

Elle se tortilla, tentant d'en descendre.

— C'est pas grave, Grover. Je dormirai très bien là-bas, dit-elle en désignant un endroit relativement plat sur leur droite.

— Tu dormiras encore mieux ici, répliqua Grover.

Il l'entoura de ses bras, surpris par la manière dont elle se logeait parfaitement à l'intérieur. Il recula un peu, sans déplacer Sierra, jusqu'à ce qu'il se retrouve adossé à un tronc d'arbre. Des cailloux lui rentraient dans les fesses, ses côtes protestaient avec virulence, et il était certain qu'il ne sentirait plus ses jambes d'ici dix minutes, mais il s'en fichait. Il ne bougerait pas. Pas moyen.

Au bout d'une minute ou deux, Sierra finit par se détendre. Il sentit ses muscles se relâcher tandis qu'elle s'appuyait de tout son poids contre lui. À l'origine, son dos était appuyé contre la poitrine de Grover, mais elle se tourna et posa sa joue sur ses pectoraux à la place, remontant les jambes pour être presque de côté dans ses bras.

— J'avais raison. Tu *es* chaud, dit-elle à voix basse.

Grover sentit son souffle sur son cou et sut que c'en était fini de lui. Cette femme le menait par le bout du nez, et elle n'en avait aucune idée. Ça n'avait aucun sens, mais il n'avait aucune intention de remettre ses sentiments en question. Il avait tenu d'autres femmes dans ses bras avant, sans jamais rien ressentir de tel. Il avait l'impression que si Sierra devait disparaître de sa vie, il perdrait quelque chose d'essentiel.

— Si je commence à être trop lourde, pousse-moi, lui dit-elle.

— Tu n'es pas trop lourde, répondit-il immédiatement.

— On en reparle quand j'aurai repris tous les kilos que j'ai perdus et que ça ne m'empêchera pas de racheter une douzaine de donuts.

Grover se fit une note mentale de procurer au plus vite quelques donuts à son Petit Pois.

Mon Dieu… *son* Petit Pois.

Mince.

— Merci de m'avoir retrouvée, murmura Sierra, et les mots réchauffèrent ses os comme une douce soirée d'été.

— De rien, murmura-t-il en retour, même si cela ne suffisait absolument pas à exprimer ce qu'il ressentait.

Grover refusait d'être un fardeau. Ils en avaient parlé pendant la soirée ; elle avait toute sa vie devant elle, et la dernière chose qu'il voulait, c'était la presser en lui demandant d'être avec lui, si ce n'était pas ce dont elle avait envie. Elle venait d'être libérée d'un an de captivité. Il n'allait pas profiter de sa vulnérabilité ou de sa gratitude. Il devrait lui laisser le temps de réfléchir à ce qu'elle désirait, à son propre rythme.

Ce serait difficile, mais moins que si Sierra l'accompagnait directement jusqu'au Texas seulement pour se rendre compte une fois sur place que c'était une erreur.

Il resserra son étreinte autour d'elle tandis qu'elle bougeait un peu, et s'émerveilla une nouvelle fois de la façon dont ils se complétaient. Laissant tomber sa tête contre le tronc d'arbre, Grover ferma les yeux. Il ne dormirait pas, l'adrénaline et la femme qu'il serrait dans ses bras le tiendraient éveillé. Mais il se reposerait. Ses côtes le lançaient là où Sierra s'appuyait contre lui, et les coupures sur son visage le brûlaient, mais il n'avait jamais été plus satisfait qu'il l'était à ce moment.

Il ne savait pas ce que l'avenir leur réservait, seulement qu'il ferait son possible pour que Sierra soit à l'aise. Pour qu'elle se sente en sécurité. Il garderait le contact une fois qu'ils seraient de retour aux États-Unis, s'assurerait qu'elle prenait bien au sérieux son invitation de venir à Killeen.

Il avait eu le coup de foudre, comme ses camarades avant lui. Et si eux avaient réussi à trouver un moyen de finir avec leurs femmes, lui aussi. Ce serait un peu plus délicat, avec la distance, mais elle en valait la peine. Grover n'avait aucun doute là-dessus.

CHAPITRE SEPT

Sierra avait la tête qui tournait. En théorie, elle savait que les équipes de la Delta Force avaient droit à un traitement de faveur par rapport aux autres soldats, mais elle ne s'attendait quand même pas à être sur le chemin du retour aussi rapidement. Elle s'était dit qu'il faudrait d'abord passer par des tonnes de paperasses, des interviews sur sa captivité, des heures de débrief, et qu'après ça elle devrait encore contacter son employeur et s'entendre dire à quel point il serait difficile d'atteindre l'aéroport le plus proche pour enfin quitter le pays. D'autant qu'elle n'avait plus de passeport depuis longtemps, puisqu'il avait disparu avec toutes ses affaires.

Mais dès le moment où elle s'était réveillée ce matin-là, plus reposée qu'elle ne s'était sentie depuis un an, tout s'était passé très vite.

Elle avait cru sentir les lèvres de Grover frôler son front, mais lorsqu'elle ouvrit les yeux, il était simplement en train de lui sourire. Ils s'étaient levés, avaient mangé, et s'étaient mis à marcher le long de la rivière. Finalement, ils n'avaient pas eu à parcourir plus d'un kilomètre et demi, ce qui était un grand soulagement pour Sierra qui commençait à se demander si elle serait capable d'aller plus loin. Elle avait perdu énormément de masse musculaire et n'avait plus aucune énergie. Elle en aurait été embarrassée si Grover et tous les autres ne l'avaient constamment rassurée sur le fait qu'elle s'en sortait incroyablement bien. Si elle passait encore trop de temps avec eux, elle allait prendre la grosse tête, c'était certain.

Après ça, un énorme hélicoptère était arrivé dans un rugissement de moteur. Elle fut élevée dans les airs sur une échelle de corde, et regarda ses sept sauveurs grimper à leur tour. Quelques minutes plus tard, ils avaient atterri au milieu de la base militaire que Sierra avait cru ne plus jamais revoir. On la saluait de partout comme si elle était un membre de la famille longtemps absent. C'était déconcertant de voir autant d'étrangers lui dire qu'ils étaient heureux de la revoir.

On la mena jusqu'à une tente dans laquelle elle put prendre une douche. Là, enfin, le temps sembla ralentir. Sierra savait qu'elle prenait beaucoup trop de temps et utilisait bien plus que sa part d'eau, mais elle n'avait jamais rien ressenti de plus agréable. Elle aurait voulu rester dans cette douche à se savonner pendant encore une heure, au moins, mais elle avait fini par en sortir avec résistance.

Grover lui avait donné un treillis complet, les uniformes que portaient tous les militaires. Elle ne savait pas où il l'avait trouvé ni comment il avait deviné quelle taille lui irait, mais elle accepta les vêtements avec reconnaissance. Sans savoir pourquoi, elle ne pouvait se résoudre à se débarrasser du T-shirt qu'elle avait porté tous les jours de cette dernière année. Comme elle, il avait traversé l'enfer, et elle se sentait mal de le jeter. Elle le mit donc dans son sac, avec le pantalon que les camarades de Grover lui avaient apporté et les quelques produits de toilette que quelqu'un lui avait donnés.

Quand elle était sortie de la tente, Grover l'attendait. Il avait pris son sac, attrapé sa main, et s'était dirigé vers ce que Sierra savait être la tente du général de la base. Elle se demanda brièvement s'il se sentait obligé de lui tenir la main ; elle ne voyait pas beaucoup de gens afficher publiquement leur affection dans le coin, mais elle n'eut pas le temps d'y réfléchir plus longtemps.

Elle passa les deux heures suivantes à rapporter au général tout ce qu'elle pouvait sur Shahzada et ses opérations. Le lieu de sa captivité, le nombre de ravisseurs, les noms dont elle se souvenait, les armes qu'ils possédaient.

Il avait exprimé sa sympathie envers elle et ce qu'elle avait traversé, mais il était évident qu'il était surtout impatient de récupérer des informations sur l'influence des talibans au village, pour pouvoir tirer parti de la mort de Shahzada. Il n'avait pas l'air très heureux d'apprendre que Shahzada avait infiltré la base en tant qu'interprète. Les soldats qui travaillaient dans la région se fiaient aux hommes employés pour communiquer avec les habitants du village. Apprendre que l'un d'entre eux profitait de sa position pour rassembler des informations et les utiliser contre la base, tout en alimentant le mécontentement des villageois, fut dur à avaler. De nombreux changements devraient être effectués sur la base, et Sierra n'enviait pas au général la tâche de devoir gérer l'agitation que causerait la trahison de Shahzada, c'est-à-dire de Muhammad Qahhar.

Une fois la discussion avec le général terminée, elle était émotionnellement vidée. Elle était soulagée qu'il ne l'ait pas traitée avec la délicatesse habituellement réservée aux objets fragiles, mais elle était prête à ne plus penser à sa captivité pendant un certain temps.

Grover semblait comprendre cela, et il l'amena jusqu'à la cantine. Il était si étrange d'y revenir. Et de se tenir de l'autre côté du buffet. Sierra n'était pas sûre d'être réellement censée manger avec Grover et ses amis, mais elle était heureuse de ne pas devoir décider quoi faire de son temps. Elle ne savait pas où elle dormirait ni ce qui lui arriverait ensuite, mais elle verrait au fur et à mesure.

Après avoir mangé, quand Sierra eut l'impression qu'elle allait exploser, son estomac ayant visiblement réduit au cours de l'année passée, Grover reprit sa main et la guida vers l'extérieur. Elle ne se demanda même pas où ils allaient jusqu'à ce qu'il s'approche d'un autre hélicoptère, en bordure de la base.

— Où est-ce qu'on va ? demanda-t-elle.

— On rentre à la maison.

À la maison.

Mon Dieu, elle se sentait mieux rien qu'à l'entendre. Sierra ne savait plus vraiment où elle serait chez elle désormais, mais elle était si soulagée à la pensée de quitter le pays, de s'éloigner de son pire cauchemar.

Elle laissa donc Grover l'attacher dans un siège et observa d'un air inquiet la montée des autres membres de son équipe. Il n'y avait plus beaucoup de place dans l'habitacle une fois qu'ils se furent tous installés, mais au lieu de se sentir claustrophobe ou mal à l'aise assise entre Grover et Trigger, des sacs en toile aux pieds et des fusils passés autour de leurs poitrines, Sierra se sentait réconfortée.

À présent, elle se trouvait à bord d'un avion militaire en route vers les États-Unis. C'était presque difficile à croire. Elle n'avait pas dit grand-chose depuis qu'ils avaient quitté l'hélicoptère pour embarquer, mais seulement parce qu'elle était si soulagée qu'elle n'arrivait plus à l'exprimer.

Elle n'avait jamais vraiment réfléchi à ce que traversaient les militaires à l'étranger. Comme ils ne participaient pas à une guerre active, elle s'était dit que la vie serait sensiblement tranquille dans les bases afghanes. Le contractuel avec qui elle avait signé avait sous-entendu que ce serait comme d'être dans une base sur le sol américain. Mais en réalité, tous ceux qui étaient déployés couraient toujours un risque.

En étudiant du regard les camarades de Grover, elle les voyait d'un œil nouveau. Ils se mettaient régulièrement en danger... pour quelle raison ? Pour la satisfaction d'avoir rendu le monde plus sûr ? Pour qu'on les remercie ? Pour la fierté d'avoir servi leur pays ? Sierra n'en savait rien. Ce qui ne l'empêchait pas de leur être reconnaissante.

— Tu vas bien ?

La question était douce, posée à voix basse.

Sierra se tourna vers Grover. Il était assis à côté d'elle et lui tenait la main depuis le décollage. Ils n'avaient pas beaucoup parlé, mais elle se souvenait en lui tenant la main de la proximité qu'elle avait ressentie entre eux lorsqu'ils étaient chacun dans sa cellule, dans la montagne. Elle hocha la tête.

— C'est beaucoup d'un coup, lui dit-elle avec honnêteté.

— C'est normal. Ton univers a changé assez radicalement. Difficile de penser qu'il y a moins de quarante-huit heures, on était allongés à même le sol, dans le noir, hein ?

Sierra eut un petit rire.

— C'est l'euphémisme de l'année, ça. Et maintenant, Grover ?

— Qu'est-ce que tu veux dire ?

— Simplement... Quand on atterrira à Washington, vous retournerez au Texas, c'est ça ?

— Oui, dit doucement Grover. On aura un débrief dans l'avion, pour que les gars puissent aller directement voir leurs familles quand on aura atterri. On fera une analyse rétrospective plus poussée dans les jours à venir. Moi, j'irai à l'hôpital de la base pour un examen médical. Il n'y a pas grand-chose à faire pour soigner des côtes fêlées, mais ça ira dans mon dossier.

Sierra serra sa main.

— Je déteste te voir blessé.

Grover haussa les épaules.

— Je savais à quoi m'attendre.

Elle n'en revenait toujours pas que cet homme, qu'elle ne connaissait pas, qui ne la connaissait pas non plus, se soit laissé capturer volontairement. C'était le genre de chose qui n'arrivait que dans les films, et pourtant. Sa gorge se serra, mais les larmes ne lui vinrent pas.

— Et moi ?

Grover ne lui demanda pas ce qu'elle voulait dire. Il le savait. C'était la raison numéro quatre cent trois, à peu près, pour laquelle il l'attirait autant.

— On te donnera une escorte militaire, probablement une femme. J'imagine que tu devras te rendre dans un hôpital de Washington pour un examen complet. Tu y passeras sûrement la nuit, et tu devras parler à au moins un psychologue, en plus de raconter à nouveau ton histoire à quelques généraux avant que toi et ton escorte puissiez partir pour Denver. Tes parents ont été prévenus de ton sauvetage, ils t'attendront. Après... c'est à toi de voir.

Sierra hocha la tête. Elle n'était pas surprise. Elle se sentait très en forme, dans l'ensemble, mais un diagnostic médical complet serait le bienvenu. Elle savait qu'elle était trop mince et qu'elle avait perdu beaucoup de muscle. Elle n'avait plus ses règles et se doutait que les résultats de ses analyses sanguines seraient chaotiques. Mais elle était en vie. C'était déjà bien.

Elle songea à demander un téléphone pour pouvoir appeler ses parents, mais pour être honnête, elle n'était pas sûre de savoir quoi leur dire. Tant de choses tournaient dans sa tête qu'elle se disait qu'il valait peut-être mieux que quelqu'un d'autre les informe qu'elle était vivante, avant de pouvoir tout leur raconter quand elle les verrait elle-même.

Elle avait beau connaître son avenir immédiat... elle se sentait toujours un peu perdue. Hors de son élément. Et elle détestait ça. Elle avait toujours été indépendante, heureuse de tenter de nouvelles expériences. Mais maintenant, elle se sentait presque submergée à la seule pensée de ce qu'elle ferait après avoir vu ses parents.

— Pour info, je ne plaisantais pas en t'invitant à venir au Texas, dit Grover à voix basse.

Sierra se mordit la lèvre et le regarda.

— Je ne suis pas sûre... comment ça se passerait ?

— Comment se passerait quoi ?

— Où est-ce que je logerais ? J'ai un peu d'argent de côté, mais je ne sais pas combien de temps je pourrais tenir si je vivais dans un hôtel et que je mangeais tout le temps au restaurant.

Grover secoua la tête d'un air presque amusé.

— Pas besoin de t'inquiéter des questions d'argent. Pour ce qui est du logement, tu as le choix. Je suis certain que n'importe laquelle des femmes serait ravie de t'héberger. Gillian essaierait sûrement de te convaincre de l'aider à organiser ses événements. Kinley te trouverait un travail en moins d'une semaine. Aspen sera aux anges en apprenant que tu vas bien, et elle comme Riley apprécierait sans aucun doute de pouvoir parler à une autre adulte après avoir passé la journée avec leurs enfants. Devyn arriverait à te convaincre d'adopter trois chiens et quatre chats, et Ember serait folle de joie si tu venais au Texas. Elle a l'impression de déjà te connaître. Elles étaient toutes très inquiètes pour toi.

— Mais... elles ne me connaissent pas.

Grover haussa les épaules.

— C'est vrai, mais elles étaient inquiètes quand même. Et elles ont bien conscience de mes sentiments pour toi. Pour elles, c'est suffisant. Tu fais déjà partie de l'équipe, pour ainsi dire.

Sierra le dévisagea un moment. Elle voulait lui demander ce qu'étaient ces sentiments, exactement... mais elle avait peur qu'il ne lui dise qu'il se sentait responsable d'elle, ou de sa capture. Il ne lui laissa pas le temps de répondre.

— Crois-moi, tu ne gênerais personne. Les gars adoreraient t'avoir chez eux. Riley et Oz ont la plus grande maison, mais ils ont trois enfants, alors c'est plutôt chaotique. Mais si tu ne veux pas rester chez mes amis... tu peux toujours venir chez moi. Tu es en sécurité avec moi, Petit Pois, je te le promets. J'ai une grande ferme au milieu d'un terrain de plusieurs hectares. C'est calme, et j'ai plusieurs chambres d'amis. J'ai même cette salle multimédia au rez-de-chaussée, avec un écran si grand qu'on se croirait au cinéma. Je ne sais pas si tu regardes beaucoup de séries, mais si c'est le cas, tu pourras rattraper toutes celles que tu as ratées cette année. La dernière saison de *Stranger Things* était incroyable, même si je préfère toujours la première. Mais si c'est trop bizarre pour toi de rester chez moi, je pourrais louer un camping-car et le garer près de la grange. Même si ce ne serait pas mon premier choix, puisque tu serais bien plus en sécurité dans la maison...

Sierra se rendit compte qu'il bafouillait presque, ses mots se bousculant dans sa précipitation. Il était évident qu'il y avait beaucoup réfléchi, et le fait qu'il prenne la peine d'établir toutes ses options, de la faire se sentir à l'aise, l'apaisa au plus profond d'elle-même.

Elle posa sa main libre sur son bras, l'interrompant un instant.

— Pardon. Je ne veux pas te mettre la pression pour quoi

que ce soit, reprit-il. Mais si tu décides de venir au Texas, je te promets que ça ne te coûtera pas un centime. Je m'assurerai que tu aies un endroit où dormir et de quoi manger. Ce n'est pas facile de se réacclimater à la vie normale après être restée si longtemps en captivité, et je veux simplement t'offrir un endroit où tu pourras t'en remettre sans devoir t'inquiéter de questions de travail, d'argent ou de l'opinion des gens. Il n'y aura pas de jugement dans notre cercle, je peux te l'assurer.

—Merci, dit Sierra. Ta proposition veut dire beaucoup pour moi. Je... Je ne suis pas prête à prendre une décision tout de suite, pour autant.

— Je comprends. Et... pour info, ma proposition d'aller au Refuge tient toujours. Tu sais, cet endroit au Nouveau-Mexique ? La dernière fois que j'ai vérifié, leur site disait qu'ils autorisaient les prisonniers de guerre à y rester gratuitement. Aucune question, pour aussi longtemps que tu le désires, pour la durée dont tu as besoin. Ils ont des psychologues, et des activités quotidiennes auxquelles tu peux prendre part ou non. L'endroit a l'air absolument magnifique, et si tu le souhaites, tu y es la bienvenue.

— Toi aussi, tu as été prisonnier de guerre, dit Sierra.

Grover cligna des yeux.

— Oui. J'imagine. Même si je ne sais pas si ça compte vraiment, puisque j'ai choisi volontairement de me mettre dans cette situation... Je le referais, si ça permettait de te sortir de là.

Sierra était toujours dépassée par les événements, mais savoir que Grover serait à ses côtés faisait paraître son futur un peu moins... effrayant.

Comme s'il savait combien il était difficile pour elle de penser à l'avenir, Grover changea de sujet. Ils parlèrent de choses et d'autres, et il s'assura qu'elle mange plusieurs fois pendant le long vol. À un moment, elle se réveilla, la tête sur l'épaule de Grover. Elle s'était endormie, et il l'avait attirée près de lui, la laissant l'utiliser comme oreiller.

Il était attentionné, gentil, protecteur... et Sierra savait qu'elle était déjà tombée folle amoureuse de lui. Elle ne savait pas si c'était lié à leur situation, au fait qu'il avait traversé la moitié du monde et s'était mis en danger pour la retrouver. On tomberait amoureux pour moins que ça. Mais la dernière chose dont elle avait envie, c'était de s'accrocher à lui seulement parce qu'il l'avait sauvée. Ce ne serait pas juste, pour lui comme pour elle.

Lorsqu'ils atterrirent enfin, Sierra n'était plus qu'un mélange d'émotions embrouillées. Elle était sur un petit nuage d'être de retour aux États-Unis, triste de devoir se séparer de Grover, nerveuse à l'idée du diagnostic qu'allaient établir les médecins, et tout à fait incertaine de la direction que prendrait sa vie.

Ils descendirent de l'avion, et Sierra frissonna dès l'instant où elle fut confrontée à l'air frais de Washington DC. Son cerveau avait beau savoir qu'il ne faisait pas si froid, son corps s'était habitué à la chaleur extrême du désert afghan.

Sierra sentit qu'on plaçait une veste sur ses épaules. Levant les yeux, elle vit Grover qui lui souriait.

— Je me suis dit que tu aurais sûrement froid, alors j'avais préparé ça, expliqua-t-il.

Sierra était sortie avec plusieurs hommes avant d'accepter ce boulot en Afghanistan. Elle avait même eu quelques relations sérieuses, mais personne n'avait jamais été aussi attentif à ses besoins que Grover, qu'elle ne connaissait pourtant que depuis quelques jours. C'était presque effrayant.

Il ne lui prit pas la main alors qu'ils se dirigeaient vers le petit bâtiment près de la piste d'atterrissage ; visiblement, ce n'était pas le terminal principal, au grand soulagement de Sierra. Elle sentait quand même la caresse légère et rassurante de la main de Grover dans le bas de son dos.

Juste avant qu'ils n'entrent dans le bâtiment, un homme en sortit. Sierra ne l'avait jamais vu, mais il était évident que les soldats qui l'entouraient le connaissaient.

— Tex ! Que fais-tu ici ? lui demanda Trigger.

— Content de te voir, mec ! s'exclama Lefty.

— Je n'y crois pas. Tex en personne ! le taquina Brain.

Il leur serra la main à tous avant de tourner son attention vers Sierra, qui l'étudia du regard. Quelque chose en lui semblait provoquer le respect. Il s'avança vers elle, et elle remarqua distraitement qu'il boitait un peu. Il lui tendit la main, et elle la serra automatiquement.

— Bon retour parmi nous, lui dit Tex à voix basse.

— Merci.

— À partir de maintenant, tout va se passer très vite, la prévint-il. Je te recommande de suivre le mouvement. Ne réfléchis pas trop, et ne parle pas à la presse avant d'être prête. Ils peuvent attendre ; ta santé mentale est plus importante que leur besoin d'écrire. Et si tu ne veux pas leur parler du tout, il n'y a pas de problème. Je m'en occuperai volontiers pour toi, si tu le souhaites, mais tu pourras me le dire plus tard. Pour l'instant, j'ai quelque chose pour toi.

Sierra avait la tête qui tournait. Elle n'avait aucune envie de devoir gérer la presse. Absolument aucune. Elle accepterait peut-être la proposition de cet homme. Elle ne le connaissait pas, mais si Grover et ses amis le respectaient et lui faisaient confiance, elle aussi. Elle attrapa machinalement l'objet que lui tendait Tex.

En baissant les yeux, elle vit qu'il s'agissait d'un téléphone portable flambant neuf, de la plus haute qualité.

— Euh... Je ne suis pas sûre de pouvoir accepter.

Elle entendit Lucky étouffer un rire derrière elle.

— Regardez-la, elle est mignonne, à penser qu'elle peut refuser un cadeau de Tex.

L'homme en question sourit et reprit comme si elle n'avait pas parlé.

— Il possède un forfait illimité, rattaché à un compte à mon nom, mais ne t'en inquiète pas. Quand tu seras à nouveau sur pied et à même de t'occuper de choses aussi triviales que d'un portable, on le changera pour ton compte. Pas de contrepartie. Les téléphones sont achetés avec l'argent des dons aux organisations de vétérans, tout comme les comptes. Pas de limite de temps d'utilisation, non plus, donc ne te sens pas coupable de l'avoir, d'accord ?

— Mais... je ne suis pas un vétéran.

— Bien sûr que si, rétorqua Tex sans hésiter. Tu ne fais pas partie de l'armée, certes, mais tu as voulu servir ton pays et tu t'es retrouvée à traverser l'enfer. J'ai déjà entré les numéros de tous ces gars-là dans les contacts, ainsi que ceux de leurs femmes. Il y a aussi le mien et celui de Brick… qui s'occupe du Refuge. J'ai pris la liberté de t'y réserver une place, aussi.

Sierra ouvrit la bouche pour dire qu'elle n'était pas sûre d'avoir besoin d'un campement, d'un ranch ou d'une retraite pour les personnes souffrant de stress post-traumatique, mais Tex leva la main pour l'arrêter.

Sa voix se fit plus douce.

— Tu es libre depuis à peu près deux secondes, Petit Pois. Crois-moi quand je te dis que les démons ont la mauvaise habitude de ressortir quand tu les attends le moins. J'ai aussi prévu que Grover te rejoigne à Los Alamos.

— Tex, gronda Grover.

— Ne t'y mets pas aussi, lui répondit Tex. Je sais ce que tu as fait, et je sais pourquoi, mais ça n'enlève rien au fait que tu as été retenu prisonnier et torturé. Ça vous fera du bien à tous les deux de vous rendre au Refuge et de parler à Brick, Tonka, Spike et les autres.

Sierra jeta un œil à Grover et le vit fusiller Tex du regard, mais, comme s'il sentait qu'elle l'observait, il baissa la tête et elle vit se dissiper l'irritation dans ses yeux quand il croisa les siens.

— Un mois, dit Tex. Retourne chez tes parents, détends-toi, soigne-toi, mange les repas que te prépare ta mère. Ensuite, va au Nouveau-Mexique. Je te promets que ça te fera du bien. Que ça vous en fera à tous les deux.

Sierra ne put que hocher la tête. Comment pourrait-elle refuser une offre aussi généreuse ? C'était impossible. Elle n'avait pas la moindre idée de ce que lui réserverait le mois à venir, mais en y réfléchissant, elle ne savait pas ce que lui réservait le *lendemain* non plus. Elle devrait se contenter de prendre chaque jour comme il venait, et elle était heureuse de savoir que cet homme était assez préoccupé par sa situation pour essayer de l'aider.

— Oh, et, une dernière chose. Ma femme, Melody, m'oblige

à t'en parler, car ce ne serait pas juste de ne rien te dire et ce serait une atteinte à la vie privée ou une bêtise du genre. Je peux tracer le téléphone. Je saurai où tu te trouves à tout moment tant que tu l'as avec toi. Les années m'ont appris qu'on n'est jamais trop prudent. Je ne suis pas psychopathe, je ne suivrai pas le moindre de tes gestes, mais si jamais tu venais à disparaître, avec ton téléphone, je serais en mesure de te retrouver. OK ?

Sierra regarda dans les yeux bruns de Tex et déglutit. Elle savait qu'elle aurait dû être fâchée de cette atteinte à sa vie privée. Mais le fait était qu'elle en était bien incapable. Elle avait déjà disparu une fois et il avait fallu un an avant qu'on la retrouve. Si cela lui arrivait à nouveau, Tex saurait où elle se trouvait. Cette pensée lui apporta un confort dont elle n'avait pas soupçonné avoir besoin.

— OK, lui répondit-elle doucement.

— Parfait. Il faut que j'y aille, et vous aussi. Je suis heureux de t'avoir rencontrée, Sierra. Prends soin de toi. Et n'aie pas peur de te confier à Grover et à ses amis. Ils t'aideront, si tu les laisses faire.

Tex fit un signe de tête dans sa direction, puis dans celle des Deltas, avant de se retourner et de partir vers l'extrémité du bâtiment.

— Et donc... ça, c'était Tex, dit Doc avec un petit rire.

— Il est...

— Sournois ? Un peu flippant ? Les deux ? fit Lucky avant de hausser les épaules. On s'y habitue.

— Si tu ne veux pas de son portable, je peux t'en acheter un autre, dit Grover.

Sierra resserra sa prise autour du téléphone.

— Non, dit-elle rapidement. C'est bon.

— Il a de bonnes intentions, lui dit gentiment Trigger. Il a aidé plus de gens que je ne saurais le dire. Il sait à peu près tout ce qu'il est possible de savoir sur tout le monde.

— Comme le surnom que m'a donné Grover ? remarqua Sierra avec un certain sarcasme. Comment est-ce qu'il sait *ça* ?

— On a appris à ne pas poser des questions auxquelles on n'obtiendra jamais de réponse, sourit Oz.

— Pour info, je pense que c'est une bonne idée d'aller au Refuge, dit Trigger. Pour toi comme pour Grover. Et même si tu n'as pas l'impression d'en avoir besoin, il paraît que c'est magnifique, là-haut. Brick et son équipe ont fait un boulot incroyable avec ce projet. Il y a de quoi s'occuper toute la journée si on le souhaite, entre les randonnées, la pêche et l'équitation, mais on peut aussi se détendre dans un hamac et ne rien faire du tout.

Sierra hocha la tête. Plus elle entendait parler du Refuge, plus elle était curieuse. Et si Grover l'y rejoignait ? Oui, elle était plutôt excitée à cette idée… enfin, s'il venait ; elle savait que c'était un homme occupé. Un mois lui semblerait bien long. S'ils étaient séparés, à gérer chacun de son côté les séquelles de leur captivité, la connexion qu'ils ressentaient maintenant pourrait bien disparaître.

— Je peux parler à Sierra une seconde, les gars ? demanda Grover.

Ils hochèrent tous la tête.

Avant de partir, Trigger s'approcha d'elle.

— Je peux te prendre dans mes bras ? lui demanda-t-il.

Sierra était impressionnée qu'il prenne la peine de lui demander. Mais elle supposait qu'elle aurait dû s'y attendre. Lui, et tous les autres gars semblaient être très attentifs à ses émotions.

— Bien sûr, répondit-elle.

Trigger s'avança et la serra dans ses bras, une étreinte brève mais intense.

— Je suis content que tu n'aies rien.

Lefty prit sa place. Puis Brain. Un par un, les amis de Grover la serrèrent dans leurs bras et lui répétèrent à quel point ils étaient heureux que Grover l'ait retrouvée, combien elle était forte, combien ils étaient certains que leurs femmes adoreraient la rencontrer.

Cela aurait dû être gênant, mais Sierra avait plutôt l'impression de connaître ces hommes depuis des années. Ils se dirigèrent ensuite vers le petit bâtiment, la laissant seule dehors avec Grover.

Elle leva les yeux vers lui, incertaine quant à ce qu'il voulait lui dire... et se sentit tout à coup super nerveuse.

Mais il ne dit rien. Il se contenta de l'attirer dans ses bras.

Sierra posa sa joue contre son torse et le serra avec force, écoutant son cœur qui battait sous sa chemise d'uniforme.

— Je ne sais pas si je vais y arriver, finit-il par dire avec effort.

— Arriver à quoi ? demanda Sierra, basculant la tête en arrière sans pour autant se dégager.

— À te laisser partir.

Elle cligna des yeux.

— Je sais que c'est ridicule. On se connaît à peine. Tes parents t'attendent. Tu dois retourner à ta vie. Et pourtant... je ne peux pas m'empêcher de vouloir te garder à mes côtés.

Sierra déglutit.

— Je comprends, murmura-t-elle.

Grover poussa un soupir avant de poser sa main sur la nuque de Sierra pour la ramener contre lui. Elle resserra son étreinte.

— Je ne savais pas que Tex avait prévu de passer ni qu'il t'amènerait ce téléphone. Je prévoyais de te donner mon numéro, bien sûr, et celui des autres.

— Ce n'est pas grave, lui dit Sierra.

— Si ce n'avait pas été Tex, je lui aurais jeté le portable à la figure en lui disant que je prendrais très bien soin de toi tout seul.

Sierra ne savait pas quoi répondre. Prendre soin d'elle ? C'était quoi, ça ?

— Mais c'était Tex, et il prend le bien-être de ses équipes plus à cœur que quiconque. Donc je laisse passer pour cette fois. Maintenant que tu as mon numéro, j'espère que tu t'en serviras, Petit Pois.

— Bien sûr, dit-elle.

— Je me fiche que ce soit en plein milieu de la nuit quand tu n'arrives pas à dormir, ou à une heure de l'après-midi si tu penses à quelque chose que tu aimerais me dire. Appelle-moi ou envoie-moi un message. Je répondrai si je peux, et si je suis à une réunion ou en plein entraînement, je te répondrai dès que possible. OK ?

Sierra voulait lui demander ce qui se passait entre eux, où irait leur relation, d'où venait cette connexion intense... celle qu'elle ressentait déjà avant même d'être enlevée.

Mais elle se contenta de hocher la tête, tout contre son torse.

— On se verra dans un mois, au Nouveau-Mexique, mais d'ici là, n'hésite pas à me dire si tu as besoin de quoi que ce soit.

Sierra prit une grande inspiration et recula d'un pas. Aucun des deux ne lâcha l'autre. Les mains de Grover remontèrent jusqu'à ses bras, et les siennes se plaquèrent contre sa poitrine.

Il était temps pour elle de retrouver un peu de sa bravade. Elle en avait assez d'être la victime. Elle voulait redevenir la femme chaleureuse et insouciante qu'elle avait été. Celle qui n'avait pas eu peur d'aller travailler en Afghanistan pour un contrat qui lui semblait à la fois être un geste utile et une bonne occasion de partir à l'aventure.

— Toi aussi, si tu as besoin de quoi que ce soit, n'hésite pas à me le dire, dit-elle à Grover d'un ton autoritaire.

— D'accord, Petit Pois, répondit-il en souriant.

Sierra résista à la tentation de sourire.

— Ce surnom est vraiment ridicule.

— Yep.

— Tu n'as aucune intention d'arrêter de m'appeler comme ça, hein ?

— Nope. Ça te va bien.

— Si tu le dis, dit-elle en levant les yeux au ciel.

Grover contempla son visage avec intensité, avant de la dévisager des pieds à la tête. Sierra s'attendait à se sentir embarrassée, comme dans la caverne. Elle savait qu'elle devrait trouver quelqu'un pour s'occuper de ses cheveux au plus vite. Pour les raser plus droit, quelque chose comme ça. Elle avait aussi quelques bleus au visage, et elle était consciente que son corps ne valait pas la peine qu'on s'y attarde. Elle avait perdu du poids partout, y compris au niveau de la poitrine. Mais étonnamment, devant l'amour qui brillait dans les yeux de Grover, elle se sentait presque normale.

— Tu vas me manquer, murmura-t-il.

— Toi aussi.

— Le jour où tu m'as tendu la main pour la première fois, après ma raclée aux mains de Shahzada... j'ai su, continua Grover.

— Su quoi ? demanda Sierra après un moment de silence.

— Que tu étais la femme de ma vie.

Elle ne put que le dévisager d'un air surpris.

— Tu venais de te faire frapper toi-même. Tu n'avais aucune raison de me faire confiance. Tu étais captive depuis un an. Et pourtant, tu étais là, à essayer de me réconforter. Personne, Sierra, ne m'a jamais affecté autant que toi, depuis notre première rencontre. De ma déception quand tu ne m'as pas contacté après mon départ d'Afghanistan à mon inquiétude quand on a entendu que tu étais portée disparue, puis à mon angoisse quand on a appris que les contractuels disparaissaient à leur tour, jusqu'à ma terreur en recevant ta lettre. Je n'ai jamais rien ressenti de tel que ce que je ressens pour toi.

Sierra savait qu'elle devrait être choquée, qu'elle devrait se demander ce qui n'allait pas chez cet homme. Mais ce n'était pas le cas. Car elle ressentait la même chose.

— J'étais furieuse contre toi, la première fois qu'on s'est rencontrés, admit-elle. Tu m'as accusée d'être naïve. Quand j'y repense, je sais que je l'étais. J'étais si déterminée à servir mon pays comme je le pouvais, à changer les choses, même simplement en servant de la nourriture aux soldats qui risquaient leur vie tous les jours, que je n'ai même pas réfléchi au fait que je pourrais être en danger moi-même. C'était idiot, vraiment. Mais au bout d'un an, je devais me dire qu'il y avait une raison pour laquelle j'étais encore en vie. Je devais croire qu'un jour, quelqu'un me trouverait par hasard et m'aiderait à m'échapper. Et puis... tu es arrivé. En admettant que tu te fusses laissé prendre volontairement. C'était complètement fou. Délirant, même. Mais dès la seconde où j'ai attrapé ta main… j'ai cessé d'avoir peur.

— Je vais détester te voir partir, mais je sais que tu iras bien. Tu n'as pas besoin que je sois là pour te tenir la main ou pour t'étouffer en me montrant trop protecteur. Il faut que tu te remettes sur pied et que tu te retrouves toi-même, sans moi.

La foi qu'il avait en elle était phénoménale.

— On se voit dans un mois, répéta-t-il, comme pour confirmer qu'elle viendrait au Refuge.

— On se voit dans un mois, répondit-elle.

Le soulagement fut immédiatement visible dans ses yeux. Il se pencha vers elle, et Sierra retint son souffle, s'attendant à un baiser. Mais il se contenta de frôler son front de ses lèvres, d'un geste si délicat que sa gorge se serra à nouveau. Comme d'habitude, aucune larme ne se forma dans ses yeux.

— Je suis fier de toi, murmura Grover contre sa peau. Je t'admire tellement. Ne laisse personne t'atteindre. S'ils essaient de t'attaquer, dis-leur d'aller se faire foutre. Et qu'ils devraient essayer de vivre dans une caverne à se faire tabasser.

Sierra ne put s'empêcher de glousser.

— Oui, chef.

Grover leva la main pour la passer sur son crâne. Elle grimaça tandis qu'il touchait les touffes de cheveux éparses.

— C'est une preuve de ta valeur. N'aie jamais honte de quelque chose que tu as fait pour survivre, Petit Pois. Jamais. D'accord ?

Elle hocha la tête.

— Bien. Je pourrais trouver des millions de trucs à dire pour prolonger l'instant, mais tu as des rendez-vous auxquels tu dois te rendre, et je suis sûr que les gars ont hâte de retourner au Texas auprès de leurs familles, dit Grover.

Sierra hocha à nouveau la tête mais ne recula pas.

— Tu ne m'aides pas, dit-il.

Elle lui sourit.

— Et merde, marmonna-t-il avant de se pencher et de l'embrasser légèrement sur la bouche.

Les lèvres de Sierra picotaient encore quand il releva la tête.

— Allez, viens, il fera plus chaud dedans, et il faut que tu manges.

Elle acquiesça sans dire un mot. Il s'occupait toujours d'elle, semblait n'avoir que ses meilleurs intérêts à cœur. C'était un grand changement par rapport à l'année passée, quand ses ravisseurs devaient d'abord se souvenir qu'elle existait pour penser à la nourrir et se fichait complètement de ses besoins les plus basiques.

La main de Grover frôlait le bas de son dos tandis qu'il la guidait vers la porte. Sierra aurait voulu s'arrêter, retourner se blottir dans ses bras, mais il avait raison. Ils devaient tous les deux retourner à leurs vies respectives. Et elle voulait désespérément retrouver la Sierra qu'elle avait été.

Un mois. Ce n'était pas très long, à vrai dire. Surtout après avoir survécu un an aux mains de terroristes talibans. Elle serra plus fort le portable dans sa main. Ce n'était pas comme si elle serait incapable de parler à Grover.

Un mois ? Ce serait du gâteau.

CHAPITRE HUIT

Grover faisait les cent pas dans son salon.

Dans un sens.

Puis dans l'autre sens.

Il était incapable de s'asseoir. De manger. Sa terrasse ne lui apportait pas le sentiment d'harmonie habituel. Il n'avait même pas fait attention au superbe coucher de soleil, quelques heures plus tôt.

Trois jours.

Cela faisait trois jours qu'il n'avait pas parlé à Sierra. Il lui avait envoyé un message pour lui demander si elle était bien arrivée chez elle et avait reçu en retour une réponse succincte, mais c'était tout.

Il finirait par devenir fou à force de se demander comment elle allait. Il voulait savoir comment s'étaient passées les retrouvailles avec ses parents. Si elle arrivait à dormir. Si la presse la harcelait. Si elle avait pris rendez-vous avec un psychologue. Si elle n'avait pas de soucis pour manger.

Il voulait savoir tellement de choses, mais il ne voulait pas non plus l'embêter, risquer de lui rappeler de mauvais souvenirs en la contactant alors qu'elle n'en avait pas envie.

— Merde ! jura Grover, en pleine agitation, tout en se passant la main dans les cheveux.

Lui et son équipe étaient de retour au Texas et avaient déjà débriefé la situation. Le commandant Robinson lui avait passé un énorme savon, et Grover avait réagi en circonstance, s'excusant aux bons moments et jurant qu'il regrettait ses actions... Ce n'était pas le cas. Pas du tout.

Tout s'était passé exactement comme il l'avait espéré. Il avait trouvé Sierra. Il était aussi heureux d'avoir découvert la trahison de Shahzada et de l'avoir éliminé avant qu'il ne puisse blesser quelqu'un d'autre, mais en ce qui le concernait, toute cette partie n'était que la cerise sur le gâteau.

Son objectif était Sierra depuis le début. Ses doigts le démangeaient presque de l'appeler, mais il avait bien conscience qu'il ne ferait que lui évoquer le pire moment de sa vie. Qui ne voudrait *pas* oublier tout ça, passer à autre chose ? Même si, d'expérience, il savait que ce n'était pas si facile.

Ses côtes le lançaient tandis qu'il tournait en rond, mais il ignorait la douleur. Il avait subi bien pire. Il allait perdre la tête s'il restait plus longtemps sans rien faire ; ignorant les ordres du médecin, qui ne l'avait pas encore déclaré apte à reprendre l'exercice physique, il venait de décider de partir pour une petite course nocturne lorsque son téléphone sonna. Agacé par ses camarades qui ne cessaient de l'appeler pour prendre de ses nouvelles, Grover décrocha un peu plus brusquement qu'à son habitude, sans même jeter un œil à son écran.

— Quoi, encore ?

— Euh... est-ce que Grover est là ?

— Sierra ?

Un instant, Grover crut que son cœur allait s'arrêter de battre. Il s'arrêta net au milieu de son salon et retint son souffle en attendant sa réponse.

— Oui, c'est moi. Je te dérange ?

— Non ! Non, pas du tout. Je fais les cent pas, littéralement, à force de m'ennuyer.

Elle eut un rire, et Grover dut fermer les yeux brièvement, submergé par l'émotion. Il était si heureux d'avoir enfin de ses nouvelles. Alors, de l'entendre *rire* ? C'était le paradis.

— J'imagine que ton rendez-vous chez le médecin ne s'est

pas fini comme tu l'espérais, plaisanta-t-elle avant de redevenir sérieuse. Tu vas bien ?

— Je vais bien, Petit Pois. C'est surtout par précaution que je ne peux pas faire de sport. Doc ne veut pas que je coure avec des côtes fêlées.

— Ça ne te fait pas trop mal ?

— Non. Et toi, comment tu vas ?

— Bien.

Elle n'en avait pas l'air.

— Pas la peine de mentir, Sierra. Je t'ai tenu la main dans le noir pendant des heures, tu te souviens ?

Elle soupira.

— Je suis très heureuse d'être rentrée, ne te méprends pas.

— Mais ? l'encouragea Grover.

— C'est juste que... Un instant je suis contente, celui d'après je suis en colère, et juste après tellement déprimée que je me demande pourquoi j'ai survécu à tout ça.

Grover n'était pas surpris le moins du monde.

— C'est normal, tout ça, lui dit-il.

— Eh bien, c'est nul d'être normale, répondit-elle avec un petit rire triste.

— C'est sûr. Comment vont tes parents ?

— Ils vont bien, très bien même. C'était super de les retrouver à l'aéroport de Denver. Ils ont pleuré tous les deux, et la dernière fois que j'avais vu mon père pleurer, c'était... jamais, à vrai dire. On est restés debout toute la nuit ce jour-là, à discuter. Je leur ai un peu raconté ce qui m'était arrivé, pas dans les détails, juste les grandes lignes, et ils m'ont parlé de tout ce que j'avais raté cette année.

— Tout, vraiment ? plaisanta Grover.

— Oui, enfin, tous les événements de Leadville, en tous cas. La plus grande nouvelle de notre petite ville concerne une vieille fille locale... je sais que ce n'est pas très gentil de l'appeler comme ça, mais c'est ce qu'elle est. Betty a soixante-dix-sept ans et elle ne s'est jamais mariée. Enfin... jusqu'à maintenant ! Il paraît qu'elle a rencontré un homme qui venait à Leadville rendre visite à ses enfants et à leurs familles. Ils se sont croisés dans un restaurant où il mangeait. Sa femme à lui est décédée il y a une dizaine d'années, et il s'est bien entendu avec Betty. Il n'a que cinquante-neuf ans, mais il a prolongé ses vacances avant de revenir à nouveau au bout de deux semaines. Trois mois plus tard, il l'a demandée en mariage, et maintenant, ils vivent ensemble.

Grover sourit. Il adorait entendre la joie dans la voix de Sierra.

— C'est super.

— Oui.

Il y eut un bref moment de silence.

— Grover ?

— Oui, Petit Pois ?

— Tu me manques.

Le cœur de Grover tressaillit dans sa poitrine.

— Mon Dieu, toi aussi, tu me manques, dit-il dans un souffle.

— Je me sens complètement à côté de la plaque. Je suis ravie d'être avec mes parents une seconde, et je rêve qu'ils me laissent seule la suivante. Mais dès que je me retrouve seule, j'ai peur. Ce qui est idiot, puisque j'étais seule dans la grotte la plupart du temps.

— Ce n'est pas idiot, dit Grover. Je ne suis pas psy, et je ne suis pas sûr d'avoir les bons mots pour t'aider, mais comme je te l'ai dit tout à l'heure, c'est normal. D'un côté, ton cerveau sait que tu es en sécurité, et plus prisonnière, mais de l'autre, tu t'étais habituée à ta situation, là-bas. Il le fallait, pour survivre à cette épreuve, tu devais faire de ta solitude quelque chose de normal. Il te faudra du temps pour te réhabituer, Sierra. N'exige pas trop de toi-même.

— J'essaie. Honnêtement, je ne pensais pas avoir besoin d'aller dans ce Refuge. Je croyais que tout le monde s'inquiétait un peu trop pour moi. Mais maintenant, je n'en suis plus si sûre.

— Je pense que ce serait une bonne idée d'y aller plus tôt que prévu, lui dit Grover.

— Oh, ce n'est pas ce que je voulais dire, protesta Sierra.

Vraiment. C'est certainement juste parce que je suis à peine rentrée. Je m'en sortirai.

— J'ai fait des cauchemars, admit Grover.

Il n'avait parlé à personne des horribles rêves qu'il faisait. Pas même à ses camarades, avec qui il partageait pourtant tout.

— Ah oui ? demanda-t-elle doucement.

— Oui.

— Tu... est-ce que tu te sens capable d'en parler ?

— C'est toi que je vois, dit Grover.

— Moi ?

— Hmm. On est dans la caverne, et Shahzada me traîne hors de ma cellule pour me torturer, et il te sort ensuite de la tienne une fois qu'il m'a ligoté. Il commence à te frapper, et je ne peux rien faire. Rien du tout. Et il continue. Tu saignes, tu le supplies d'arrêter, mais il t'ignore. Je n'arrive pas à me libérer, je ne peux rien faire d'autre que d'assister à tout ça.

— Mince, Grover. Tout va bien. Je vais bien.

Il continua.

— Et quand je suis à ça d'arriver enfin à me libérer des cordes, tu me regardes et tu me demandes pourquoi j'ai pris autant de temps à te retrouver. Et c'est là que je me réveille.

— Oh, Grover...

Elle avait l'air si triste.

Il regrettait de lui en avoir parlé. Il aurait dû inventer quelque chose d'autre, mais il n'avait pas les idées claires.

— C'est juste que... J'aimerais pouvoir passer du temps avec toi au Refuge, sans devoir m'inquiéter à l'idée que les talibans ou qui que ce soit d'autre débarquent en pleine nuit pour nous tabasser.

— Je ne crois pas que ma mère comprendrait si je partais aussi tôt, admit Sierra.

— Dans deux semaines, alors ? proposa Grover.

Il devrait en parler à Brick, s'assurer que des places seraient bien disponibles pour eux s'ils venaient plus tôt que prévu, mais il trouverait un moyen.

— Eh bien... euh... ça devrait marcher, dit doucement Sierra. Je ne comprends pas comment je peux avoir un comportement aussi erratique. Je suis en sécurité. Je suis chez moi, avec mes parents, qui m'aiment. Et pourtant, je me sens... déstabilisée.

— C'est normal, insista à nouveau Grover.

— Tu es sûr ?

— Je suis sûr.

— Je me sens terriblement coupable, murmura-t-elle. De temps en temps, il m'arrive de penser que je serais mieux là-bas. Ce qui est délirant. Enfin, comment est-ce que ça peut seulement me venir à l'idée ?

Grover n'avait jamais eu autant envie de la serrer dans ses bras.

— Parce que c'est tout ce que tu as connu pendant une année entière. Tu savais à quoi t'attendre, là-bas. Il n'y avait aucune surprise dans ton quotidien. Alors que maintenant, chaque jour présente un nouveau défi, même si ton environnement est familier. Tu dois parler à des gens que tu n'as pas vus depuis des années, qui te posent certainement des questions intrusives, et tu essaies de faire comme si tout allait bien alors que tu n'es pas sûre que ce soit vraiment le cas.

— Ma mère a fait venir sa coiffeuse à la maison hier, raconta Sierra. Moi, j'aurais bien voulu que mon père me rase le crâne, mais droit, avec plus de soin, pour que mes cheveux repoussent tous à la même vitesse et que je décide plus tard ce que je voulais en faire. Mais ma mère a insisté, en disant que sa coiffeuse pourrait « réparer les dégâts ». Ça m'a fait mal de l'entendre dire ça. Je sais qu'elle n'avait pas de mauvaises intentions, bien sûr, mais c'était tout de même blessant. Et puis, je voyais bien le dégoût et la pitié dans le regard de la coiffeuse. C'était affreux. Toi, tu ne m'as jamais regardée comme ça. Je pensais que ce serait le cas, mais toi, et tes amis, vous avez tous complètement ignoré le fait qu'on aurait dit qu'un enfant de trois ans s'était approché de ma tête avec des ciseaux.

— Tu. Es. Incroyable, énonça soigneusement Grover en insistant sur chaque mot. Tu étais couverte de terre et prisonnière depuis *un an*, et pourtant tu as tenté de me réconforter en sachant pertinemment que Shahzada t'aurait fait payer s'il l'avait appris. Pour tout te dire, tu étais dans un bien meilleur état que ce que j'avais craint. Je m'attendais à te trouver recroquevillée dans un recoin.

— Ça leur aurait fait trop plaisir, marmonna Sierra.

— Exactement. J'aimerais pouvoir te dire que les gens arrêteront de te regarder avec pitié, mais je n'en sais rien. Personne ne sait trop quoi dire à des gens comme nous, qui ont vécu l'enfer et s'en sont sortis. Avec le temps, tu n'y feras plus attention, mais pour l'instant, ta seule option est de les ignorer. Toi, tu sais à quel point tu es forte. Tu sais que si tu as le crâne rasé, c'est parce que tu as été plus maline que tes ravisseurs. C'était la meilleure chose à faire, on le sait tous les deux. Prends chaque jour comme il vient, Petit Pois. Certains seront pires que d'autres. Contente-toi d'avancer un pas après l'autre, chaque chose en son temps. D'accord ?

— Plus facile à dire qu'à faire, murmura-t-elle avant de prendre une grande inspiration. Comment vont tes amis ? Comment va Ember ? Je sais que Doc n'était pas très heureux de devoir la laisser si tôt après qu'on lui a tiré dessus.

— Elle va bien. Les autres femmes se sont presque assises sur elle pour l'obliger à se tenir tranquille et à respecter les ordres de son médecin, qui lui avait dit de rester sage.

Sierra eut un rire, et les muscles de Grover se détendirent un peu. Il n'aimait pas apprendre qu'elle avait du mal à retourner à sa vie normale, même s'il n'en était pas surpris.

— J'ai regardé son compte Instagram. Elle avait vraiment publié ma photo ! dit Sierra d'une voix où perçait une pointe de surprise.

— Yep.

— C'est vraiment incroyable que certaines personnes se soient réellement souvenues de moi. Les soldats de la base, je veux dire. Je n'y étais pas restée très longtemps avant d'être capturée.

— Difficile de t'oublier, Petit Pois.

— Tu ne fais pas référence à ma taille, hein ? demanda-t-elle d'un ton menaçant.

— Moi ? Jamais.

— Ce serait d'autant plus crédible que tu es un vrai géant.

Il adorait ça. La taquiner.

— C'est moi qu'on trouve en haut du haricot magique, plaisanta-t-il.

Elle eut un petit rire.

— Sérieusement, par contre, son gymnase a l'air super. J'adore le fait qu'elle ait voulu venir en aide aux enfants du coin. C'est pour ça que j'avais accepté ce boulot en Afghanistan, moi aussi. Pour aider mon pays.

Une idée germa dans l'esprit de Grover. Il devrait sûrement en parler d'abord à Ember, mais il était globalement assez certain qu'elle n'aurait rien à redire à ce qu'il s'apprêtait à proposer.

— Tu sais, Ember aurait besoin d'aide.

— D'aide ? Pour quoi ?

— Le gymnase. Les enfants.

Sierra se mit à rire.

— C'est ça. Je ne suis pas une athlète, loin de là.

— Tu n'as pas besoin d'être particulièrement sportive. Les enfants ne sont pas des athlètes non plus. Et elle a *vraiment* besoin d'aide. Évidemment, tu n'as pas à décider tout de suite, mais... ce ne serait qu'une raison de plus de venir au Texas.

— Je pensais que tu regrettais peut-être de m'avoir invitée, depuis le temps.

Grover ne perçut aucune trace de plaisanterie dans sa voix, cette fois-ci.

— Jamais. Si ça ne m'avait pas fait passer pour le pire des connards, j'aurais insisté pour que tu viennes directement à Killeen au lieu de rentrer dans le Colorado.

— J'avais besoin de voir mes parents.

— Je sais.

C'était vrai.

— Mais j'ai l'impression que deux semaines suffiront largement. Si ça ne pose pas de problème de ton côté, j'adorerais te revoir au Nouveau-Mexique.

— Bien sûr, répondit Grover, le cœur soudainement plus léger.

— Tu risques de ne pas me reconnaître, dit Sierra avec un petit rire. Je crois que mon père a fait de ma prise de poids une affaire personnelle. Il veut que je reprenne tous les kilos que j'ai perdus. Je jure que je n'ai jamais vu autant de donuts et de cookies dans cette maison de ma vie entière. Et ma mère voudrait me racheter une armoire entière de vêtements. Sauf que je ne veux rien acheter maintenant, puisqu'ils ne m'iront plus une fois que j'aurais repris du poids comme le voudrait mon père.

— Je te reconnaîtrai, dit Grover d'une voix qui ne laissait pas la place au moindre doute. Par contre, fais bien attention à reprendre du poids de la manière adaptée. C'est-à-dire *pas* en mangeant seulement des aliments gras, au cas où tu te poserais la question.

— Je sais. J'ai vu une nutritionniste après mon médecin. Elle m'a dit la même chose que toi. De manger beaucoup de petits repas, beaucoup de protéines, pas trop de gras, et que les glucides étaient OK.

— Et le médecin ?

— Dans l'ensemble, je m'en sors bien. Mes règles devraient reprendre une fois que j'aurais quelques kilos en plus. Ma tension est plutôt basse, mais ce n'est pas surprenant. Je suis un peu anémique, j'ai de l'asthme à force d'avoir inhalé de la terre et de la poussière. J'ai des lésions cutanées qui devraient disparaître grâce aux antibiotiques, et il m'a recommandé d'éviter les foules en attendant que mon système immunitaire se répare. Mais à part ça, je vais bien.

Grover soupira. Il n'était pas ravi de ces résultats, mais il s'y attendait.

— C'est bien, Petit Pois.

— Et toi, à part tes côtes, tu vas bien ? Et cette plaie sur ton front ?

— Je vais bien. Promis.

— Est-ce que je t'ai remercié d'être venu me chercher ? demanda doucement Sierra.

— Oui.

Elle poussa un petit grognement.

— Je ne suis pas sûre, non. Personne n'a jamais autant sacrifié pour moi.

— Je n'ai rien sacrifié du tout, protesta Grover.

— Bien sûr que si, répliqua-t-elle. Tu aurais pu mourir.

— Mais je ne suis pas mort. Écoute, Sierra. Je t'apprécie. Beaucoup. Mais je n'ai vraiment pas envie que tu ressentes de la *gratitude* envers moi. Tu avais besoin d'aide, et moi j'étais dans une position où je pouvais t'en apporter. C'est tout. Maintenant, on passe à autre chose.

Quand elle ne répondit pas immédiatement, Grover s'inquiéta d'être allé trop loin. De l'avoir poussée à bout.

— Moi aussi, je t'apprécie, finit-elle par dire. Mais je ne peux pas simplement oublier ce que tu as fait pour moi. Ce n'est pas comme si tu m'avais tenu la porte ou acheté des fleurs. Tu t'es fait *enlever* sans même avoir la certitude que tu me trouverais. J'aurais pu être en Irak, ou en Iran, ou six pieds sous terre. Tu n'avais aucun moyen de savoir si j'étais encore en vie, et ça ne t'a quand même pas empêché de faire toutes ces choses incroyables pour essayer de me retrouver.

— Je savais que tu étais en vie, dit Grover. Ne me demande pas comment, mais j'en étais sûr. Quelque chose en moi me le soufflait. La plupart des gens diraient que je suis fou, mais j'ai assez confiance en mon instinct pour m'être dit que ça valait la peine d'essayer. Toi et moi, on aura toujours cette connexion spéciale, Sierra. Forgée dans les nuits noires de cette caverne, à discuter en se tenant la main. Je ne nierai pas que j'aimerais voir si cela pourrait mener plus loin... mais si ça s'arrête à de l'amitié, ça me va.

À nouveau, Sierra ne répondit pas immédiatement. Il commençait à avoir l'habitude de sa manière de réfléchir à sa réponse avant de parler. Il appréciait, même s'il trouvait ça perturbant.

— Je... J'aimerais bien qu'on commence par être amis, dit-elle. Je me sens juste tellement *bizarre* que je ne me vois pas aller plus loin pour l'instant.

— Je ne t'en demanderai pas plus, la rassura Grover. Prends tout le temps qu'il te faudra, Petit Pois. Je serai là.

— Je ne dis pas que c'est impossible, seulement… pas tout de suite. En plus, je suis ici, et toi au Texas.

— C'est vrai, mais mon invitation est toujours valable, tu te souviens ? Tu pourras travailler avec Ember, habiter où tu veux, et je pourrais t'emmener à ce rendez-vous que je t'ai promis.

— En haut de ta grange, c'est ça ? demanda-t-elle en riant.

— Yep.

— Mais quel charmeur.

Grover eut un rire.

— Attends de voir la vue. Je te promets que ça vaut le détour.

— Je n'en doute pas. J'ai une question.

— Vas-y.

— Ce Tex… On est sûr qu'il est réglo ?

— Complètement. C'est un ancien SEAL, à la retraite suite à une blessure sur le terrain. Il a aidé plus de gens dans sa vie que je ne saurais compter.

— Et il trace vraiment mon portable ?

— Certainement, oui. Il y a une équipe du SEAL, en Californie, des amis à lui, dont les femmes disparaissaient les unes après les autres. Du coup, depuis, il a tendance à en faire un peu trop avec ses histoires de tracer les objets. J'imagine que l'écran d'ordinateur dans son bureau doit ressembler au poste d'une tour de contrôle. Avec plein de petites lumières qui clignotent pour lui indiquer où se trouvent ses amis.

Grover eut une pensée soudaine.

— Pourquoi ? Quelque chose ne va pas ? Tu te sens menacée ?

— Non, non, s'empressa-t-elle de répondre. Mais quand j'ai regardé la liste des contacts, j'y ai vu *bien* plus de noms que ceux de tes amis et de leurs femmes.

— Comme quoi ?

— Ghost, Fletch, Truck, Wolf, Abe, Cookie, Rocco, Phantom, Logan, Rex, Bull … pour n'en citer que quelques-uns. Oh, et il m'a envoyé un mail hier, pour me rappeler qu'il avait ajouté Brick, Tonka, Spike, Pipe, Owl, Stone et Tiny… ceux qui gèrent le Refuge, au cas où j'aie des questions à leur poser avant de descendre au Nouveau-Mexique.

Grover ne put s'empêcher de rire.

— On dirait qu'il préfère parer à toutes les éventualités, dit-il.

— Mais je ne connais aucun de ces gens. Pourquoi est-ce que je les contacterais ?

— Le truc, avec Tex, c'est qu'il connaît beaucoup de monde. Genre *beaucoup*. Et aucun d'entre eux n'hésiterait à tout laisser tomber pour te venir en aide s'ils savaient que tu en avais besoin.

— Tu les connais, toi ?

— Certains, mais pas tous. Mais si Tex les a en assez haute estime pour mettre leurs noms dans tes contacts, je n'hésiterais pas à les appeler si j'avais besoin d'aide. Et surtout, si *tu* avais besoin d'aide.

— C'est beaucoup d'un coup.

— N'y réfléchis pas trop, lui suggéra sagement Grover.

— Vous êtes tous très protecteurs, hein ?

— Oui, répondit Grover sans le moindre regret. On passe notre vie à essayer d'aider les autres. Que ce soit les gens qui ont été enlevés, concrètement, ou de manière plus abstraite en poursuivant des terroristes qui pourraient décider de lancer des attaques meurtrières contre des centaines ou des milliers de personnes.

— Eh bien, je dois dire que je suis heureuse de faire partie des gens que vous avez aidés.

— Moi aussi, lui répondit Grover. Quel est ton programme pour demain ?

Ils continuèrent à parler au téléphone pendant une heure et demie. Pour quelqu'un qui n'était pas très friand de conversations téléphoniques, Grover ne vit pas le temps passer. Lorsqu'il entendit Sierra bâiller, il jeta un œil à l'horloge et vit qu'il était minuit passé à Killeen. Une heure plus tard que dans le Colorado, mais il fallait quand même que Sierra veille à dormir suffisamment.

— Il va falloir y aller, Petit Pois.

Elle soupira.

— OK. Tu vas réussir à dormir ?

— Bien sûr.

Un petit mensonge de sa part. Il ne pouvait pas garantir qu'il ne se réveillerait pas en sursaut, couvert de sueur, à appeler son nom, mais il ne lui avouerait pas. Elle avait déjà bien assez à faire de son côté.

— J'appellerai Brick demain pour voir si on peut avancer notre séjour, lui dit-il.

— Tu es sûr que ça ira ?

— Oui.

— D'accord. J'en parlerai à mes parents, alors. Grover ?

— Oui ?

— Je suis contente de t'avoir parlé, ce soir. J'ai l'impression de pouvoir tout te dire. Discuter au téléphone comme ça, assise dans ma chambre, dans le noir... c'est un peu comme si on était de retour dans la caverne.

— Sauf que là-bas, je pouvais te toucher, répondit Grover.

— J'aimais bien.

— Moi aussi. Et bien sûr, appelle-moi quand tu veux.

— OK.

— Tu me diras comment s'est passé ton interview avec le *Denver Post* demain.

— Oui. Je n'avais pas l'intention de donner d'entretien, mais je me suis dit que si je m'en débarrassais maintenant, ça calmerait un peu la presse.

— C'est possible, acquiesça Grover. Et puis, bientôt, quelqu'un de connu fera quelque chose de stupide, et ce qui t'est arrivé sera de l'histoire ancienne.

— J'espère que tu as raison, soupira Sierra.

— Dors bien, Petit Pois. Merci de m'avoir appelé. J'avais besoin d'avoir de tes nouvelles, de savoir que tu allais bien.

— Pareil de mon côté. On se parle bientôt.

— À bientôt.

— Au revoir.

Grover raccrocha et contempla son jardin plongé dans l'obscurité. Il entendait les criquets même à travers la fenêtre.

Là où il se trouvait, au milieu de nulle part, ils s'en donnaient à cœur joie. Il avait travaillé dur et économisé longtemps pour pouvoir s'acheter cette maison. Elle était trop grande pour lui, mais il aimait avoir tout cet espace. La cuisine ouverte était de la meilleure qualité, et il y avait cinq chambres, un bureau, et une grande salle qui abritait son mini-cinéma. La grange était surtout là pour faire joli, il n'avait pas prévu d'y mettre des chevaux ou du bétail. Mais il en adorait l'aspect, et il garderait toute sa vie ses souvenirs de l'avoir construite avec l'aide de ses amis.

Malgré tout, en balayant la pièce du regard, Grover se rendit compte qu'il se sentait seul. Il avait trente-trois ans. Il n'était pas vraiment vieux, mais à voir ses amis être si heureux dans leurs vies, cela le frappait d'autant plus. Il se souvint de l'histoire de Sierra sur Betty, qui avait trouvé l'amour à soixante-douze ans, et sourit, mais il savait qu'il ne voulait pas finir comme elle. Il voulait une femme à aimer et à chérir. Avec qui rire, avec qui *vivre*.

Est-ce que cette femme était Sierra ? Grover en était quasiment certain. Si elle lui donnait la moindre chance, il ferait de son mieux pour lui prouver qu'il saurait la rendre heureuse. Qu'ils seraient bien, ensemble. Il respectait et admirait le fait qu'elle ne veuille pas se mettre en couple pour le moment. Elle avait vécu une épreuve traumatisante et devait se concentrer sur sa propre santé mentale. Mais cela ne signifiait pas qu'il ne pourrait pas être son ami, et lui montrer la vie qu'elle aurait à ses côtés.

Peut-être que la connexion qu'ils ressentaient n'existait qu'à cause de leur situation. Peut-être qu'en passant du temps ensemble sans cette relation de sauvée à sauveur, ils se rendraient compte qu'ils n'avaient plus ce lien qui existait entre eux en Afghanistan.

Ou alors, peut-être qu'ils se rendraient compte au contraire que ce lien était encore plus fort que ce qu'ils imaginaient.

L'avenir le leur dirait, et Grover devrait être patient en attendant. Ce qui n'était pas son fort. Il soupira et se dirigea vers l'escalier. Il n'était pas encore autorisé à s'entraîner, mais il accompagnerait quand même ses amis à la salle de musculation au matin. Il serait déjà bientôt quatre heures et demie, mais Grover espérait s'endormir rapidement et éviter les cauchemars, puisqu'il était déjà tard. Maintenant qu'il avait pu parler à Sierra, s'était assuré par lui-même de son état... ça devrait aller.

Et, dans deux semaines, il la reverrait. Le commandant Robinson avait déjà approuvé sa demande de congé, il n'avait qu'à vérifier qu'il pouvait l'avancer un peu. Grover ne pensait pas que ce serait un problème. Leur commandant était un homme bon, qui se préoccupait autant de la santé mentale de ses soldats que de leur santé physique.

Grover parlerait aussi à Doc et Ember de la possibilité d'engager Sierra au Modern Kid, le gymnase d'Ember. Sierra avait raison quand elle disait qu'elle n'avait aucune connaissance du sport, mais il était raisonnablement certain qu'Ember serait quand même heureuse d'avoir de l'aide. Elle avait plus besoin d'une personne avec la bonne attitude et de l'enthousiasme qu'avec des connaissances techniques pointues.

Il sourit à la pensée de voir Sierra traîner avec Ember, Kinley, Aspen et les autres. Il ne doutait pas qu'elles s'entendraient bien. Elles avaient toutes traversé leurs propres épreuves et accueilleraient Sierra à bras ouverts.

Il n'avait aucune idée de ce qui se passerait après leur voyage au Nouveau-Mexique, mais pour l'instant, il ne pouvait penser qu'à leurs retrouvailles. C'était super de l'avoir eue au téléphone. Vraiment. Mais ce serait encore mieux de la voir en personne. Il ferait son maximum pour être l'ami dont elle avait besoin, certain que leur connexion ne faiblirait pas. En fait, il avait même le pressentiment que sa force ne ferait que grandir lorsqu'ils apprendraient à mieux se connaître.

Deux semaines.

Cela lui semblait être une éternité, mais tout venait à point à qui savait attendre, et Grover était prêt à attendre le temps qu'il faudrait pour que Sierra le voie comme la personne avec laquelle elle voulait passer le restant de ses jours.

CHAPITRE NEUF

Grover se tenait sur la terrasse du grand bâtiment d'accueil à l'entrée du Refuge. Il était arrivé deux heures plus tôt et avait longuement discuté avec Brick et Tonka, deux des sept propriétaires et gérants de la retraite. Tous ceux qui souhaitaient prendre une pause dans leur vie quotidienne y étaient les bienvenus, y étaient acceptés, et pouvaient venir s'y détendre. L'endroit était fréquenté par des hommes et des femmes issus de toutes les branches de l'armée, mais aussi par des policiers, des pompiers, des infirmières, des docteurs, des professeurs et autres corps de métier potentiellement stressants, tous à la recherche de la paix qu'apportait le Refuge.

Sierra et ses parents ne devaient plus tarder. Monsieur et madame Clarkson s'étaient proposé d'accompagner leur fille en voiture depuis le Colorado. Grover avait hâte de les rencontrer, mais il était surtout impatient de voir Sierra.

Ils s'étaient parlé au téléphone tous les jours depuis cette première soirée deux semaines plus tôt. Leurs conversations allaient de sujets comme la politique aux arguments pour ou contre le fait de porter des chaussettes en dormant. Parfois, ils parlaient sérieusement de terrorisme et de groupuscules violents, et parfois ils passaient simplement l'appel à se taquiner l'un l'autre.

Grover avait appris que Sierra était devenue une sorte de célébrité locale, et qu'elle détestait ça. Plus que tout, elle voulait pouvoir se fondre dans le décor et reprendre une vie normale. Il avait failli lui dire qu'il y avait peu de chances que ça arrive, surtout dans une ville de moins de trois mille habitants, mais il n'avait pas voulu ajouter à son stress.

Une camionnette apparut en haut de la côte, et Grover se redressa. Il avait tellement hâte de la voir que c'en était presque effrayant. Il entendit quelqu'un sortir du bâtiment dans son dos, mais ne se retourna pas.

Une fois la camionnette garée, Sierra descendit de la banquette arrière, et Grover la but du regard. Il ne pouvait détacher les yeux d'elle. Il savait qu'il aurait dû s'avancer pour les saluer, mais il était figé sur place.

Elle avait l'air en forme. Elle était superbe. Les deux semaines chez ses parents avaient fait des miracles sur son apparence. Ses cheveux étaient courts, presque rasés, mais coupés droit, ce dont elle était soulagée, il le savait. Elle portait un jean et un T-shirt à manches longues, mais Grover voyait qu'elle avait repris un peu de poids. Elle n'avait pas menti sur les efforts de ses parents pour la nourrir correctement. Ses joues étaient plus pleines, et elle n'avait plus l'air décharné qu'elle avait en Afghanistan.

— Bienvenue au Refuge ! dit Tiny en descendant les marches pour saluer leurs invités.

Il faisait à peine plus d'un mètre quatre-vingt, mais il était extrêmement musclé. Grover se doutait que c'était la raison pour laquelle il avait hérité de ce surnom.

Il se força à descendre les escaliers à son tour. Tout à coup, il était nerveux. Il avait beau avoir parlé à Sierra tous les jours au téléphone, c'était différent de la voir en personne. Il suivit Tiny, s'approchant du couple qui avait accompagné leur fille au Nouveau-Mexique.

— Ravi de vous connaître. Je suis Fred. Fred Groves. Mais tout le monde m'appelle Grover, dit-il en tendant la main vers M. Clarkson, qui la serra avec enthousiasme.

— Nous avons beaucoup entendu parler de vous. Je suis Ben, et voici Jody. Enchanté !

Grover serra la main de la mère de Sierra, puis laissa la place à Tiny.

Il se désintéressa de leur conversation et se tourna vers Sierra. Elle se tenait sur le côté, incertaine.

Pour la première fois, Grover se demanda si c'était une bonne idée qu'il soit ici. Peut-être qu'en le voyant, elle s'était rappelé de mauvais souvenirs. Il était bien plus grand qu'elle, et il détestait penser que sa taille pouvait l'effrayer, même un seul instant.

— Hey, finit-il par dire d'une voix basse et hésitante, tout en enfonçant les mains dans ses poches.

Sierra n'était pas sûre de quoi dire à Grover, ce qui était idiot, puisqu'ils avaient parlé pendant des heures et des heures au téléphone. Elle n'avait jamais eu de mal avant. Mais soudainement, elle était tout à fait nerveuse de l'avoir devant elle. Est-ce qu'il avait remarqué qu'elle avait repris du poids ? Est-ce qu'il se moquait d'elle intérieurement d'être habillé en pantalon et T-shirt à manches longues alors qu'il ne faisait pas froid du tout ? Que pensait-il de ses cheveux ? Ils étaient encore tragiquement courts, mais elle les aimait tellement plus maintenant qu'on n'aurait pas dit qu'un enfant armé de ciseaux à la lame émoussée s'en était occupé.

Elle le regarda saluer poliment ses parents, et fronça les sourcils en constatant à quel point il avait l'air tendu. Ce n'était pas le Grover qu'elle avait connu en Afghanistan. Là-bas, il était plein d'assurance, même après les passages à tabac de Shahzada. Et pourtant, à ce moment précis, ses épaules étaient recroquevillées vers l'avant, et ses mains enfoncées dans ses poches.

Lorsque son regard croisa le sien, elle se mordit la lèvre de consternation. Ses yeux étaient remplis d'émotion, mais elle n'aurait pas su dire ce qu'il ressentait. Est-ce qu'il regrettait d'être venu ?

— Hey, dit-il d'une voix qu'elle n'avait jamais entendue sortir de sa bouche.

C'est alors que Sierra comprit.

Il était nerveux, lui aussi. Pas très sûr de lui.

C'était... adorable.

Sans réfléchir, elle fit ce qu'elle avait envie de faire depuis qu'elle l'avait aperçu à travers la fenêtre de la camionnette de ses parents. Elle s'avança pour l'entourer de ses bras. Elle posa sa joue sur la poitrine de Grover et le serra contre elle.

Lorsqu'il lui rendit son étreinte, passant ses bras autour d'elle et la serrant dans ses bras à son tour, elle soupira de contentement et ferma les yeux. C'était pile ce dont elle avait besoin. Ce sentiment d'être protégée, d'être en sécurité.

C'était idiot ; ce n'était pas comme si des hordes de talibans à sa recherche hantaient les États-Unis, en quête de vengeance, mais elle ne parvenait pas à se débarrasser du sentiment d'être prisonnière. Elle prenait plus de temps qu'elle l'aurait cru à s'habituer à l'idée qu'elle n'était plus obligée de faire ce que d'autres lui ordonnaient. Qu'elle pouvait aller et venir à son gré. Manger ce qu'elle voulait, dormir quand elle en avait envie. Aller aux toilettes dès qu'elle en ressentait le besoin sans se préoccuper de son environnement.

— Salut, dit-elle doucement, sans relever la tête.

Il resserra son étreinte un instant, mais ne dit rien.

Sierra n'était pas sûre du temps qu'ils passèrent ainsi, mais lorsqu'elle finit par lever la tête, elle remarqua que ses parents et l'homme qui les avait accueillis avaient disparu. Elle ne s'était même pas rendu compte qu'ils étaient partis.

Grover leva la main vers son visage avant de s'interrompre.

— Je peux ? demanda-t-il.

— Me toucher ? Oui.

Elle dut se retenir de ronronner lorsqu'il lui caressa la tête. Elle frissonna en sentant sa main passer sur le duvet qui couvrait son crâne.

— C'est super doux, remarqua-t-il, surpris.

Sierra eut un rire.

— Oui. J'envisage de les garder courts. Pas à ce point, mais peut-être avec une coupe un peu pixie, quand ils seront assez longs. Je ne sais pas si je serais assez à l'aise pour les avoir à nouveau vraiment longs un jour. J'ai peur que dès qu'ils seront sales, ça me rappelle… tu sais.

— Ça te va bien, les cheveux courts, dit-il en la regardant enfin dans les yeux.

Il déplaça la main jusqu'à sa nuque. Il se contentait d'y poser sa paume, et pourtant, Sierra se sentait entourée. Elle adorait ça.

— Merci.

— Comment vas-tu ? demanda-t-il.

— Bien. Et toi ? Tu as dormi, hier soir ?

Elle savait qu'il avait encore du mal à faire des nuits complètes. Il lui avait avoué qu'il se réveillait à chaque fois à cause de ses cauchemars.

Grover haussa les épaules.

— Un peu, oui. Tes parents restent combien de temps, déjà ?

— Pas longtemps. Ils s'arrêtent à Pagosa Springs sur le chemin du retour, et passent la nuit là-bas. Je pense qu'eux aussi ont hâte d'être un peu tranquilles. Je sais que c'était un miracle pour eux de me voir revenir, mais ces dernières semaines ont dû être stressantes.

— C'est compréhensible, dit Grover. Ils sont inquiets pour toi, ça peut vite être épuisant.

Sierra hocha la tête.

— Exactement.

Elle adorait le fait qu'il n'hésite pas à dire ce qu'il pensait quand il était avec elle. Il lui avait dit un jour qu'il ne réfléchissait pas avant de parler, mais elle se rendait compte que c'était seulement qu'il ne mentait pas. Il disait toujours la vérité. Certains s'offensaient peut-être de ses remarques, mais pas elle. Il avait tout à fait raison. Ses parents s'inquiétaient tellement pour elle, pour son retour à la vie normale, qu'ils en étaient forcément fatigués.

— Viens, rentrons, que je te présente aux gars. Et puis, je suis sûr que tes parents aimeraient voir où tu vas loger avant de partir.

Même ce dernier commentaire témoignait de son attention. Beaucoup de gens ne se préoccuperaient pas du bien-être de ses parents, de savoir s'ils étaient rassurés sur la situation de leur fille avant leur départ. Grover ne les connaissait même pas, et pourtant il savait ce dont ils avaient besoin.

— Grover ?

— Oui ? demanda-t-il sans se dégager.

— Je suis vraiment contente de te voir.

Le sourire qu'il lui offrit transforma son visage. D'incertain et inquiet, il devint soulagé.

— Moi aussi. Tu n'as pas idée. J'adore te parler, mais c'est encore mieux si je peux voir ton joli visage en même temps.

Sierra sentit des papillons voleter dans son ventre tandis qu'elle levait les yeux vers l'homme qui ne quittait jamais ses pensées. Deux semaines plus tôt, elle lui avait dit qu'elle n'était pas prête pour une relation, et elle le pensait toujours. Malgré ça, elle se sentait entièrement détendue et en sécurité quand elle était avec Grover. Elle supposait que cela tenait au fait qu'il l'avait sauvée. Elle ne voulait pas être ce genre de femme, cependant. Du genre à tomber amoureuse du premier homme venu à cause d'une espèce de complexe du sauveur.

— Tu te poses trop de questions, lui dit Grover.

— Comment tu le sais ? demanda-t-elle, curieuse.

Il passa un doigt sur son front.

— Tu as une petite ride qui se forme, juste là.

— Il vaut mieux ne pas jouer au poker avec toi, hein ? plaisanta-t-elle en essayant de sortir de ses drôles d'états d'âme.

— Non, sûrement pas. Allez, viens, allons voir tes parents.

Main dans la main, ils se dirigèrent vers la grande maison qui faisait office de réception. Sierra ne réfléchit même pas au fait qu'elle lui tenait la main. Cela semblait si normal, si naturel.

Une fois qu'ils furent entrés, Sierra ne put s'empêcher d'être impressionnée. Ce n'était vraiment pas un ranch du type dernier recours pour passer la nuit. L'intérieur du bâtiment avait visiblement été décoré par un professionnel, et même à ses yeux d'amatrice, on aurait dit qu'il avait fallu débourser une somme coquette. Les propriétaires du lieu avaient fait leur possible pour faire de l'endroit un espace accueillant et douillet à la fois. Plusieurs grands canapés et fauteuils en cuir étaient disposés face à une immense cheminée. Le sol était recouvert de tapis colorés et les poutres au plafond étaient apparentes, ce qui semblait rendre la pièce plus grande encore. Il flottait même dans l'air une odeur de cookies à peine sortis du four. Elle ne savait pas si c'était une odeur artificielle ou si quelqu'un était vraiment en train de préparer des cookies dans le coin.

Sierra avait jeté un coup d'œil au site internet du Refuge avant de venir, mais comme Grover avait dit qu'il avait hâte de visiter et qu'il semblait impressionné par les hommes qui s'en occupaient, elle n'y avait plus trop pensé, trop impatiente de le voir pour songer au lieu.

Il la guida vers l'endroit où ses parents s'entretenaient avec un groupe d'hommes, tous grands et musclés. Il était évident qu'ils n'avaient pas perdu l'habitude de leur routine sportive stricte, même après avoir quitté les branches de l'armée auxquelles ils appartenaient.

Il leur adressa un signe de tête, sans lâcher la main de Sierra.

L'un d'eux s'avança et lui tendit une main que Sierra secoua tandis qu'il se présentait.

— Je suis Drake, plus connu sous le nom de Brick. Voici mes associés et complices... Tonka, Spike, Pipe, Owl, Stone, et Tiny. Je te dirai bien leurs vrais noms, mais tu les oublierais vite et ils n'y répondent pas, de toute façon, plaisanta-t-il. Bienvenue au Refuge. On a construit cet endroit après avoir quitté l'armée, quand on s'est rendu compte qu'on avait tous besoin d'un endroit où aller, mais qu'on ne se sentait à l'aise nulle part. Ici, dans les montagnes, loin du regard des autres et des contraintes de la société, nous nous sommes retrouvés. On s'est rencontrés grâce à un ami commun, et on est venus ici, pour faire du camping, figurez-vous. Deux nuits, et puis trois. Puis une semaine. Et soudain, on se retrouvait à prendre rendez-vous avec un agent immobilier pour trouver un terrain. Et nous voilà.

Sierra lui sourit.

— Laissez-moi deviner, l'ami en question, c'était Tex ?

— Tu connais Tex ? demanda Pipe d'une voix où l'on distinguait à peine une trace de son accent britannique.

Grover eut un rire.

— Elle l'a rencontré à l'aéroport, à Washington. Il est sorti de nulle part, lui a donné un téléphone en disant qu'il le traçait, lui a annoncé avoir faire le nécessaire pour qu'elle puisse venir ici, et a disparu à nouveau.

— C'est bien lui, confirma Stone en riant.

— Bref, vous êtes ici dans le bâtiment principal. Il y a une grande cuisine à l'arrière, ouverte à toute heure. On sert trois repas par jour, mais si vous avez faim à un autre moment ou que vous préférez manger seuls, n'hésitez pas à fouiller dans le frigo. On vous donnera le code d'accès pour la porte de derrière, vous pourrez aller et venir quand vous voulez. Chaque invité reçoit le sien, et à partir du moment où vous quittez le Refuge, on ne les réutilise plus jamais, expliqua Tiny.

— Il y a une douzaine de maisonnettes où loger, qui vont du studio à la suite de luxe avec trois chambres. Chacun possède sa propre salle de bain avec douche, ainsi qu'un mini-frigo et un micro-ondes. Vous pouvez demander à ce que quelqu'un vienne faire le ménage une fois tous les trois jours, mais vous pouvez aussi demander seulement des serviettes ou quoi que ce soit quand vous en avez besoin, il n'y a pas d'obligation, ajouta Spike.

Sierra tournait la tête pour regarder chacun des hommes, qui s'exprimaient tour à tour. Il était évident que ce n'était pas la première fois qu'ils jouaient cette scène.

— Pendant votre séjour, vous pouvez faire absolument ce que vous voulez. Il y a une grange en bas de la colline, là-bas, avec des chevaux, une vache et deux chèvres. Ils sont tous très amicaux et complètement apprivoisés. Melba, notre vache, vous suivra toute la journée si vous la caressez un peu, tant que vous la laissez faire. Il y a plusieurs chats, aussi, et j'ai un chien à trois pattes, leur dit Brick.

— Une psychologue vient de Los Alamos trois fois par semaine, et les sessions avec elle sont incluses dans votre séjour. Elle fait des sessions de groupe et des sessions individuelles, comme vous préférez. Mais si vous ne voulez rien faire d'autre que de vous asseoir sur votre terrasse pour profiter du silence et de la beauté de la nature, c'est possible aussi. Nous voulons que cet endroit permette à tout le monde de se détendre et d'être en paix, de la manière qui leur convient le mieux. Si vous avez besoin de quoi que ce soit, si vous avez envie de faire quoi que ce soit, n'hésitez pas à nous le dire, et on fera le nécessaire. D'accord ? demanda Tonka.

Sierra hocha la tête. Tout avait l'air incroyable. Elle savait qu'elle avait été dorlotée depuis son retour ; ses parents cuisinaient pour elle, faisaient ses lessives, l'accompagnaient faire les courses. Elle les aimait et leur en était extrêmement reconnaissante... mais elle avait fini par se sentir un peu étouffée, ce qui la faisait en conséquence se sentir coupable.

Être ici, à respirer l'air frais et propre, qui était similaire à l'air du désert, de l'autre côté du monde, tout en étant différent, la faisait déjà se sentir mieux.

— Tout a l'air absolument charmant, dit la mère de Sierra.

— On fait de notre mieux, madame, répondit Spike.

— Je peux aller chercher tes affaires si tu veux aller faire un petit tour du terrain avec Tiny, voir où tu seras logée, dit Brick à Sierra.

Son père lui tendit les clés de la camionnette, et ils suivirent Tiny dans sa visite de la propriété.

Trois quarts d'heure plus tard, Sierra serrait ses parents dans ses bras alors que ceux-ci s'apprêtaient à repartir dans le Colorado.

— On t'aime, lui dit sa mère.

— Je sais.

— On ne veut que ton bonheur. Je sais que c'est difficile, et même si c'est dur à accepter, on sait qu'on ne peut pas t'aider, ajouta son père.

— Si, insista Sierra. Je vous aime aussi, et vous avez été merveilleux.

— Je ne dirai pas que je veux que les choses redeviennent comme avant, parce que c'est impossible, mais j'espère que cet endroit te permettra de guérir, dit sa mère.

— J'en suis certaine, dit Sierra.

Les yeux de sa mère se remplirent de larmes, et Sierra regrettait de ne pas pouvoir montrer plus d'émotion, ne serait-ce que pour ses parents ; même au bout de plusieurs semaines, elle n'arrivait toujours pas à pleurer.

Sa mère renifla et s'essuya les yeux tandis que Sierra étreignait son père.

— Soyez prudents sur la route, et dites-moi quand vous serez bien arrivés à Pagosa Springs, puis à la maison.

— Bien sûr, répondit son père.

Il se tourna vers Grover, qui s'était reculé pour leur laisser la place, sans s'éloigner pour autant.

— Prends soin d'elle, lui dit-il.

Grover hocha la tête.

— Elle est ce qu'on a de plus cher, ajouta sa mère, des larmes dans la voix.

Sierra fit un petit sourire.

— C'est bon, Maman, ça suffit. Cet endroit est magnifique, c'est parfait. Personne n'a besoin de prendre soin de moi, il ne m'arrivera rien ici. Je vais seulement manger, dormir et me détendre. C'est tout.

Elle voyait bien que sa mère aurait voulu ajouter quelque chose, mais elle se contenta finalement de renifler encore une fois avant de hocher la tête.

— Je t'aime. Envoie-moi des messages, tiens-moi au courant de ton séjour.

— C'est promis, lui répondit Sierra.

— N'hésite pas à appeler ton vieux père, grommela celui-ci d'une voix bourrue.

Il fallut encore cinq minutes avant que ses parents finissent enfin par monter dans la camionnette et partir. Dès qu'elle fut seule avec Grover, elle poussa un soupir de soulagement.

— Je les adore, mais... dis donc, ce qu'ils sont émotifs, dit-elle avec un petit rire.

— La dernière fois qu'ils t'ont dit au revoir, tout ne s'est pas passé comme prévu, commenta Grover avec sérieux.

Sierra se calma d'un coup.

— Je sais. Et je leur suis très reconnaissante de tout ce qu'ils ont fait pour moi depuis mon retour. C'est juste...

Elle ne termina pas sa phrase.

— Que tu n'as pas l'habitude. Que tu as besoin d'espace, termina Grover pour elle.

— Exactement.

— Par quoi tu veux commencer ? demanda-t-il.

Sierra n'hésita pas.

— Je veux partir à la recherche des cookies qu'on sentait tout à l'heure.

Les lèvres de Grover se relevèrent pour former un grand sourire qui coupa le souffle de Sierra. Elle déglutit. Mince, son plan de commencer par n'être qu'amie avec cet homme était déjà en péril s'il continuait à sourire comme ça. Elle respectait et faisait confiance au soldat des forces spéciales qui l'avait sauvée, mais cet homme-là ? Cet homme décontracté, charmant, sublime ? Il allait être extrêmement difficile de lui résister.

Il lui tendit le bras.

— Madame ? Je serais ravi de vous servir d'escorte.

Sierra passa son bras dans le sien.

— Ouvrez donc la voie. Et hâtez-vous. Si ces cookies sont froids quand on arrive, je vous en tiendrai pour responsable.

Cela faisait du bien de raconter des bêtises comme ça. Cela faisait longtemps qu'elle n'avait pas eu l'occasion d'être taquine. La plupart des gens qu'elle avait vus à Leadville étaient sombres et remplis de pitié, presque effrayés de plaisanter en sa présence. Comme si son sens de l'humour avait disparu sous les coups qu'on lui avait donnés.

Pour la première fois depuis son retour aux États-Unis, Sierra se sentait parfaitement détendue. Elle ne savait pas si c'était le fait d'être ici, dans ce lieu incroyablement beau, ou parce que Grover était là. Elle avait comme l'impression que c'était surtout grâce à lui.

CHAPITRE DIX

Grover était allongé sur son lit, le bras derrière la tête, et contemplait le plafond. Il faisait nuit dehors, et on n'entendait que le souffle du vent et le chant des cigales. Il aurait dû s'endormir il y a une heure déjà, bercé par ce son.

Pourtant, il ne trouvait pas le sommeil. Son esprit était rempli de Sierra, de combien elle était belle... combien elle semblait détendue, après la demi-journée qu'ils avaient passée ici. Clairement, elle avait eu besoin de venir. Chaque heure qui passait depuis le départ de ses parents semblait révéler une nouvelle facette de sa personnalité. Il y avait six autres invités au Refuge actuellement, et il avait été tout à fait instructif de voir Sierra s'entretenir avec chacun d'eux au dîner.

L'étincelle qui avait attiré son attention lorsqu'elle leur avait servi à manger, il y avait bien longtemps, dans la cantine de cette base afghane, était réapparue. Sierra était charmante et amicale, et quelques minutes en sa présence avaient suffi pour mettre à l'aise les hommes et la femme qui avaient partagé leur repas.

Elle était petite de taille, mais avait une personnalité et une présence immense. Après le dîner, elle et Grover s'étaient installés sur la terrasse à l'arrière du petit chalet de Sierra, où ils avaient discuté jusqu'à un peu plus de onze heures. Il voyait qu'elle était fatiguée et avait donc fini par lui dire bonne nuit et par se diriger vers son propre chalet, un peu plus loin.

Chalet dans lequel il n'arrivait pas à dormir. Parce que ces changements chez Sierra, bien que merveilleux, ne sonnaient pas entièrement vrais. Pas pour Grover.

En surface, elle se comportait comme si tout allait bien. Mais il avait passé des heures entières au téléphone avec elle ces dernières semaines, et il avait l'impression qu'elle n'était pas aussi en forme qu'elle aurait voulu le faire croire. Lui-même avait encore du mal à oublier sa semaine de captivité, et ce n'était qu'une fraction du temps qu'*elle* avait passé là-bas.

Si elle voulait faire semblant jusqu'à ce que l'illusion devienne réalité, c'était son choix. En attendant, il la surveillerait et serait là si elle avait besoin de lui.

Grover tentait encore de forcer son cerveau à s'éteindre pour la journée, pour enchaîner un maximum d'heures de sommeil avant de se réveiller inévitablement en sursaut, trempé de sueur, après un énième cauchemar, lorsqu'il entendit un bruit. Il crut d'abord que c'était un animal, près de son chalet ; Pipe leur avait dit au dîner que des ours, des cerfs ou des renards se promenaient régulièrement sur leur terrain.

Mais il se rendit vite compte que ce n'était pas une bête sauvage. Il faisait partie des forces spéciales depuis assez longtemps pour reconnaître le craquement de brindilles sous le pas lent et prudent d'un être humain. Le rythme caractéristique de quelqu'un qui voulait passer inaperçu mais dont la furtivité laissait à désirer.

Grover fut debout en un instant. Il ne lui fallut que quelques secondes pour traverser silencieusement la pièce jusqu'à la porte ; il regrettait de ne pas avoir son arme. Les armes à feu étaient interdites au Refuge, une décision qu'il approuvait par ailleurs. Il valait mieux prendre au sérieux les syndromes de stress post-traumatique, et ce n'était pas une très bonne idée de laisser traîner des armes à proximité de gens qui souhaitaient échapper à leurs démons.

Il jeta un œil à travers la fenêtre du côté mais ne distingua aucune silhouette suspecte ou menaçante entre son chalet et celui de Sierra ; cependant, il ne voyait pas le petit porche, d'où semblait provenir le son. Il était certain à 99 % que la personne qu'il entendait était soit un des propriétaires, en train de faire un tour du terrain, soit Sierra. Ce qui le préoccupait, c'était le 1 % restant.

S'assurant d'avoir l'élément de surprise, il avança jusqu'à la porte sans un bruit et l'ouvrit d'un seul coup... faisant sursauter Sierra qui faillit basculer du porche.

Grover réagit à toute vitesse, lui attrapant le bras pour la retenir de tomber sur ses fesses dans la poussière.

— Sierra ! Tout va bien ?

— Oh mon Dieu, tu m'as fait peur ! Je suis désolée, je t'ai réveillé ?

Il remarqua qu'elle n'avait pas répondu à sa question.

Balayant les environs du regard pour s'assurer qu'ils n'avaient dérangé personne, ce qui était peu probable vu la distance et les arbres qui séparaient les chalets, Grover attira Sierra à l'intérieur. Il la lâcha pour refermer la porte et allumer la lumière. Ils grimacèrent simultanément le temps que leurs yeux s'habituent à l'éclat soudain. Grover retourna ensuite vers Sierra et posa les mains sur ses épaules.

— Tout va bien ? répéta-t-il.

— Oui.

— Que se passe-t-il ?

— Euh, eh bien... Je... Mince.

Grover attendit patiemment qu'elle réfléchisse à la meilleure manière de s'exprimer.

— C'est idiot, finit-elle par dire.

— Non, lui assura Grover.

Les lèvres de Sierra s'étirèrent en un petit sourire.

— Tu ne sais même pas ce que je vais dire. Comment tu peux savoir que ce n'est pas idiot ?

— Tu es devant ma porte au milieu de la nuit. Voilà comment. Parle-moi, Petit Pois.

Elle soupira.

— Quand je me suis couchée, je me suis rendu compte que c'était la première fois que j'étais seule depuis que tu avais débarqué dans la cellule voisine, à la caverne. Depuis, il y a toujours eu quelqu'un avec moi, ou du moins pas très loin. J'ai commencé à entendre des bruits dehors... et je n'arrêtais pas de penser que c'était Shahzada. Ce qui est ridicule, puisque je t'ai vu le tuer. Je sais qu'il est mort. Mais je ne pouvais m'empêcher de penser... qu'il n'était peut-être pas *vraiment* mort. Qu'il avait peut-être trouvé un moyen de me suivre jusqu'ici, qu'il attendait le bon moment pour m'enlever à nouveau. Et *là*, j'ai commencé à l'imaginer me traîner dans la forêt pour m'enfermer dans une caverne dans la montagne, ici, au Nouveau-Mexique.

Grover ne répondit rien, et elle haussa les épaules.

— Je t'avais dit que c'était idiot, dit-elle doucement.

Toujours sans un mot, Grover lui prit la main et la guida jusqu'à son lit. C'était un King size, il y avait largement assez de place pour eux deux. Il tira les couvertures du côté du lit où il n'avait pas passé la dernière heure à tourner et se retourner et lui fit signe de s'y installer.

Sierra n'hésita pas une seconde. Elle enleva ses claquettes d'un coup de pied et grimpa sur le matelas. Grover remarqua qu'elle portait un jogging et un T-shirt trop grand, malgré la chaleur, et la couvrit du drap et de la couette. Il contourna ensuite le lit, après un détour pour éteindre la lumière.

Il s'installa à son tour sous les couvertures, et, dans le noir, au son du chant des cigales, il attrapa la main de Sierra.

Dès l'instant où elle referma ses doigts autour des siens, quelque chose en lui se détendit.

— Ce n'est pas idiot, dit-il doucement. C'est logique, en fait. Ton subconscient sait que tu es plus en sécurité si tu n'es pas seule. Mais je peux te rassurer sur un point : Shahzada est bel et bien mort. Je n'aurais pas quitté cette montagne sans en être absolument certain. Pas seulement pour te protéger toi, mais aussi pour la sécurité de tous ceux qui vivent et travaillent dans la région, y compris les Afghans. Ce sont les extrémistes comme Shahzada qui donnent mauvaise réputation au pays. La plupart des habitants que j'ai rencontrés étaient pacifiques et travailleurs.

— Je n'ai pas vraiment eu l'occasion de rencontrer de gens en dehors de la base, dit Sierra d'une voix triste.

Grover ne savait pas vraiment comment la réconforter, il se contenta donc de serrer un peu sa main.

Ils restèrent silencieux un instant.

— Ça fait du bien. C'est une sensation familière, dit Sierra.

— Oui, acquiesça Grover. Même si je dois dire que je préfère largement être allongé dans un lit à te tenir la main que dans la poussière, avec le bras passé à travers les barreaux dans une posture tout à fait inconfortable pour pouvoir t'atteindre.

— C'est bien vrai, dit Sierra en riant doucement. Je vais vraiment bien, Grover, ajouta-t-elle. Ce n'était pas très drôle d'être prisonnière pendant tout ce temps, mais au bout d'un moment, ils ne m'embêtaient plus trop. Je ne sais pas pourquoi. Après, le plus difficile, c'était de survivre à l'ennui et à la solitude. Jour après jour, sans rien à faire ni personne à qui parler. Je crois que la psy que j'ai vue en rentrant était surprise que je ne sois pas plus cinglée que ça.

— Ne te compare pas aux autres, la prévint Grover. Je t'encourage à voir la psy ici aussi, mais tu ne peux pas te sentir coupable de ne pas avoir été constamment agressée, ou frappée, ou quoi que ce soit. D'accord ?

— Je ferai de mon mieux, répondit-elle avec honnêteté. Et toi ?

— Et moi, quoi ?

— Tu viendras voir la psy avec moi ?

— Si tu veux.

Elle poussa un soupir agacé.

— Quoi ? demanda Grover. Qu'est-ce que j'ai dit ?

— Je veux que tu y ailles pour *toi*, dit-elle. Tu fais des cauchemars. Tu ne vas pas bien.

Grover soupira à son tour.

— Je ne rêve pas de ce que m'a fait ce connard. J'ai déjà vécu pire, et ça m'arrivera sûrement à nouveau.

Il ne voulait pas développer le sujet des cauchemars, mais il n'en eut pas besoin. Elle savait déjà. Il avait commis l'erreur de lui en parler, lors de leur premier appel téléphonique.

— Tu les fais à cause de moi, dit-elle doucement. Je croyais qu'on s'était mis d'accord sur le fait que tu ne te sentirais pas responsable de ce qui m'est arrivé.

— J'essaie, répondit-il. Mais ce n'est pas facile.

— Rien que ça, c'est une raison d'aller voir la psy.

Grover la sentit bouger. Elle ne lâcha pas sa main, mais se tourna sur le côté et se rapprocha de lui.

— Tu es si chaud, soupira-t-elle.

— Tu as froid ? demanda-t-il en souriant.

— Pas vraiment. Enfin, j'ai toujours un peu froid, mais j'essaie de faire comme si de rien n'était. Je sais que ce n'est que mon esprit qui me joue des tours. Je peux rester ici cette nuit ? Vraiment, je n'avais pas l'intention de te déranger. Je voulais juste m'asseoir sur ton porche un moment, pour être plus proche de toi, avant de rassembler assez de courage pour retourner à ma chambre.

— Bien sûr que tu peux, répondit Grover. C'est très agréable.

— Oui, approuva Sierra.

Ils ne dirent plus rien, et Grover sentit le corps de Sierra se détendre complètement tandis qu'elle s'endormait. Il ne put s'empêcher de ressentir un frisson d'excitation à l'idée qu'elle soit venue le chercher, lui, quand elle s'était sentie mal. Que le simple fait d'être près de lui suffise à la détendre assez pour s'endormir.

Il était un peu nerveux à l'idée de s'endormir à son tour. Il ne voulait surtout pas qu'elle assiste à l'un de ses cauchemars. Il lui fallait souvent un moment pour en émerger complètement, et il ne voulait pas l'effrayer ni la blesser.

Mais il ne voulait pas bouger non plus. Sierra était roulée en boule près de lui, le front posé sur son épaule, les genoux frôlant sa cuisse. Il tenait encore sa main dans la sienne, et il devait admettre que ce contact le rassurait autant qu'il semblait la rassurer, elle.

Il attendit, savourant la proximité de Sierra et les bruits de la nature à l'extérieur. Peu après, sa propre fatigue l'emporta, et il tomba dans un sommeil profond et réparateur.

* * *

Sierra se réveilla, plus reposée qu'elle ne l'avait été depuis longtemps. Elle ne s'était pas rendu compte qu'elle avait mal dormi chez ses parents, mais dès qu'elle ouvrit les yeux ce jour-là elle sut que son cerveau s'était enfin autorisé à décrocher complètement.

Elle était certaine que c'était grâce à l'homme qui ronflait doucement à côté d'elle. Elle n'avait pas trop bougé pendant la nuit, était toujours tournée vers Grover, et, incroyablement, leurs mains étaient toujours liées. Se redressant un peu sur les coudes, elle prit le temps de l'étudier soigneusement. Ses cheveux étaient ébouriffés, et son visage était détendu, sans aucune ride, ce qui le faisait paraître plus jeune que ses trente-trois ans. Il avait l'ombre d'une barbe, et elle se fit la réflexion qu'il devait sûrement se raser tous les jours pour tenir sa pilosité faciale à distance. Elle se souvenait de la longueur de sa barbe après seulement une semaine de captivité.

Cette information lui paraissait étrangement intime. Le genre de chose que seul un partenaire saurait sur la personne qu'il aime.

Le nez de Grover était légèrement tordu, peut-être à cause des coups de Shahzada. Ou peut-être qu'il était déjà ainsi avant, songea-t-elle. Elle ne se souvenait plus de l'état de son nez un an plus tôt, lors de leur première rencontre. La plaie à son front semblait presque guérie. Il en garderait certainement une petite cicatrice, qui finirait par disparaître avec le temps. Sierra distinguait quelques mèches grises dans ses sourcils, ce qui la fit sourire. Elle avait le pressentiment que les cheveux gris lui iraient bien, quand il serait un peu plus vieux. Et contrairement aux femmes, il ne se soucierait sûrement pas du tout d'être grisonnant même avant ses quarante ans.

Comme s'il sentait qu'elle l'observait, Grover bougea.

Sierra vit le moment où il se rappela qu'il n'était pas seul. Il tourna la tête et elle se sentit fondre devant son regard endormi, rempli d'affection.

— Salut. Quelle heure est-il ? murmura-t-il.

— Aucune idée, chuchota-t-elle en retour.

Elle ne savait pas pourquoi il parlait si bas, ce n'était pas comme s'il réveillerait qui que ce soit, mais cela lui semblait la bonne chose à faire.

Grover leva sa main libre pour regarder sa montre. Elle ne put s'empêcher de se réjouir du fait qu'il ne l'avait pas lâchée en se rendant compte qu'il lui tenait toujours la main.

— Mince alors, il est sept heures et demie, dit-il d'un ton émerveillé.

— Tu as manqué un rendez-vous important ? le taquina Sierra. Je veux dire, ce n'est pas comme si on avait des impératifs, si ?

— Non, mais ça fait... longtemps que je ne m'étais pas levé aussi tard.

Il se tourna à nouveau vers elle, et Sierra ne sut déchiffrer l'émotion qu'elle voyait dans ses yeux bruns.

— Et j'ai vraiment *dormi*, ajouta-t-il. Une fois que je me suis endormi, je n'ai pas rêvé.

À ces mots, elle déglutit.

— C'est super, non ?

— Super ? C'est un vrai miracle ! dit-il en secouant la tête. J'ai fait des cauchemars toutes les nuits depuis notre retour. Je dormais trois heures, je me réveillais, et je n'arrivais plus à me rendormir ensuite.

— Je suis contente que tu te sois reposé.

— C'est toi, dit Grover sans hésiter.

— Quoi ? fit Sierra, sourcils froncés.

— Toi. Là. Qui me tenait la main. C'est comme si mon cerveau avait enfin accepté le fait que tu étais en sécurité. Pas besoin de rêver de Shahzada qui te blesse, puisque tu étais *là*. Avec moi, à me toucher. Merci.

Sa voix se brisa, et Sierra ferma les yeux sous le coup de l'émotion.

Elle sentit ses doigts lui frôler la joue.

Rassemblant ses idées, elle leva sa main libre pour retenir sa chaude paume contre sa joue.

— Je suis contente, répéta-t-elle.

— Moi aussi. Tu as bien dormi ?

— Comme un loir.

— Bien, répondit-il simplement. Alors... Qu'est-ce que tu veux faire, aujourd'hui ?

C'était quelque chose que Sierra adorait chez lui. Il acceptait qu'ils aient visiblement eu besoin l'un de l'autre la veille, mais n'en faisait pas tout un plat, ne rendait pas ça gênant. Elle haussa les épaules.

— Et toi, tu veux faire quoi ?

— Prendre une douche, manger, aller voir cette vache qui aime qu'on lui gratte le menton, et puis peut-être partir en promenade. Revenir, déjeuner, discuter un peu avec les autres, faire une sieste dans un des hamacs que j'ai aperçus derrière ton chalet, dîner, et puis discuter encore avec toi.

— Ouah, euh... on dirait que tu as une grosse journée de prévue. Je ne suis pas sûre d'avoir réfléchi jusque-là.

Elle le taquinait, mais elle vit ses yeux se remplir d'inquiétude. Elle n'avait pas le cœur de le laisser être inquiet une seule seconde de plus.

— Je plaisante. Tout ça m'a l'air super.

— On n'est pas obligés de faire quoi que ce soit, se rétracta Grover.

— Non, sérieusement, je ne peux pas imaginer un meilleur programme, insista Sierra.

— OK. La psy est censée venir demain. On devra garder un créneau dans notre journée pour pouvoir lui parler.

Sierra aimait qu'il parle d'eux comme d'une même entité. Elle hocha la tête.

— Brick a dit que le petit déjeuner était à quelle heure, déjà ? demanda Grover.

— Huit heures. C'est un buffet, il me semble, jusqu'à neuf heures et demie.

— Parfait, on ne l'a pas manqué. On se retrouve devant ton chalet dans un quart d'heure ?

Sierra fronça les sourcils et secoua la tête.

— Nope. Désolée. Avant, j'étais capable de me doucher et d'être prête en dix ou quinze minutes, mais plus maintenant.

Elle refusait d'en avoir honte. Elle savait que Grover, mieux que quiconque, la comprendrait.

— Apparemment, je ne peux plus quitter l'eau chaude de la douche avant vingt minutes, minimum. Je ne peux pas m'empêcher de me souvenir de combien c'était horrible d'avoir un an de terre et de poussière sur la peau.

Elle haussa les épaules, avec une touche de timidité.

— Pas de souci. Et, pour info... j'ai un chauffe-eau incroyable chez moi, donc tu pourras y prendre des douches et des bains aussi longs que tu le veux. Donc, disons... quarante minutes ? Devant ta chambre ?

Il n'arrêtait pas de dire ce genre de choses, comme s'il était établi qu'elle l'accompagnerait au Texas. Plus que ça, même : comme si elle habiterait chez lui. Elle aurait voulu lui dire qu'il prenait pour acquises des choses qu'elle n'était pas prête à promettre... mais d'un autre côté, elle avait envie de se blottir contre lui dès qu'il le faisait. Elle avait l'impression que son cœur affrontait son cerveau. Et le hic, c'est qu'elle ne savait plus de quel côté elle était.

— Quarante minutes, ça paraît OK, dit-elle après une pause un peu trop longue.

— Je parle sans réfléchir, tu te souviens ? marmonna Grover. Quand je dépasse les bornes, ignore-moi. Je ne veux pas te mettre la pression. Je ne suis qu'un imbécile trop insistant, je le sais. N'hésite pas à refuser, Petit Pois. Je ne le prendrai pas mal. C'est promis.

— D'accord. Je... Je veux voir ta maison. Je veux rencontrer les femmes de tes amis. Elles m'envoient déjà des messages, et j'ai l'impression de déjà les connaître, mais...

— Attends, quoi ? Qu'est-ce qu'elles t'ont dit ? Elles t'embêtent ? Je les adore, mais elles ont tendance à être un peu trop... enthousiastes, parfois.

— Et toi non ? dit Sierra en riant.

— Si, d'accord. Mais elles sont aussi imprévisibles. Elles feraient n'importe quoi pour te venir en aide, surtout Ember. Quand elle a appris que je t'avais retrouvée et que tu étais libre, Doc et moi avons dû la retenir de ne pas sauter dans le premier avion pour Leadville à ta rencontre. Et bien sûr, elle s'attribue le mérite de ton sauvetage. Elle raconte à tout le monde que c'est grâce à sa publication sur Instagram que tu as été retrouvée, sourit Grover tout en levant les yeux au ciel. C'est complètement faux, mais elle est mignonne, alors on ne dit rien. En tout cas, sérieusement... elles t'ont dit quoi ?

Sierra se mit à rire et lâcha sa main à regret. C'était presque étrange de ne *pas* le toucher, mais elle se força à descendre du lit. Elle enfila ses claquettes et résista à la tentation de passer la main sur son crâne. Elle n'avait pas assez de cheveux pour devoir les remettre en place, mais l'habitude persistait, surtout devant l'intensité du regard de Grover.

— Rien de bien méchant. On pourra en parler plus tard. S'il faut encore que je prenne ma douche avant qu'on aille manger, je devrais y aller.

Grover se leva et s'étira. Il portait un short et un T-shirt, et Sierra en avait l'eau à la bouche. S'il était si canon quand il était habillé, qu'est-ce que ça devait être quand il était torse nu... ou nu tout court.

Elle se reprit mentalement. Elle ne devrait pas l'imaginer sans ses vêtements. Ils étaient amis. Juste amis. Du moins, pour l'instant.

Merde... Elle était fichue.

Inconscient de ses pensées lubriques, Grover s'avança vers elle et l'embrassa sur le haut de la tête.

— OK, Petit Pois. Va te doucher. On se voit bientôt. Prends ton temps. Si on rate le petit déjeuner, tant pis. On trouvera à manger dans la cuisine, on ne mourra pas de faim. De toute façon, j'irai sûrement attraper quelque chose au passage, quelques snacks à grignoter pendant la journée.

Et voilà, il recommençait à être tout gentil et protecteur. Pas que Sierra s'en plaigne.

— D'accord, merci. J'essaierai de ne pas trop tarder.

— Je l'ai dit, prends ton temps. Tu mérites toute l'eau chaude du monde. Ah, et, Petit Pois... ?

— Oui ?

— Merci de m'avoir aidé à dormir.

Et voilà que ma gorge me démange à nouveau.

— Pareil pour toi.

— OK, ça suffit, dit-il en souriant. Ouste, ma belle. Va te préparer.

Elle lui rendit son sourire et se dirigea vers la porte.

— Oh, et, tu as un pull, hein ? Emporte-le. Je ne sais pas ce que dit la météo, mais je ne veux pas que tu aies froid.

Sierra hocha la tête. Elle n'était pas sûre de parvenir à s'exprimer. Elle finirait par s'habituer à sa prévenance, à son besoin de s'occuper d'elle. Elle lui fit un vague signe de la main et sortit.

Elle l'entendit rire après son départ vers son propre chalet. Et pour la première fois depuis longtemps, Sierra se rendit compte qu'elle était heureuse. Contente. C'était une sensation grisante, vraiment.

CHAPITRE ONZE

Le petit déjeuner s'était avéré très amusant. Tout le monde était d'excellente humeur, et la nourriture était délicieuse. Grover et Sierra n'étaient finalement pas partis se promener dans la matinée, qu'ils avaient finalement passée dans la grange, avec les animaux. Melba la vache était adorable, même Grover en convenait. Elle adorait frotter sa tête contre tous ceux qui passaient à proximité. Elle était aussi incroyablement curieuse, et voulait toujours savoir ce qu'ils étaient en train de faire.

Les chèvres étaient un peu plus agaçantes, mais comme Sierra semblait les adorer, Grover les laissa mordiller sa chemise sans protester. Il y avait aussi les chats, que Sierra voulait câliner, et elle passa un certain temps avec les chevaux, même si leur taille l'effrayait.

Ils eurent aussi une longue conversation avec Tonka. C'était un ancien de la Delta Force, mais il parlait peu de sa vie de soldat. Grover eut l'impression que quelque chose avait horriblement mal tourné lorsqu'il avait quitté l'armée, mais il ne posa pas de questions. Tonka passait désormais ses journées à travailler avec les animaux du Refuge, et cela l'aidait visiblement à rester calme.

Le temps qu'ils quittent enfin la grange, il était l'heure de déjeuner.

— Et si on prenait de quoi faire un pique-nique ? demanda Grover.

— Excellente idée.

Ils se dirigèrent vers la cuisine et se préparèrent des sandwichs. Même ça, c'était amusant. Sierra le taquina sur la taille de son sandwich, qui aurait suffi à nourrir trois personnes, et il se moqua d'elle parce qu'elle mettait de la sauce ranch dans le sien plutôt que des sauces plus communes comme de la moutarde ou de la mayonnaise. Les propriétaires du Refuge avaient pensé à tout, et ils trouvèrent dans un placard des sacs de randonnée dans lesquels ils pourraient mettre leurs couverts et leurs verres, en plus des sandwichs.

Ils partirent peu après, suivant un chemin que leur avait conseillé Spike et qui était censé être assez facile en plus de donner sur une vue magnifique. Grover tendit à Sierra une barre de céréales pour lui donner de l'énergie jusqu'à ce qu'ils trouvent un endroit où s'arrêter pour manger.

Cela faisait du bien de ne pas avoir de programme. Pas d'emploi du temps. Grover adorait sa vie de soldat et n'échangerait ses frères Deltas contre rien au monde, mais être dans l'armée signifiait avoir une vie réglée à la minute près. Entraînements, réunions, respect du programme, c'est ce qui faisait fonctionner cette immense bureaucratie. Il était libérateur pour lui d'être là, dans le grand air, sans horaires à respecter.

Grover marchait derrière Sierra et s'efforçait de ne pas trop mater son cul. C'était difficile, parce que malgré toutes ces épreuves, elle avait gardé un postérieur digne d'être admiré.

— Alors comme ça... les filles t'envoient des messages ? lui demanda-t-il dans l'espoir de se distraire de l'attraction qu'il ressentait.

— Très subtil, demanda-t-elle en riant.

— Je n'essaie pas de l'être. Je ne te demande pas de me révéler tous vos secrets, je suis juste curieux.

— C'est drôle, dit Sierra. La première fois que j'ai reçu un message d'elles, j'ai cru que c'était toi. J'étais perplexe au début, parce que je ne voyais pas qui d'autre aurait pu m'écrire.

C'était Gillian. Elle disait qu'elle était heureuse de savoir que j'allais bien, et puis elle écrivait « bienvenue chez les fous ». J'étais encore plus perplexe.

Grover eut un rire.

— C'est vrai que tout est assez fou, pour être honnête. Surtout quand on est tous ensemble. À l'origine, on n'était qu'un petit groupe de potes, à boire des verres et à parler de choses et d'autres. Maintenant, on cuisine, on change des couches, on discute de princesses avec Bria, on se casse la gueule en s'arrangeant pour laisser Logan gagner au foot, et on a des conversations entières sur les choses que ne te disent pas les médecins sur l'accouchement.

— Et tu adores, avoue, dit Sierra en riant.

— Tout à fait, admit Grover. La dynamique de notre équipe a changé, mais pour le mieux, je trouve. Et tout ça, c'est grâce aux filles. Elles ont dit quoi d'autre ?

— Tu as peur ? plaisanta Sierra.

— Un peu, oui, avoua Grover.

— Elles sont toutes super gentilles. Je suis franchement déroutée de voir à quel point elles sont ouvertes et accueillantes.

— Elles sont comme ça, dit Grover.

— Devyn est hilarante. Et, je devrais te prévenir, elle est clairement en mode « aider mon frère à se trouver une copine ».

— Merde, jura Grover. Je lui dirai de se calmer.

— Non, non, tout va bien, lui dit Sierra. Je trouve ça très amusant, d'écouter ses anecdotes sur toi.

— Je vais la tuer, marmonna Grover.

Sierra eut un gloussement, insouciant et heureux. Grover adorait ça.

— Ce n'est que du positif, le rassura-t-elle. Comme la fois où elle se faisait embêter dans le bus et que tu l'as défendue. Et que tu as été puni, mais que les autres enfants ne lui ont plus jamais rien dit. Ou quand elle était à l'hôpital et que tu as participé à une chasse aux œufs de Pâques et que tu lui as rapporté tous les œufs en plastique que tu avais trouvés. Elle a dit que vous aviez passé une heure entière à tous les ouvrir, dans son lit d'hôpital. Et bien sûr, tout ce que tu as fait pour aider ton frère après ses problèmes de jeu.

— Ouais... ses problèmes de jeu, dit Grover avec dégoût.

Il savait qu'il finirait par pardonner à Spencer pour tout le mal qu'il avait fait à leur sœur, mais ce ne serait pas pour tout de suite.

Sierra s'arrêta et se tourna vers lui. Elle posa la main sur son bras.

— Elle t'aime.

— Je sais. Et je l'aime aussi. Mais je n'ai pas besoin de son aide avec les femmes, se plaignit Grover.

Sierra haussa un sourcil avant de reprendre sa marche.

— Et Sally Jensen, alors ? lança-t-elle.

Grover poussa un grognement.

— Oh, Seigneur, ne me dis pas qu'elle t'a parlé de ça.

— Comment je connaîtrais son nom, autrement ?

— Pour ma défense, j'avais dix-huit ans, j'étais en terminale. Jeune et con.

— Oui, j'ai vu la photo, dit Sierra en se retournant pour lui sourire.

Grover s'arrêta net au milieu du chemin et baissa la tête, défait.

— Je vais *vraiment* la tuer, dit-il.

Sierra gloussa à nouveau, et Grover but du regard cette femme qui se tenait devant lui. Elle semblait si détendue, si heureuse, et il souhaitait de tout son cœur qu'elle reste ainsi pour le restant de leurs jours.

Elle revint sur ses pas jusqu'à lui et leva la tête.

— Si ça peut te faire te sentir mieux, ce n'était pas très sympa de la part de Sally. Et... tu étais vraiment pas mal, même à dix-huit ans.

— Merci. En tous cas, l'histoire, c'est qu'elle m'avait dit qu'elle aimait les gars qui avaient un sens de l'humour. J'essayais d'être drôle.

— En teignant en bleu tes poils pubiens et tes poils de torse ? demanda Sierra en se retenant d'éclater de rire.

Grover soupira.

— Oui. Et elle a bien ri, en effet. Et j'ajouterai que ces, euh... améliorations... n'ont pas eu l'air de la décourager de coucher avec moi. Elle a attendu que je m'endorme pour prendre ces photos et les montrer à tous ses amis. Heureusement, elle avait rogné la partie de l'image où on voyait ma queue quand elle a décidé d'afficher mon torse nu dans tout le lycée. Pour le reste de l'année, mon surnom faisait finalement bien plus référence à la couleur du Muppet qu'à mon propre nom de famille.

Sierra perdit le contrôle du rire qu'elle essayait de retenir, et se plia littéralement en deux en s'esclaffant. Grover se fichait complètement que ce soit son humiliation qui l'amuse autant. Il se contentait de savourer le son de son rire. À ce moment-là, elle ne se souciait plus de rien.

— Donc... tu penses que j'aurais dû choisir du rose ? lança-t-il lorsqu'elle se fut enfin calmée, provoquant une nouvelle crise de rire.

Il dut tendre la main et lui attraper le bras pour qu'elle reste debout.

— Mon Dieu, j'ai mal au ventre, grogna-t-elle sans cesser de rire.

— Tu es si jolie, dit doucement Grover, les mots franchissant ses lèvres sans qu'il puisse les arrêter.

Sierra rougit, secouant la tête pour balayer ses mots.

— Si, je t'assure, insista-t-il.

— Oui, bien sûr, dit-elle, passant la main sur le duvet qui recouvrait son crâne.

Grover attrapa sa main et en embrassa le dos.

— Tes cheveux ne te rendent pas plus ou moins belle. Ni tes habits ni ton poids. Pour moi, c'est qui tu es à l'intérieur qui te rend jolie. Parce que quand tu ris, tu le fais librement, sans réserve. Et à cause de ton sourire. Et parce que tu n'as pas demandé à ma sœur ce qui lui prenait, d'envoyer des messages à une parfaite inconnue.

— Je ne ferais jamais ça, protesta Sierra.

— Je sais. C'est une des raisons qui te rendent aussi jolie.

Sierra leva les yeux au ciel, mais elle n'enleva pas sa main. Il jeta un œil au chemin et vit qu'il était assez large pour qu'ils y marchent côte à côte. Il reprit donc la route, gardant Sierra près de lui cette fois.

— À part les anecdotes gênantes sur ma jeunesse... quoi d'autre ? reprit-il.

— Riley m'a envoyé à peu près quatre mille photos de Logan, Bria, et Amalia. Elle m'a raconté que Logan veut être joueur de baseball professionnel, et que Bria veut être une princesse. Je ne sais pas comment elle s'est débrouillée, mais j'ai accepté de venir jouer les baby-sitters si et quand je viendrais au Texas. Elle est un peu sournoise, non ?

Grover eut un rire.

— Yep. Elle paraît tout innocente et tranquille, et deux secondes plus tard, elle et Oz s'éclipsent pour passer du bon temps et tu te retrouves avec un bébé dans les bras, à regarder leurs deux autres adorables gamins.

— Elle a dit qu'Oz voulait d'autres enfants.

— Oh, oui, ce n'est un secret pour personne. Il a acheté une maison immense, et il a bien l'intention de la remplir, dit Grover en souriant.

— Aspen me donne des conseils médicaux et nutritionnels, continua Sierra. Elle me dit ce que je peux faire pour que mon corps s'adapte à nouveau à mon régime habituel et à une activité régulière. Kinley ne m'a pas envoyé autant de messages, mais elle a quand même été adorable, m'a dit qu'elle était heureuse que tu m'aies retrouvée, qu'elle avait hâte de me rencontrer. Elle m'a aussi prévenue que Gillian essaierait forcément d'organiser une grande fête de bienvenue.

Grover soupira.

— Je n'ai pas caché à mes amis que j'espérais ta visite, voire même ton emménagement. Ni que je voulais voir où pouvait nous mener notre amitié. Je sais que tu as dit que tu n'étais pas prête pour une relation, et ça me va... mais à moins que tu ne me dises sans équivoque que c'est impossible, je continuerai à patienter en espérant que tu seras prête un jour. Pour autant, je ne veux pas te mettre la pression, ni que mes amis le fassent. Que ce soit pour venir au Texas ou pour sortir avec moi.

— Aucune pression, lui assura Sierra. C'est sympa qu'on veuille de moi, à vrai dire.

— Oh, ça, on veut de toi, commenta Grover, pince-sans-rire.

Elle lui jeta un petit sourire.

— Je suis un peu dépassée par les événements, je l'avoue, mais dans le bon sens. C'est à Ember que je parle le plus. Ce qui, d'ailleurs, est super bizarre. Je veux dire, c'est *Ember Maxwell*, et j'ai son numéro de téléphone. C'est surréaliste. Bref, tu te souviens que tu m'avais dit qu'elle me laisserait sûrement travailler avec elle ?

— Oui ? fit Grover d'un ton plein d'espoir.

— Eh bien, elle a déjà relancé le sujet. Et elle a dit aussi que l'appartement qu'elle louait pour son amie, celle qui a essayé de la *tuer*, était toujours disponible, comme elle avait payé la caution et plusieurs mois de loyer en espérant trouver quelqu'un d'autre pour l'aider au gymnase.

— C'est une super idée, dit Grover.

— Tu trouves ?

— Absolument. Même si j'avoue que je préférais la version où tu habitais chez moi.

— J'y réfléchis sérieusement, dit Sierra.

— Bien.

Elle soupira.

— Bon, c'est un mensonge... en réalité, je lui ai globalement dit que j'acceptais sa proposition.

Encore une fois, Grover s'arrêta net. Heureusement que ce n'était pas une randonnée d'entraînement, parce qu'ils s'étaient arrêtés environ une centaine de fois depuis leur départ.

— Vraiment ?

Sierra refusait de croiser son regard.

Grover attrapa son menton et le fit basculer en arrière pour qu'elle n'ait pas d'autre choix que de le regarder.

— Je suis ravi pour toi. Peu importe ce qui se passe entre nous, ça te fera du bien d'avoir des amies comme Ember, Gillian et les autres.

— J'avais peur que tu penses que... je ne sais pas... que je m'incrustais, ou quelque chose dans le genre.

— Pas du tout. C'est moi qui insiste pour que tu viennes au Texas, je te rappelle. Depuis des semaines.

Elle sourit.

— Oui, je sais. Ce rendez-vous dans ta grange.

Grover lui sourit en retour.

— C'est bien ça. Mais sérieusement, Sierra. Oui, tu m'attires, un peu plus à chaque minute que l'on passe ensemble, mais si les choses entre nous ne vont jamais plus loin que cette amitié intense... ça ira.

Sierra le contempla longuement.

— Tu es vraiment trop beau pour être vrai.

— Vraiment pas. Il me semble que je t'ai déjà fait la liste de mes nombreux défauts.

— Pour info...

— Oui ?

— Je ne pense pas qu'il sera très difficile de me convaincre de venir à ce rendez-vous.

Grover rayonna.

— Tant mieux. Mais pour l'instant, tant qu'on est ici, nous ne sommes que de bons amis qui traînent ensemble.

— De bons amis qui se tiennent la main ? demanda-t-elle en haussant un sourcil.

— Yep.

— De bons amis qui partagent un lit ?

Il faillit pousser un grognement à ces mots, mais parvint à se contenter d'un hochement de tête.

— Je n'ai pas fait de cauchemars, cette nuit, lui rappela-t-il. Et je sais que c'est parce que mon inconscient savait que tu étais là, près de moi. En sécurité. Et tu es venue me voir parce que tu ne voulais pas être seule. Donc, oui, dans notre cas... de bons amis qui partagent un lit.

— Je n'ai jamais rencontré quelqu'un comme toi, lui dit-elle.

— Je peux dire la même chose de toi.

À cet instant, le ventre de Sierra gargouilla, et Grover eut un rire. Il lâcha sa main le temps de poser par terre le sac à dos qu'il portait et d'en sortir une nouvelle barre de céréales et des biscuits au beurre de cacahuètes.

— Tu veux que l'on continue jusqu'à cet endroit sympa dont parlait Tonka ?

Sierra hocha la tête. Ils reprirent leur route, côte à côte.

Une demi-heure plus tard, le chemin tourna vers la gauche, et dans le virage se trouvait une immense pierre plate. Sierra et Grover décidèrent que ce serait l'endroit parfait pour un pique-nique et grimpèrent dessus.

Une fois qu'ils furent assis, le reste du monde sembla disparaître. Ils étaient entourés d'arbres et du chant des oiseaux. La température n'était ni trop basse, ni trop élevée. Ils sortirent leurs sandwichs et un paquet de chips qu'ils avaient pris dans le garde-manger, et mangèrent en discutant. Et Grover ne se souvenait pas d'avoir déjà été aussi heureux.

Les pensées de Sierra tournoyaient dans sa tête. Cela faisait deux semaines qu'elle se battait contre elle-même au sujet de ce qu'elle *devrait* faire et de ce qu'elle *voulait* faire. Elle voulait déménager au Texas, sortir avec Grover, et accepter l'amitié que lui offraient les femmes de ses amis. Mais elle avait l'impression qu'elle devrait être plus prudente. Ne pas se précipiter. Trouver ses marques avant de prendre des décisions aussi radicales.

Être assise là, dans la forêt avec Grover, faisait paraître sa décision beaucoup plus facile. Elle l'appréciait. Et pas seulement parce qu'il avait fait un tel sacrifice pour la retrouver. C'était un homme bon, elle le voyait à chacune de ses interactions avec les autres. Il attirait les gens à lui, comme il l'attirait, elle. Peut-être parce qu'il les faisait se sentir importants, comme s'il n'avait jamais rien entendu de plus intéressant que ce qu'ils lui racontaient. Ou peut-être simplement parce qu'il était si incroyablement gentil.

Pour certains, dire d'un homme qu'il était gentil revenait

presque à l'insulter. Mais pas pour elle. Sierra avait connu sa part d'hommes pas très gentils, et préférait largement quelqu'un comme Grover... sans hésiter.

Plus elle passait de temps avec lui, plus elle était à l'aise. Lui parler tous les soirs avait été instructif, et elle commençait à bien le connaître. Être avec lui en chair et en os... Cela représentait tout pour elle.

La façon dont il s'était tenu entre elle et Melba jusqu'à ce qu'il soit certain que l'animal ne la renverserait pas. Dont il faisait attention à ce qu'elle aimait ou non... par exemple, quand il avait emporté les biscuits au beurre de cacahuètes, et pas ceux au fromage. La manière dont il avait préparé son café, exactement comme elle l'aimait.

La sensation de sa main dans la sienne. Le fait de savoir qu'elle pouvait se glisser dans son lit sans craindre qu'il ne prenne ça pour une tentative de drague ou tente de profiter de la situation.

Sierra savait qu'elle ne pourrait rien faire contre lui, physiquement. Il n'aurait aucun mal à la maîtriser ni à la blesser, s'il le décidait. Mais il s'était montré extrêmement gentil, respectait son espace personnel, et s'assurait que personne d'autre ne la perturbait.

La pensée d'avoir une relation plus intime avec lui était... excitante. Pas le moins du monde effrayante.

— Ils ne m'ont pas violée, laissa-t-elle échapper d'un coup, avant de grimacer devant la dureté de ces mots, qui sortaient de nulle part.

Fidèle à ses habitudes, Grover ne lui laissa pas le temps de se sentir gênée de sa révélation.

— Dieu merci.

— Pendant les premiers mois, j'étais terrifiée à l'idée qu'ils le fassent, mais ils étaient plus intéressés de voir jusqu'où ils pouvaient me pousser avant que je ne me brise. Et une fois que je me suis rendu compte que plus vite je me mettais à pleurer, plus vite ils s'arrêtaient, même ça, ça a cessé de les amuser, à moins qu'ils n'aient un deuxième otage. C'est comme si j'étais devenue un vieux jouet avec lequel on avait assez joué, et ils avaient tendance à me laisser toute seule jusqu'à ce que quelqu'un leur rappelle que j'étais encore là.

— C'est une bonne analogie, dit doucement Grover. Et je suis heureux qu'ils aient vite perdu l'intérêt, mais ça n'enlève rien au fait qu'ils t'ont pris ta liberté. Qu'ils t'ont touchée, peu importe comment.

— Je sais.

— Tu veux me dire pourquoi tu pensais à ça ?

Sierra soupira.

— Non. Mais je vais le faire quand même. J'étais juste assise ici, fascinée par combien j'étais heureuse. Avec toi. Et par la manière dont tu semblais si bien me connaître, au bout de si peu de temps. Et à penser au fait que tu étais tellement plus grand et plus fort que moi, que tu pourrais me blesser, mais que tu ne l'as jamais fait. Ce qui m'a fait penser aux raisons pour lesquelles je me sentais aussi en sécurité en me rendant à ton chalet hier soir, et en dormant avec toi, dans ton lit. Et ça, ça m'a fait penser à nous deux... ensemble... si tu vois ce que je veux dire. Et ça ne m'a pas fait peur. J'imagine que... je voulais juste que tu le saches. Je me suis dit que tu te demandais peut-être si j'avais été violée quand j'étais prisonnière, et que tu hésitais à me faire quoi que ce soit qui puisse me rappeler ça.

Après un instant, Grover eut un petit rire.

— Ce n'est pas l'idée d'une potentielle agression sexuelle qui me fait rire, la rassura-t-il. C'est ton cheminement de pensée. Je suis heureux que l'idée qu'on fasse l'amour ne te plonge pas dans une crise de panique.

Sierra, pourtant habituée à sa manière de parler directe, rougit.

Il se rapprocha d'elle, mais ne tenta pas de la toucher. Sa cuisse frôla la sienne, comme s'il ne supportait pas l'*absence* de contact physique. Elle aimait ça. Elle aimait beaucoup.

— J'avoue que je suis soulagé qu'ils ne t'aient pas fait ça. La pensée de quelqu'un qui te forcerait comme ça me rend absolument furieux. Et malade. Tu seras toujours en sécurité avec moi, Petit Pois. Je te le promets.

— Merci, murmura-t-elle.

Elle pencha la tête pour la poser sur son épaule. Il ne bougea pas, mais elle le sentit soupirer, comme s'il était soulagé qu'elle le touche elle aussi.

— Je peux te dire quelque chose ?

— Tu peux tout me dire. Pas de jugement entre nous, la rassura-t-il.

— Je n'arrive pas à pleurer, avoua-t-elle avant d'avoir le temps de se rétracter. J'en ai parlé à ma psy, dans le Colorado, qui m'a dit que c'était normal, mais ça ne me paraît pas *normal*.

— Pourtant, ça l'est, lui dit Grover. Tu as utilisé les larmes comme un moyen de manipuler tes ravisseurs. Du coup, émotionnellement, ton cerveau associe les larmes avec une situation dans laquelle tu souffres. Pour t'empêcher de *ressentir* cette souffrance, physique ou émotionnelle, ton corps doit refuser de te laisser pleurer. C'est un mécanisme de défense, un peu.

— J'avais décidé de garder mon appartement quand j'ai accepté ce boulot en Afghanistan. C'était dans un quartier super, et le loyer était tout à fait raisonnable. Je ne savais pas combien de temps je serais partie, et je voulais avoir un endroit où retourner après. Mes parents ont récupéré toutes mes affaires, bien sûr, quelques mois après ma disparition, et ont tout gardé dans leur sous-sol. Ma mère m'a avoué qu'elle avait vendu mes meubles, pour lesquels ils n'avaient pas assez de place. Quand j'ai vu toutes mes affaires, réduites à une pile de cartons, j'ai *voulu* pleurer. C'était si triste, si déprimant. Mais je n'ai pas réussi. Pas une seule larme n'a coulé. C'est perturbant, parce que je ressens tellement de chagrin.

Sierra sentit Grover bouger un peu, à côté d'elle. Il passa son bras autour de ses épaules.

— Cela fait si peu de temps que tu es à nouveau libre. Sois plus indulgente envers toi-même. Et même si je n'aime pas l'idée de te voir pleurer, pour quoi que ce soit, je suis sûr que tu y arriveras. À pleurer de vraies larmes, pas les fausses que tu pouvais sortir sur commande.

Elle haussa les épaules, peu convaincue. Mais bien sûr,

Grover n'avait pas tort. Même si elle avait l'impression d'être rentrée depuis des mois, et que l'Afghanistan n'était plus pour elle qu'un souvenir aussi lointain qu'irréel, en réalité, cela ne faisait que quelques semaines. Il lui restait encore beaucoup de choses à accepter. Elle devrait être patiente.

Elle se redressa et jeta un coup d'œil timide à Grover.

— Tout va bien ? demanda-t-il.

— Oui. Tu as sûrement raison.

— J'ai toujours raison. Demande à n'importe qui.

Elle leva les yeux au ciel, appréciant sa tentative de briser le sérieux du moment.

— Je demanderai à Devyn à quel point c'est vrai, ça.

— Oh, c'est un coup bas, la taquina-t-il. Lancer ma sœur à mes trousses.

Elle lui sourit.

Sans surprise, Sierra vit qu'elle se sentait mieux. Son problème de ne pas réussir à pleurer n'était pas résolu, mais d'admettre cette étrangeté l'avait libérée d'un poids, comme si elle n'était plus seule à porter ce fardeau. Grover ne l'avait pas regardée comme si elle était brisée. Elle ne regrettait pas non plus d'avoir avoué qu'on ne l'avait jamais violée. Parfois, même si ça semblait complètement délirant, elle s'en sentait presque coupable. Comme si les gens croiraient qu'elle n'était pas une « vraie » prisonnière de guerre, qu'elle n'avait pas vraiment souffert, parce qu'elle n'avait pas été agressée sexuellement pendant sa captivité.

Elle n'était pas certaine au départ que de venir au Refuge soit une bonne idée, mais clairement, elle en avait eu besoin. Elle n'était ici que depuis une journée, mais elle se sentait déjà plus calme. Plus sûre d'elle. Peut-être que c'était grâce à l'air de la montagne. Peut-être grâce à l'amitié des propriétaires de l'endroit. Mais elle avait comme l'impression que ce n'était rien de tout ça. C'était l'homme qui se tenait à ses côtés qui faisait toute la différence.

Ils restèrent assis sur le rocher encore une demi-heure avant de décider qu'ils feraient mieux de retourner au ranch.

Le chemin du retour fut lent et tranquille, et Grover lui tint la main tout le long. Elle s'habituait trop à son contact... mais comme ça n'avait pas l'air de le déranger, Sierra décida qu'elle ne se laisserait pas perturber non plus.

CHAPITRE DOUZE

Treize jours. Les meilleures presque deux semaines de la vie de Grover. Sierra et lui avaient passé quasiment chaque minute de chaque jour ensemble.

Et il était fou amoureux d'elle.

Il ne savait pas ce qu'*elle* ressentait, malheureusement, puisqu'il avait fait de son mieux pour garder en place sa casquette « ami ».

Ils dormaient dans le même lit tous les soirs, main dans la main. Il n'avait pas fait le moindre cauchemar en deux semaines. Quant à elle, elle avait l'air en meilleure forme que jamais. Elle avait regagné la plupart des kilos qu'elle avait perdus et souriait tout le temps.

Ils avaient adopté une sorte de routine : petit déjeuner, visite à Melba la vache et aux autres animaux, préparation d'un pique-nique et promenade. Ils avaient parcouru tous les chemins de randonnée et apprenaient à mieux se connaître à chaque pas. Grover avait raconté à Sierra des choses dont il n'avait jamais parlé à personne. Et il aimait à croire qu'elle avait elle aussi partagé ses pensées les plus intimes.

De retour au Refuge après la promenade, soit ils avaient des sessions avec la psychologue, seuls, à deux, ou en groupe, soit ils faisaient la sieste dans les hamacs, soit ils traînaient à la réception, à discuter avec les autres invités, Brick ou ses amis.

Mais leur séjour s'achevait. Le lendemain, les parents de Sierra viendraient la récupérer, et lui se mettrait en route pour Killeen au volant de son propre véhicule.

Grover était resté en contact semi-régulier avec ses amis, qui le tenaient informé d'une situation de plus en plus volatile près de leur base. Il s'était efforcé de ne pas communiquer son inquiétude à Sierra, bien déterminé à ne rien faire qui puisse affecter sa guérison et sa paix, mais il savait qu'il devrait lui en parler. D'autant qu'elle envisageait toujours de venir au Texas.

Au départ, Grover et son équipe n'avaient pas accordé vraiment d'importance à la milice Strong Foot. C'était un groupuscule issu d'une ville dans les environs de Killeen, qui critiquait le gouvernement, qu'il considérait tyrannique, et estimait qu'il fallait le combattre par une force armée.

Trois types de milices « officielles » étaient reconnues par le gouvernement américain : les milices organisées, dont la Garde nationale ; les milices inorganisées, c'est-à-dire globalement tous les citoyens bien portants âgés de dix-sept à soixante ans qui ne faisaient pas partie de la Garde nationale ; et les forces de défense étatiques, autorisées par les gouvernements de leurs États respectifs.

Mais il existait aussi des groupes comme Strong Foot, dont les membres se donnaient eux-mêmes la mission de prendre les armes contre le gouvernement. Ce n'était en réalité qu'un rassemblement paramilitaire d'extrémistes armés, guidés par une idéologie anti-gouvernement et des théories du complot.

Grover et son équipe de Deltas avaient conscience de l'existence de ce groupe depuis longtemps, puisqu'il venait de San Angelo, à trois heures seulement à l'ouest de Killeen.

Les membres de Strong Foot exprimaient leur mépris sur à peu près tous les aspects du gouvernement, mais s'étaient récemment montrés particulièrement virulents dans leur mécontentement envers l'armée, et spécifiquement le fait que les États-Unis envoyaient toujours des soldats à l'étranger.

Au cours du mois qui s'était écoulé depuis le retour d'Afghanistan de Grover et Sierra avaient eu lieu deux incidents liés à la présence à l'étranger de l'armée américaine. Le premier en Corée du Sud, où un soldat avait été condamné pour deux meurtres, trois viols et quelques charges d'agression. Sa base d'origine étant celle de Killeen, la milice Strong Foot avait utilisé l'attention médiatique pour exprimer ses propres protestations.

Le deuxième incident avait eu lieu en Afghanistan, dans une région différente de celle où Sierra avait été captive. Au cours d'une tentative pour éliminer un autre chef taliban, une attaque aérienne des États-Unis avait fait plusieurs morts parmi les civils afghans. Grover savait que la milice se fichait complètement de ces civils ; leurs morts n'étaient qu'une excuse pour faire progresser leur cause.

D'après Trigger, le groupe manifestait devant les portes de Fort Hood depuis le début de la semaine, et se montrait de plus en plus agressif chaque jour. Plusieurs douzaines d'hommes munis de pancartes hurlaient des menaces à l'encontre des soldats et des civils qui passaient les grilles.

Cela créait des tensions dans la ville militaire, et la milice ne faisait pas mine de cesser ces protestations, et ne faisait au contraire que redoubler d'efforts. L'attention médiatique qu'on leur accordait enfin les poussait à l'action, et ils étaient en train de transformer la ville entière en une bombe prête à exploser.

Grover savait que Sierra sentait son inquiétude face à cette situation, qu'elle le voyait à son visage après chaque appel avec Trigger. Il faisait de son mieux pour lui cacher son malaise, mais il ne s'en sortait visiblement pas très bien.

Il voulait que Sierra emménage à Killeen, et était terrifié que la mention de cette milice ne lui donne une raison de repousser son arrivée, peut-être indéfiniment. Mais il ne serait pas juste de ne rien lui dire. Elle avait déjà traversé assez d'épreuves, elle avait le droit de tout savoir sur la ville dans laquelle elle envisageait d'habiter. Les bons aspects comme les mauvais.

Il savait que Strong Foot ne serait pas un problème pour toujours. Avec un peu de chance, ils retourneraient vite se terrer dans le trou duquel ils étaient sortis, voire même dissoudraient complètement la milice. En plus de ça, il détestait avoir des secrets pour elle.

Grover prit la décision de lui en parler avant leur départ le lendemain. Il espérait aussi pouvoir discuter des projets de Sierra, une fois qu'elle serait de retour dans le Colorado. Si la perspective de la milice ne l'empêchait pas de venir, il voulait savoir si elle prévoyait toujours d'accepter l'offre d'Ember, et auquel cas, quand est-ce qu'elle envisageait de déménager. Il avait tellement hâte de pouvoir lui montrer sa maison, sa grange. De la présenter aux autres femmes du groupe, avec qui elle échangeait toujours par message, et qu'elle revoie ses amis. De l'emmener dans ses restaurants favoris.

Rien que de savoir qu'elle se trouvait dans la même ville que lui, ce serait incroyable.

Sa présence constante à ses côtés au cours des deux dernières semaines n'avait fait que renforcer ses sentiments à son égard, et il voulait désespérément savoir si elle ressentait la même chose que lui.

Le matin de leur dernière journée complète au Refuge, ils se réveillèrent vers sept heures et demie, comme à leur habitude. Sierra retourna dans son propre chalet se doucher, et ils prirent ensuite un bon et satisfaisant petit déjeuner, après quoi ils se dirigèrent vers la grange pour que Sierra puisse faire ses câlins matinaux à Melba, aux chèvres, et aux chats.

— Est-ce que ça te dérange si on ne part pas se promener aujourd'hui ? lui demanda Sierra à l'heure où ils auraient dû se rendre dans la cuisine pour préparer leur pique-nique.

— Pas du tout. Qu'est-ce que tu as en tête ?

— Je me disais qu'on pourrait retourner à mon chalet, s'asseoir sur la terrasse. Il faut qu'on parle.

En général, quand une femme prononçait ces mots, ça n'augurait rien de bon. Mais Grover était plus que prêt à entendre ce que Sierra souhaitait lui dire. Cela serait aussi l'occasion pour lui de mentionner les problèmes que posait la milice armée à Killeen, et de répéter à quel point il voulait qu'elle vienne au Texas. Elle disait en avoir envie, mais il devait en être certain.

— Bien sûr, c'est une excellente idée.

Ils passèrent quand même rapidement dans la cuisine prendre de quoi manger, et Grover porta le tout jusqu'au chalet de Sierra. Ils installèrent leur déjeuner sur la petite table à l'arrière et mangèrent dans un silence confortable. Cela faisait partie des choses que Grover préférait chez elle ; il n'avait pas besoin de parler tout le temps. Ils pouvaient être ensemble sans rien dire et être parfaitement heureux.

Une fois qu'ils eurent fini leurs sandwichs et nettoyé la table, Sierra se rassit dans sa chaise.

— Je viens de passer les deux meilleures semaines de ma vie, Grover, dit-elle.

— Moi aussi.

— Tu le sais, je n'étais pas certaine de vouloir venir, à l'origine. Je trouvais que j'allais plutôt bien, psychologiquement. Je me disais vaguement que je devrais laisser ma place ici à quelqu'un qui en aurait réellement besoin. Mais après toutes ces sessions de thérapie, je me suis rendu compte que même si j'aurais pu être traitée encore plus mal, c'est une expérience qui m'a affectée plus que ce que je pensais.

Grover hocha la tête.

— C'est bien.

Sierra le regarda.

— Mais je sais que je ne me sentirais pas aussi… calme qu'à présent si tu n'avais pas été là avec moi.

Grover sentit son cœur gonfler dans sa poitrine.

— Je ressens la même chose, Petit Pois.

— Je n'arrive toujours pas à croire que tu aies fait tout ça. C'est quand même scandaleux. Qui se laisse capturer par des terroristes dans l'espoir de *peut-être* retrouver quelqu'un qui a disparu un an plus tôt ? J'aurais pu être morte depuis longtemps, Grover.

— Je sais.

Et c'était le cas. Elle avait raison, il avait très peu de chances de réussir, en dépit de ce que lui criait son instinct ; c'était son désespoir qui l'avait poussé à agir.

— Mais tu n'étais pas morte. Et maintenant, te voilà, continua-t-il.

— Me voilà, acquiesça-t-elle.

Elle resta silencieuse un moment.

— Tu penses que c'est une bonne idée ? demanda-t-elle finalement.

— De quoi ?

— Nous.

Un mot. Elle n'eut pas besoin d'en dire plus.

— Oui, répondit immédiatement Grover.

Les lèvres de Sierra se soulevèrent légèrement.

— Écoute, je ne suis pas en train de te dire que c'est très conventionnel. La plupart des gens diraient même certainement que c'est anormal. Mais je m'en fiche. Tout ce qui m'importe, c'est ce que je ressens quand je suis avec toi.

— C'est-à-dire ? demanda Sierra lorsqu'il s'interrompit.

Grover n'eut pas de mal à lui dire exactement ce qu'il ressentait. C'était le moment parfait pour jouer cartes sur table.

— C'est comme si j'étais à ma place. Comme si j'avais enfin rencontré ma meilleure amie. Je n'ai pas l'impression de devoir être quelqu'un d'autre que celui que je suis vraiment quand je suis avec toi. Je n'ai pas besoin de faire semblant de ne pas être terrifié des araignées, parce que je sais que tu les écraseras pour moi. Tu sais quand je suis irrité, et tu sais quand je suis détendu. Je t'ai parlé de ma famille dysfonctionnelle, et tu ne m'as pas jugé. J'ai plus ri au cours des deux dernières semaines que depuis longtemps, et être avec toi me rappelle la raison pour laquelle j'ai rejoint l'armée, et plus spécifiquement la Delta Force. Je me fiche de ce que les autres pensent de notre relation. Qu'ils aillent se faire foutre si ça ne leur plaît pas. Ils ne sont pas nous. Ils n'ont pas vécu ce qu'on a vécu.

— Mon premier mois de captivité était le pire, dit doucement Sierra. J'étais si effrayée, si perdue, j'avais si mal. Je ne savais pas ce que voulait Shahzada, et chaque jour, je pensais que je ne verrais pas le suivant. Et parmi tout ce à quoi j'aurais pu penser... c'est toi qui me venais à l'esprit, admit-elle.

Grover entendait l'émotion dans sa voix, mais comme

toujours, ses yeux restèrent secs. Il savait qu'elle avait parlé à la psychologue de son incapacité à pleurer, et elle lui avait dit globalement la même chose que lui. Qu'elle devait être patiente, qu'une fois que son corps et son esprit comprendraient qu'elle était réellement en sécurité, cela reviendrait.

— Je me suis souvenue de notre première rencontre. Tu m'avais tellement agacée, dit-elle avec un petit sourire. On aurait dit que tu me prenais pour une gamine trop naïve, ça m'énervait beaucoup.

— Je ne t'ai jamais vue comme une gamine, protesta Grover.

— Tu vois ce que je veux dire. Après, tu t'es un peu racheté quand tu m'as demandé si on pourrait rester en contact. Je me suis dit qu'un homme qui n'était pas intéressé ne demanderait pas ce genre de choses. Surtout que je devais rester encore un moment en Afghanistan alors que tu serais de retour aux États-Unis.

— J'étais intéressé, en effet, commenta Grover.

— Je ne veux pas que ce qui s'est passé soit la base de notre relation potentielle. Je ne veux pas que tu me voies constamment comme la pauvre civile qui a besoin qu'on la sauve. Je veux que tu me voies comme une femme mature et capable de prendre ses propres décisions.

— C'est le cas, répondit Grover sans hésiter.

— Je t'apprécie, lui dit Sierra. Mais tu me fais peur.

— Je ne te ferais jamais de mal.

— Pas volontairement, non. Et je crois sincèrement que tu ne me blesserais pas physiquement si tu étais énervé ou frustré, mais j'ai l'impression d'être au bord d'un précipice. Est-ce que je saute... ou non ?

— Écoute, dit doucement Grover. Est-ce que je peux prédire l'avenir ? Non. Je n'ai aucune idée de ce qui se passera demain, certainement pas dans un mois, un an, cinq ans. Mais ce que je sais, sans le moindre doute, c'est que tu vas faire de grandes choses. Je ne sais pas lesquelles, mais à t'avoir observée ces dernières semaines, je sais que tous ceux à qui tu parles en ressortent changés, pour le mieux, rien que de te connaître. Les autres invités s'illuminent quand tu leur parles. Tu es pleine de compassion, et tu t'inquiètes réellement pour les autres. C'est rare, Petit Pois. Et comme je suis égoïste, je voudrais que cette bonté soit toujours avec moi, pour m'illuminer, moi aussi. Pour ce qui est du précipice... saute. Je te rattraperai.

Sierra se leva. L'espace d'un instant, Grover crut qu'il était allé trop loin. Qu'elle s'en allait. En réalité, elle le choqua complètement en s'approchant de sa chaise pour s'installer sur ses genoux.

Il l'avait touchée à de nombreuses reprises ces dernières semaines. Son bras, son dos. Il lui avait tenu la main le plus possible. Mais ils avaient beau avoir dormi dans le même lit, cette fois, c'était bien plus intime que tout ça.

Sierra se logeait parfaitement contre lui. Il adorait sentir son poids sur ses cuisses. Même après avoir regagné la plupart des kilos perdus, elle ne serait jamais une personne lourde. Elle serait toujours petite, et lui serait toujours un géant en comparaison. Il aimait cette différence de taille, qui satisfaisait en lui un instinct profond et primitif.

Elle posa la tête sur son épaule, ses cheveux courts chatouillant le côté de sa mâchoire. Grover la serra contre lui.

— Je retourne dans le Colorado avec mes parents, dit-elle.

Grover sentit son estomac dégringoler, le monde se changer en pierre à ses mots.

— Ensuite, je prendrai les mesures pour déménager à Killeen, continua-t-elle.

Et le monde changea à nouveau.

— Qu'est-ce que je peux faire pour t'aider ? demanda-t-il.

Sierra releva la tête.

— Tu es sûr de toi ?

— Absolument. Et toi ? répliqua-t-il.

Elle hocha la tête avant de la reposer contre son épaule.

— J'y ai beaucoup réfléchi. J'en ai même parlé à la psy, hier. Elle pense que c'est une bonne idée. Que j'aurais besoin de changer d'air. Je veux ce que tu as, dit-elle doucement.

— C'est-à-dire ?

— Une tribu. Des amis qui sont là pour toi, quoi qu'il arrive. Peut-être que si j'avais eu des amis comme ça, je ne me serais pas sentie aussi agitée, je n'aurais pas été aussi déterminée à partir à l'étranger. Peut-être que quand j'aurais disparu, l'un d'eux aurait tout fait pour qu'on me retrouve. Je ne veux pas redevenir la personne solitaire que j'étais avant.

— Ça n'arrivera pas, lui promit Grover.

— Je sais que je profite de ton groupe d'amis, commença Sierra, avant que Grover ne l'interrompe.

— C'est faux. Ce sont de bonnes personnes, et tu fais déjà partie du groupe. Ils ne t'accepteraient pas s'ils pensaient que tu n'étais pas honnête, dit-il.

— Ember va être folle de joie, dit Sierra avec un petit rire. Elle m'envoie des messages tous les jours, pour me demander quand je vais enfin me décider à ramener mes fesses au Texas pour l'aider.

— Et, c'est quand ? demanda Grover avec impatience.

— On dirait Ember, le taquina Sierra.

— C'est que je t'ai promis un rendez-vous dans ma grange, répondit Grover.

— Et une grande salade.

— Aussi. Alors ? Quand est-ce que je dois demander à mon commandant de me libérer le temps de t'aider à emménager ?

— Je ne sais pas encore. Mais bientôt, je crois. Je suis prête, Grover. Prête à me débarrasser du sable d'Afghanistan et à vivre à nouveau. Cet endroit est incroyable, mais il faut que je m'active. Je ne peux pas rester ici avec Melba et les autres animaux sans rien faire d'autre que de traverser la forêt.

— Attention à ce que tu souhaites, dit Grover sans pouvoir s'empêcher d'embrasser le haut de sa tête. Les filles te tiendront occupée du lever au coucher du soleil si tu n'y fais pas attention. Elles sont très ambitieuses, c'est le moins qu'on puisse dire.

— Elles ont l'air incroyables. J'ai tellement hâte de les rencontrer. Et d'explorer Killeen. Je ne suis jamais allée au Texas. J'ai entendu dire beaucoup de choses.

— Dont la plupart sont certainement vraies, dit Grover,

sentant arriver une ouverture pour mentionner la milice Strong Foot. Parmi les avantages, il y fait chaud. Tu ne devrais pas y avoir froid. Enfin, il fait froid en hiver, mais ce n'est rien comparé au Colorado, et sûrement pas à Leadville.

— Tant mieux. Grover ?

— Oui ?

— Tu comptes me parler de ce qui te préoccupe ? Je sais que Trigger t'a encore appelé ce matin, et tu es tendu depuis. Vous allez être déployés bientôt ? Si c'est ça, ne t'inquiète pas. Je peux gérer cet aspect de ton travail. Enfin, tu me manqueras, et je serai inquiète, mais je ne vais pas m'écrouler non plus.

— Cela veut dire beaucoup pour moi, mais non, ce n'est pas ça qui me préoccupe.

Grover prit une grande inspiration.

— Tu devrais peut-être attendre un peu avant de venir à Killeen, reprit-il.

Prononcer ces mots lui faisait mal, ils refusaient presque de sortir, mais il ne voulait surtout pas que Sierra se retrouve prise dans une situation aussi explosive.

— Pourquoi ? Que se passe-t-il ?

Elle n'avait pas l'air contrariée. Ne s'émut pas immédiatement à la pensée qu'il ne voulait pas de sa présence, après tout. Elle restait calme, ce que Grover appréciait énormément.

— Une milice armée texane pose des problèmes. Ils font piquet de grève à Killeen, à l'entrée de la base, et essaient de semer la panique, de terroriser ceux qui y habitent ou y travaillent.

— Pourquoi ça ?

Grover haussa les épaules.

— Parce qu'ils sont jeunes et cons ? Parce qu'ils pensent qu'être blancs les rend meilleurs que les autres ? Parce qu'ils ont besoin d'attention ? Je ne sais pas.

— Et c'est à ce sujet que ton équipe t'appelle ?

— Oui. D'habitude, je ne leur parle pas tous les jours quand je suis en congé, sourit-il. Je les adore, mais il faut pas exagérer.

Sierra eut un rire et le surprit en ajustant sa position, le chevauchant pour se mettre face à lui. Grover dut résister à la tentation de l'attirer vers lui pour nicher sa queue entre ses cuisses. Ce n'était pas une tentative de drague, il le savait. Il se força à rester complètement immobile. Il n'avait surtout pas envie de l'effrayer en se comportant comme un ado en chaleur.

Elle posa les mains de chaque côté de son cou et le regarda dans les yeux.

— Je refuse de laisser quoi que ce soit m'empêcher de commencer ma nouvelle vie. J'ai été prisonnière des talibans pendant *une année entière*. Ce ne sont pas des imbéciles qui se plaignent de choses dont ils n'ont aucune idée qui me feront trembler dans mes bottes.

— Tu ne portes même pas de bottes, dit Grover, la blague tombant à plat même à ses propres oreilles.

— Tu vois ce que je veux dire.

— Oui. En tous cas, ils sont dangereux, lui dit-il avec plus de sérieux, posant ses mains sur la taille de Sierra pour la maintenir en place. Brain a fait quelques recherches. Il dit qu'ils possèdent une tonne d'explosifs et sont armés jusqu'aux dents. Ils aiment bien exhiber leur réserve d'armes sur les réseaux pour essayer de recruter d'autres connards racistes à leur cause.

— D'accord.

— Ils s'en prennent à tous ceux qui ne sont pas des hommes blancs américains. Les gays, les juifs, les noirs, les latinos. Même les femmes.

— OK.

— Et ils préparent quelque chose. Personne ne sait quoi, exactement. Il y a des rumeurs sur une espèce de grand plan pour montrer au monde entier à quel point l'armée est tyrannique et incontrôlable.

— Grover, c'est bon.

— C'est juste que je ne peux pas, en bonne conscience, te laisser emménager à Killeen sans te dire exactement à quoi tu t'exposes.

— Je *sais* à quoi je m'expose. J'y gagne un groupe de femmes qui deviendront mes meilleures amies, je l'espère. Une équipe incroyable de la Delta Force qui veillera sur moi quoi qu'il arrive. Et un petit copain génial, protecteur et honnête, qui hait les araignées avec passion, mais qui ferait face sans hésiter à toute une armée d'arachnides si ça pouvait me rendre heureuse.

Grover osait à peine respirer.

— Un petit copain ?

— Oui, dit Sierra, et il adora la façon dont ses joues virèrent au rose. Je sais, j'ai dit que je n'étais pas prête pour ce genre de relation, mais clairement, je ne suis qu'une idiote. Ces deux dernières semaines ont été les meilleures de ma vie. Et je n'exagère pas. La pensée de retourner dans le Colorado me tue, parce que je ne serais plus avec *toi*. Même si tu étais stationné en Alaska, je t'y suivrais sans hésiter, et tu sais que je n'aime pas le froid.

Grover resserra sa prise sur la taille de Sierra et la rapprocha de sa poitrine. Il avait besoin de la sentir contre lui. Il était si soulagé qu'elle lui donne une chance de lui prouver à quel point ils seraient bien ensemble qu'il ne songeait même plus au risque qu'elle soit choquée par son excitation visible.

Elle se fit une joie de se plier à son désir, se tortillant même pour s'approcher encore plus. Elle enfouit son visage dans son cou et ils restèrent là, dans les bras l'un de l'autre.

— Je ferais n'importe quoi pour te rendre heureuse, jura Grover.

— Tu me rends déjà heureuse, répondit-elle, la voix étouffée par la peau de Grover.

Il amena sa main jusqu'à la nuque de Sierra, s'émerveillant une fois encore de leur différence de taille, de combien sa main paraissait grande contre son cou délicat. Il avait conscience de la taille et du poids de Sierra, du fait qu'elle était petite, mais chaque fois qu'il la tenait contre lui, l'information pénétrait un peu plus. Elle avait une personnalité si forte quand ils s'étaient rencontrés, une exubérance qui revenait de jour en jour, qu'il était difficile de croire qu'elle rentrait dans un si petit corps.

Elle releva la tête pour le regarder dans les yeux.

— Je suis heureux, lui dit-il avec sérieux.

— On dirait pas, sourit-elle.

— Je suis aussi terrifié, admit Grover.

— Pourquoi ?

— À cause de toi.

Sierra eut l'air surprise.

— De moi ? Je fais aussi peur qu'une petite puce.

— Je ne veux pas faire de faux pas, j'ai peur de dire ou de faire quelque chose qui te fasse changer d'avis.

— Grover, stop, ordonna-t-elle. Je ne m'attends pas à ce que tu sois parfait, pas plus que tu n'attends que je le sois. On fera *tous les deux* des faux pas. On dira des choses qu'on ne pense pas, on s'agacera l'un l'autre à se rendre fou. Je ne t'en aimerais pas moins pour autant.

— Quelle femme tu es, Sierra Clarkson. J'espère que tu en as conscience.

Elle sourit timidement.

— Je n'ai rien de si spécial.

— Tu rigoles ? Petit Pois, tu as survécu à douze mois de captivité. En plus de ça, tu as réussi à manipuler ces connards pour qu'ils fassent exactement ce que tu voulais.

Grover passa la main sur les cheveux courts de Sierra, la preuve physique de son intelligence.

— Tu n'as pas été prise de panique quand mon équipe est arrivée, reprit-il. Tu as fait de ton mieux pour être un atout plutôt qu'un fardeau. Crois-moi, ce n'est pas le cas de tout le monde. Je préférerais t'avoir à mes côtés plus que n'importe qui d'autre dans ce genre de situation.

Sierra pencha la tête, l'étudiant avec attention quelques instants.

— Tu le penses vraiment, hein ? finit-elle par dire.

— À cent pour cent. Tu as fait des études de psychologie, ce qui signifie que tu es capable de *voir* les gens, et tu as une faculté innée de déterminer comment obtenir d'eux ce que tu souhaites.

— Je suis manipulatrice, tu veux dire, dit-elle en souriant. Tu n'as pas peur que j'utilise ces soi-disant facultés innées contre toi ?

— Nope. Parce que si tu as besoin de recourir à ce genre de tactique un jour, c'est que quelque chose s'est vraiment mal passé. En plus, je me plierais en quatre pour t'offrir ce que tu veux, pas la peine de me manipuler.

— Et si je veux une Maserati ? demanda-t-elle.

Grover savait qu'elle plaisantait, mais il décida de lui prouver à quel point il tenait à elle.

— Alors on discutera de ce qu'il faudra sacrifier pour que tu en aies une.

— Grover, murmura-t-elle. C'était une blague.

— Je sais. Mais je veux que tu saches à quel point je suis sérieux. Je ne serai pas toujours en mesure de te payer ce que tu voudras, et je ne pourrai pas toujours bouger comme je l'entends, pas avant de prendre ma retraite... mais quasiment tout peut être négociable.

— Tu es trop beau pour être vrai, dit doucement Sierra.

— J'ai peur des araignées, tu te souviens ? la taquina Grover.

— Je te protégerai, lui promit-elle.

Grover n'en pouvait plus d'attendre.

— Puisqu'on sort ensemble, apparemment... tu crois que j'aurais droit à un baiser ?

Elle sourit, mais ne répondit pas. À la place, elle se pencha en avant. Il ne lui fallut pas longtemps, puisqu'ils étaient déjà si proches, et dès la seconde où leurs lèvres se touchèrent, Grover était à sa merci.

Le baiser fut lent et intime. Grover savait qu'ils auraient tout le temps pour la passion déchaînée plus tard, mais là, dans ce décor serein, pour leur premier baiser en tant que couple, il voulait prendre son temps.

Malgré ça, ils avaient tous les deux le souffle court lorsqu'elle se recula. Sierra se tordit légèrement contre lui, et il se rendit compte qu'elle était tout aussi excitée que lui. Grover n'était plus embarrassé par l'érection qui se pressait contre elle, et qui n'avait pas l'air de la déranger plus que ça.

En se passant la langue sur les lèvres, Grover sentit le goût du thé qu'elle avait bu le midi. C'était une sensation intime, et il en fut presque submergé d'émotion. Il se fit la promesse de ne jamais décevoir cette femme, de ne jamais la quitter. Elle avait vécu l'enfer et méritait le meilleur de ce que la vie pouvait lui offrir. Le meilleur de ce que *lui* pouvait lui offrir.

Un petit sourire aux lèvres, Sierra soupira avant de se pencher à nouveau, posant sa joue sur l'épaule de Grover. Son souffle chaud lui caressait le cou, et il se détendit complètement dans son fauteuil. À l'aide d'un pied, il attira vers lui un petit tabouret et y posa les jambes.

Ils se blottirent l'un contre l'autre tandis qu'il s'installait plus confortablement. Les arbres se balançaient sous la douce brise et ils entendaient Melba meugler dans le lointain, exigeant certainement des caresses ou des friandises.

— Merci de m'avoir accompagnée ici, dit Sierra au bout d'un moment.

— Avec plaisir.

— Brick et ses amis ont vraiment construit un endroit incroyable. J'espère qu'il aidera tous les autres autant que moi.

— Moi aussi.

Au bout d'une minute ou deux de silence agréable, Sierra reprit.

— Tu penses vraiment que cette milice va vous créer des problèmes ?

— Oui, Petit Pois, je le crois vraiment. Ne me demande pas quand ou comment, mais mon instinct me dit qu'ils sont allés trop loin pour revenir en arrière. Ils voudront forcément faire quelque chose pour montrer au monde qu'ils sont sérieux, avec leur propagande anti-gouvernement. Et quelle meilleure manière pour ça que de s'en prendre à la plus grande base militaire du Texas ?

Sierra le serra dans ses bras.

— Toi et ton équipe, vous allez devoir vous en occuper ?

— Je ne sais pas. J'espère que non.

Grover n'aimait pas l'idée de devoir se battre contre des citoyens américains. Mais si la milice faisait preuve de plus de violence, ils deviendraient une menace terroriste.

Il ne put s'empêcher de penser à quelques autres attaques

de terrorisme domestique. Patrick Crusius, l'homme qui avait tué vingt-trois personnes dans un supermarché d'El Paso ; toutes les attaques de synagogues et de mosquées ; l'homme qui avait poignardé plusieurs passagers d'un train à Portland, dans l'Oregon, en criant qu'il « payait ses impôts et qu'il profitait des droits octroyés par le Premier amendement » ; la fusillade du club Pulse en Floride ; l'attentat à la bombe du marathon de Boston ; Joe Stack, qui avait précipité son avion dans le bâtiment du service des impôts à Austin. Et la fusillade sur la base même où Grover travaillait, en 2009, au cours de laquelle un commandant avait tué treize personnes.

Il y avait tellement de haine dans le monde. La pensée de devoir être appelé à prendre les armes contre ses propres concitoyens l'attristait énormément.

Mais à ce moment-là, à cet endroit précis, le monde de Grover était en harmonie.

Pour être honnête, il n'avait jamais cru trouver une femme à aimer comme ses amis avant lui, même après avoir rencontré Sierra un an plus tôt et en dépit de son attraction immédiate. Il avait bien discuté avec la psychologue du Refuge et progressait dans ses efforts pour renoncer à la culpabilité qu'il ressentait de ne pas être parti à la recherche de Sierra plus tôt. Il se doutait qu'il garderait toujours une part de culpabilité au plus profond de son âme, mais il s'efforçait de ne pas la laisser le consumer.

Sierra était dans une forme incroyable, et, par miracle, cette étincelle qu'ils avaient tous deux ressentie ne les avait pas quittés. Et elle déménageait au Texas.

Sortant de son esprit toute pensée de milices, de manifestations, de culpabilité, Grover ferma les yeux et profita du moment présent, avec la femme qui était en passe de devenir la personne la plus importante de sa vie. Et Grover savait qu'il ne changerait rien à cette vie, pas le moindre détail, si cela signifiait qu'il pouvait finir ici, avec Sierra Clarkson sur ses genoux, détendue et heureuse, et toute à lui.

CHAPITRE TREIZE

Sierra était aussi excitée que nerveuse. Une semaine et demie s'était écoulée depuis la dernière fois qu'elle avait vu Grover, et elle était impatiente à l'idée de le retrouver. Se parler au téléphone ou en FaceTime, ce n'était quand même vraiment pas la même chose que d'être avec lui. De pouvoir lui tenir la main.

Ses parents, bien qu'inquiets, avaient soutenu sa décision de déménager. Grover leur avait plu dès l'instant où ils l'avaient rencontré, et il s'était longuement entretenu au téléphone avec son père quelques jours plus tôt, ce qui lui avait encore fait gagner des points. Ils refusaient tous les deux de dire sur quoi avait porté leur conversation. Elle était heureuse qu'ils s'entendent bien et n'avait donc pas insisté.

Un peu plus tôt dans la semaine, le père de Sierra lui avait acheté une voiture, en dépit de ses protestations., disant qu'il ne pouvait pas en bonne conscience la laisser partir au Texas sans véhicule. Il avait prévu d'engager des déménageurs pour transporter ses affaires et la voiture tandis qu'elle prendrait l'avion pour Austin, mais Sierra avait insisté pour faire le trajet elle-même en voiture.

Ses parents se sentaient aussi coupables d'avoir vendu ses meubles et lui en rachetèrent. Sierra leur avait promis que ce n'était pas la peine, mais quand il devint évident qu'ils s'en sentiraient mieux, elle cessa d'essayer de les décourager.

Tout avançait à une vitesse folle, à son insistance. Elle était prête à reprendre une vie normale. Depuis son retour d'Afghanistan, elle avait l'impression que le monde tournait sans elle, et qu'elle n'était pas prête à rejoindre la mêlée. Mais grâce à la patience de ses parents et de Grover, et après ces deux semaines idylliques au Nouveau-Mexique, elle sentait que l'heure était venue.

Ember lui avait écrit non-stop pour lui parler des idées qu'elle avait en tête concernant son tout nouveau gymnase. Gillian avait créé une conversation de groupe à laquelle elle avait ajouté Sierra et toutes les autres femmes, et suivre leurs interactions s'était avéré hilarant. Sierra n'était toujours pas vraiment remise de sa surprise d'avoir été incluse. Elles s'étaient toutes montrées amicales et encourageantes depuis son retour aux États-Unis, mais elles ne la connaissaient toujours pas. Pas vraiment. Mais le fait qu'elle et Grover soient désormais officiellement ensemble suffisait apparemment à ce qu'elle fasse partie du groupe.

Devyn aussi s'était montrée extrêmement accueillante. Dans un de ses messages, elle avait plus ou moins prévenu Sierra qu'elle n'avait pas intérêt à faire de mal à son grand frère, mais à part ça, elle n'avait fait preuve que de la plus grande amitié.

Sierra aurait été ravie d'emménager directement dans la grande ferme de Grover, mais elle savait qu'elle aurait besoin d'avoir son propre logement. Elle avait toujours été indépendante... en tous cas, avant d'être captive. Elle devait retrouver cet aspect d'elle-même.

Elle ne pouvait pas nier cependant qu'elle avait hâte de passer plus de temps avec Grover dans le monde réel. Faire les courses. Cuisiner. Aller à des rendez-vous. Il serait occupé par son travail quand elle arriverait au Texas, ce qui ne la dérangeait pas. Elle avait beau avoir adoré passer ses journées entières avec lui au Nouveau-Mexique, elle avait besoin d'un certain équilibre. Elle voulait sortir avec les filles, et que Grover traîne un peu avec ses amis.

Elle voulait être *normale*, et pas seulement une femme qui avait été « l'invitée » des talibans pendant un an.

Avant tout, elle devait satisfaire la soif des médias, dont le désir d'entendre le moindre atroce détail de sa captivité ne s'était pas tari. Elle avait donné deux interviews à des journalistes sélectionnés avec soin, un avant son séjour au Refuge et un après, et en avait prévu quelques-unes de plus. Elle recevait de moins en moins de demandes, elle avait donc bon espoir que cela se termine complètement sous peu. Il se passerait quelque chose, quelqu'un d'autre serait bientôt la cible de leurs flashs, comme le lui rappelaient constamment Ember et Grover. Ember le savait bien. Après qu'elle s'était fait tirer dessus par une femme qu'elle considérait comme une amie, les médias étaient devenus complètement fous.

Sierra était restée en contact avec Grover pendant presque tout son trajet. Il l'avait convaincue d'installer une application de partage de position sur son téléphone. Tex était peut-être capable de le tracer, mais Grover aussi voulait avoir ce privilège. Après tout ce qu'elle avait traversé, cela ne lui posait aucun problème. En plus, elle avait aussi accès à sa position à lui. Elle savait quand il s'entraînait avec son équipe le matin, quand il travaillait sur la base, et quand il était chez lui.

Ils avaient prévu de se retrouver chez Grover quand elle arriverait en ville, tard dans l'après-midi. Elle avait vu beaucoup de photos de la magnifique propriété, de la maison et de la grange, mais elle avait hâte de les voir en personne. Elle était censée passer la nuit chez lui, et le lendemain, il l'aiderait à emménager dans son propre appartement, avec l'aide de ses amis. Les affaires de Sierra étaient censées arriver au matin.

Elle suivit les indications de son GPS jusqu'à la rue de Grover avant de s'engager dans la longue allée qui menait jusqu'à sa maison. Quelques arbres bordaient le chemin, mais le décor était bien éloigné de ce qu'elle connaissait dans le Colorado, ou même de son séjour au Nouveau-Mexique.

Dès l'instant où la maison apparut, Sierra eut un sourire émerveillé. Elle était superbe, encore plus qu'en photo, et ne ressemblait en rien à ce qu'elle aurait imaginé pour un soldat dur à cuire des forces spéciales. Mais si elle avait appris quelque chose au cours du mois passé, c'était que Grover était unique à bien des égards.

Elle le vit se tenir debout sur son porche, et le temps qu'elle se gare, il était devant sa portière. Il l'ouvrit pour elle, et elle se jeta dans ses bras dès qu'elle en fut descendue.

Sierra s'était demandé si elle serait gênée de le revoir en dehors du Refuge, mais la sensation de papillons qui tournoyaient dans son ventre l'aida rapidement à s'assurer que ce n'était pas du tout le cas.

— Bienvenue au Texas, lui dit Grover.

Sierra ne put s'empêcher de rire.

— Techniquement, je suis au Texas depuis genre huit heures. Il est immense, cet État, observa-t-elle.

— Yep. Un des rares qu'on peut parcourir toute une journée en voiture sans traverser de frontière. Comment tu te sens ? Tu as faim ? Tu n'es pas trop courbaturée ? Qu'est-ce que je peux faire ?

Mon Dieu. Cet homme.

— Je vais bien, lui répondit-elle en regardant autour d'elle avec intérêt.

— Tu veux visiter ? Il est un peu tôt pour dîner, mais on peut rentrer manger quand même, si tu préfères, et je te ferai faire le tour plus tard. J'ai préparé de la soupe au tacos, elle est dans la mijoteuse. Je me suis dit que ce serait plus pratique, puisque je ne savais pas à quelle heure tu arrivais.

Sierra n'avait aucune idée de ce qu'était de la soupe au tacos, mais ça avait l'air délicieux. Elle voulait visiter d'abord. Les photos qu'elle avait reçues étaient magnifiques, mais elle voyait bien qu'elles ne rendaient pas justice à la propriété et à la vue.

— La visite, dit-elle.

— À tes ordres. Allez, viens.

Grover ne l'avait pas lâchée depuis la fin de leur étreinte. Avant de se diriger vers la grange, il entremêla ses doigts aux siens.

— Je peux ?

— Bien sûr, acquiesça Sierra.

Elle avait l'impression de rentrer chez elle. Elle ne s'était pas rendu compte à quel point elle adorait, à quel point elle avait *besoin* de lui tenir la main, jusqu'à ce qu'elle soit de retour dans le Colorado et qu'elle se sente dériver. Grover était son roc. Son ancre. Être ici avec lui, sa main dans la sienne à nouveau, c'était exactement ce qui lui avait manqué.

Ils se dirigèrent vers la grange et Grover lui raconta comment son équipe l'avait aidé à démolir la structure décrépite d'origine.

— Celle qu'on a construite à la place est bien plus petite, ça la rend plus gérable. Et comme je n'ai pas l'intention d'y mettre des tonnes d'animaux, elle correspond mieux à mes besoins.

— Ah bon ? Pourtant, Melba était vraiment adorable, taquina Sierra.

— C'est vrai, acquiesça Grover. Si tu me disais que tu voulais des chèvres, des poules, ou n'importe quel autre animal, j'en achèterais en un instant.

Sierra lui jeta un regard. Elle connaissait cet homme depuis si peu de temps, en réalité, c'était difficile d'y croire. Elle avait l'impression de l'avoir toujours connu. Peut-être parce qu'en Afghanistan, toute seule dans sa prison obscure, elle pensait souvent à lui. Ce qu'il faisait, ce qu'il pensait. S'il était en déploiement. Et, peut-être, une fois ou deux, rêvant qu'il débarque pour la sauver.

Et c'était ce qu'il avait fait. Pas comme elle l'avait imaginé, pistolets aux mains, à percer ses ravisseurs de balles, mais il l'avait libérée, c'était l'essentiel.

— Je ne suis pas sûre que tu devrais t'investir dans l'élevage d'animaux de la ferme seulement parce que je les trouve mignons, lui dit-elle d'un ton neutre.

Grover se contenta de hausser les épaules.

— Si tu en veux, ce sera fait. Je n'ai aucune idée de comment m'en occuper, donc j'aurais besoin d'employer quelqu'un pour ça, mais ça ne devrait pas être trop difficile dans cette région. Je suis sûr qu'il y a plein d'ados qui seraient ravis de se faire un peu d'argent de poche.

Sierra s'arrêta net, et comme elle lui tenait la main, Grover s'arrêta à son tour.

— Quoi ? demanda-t-il. Que se passe-t-il ?

— C'est hors de question, lui dit-elle fermement.

— De quoi ?

— Tu ne peux pas acheter une vache simplement parce que je trouve ça mignon.

— Pourquoi pas ?

— Grover ! Enfin ! Et si on se sépare ? Ça te coûterait plein d'argent de t'occuper d'une vache, surtout si tu dois engager quelqu'un pour ça ! s'exclama Sierra d'un ton exaspéré.

— Tu veux une vache ? demanda Grover.

Sierra soupira et fronça les sourcils.

— Non. Peut-être.

Il sourit.

— Si tu veux une vache, je t'en achète une. Si tu veux un placard rempli de vêtements, je t'en achète. Un chien ? Pas de souci. Des poules, des sacs à main, des chaussures de luxe ? Pareil. Je ne suis pas riche, mais si tu voulais quelque chose, je ferais de mon mieux pour te l'offrir. Je te l'ai déjà dit, je me plierai en quatre pour t'apporter ce que tu veux ou ce dont tu as besoin, et je ne mentais pas.

— Je n'ai pas *besoin* de toutes ces choses, Grover, dit Sierra avec sérieux. Pendant un an, je n'ai vécu qu'avec un T-shirt déchiré et une paire de sous-vêtements. Je n'avais *rien*, littéralement. Ce n'était pas drôle, mais ça m'a appris à quel point les objets matériels étaient insignifiants. Ce que je voulais le plus au monde, ma liberté, n'était pas une option avant que tu arrives. Donc tu as déjà exaucé mon vœu. Tout ce que je veux, maintenant, c'est ton respect et ta considération. Et peut-être une épaule sur laquelle me reposer de temps en temps.

— Je te donnerai tout ça et bien plus, la rassura Grover.

— Une dernière chose.

— Ce que tu veux.

— J'ai besoin de ne pas être un fardeau. J'ai besoin que tu me traites comme une femme normale, pas comme Sierra Clarkson, prisonnière de guerre. Pas comme de la porcelaine délicate. Je ne vais pas me briser si tu me dis non. Ou si tu t'énerves. Ou si ta journée a été longue et que tu as besoin d'être seul. Je veux, j'ai *besoin*, d'une relation égalitaire, Grover. Pas une où tu me protèges du monde entier, où tu me places sur un piédestal duquel je finirais inévitablement par tomber.

Grover hocha la tête d'un air sérieux, et Sierra tomba encore un peu plus amoureuse de lui lorsqu'il ne balaya pas d'un geste ses inquiétudes ni ne tenta de la convaincre qu'ils ne se disputeraient jamais. Les désaccords étaient partie intégrante d'une relation.

— Je comprends. Et même si je voudrai toujours te protéger, fût-ce de moi et de ma mauvaise humeur, j'essaierai de ne pas me comporter en homme des cavernes.

— J'apprécierais.

— Bon, tu veux que je te porte pour que la poussière ne touche pas tes précieux pieds ?

Sierra grimaça avant de remarquer que Grover retenait un rire.

— Ha. Très drôle, Cro-Magnon, dit-elle en secouant la tête.

— Je sais que tu n'es pas sans défense. Ou fragile. Je serais idiot de croire le contraire, après tout ce que tu as traversé. Mais je dois te prévenir qu'il est dans ma nature de te protéger du danger. Physique ou émotionnel. Personne ne te fera plus jamais te sentir menacée.

Sierra aimait ça. Beaucoup. Elle hocha la tête.

— Allez, viens. J'ai hâte de te montrer le grenier, dans la grange.

Elle se mit à rire alors qu'ils reprenaient leur chemin.

— C'est un sous-entendu ?

Sierra adora le sourire que lui offrit Grover.

— Tu voudrais ?

Elle rit encore plus fort, puis reprit son sérieux.

— Quoi ? Qu'y a-t-il ?

Mon Dieu, ce que cet homme était attentif à elle.

— Rien. Je me suis seulement rendu compte que j'ai plus ri avec toi ces dernières semaines que toute l'année passée. Merci.

Grover porta leurs mains liées à sa bouche et embrassa le dos de celle de Sierra.

— De rien, Petit Pois. Viens, jette un coup d'œil à ma grange et vois si elle serait adaptée pour accueillir des animaux en besoin d'abri. Parce que, je dois l'admettre, Melba a fini par bien me plaire.

Sierra sourit. Elle adorait le fait que son dur à cuire de soldat d'élite soit tombé sous le charme des grands yeux bruns d'une douce vache.

Il dut lui lâcher la main pour forcer les grandes portes de la grange à s'ouvrir, mais la rattrapa dès la seconde où ils passèrent le seuil.

Grover avait dit que la grange était petite, mais elle paraissait immense aux yeux de Sierra. Sur la gauche se trouvaient plusieurs stalles dépourvues de portes. Pour l'instant, elles contenaient des cartons et divers objets. Il y avait aussi une petite salle qui faisait office de bureau, mais à part ça, l'espace était vaste et ouvert. Levant les yeux, Sierra vit que les poutres du toit étaient visibles, ce qui faisait paraître l'endroit encore plus grand.

Elle écouta Grover lui expliquer le processus de construction de la grange, lui parlant du design, qu'il avait voulu garder simple. Il se lança dans le détail, racontant que l'expert qu'il avait engagé avait renforcé la construction pour résister aux tornades, et Sierra cessa de l'écouter vraiment. Les escaliers dans le coin au fond de la grange avaient déjà attiré son attention. Ils s'élevaient en une spirale serrée, certainement jusqu'au fameux grenier dont Grover lui avait tant parlé.

— Désolé, lui dit-il. Je me suis un peu laissé emporter, hein ?

Sierra haussa les épaules.

— Pas de souci. Ce que tu me dis, c'est que cet endroit peut résister à plus ou moins tout sauf peut-être une tornade de puissance 4 ou 5, c'est ça ?

— Yep.

— Cool. On peut monter, maintenant ?

Il rit devant son impatience.

— Bien sûr.

Se sentant plus libre qu'elle ne l'avait été depuis longtemps, Sierra lâcha la main de Grover et se précipita vers les escaliers. Elle les grimpa en veillant à ne pas trébucher. Elle n'avait vraiment pas envie de se blesser lors de sa première journée ici. Grover la suivait, elle se concentra donc sur son ascension jusqu'au grenier.

Arrivé en haut, Grover se dirigea immédiatement vers deux portes en bois de l'autre côté du vaste espace, vide à l'exception de quelques cartons et surtout d'un canapé en cuir dont la présence intriguait Sierra. Elle s'approcha du canapé, près des portes que Grover était en train d'ouvrir, en secouant la tête.

— Un canapé en cuir ? fit-elle remarquer. Ça ne risque pas de le ruiner, d'être dehors comme ça ?

Grover poussa les grandes portes d'un geste, et Sierra en oublia sa question lorsqu'elles s'ouvrirent pour révéler la vue qui leur faisait face. Ce coin du Texas n'était pas le plus pittoresque, mais elle distinguait des collines dans le lointain, et comme la propriété de Grover se situait à une certaine altitude, ils se trouvaient assez haut pour voir la campagne s'étirer devant eux sur des kilomètres.

— Mince alors, dit-elle doucement.

— Rien à voir comparé à la vue depuis la maison de tes parents, j'imagine, dit Grover en haussant les épaules.

— En effet, mais c'est beau à sa manière, le rassura Sierra.

— Et oui, je sais que le canapé n'est pas très pratique. Quand Trigger, Oz et Doc m'ont aidé à le monter jusqu'ici, ils n'ont pas arrêté de se foutre de moi. Mais j'aime bien venir ici et profiter de la vue. Pour me rappeler que le monde est beau, si on prend le temps de s'arrêter pour le regarder.

Sierra se rapprocha de l'ouverture, mais Grover attrapa sa main lorsqu'elle arriva à son niveau.

— Attention, je n'ai pas encore installé de barrière.

Elle hocha la tête et le laissa l'accompagner jusqu'au bord. Ils se trouvaient à quatre ou cinq mètres du sol ; une chute ne la tuerait pas, mais la blesserait certainement.

Sierra ne pouvait détacher les yeux de la campagne face à

elle. Le Texas était très différent du Colorado qu'elle connaissait, sans aucun doute. Mais elle n'avait pas menti, c'était tout aussi joli... à sa manière.

Autour de la grange, le terrain était aménagé, mais un peu plus loin, l'ordre relatif laissait place à de l'herbe haute à perte de vue. Les pousses se pliaient doucement sous la douce brise, et l'air portait une odeur de terre aux accents de chèvrefeuille à travers la grange.

Elle ferma les yeux, savourant le moment. Grover s'était reculé, et elle l'entendait faire un peu de bruit derrière elle, sans vraiment y prêter attention.

— Assieds-toi, dit-il au bout d'un moment.

Ouvrant les yeux, elle se retourna et vit qu'il avait approché le canapé de l'endroit où elle se tenait, plus près du bord. Elle s'assit en souriant, et Grover l'imita. Sans hésiter, Sierra se rapprocha et se blottit contre lui. Elle posa la tête sur sa poitrine et admira la vue.

Elle sentait les battements de son cœur sous sa joue, et la chaleur de son bras passé autour de ses épaules, et elle soupira de contentement.

— C'est parfait, murmura-t-elle.

— Rien à voir avec la vue qu'on avait au Nouveau-Mexique, répondit doucement Grover.

— Nope. C'est encore mieux, parce que c'est chez toi.

Elle l'entendit émettre un grondement du plus profond de sa gorge, qui résonna sous sa joue.

— Tu as raison. Parfois, je viens ici en espérant apercevoir un cerf, mais en général je n'ai droit qu'à des mouffettes ou des tatous qui se promènent.

— J'adore ces hautes herbes. Je n'irai pas m'y balader, vu qu'on dirait qu'elles te dépasseraient complètement, mais ça donne une impression de prairie qui me plaît, commenta Sierra.

— C'est vrai, acquiesça-t-il. J'aurais pu tondre, mais j'aime bien l'aspect un peu sauvage, surtout quand il y a du vent.

— Moi aussi.

Sierra ne savait pas combien de temps ils restèrent assis là-haut. Lorsqu'elle entendit gargouiller l'estomac de Grover, elle sut qu'ils devraient retourner à l'intérieur. Elle releva la tête et vit le visage de Grover au-dessus d'elle, si proche... avec une expression qu'elle n'aurait pas su définir.

Il ne demanda rien, se contenta de se pencher pour l'embrasser.

Sierra s'ouvrit immédiatement pour lui. Il déplaça sa main jusqu'à la nuque de Sierra pour la maintenir en place tandis qu'il prenait ce qu'elle lui offrait librement. Embrasser quelqu'un n'avait jamais été aussi... poignant. Grover et elle possédaient une profonde connexion émotionnelle qu'elle n'avait jamais connue avec quelqu'un d'autre. Aussi kitsch que cela puisse paraître, on aurait dit que leurs âmes se reconnaissaient.

Ils s'étaient déjà embrassés au Nouveau-Mexique, mais cette fois-ci, c'était bien plus intense. Peut-être parce qu'ils étaient ici, chez Grover. Peut-être parce qu'elle sentait qu'elle était bel et bien sur la voie qui lui permettrait de redevenir la femme indépendante qu'elle était lorsqu'elle avait décidé de partir en Afghanistan. Quoi qu'il en soit, elle adorait ça.

Ajustant sa position pour être plus à l'aise en chevauchant les genoux de Grover, Sierra bascula la tête en arrière et prit le contrôle de leur baiser. Il lâcha sa nuque pour attraper ses hanches et l'attirer plus près. Elle sentait son érection, et cela ne fit qu'ajouter à son désir. Elle lui mordilla la lèvre avant d'enfoncer sa langue dans sa bouche, heureuse qu'il la laisse mener la danse.

Lorsqu'elle se recula, Sierra était un peu embarrassée de sa propre agressivité. Elle se rendit compte qu'elle se frottait presque contre les cuisses de Grover et lui fit un petit sourire.

— Putain, ma belle, dit-il dans un souffle.

— Euh... je devrais m'excuser ? demanda-t-elle en fronçant le nez.

— Surtout pas, dit-il immédiatement.

— Est-ce que tu as installé ce canapé ici pour pouvoir coucher dessus ?

— Non. Je ne suis sorti avec personne depuis que j'ai emménagé ici.

Sierra était clairement en quête d'informations, et elle ne fut pas déçue de sa réponse.

— Je me suis plus ou moins laissé sombrer dans la construction de cette grange et l'aménagement de ma maison cette année, pour me distraire.

Elle déglutit.

— Pour te distraire de quoi ?

— De me demander ce que j'avais fait pour que tu ne veuilles plus me parler, dit-il avec un haussement d'épaules.

Avant qu'elle ne puisse s'excuser, il continua.

— Bien sûr, je sais maintenant que tu ne faisais pas exprès de m'ignorer, mais c'est ce qui se passait dans mon esprit.

Sierra hocha la tête.

— Je crois que j'aime beaucoup l'intimité qu'on a ici, dit-elle.

— Ouais, c'est plutôt intime, hein ? fit-il d'un air d'approbation.

— Yep. Et j'imagine qu'une fois le soleil couché, on doit super bien voir les étoiles.

— En effet.

Sierra posa la main sur sa joue et s'encouragea mentalement. C'était Grover. Elle pouvait tout lui dire. Il le lui avait largement prouvé pendant les deux semaines qu'ils avaient passées ensemble au Refuge. Si elle voulait redevenir la femme qu'elle avait été, elle devait assumer ses désirs. Et ce qu'elle désirait, c'était *lui*.

— C'était une très bonne idée, ce canapé. Il est super confortable, et je me vois bien venir m'asseoir ici pour me détendre en regardant le monde.

— Oui, j'y ai passé des heures, moi-même, dit Grover en hochant la tête.

— J'ai quelques autres idées pour ce qu'on pourrait y faire, dit-elle de manière suggestive en remuant ses hanches contre lui.

— Mince, souffla Grover, plaquant ses mains contre les hanches de Sierra pour les tenir en place. Tu me tues, Petit Pois.

Elle sourit.

— Et ne pense pas un seul instant que je n'ai pas imaginé te faire l'amour juste ici cette dernière semaine. Ça m'est arrivé. Souvent. Mais peut-être pas dans les trois secondes suivant ton arrivée.

— Dans les cinq secondes, alors ? demanda-t-elle tout aussi lascivement.

Le regard de Grover était brûlant.

— Je te veux, dit-il simplement. Je n'ai pas pu dormir, de penser à...

— Tu dors mal ? Tu as eu de nouveaux cauchemars ? l'interrompit Sierra.

— Pas de cauchemars, mais je dors mal quand je ne t'ai pas près de moi, la rassura-t-il. Bref, ce que j'essaie de dire, c'est que je veux prendre soin de toi. Je ne t'ai même pas fait visiter la maison, encore.

— Je n'ai jamais couché à l'extérieur. Une minute... ça compte comme être à l'extérieur ?

— Je crois que je ne serais pas à l'aise de te savoir plus à l'extérieur que ça sans vêtements, dit-il.

Ses mots l'excitaient. Énormément.

— Qui parle d'être nue ?

— OK, ça suffit, dit Grover. Arrête de dire « nue ». Je peux pas gérer ça. Et si on allait visiter la maison ? Après, on ira manger. Tu dois être fatiguée après avoir fait autant de route. Tu aurais peut-être dû faire plus de pauses.

— J'avais trop hâte d'arriver.

Grover se leva, emportant Sierra dans le mouvement et la remettant sur ses pieds sur les planches du grenier. Il l'amena sur le côté du canapé et se pencha pour embrasser son front.

— Reste là le temps que je referme les portes.

Sierra hocha la tête et le regarda avec attention tandis qu'il refermait les portes et fermait le verrou. Elle voulait savoir comment le faire elle-même. Elle adorait penser à son avenir ici avec lui. Encore une fois, en théorie, elle savait qu'ils allaient trop vite, tous les deux, mais sur le moment, elle s'en fichait complètement. Pour la première fois depuis plus d'un an, elle avait hâte de voir ce que lui réservait le jour suivant. Elle avait l'impression d'avoir toute sa vie devant elle.

En regardant le canapé, Sierra les voyait presque, Grover et elle, allongés là nus après avoir fait l'amour. La vision était tellement nette qu'elle se jura de faire ce qu'elle pouvait pour en faire une réalité au plus tôt.

Certains se diraient sûrement qu'elle devait être trop traumatisée par ce qui lui était arrivé en Afghanistan pour être intime avec quelqu'un aussi rapidement, mais ce n'était absolument pas le cas. Peut-être que sans ces deux semaines au Refuge, elle se sentirait autrement. Mais le fait qu'ils aient passé presque chaque seconde de leur séjour ensemble avait contribué à propulser leur relation en avant.

Ils avaient parlé de choses qu'il ne lui serait jamais venu à l'idée de dire à ses ex-petits amis, même ceux avec qui elle était sortie pendant plusieurs mois. Ils avaient traversé ensemble une épreuve si fondamentalement intense et transformatrice qu'ils en avaient été changés. Cela les avait rendus plus ouverts l'un à l'autre, peut-être.

Quoi qu'il en soit, Sierra n'avait pas peur de Grover. Il pourrait l'écraser comme un insecte, grand et musclé comme il l'était, mais elle savait du plus profond de son être qu'il préférerait mourir que de la blesser.

— Tiens-toi à mon épaule pour descendre, lui dit-il.

Ce qui ne faisait que lui donner raison.

Elle lui faisait confiance. Elle le respectait. Elle l'appréciait. Elle l'aimait.

Elle l'aimait...

En attrapant ses larges épaules, Sierra se rendit compte que la pensée de l'aimer ne la faisait pas paniquer. Ce qui était effrayant, car elle savait mieux que personne à quel point le travail de Grover était dangereux. Mais elle ne serait pas terrifiée de s'engager dans une relation avec lui par peur de ce qui *pourrait* arriver. Surtout sachant ce à quoi elle-même avait survécu. Sortir avec Grover ne serait pas facile tous les jours, mais ce serait bien mieux que d'être enfermée dans une montagne, à servir de punchingball à une bande de terroristes.

Ils atteignirent le bas de l'escalier, et Grover baissa la tête vers elle.

— Est-ce que je devrais être inquiet de ce sourire espiègle sur ton visage ?

— Nope, lui répondit joyeusement Sierra en passant son bras dans le sien.

— J'aime quand tu es comme ça, dit Grover tandis qu'ils marchaient vers les grandes portes qui donnaient sur son jardin.

— Comme ça comment ?

— Heureuse. Sûre de toi.

— Moi aussi, lui dit-elle. Moi aussi.

Grover était si heureux de la présence de Sierra qu'il arrivait à peine à se contenir. Il n'avait pas prévu de la peloter comme ça si rapidement après son arrivée, mais être assis avec elle sur son canapé, à admirer la vue, s'était avéré encore mieux que ce qu'il avait imaginé. Il était soulagé qu'elle trouve la vue aussi belle que lui. Il s'était un peu inquiété qu'elle ne trouve ça décevant après le Colorado et leur séjour au Refuge.

Ils firent un détour par la voiture de Sierra pour récupérer sa valise. La Subaru Impreza compacte n'était pas vraiment son style, mais pour Sierra, elle faisait la taille idéale. Il savait qu'elle était nerveuse à l'idée de devoir faire le trajet jusqu'au Texas, puisque ça faisait longtemps qu'elle n'avait pas conduit, mais tout lui était finalement revenu assez vite. Ses parents lui avaient acheté la voiture et avaient refusé de la laisser se sentir coupable. Elle lui avait dit qu'elle avait bien l'intention de les rembourser une fois qu'elle serait assez à l'aise financièrement.

Grover était aussi fier de sa maison qu'il l'était de sa grange, et il ne pouvait qu'espérer que Sierra la trouverait aussi relaxante et confortable que lui. Il lui tint la porte et entra après elle. Il laissa sa valise dans l'entrée, en prévoyant de la récupérer une fois la visite terminée. Elle posa son sac à main sur une petite table et s'avança dans la pièce, la tête basculée en arrière.

— Ouah, le plafond est incroyable ! s'exclama-t-elle.

Grover hocha la tête.

— Oui, c'est une des raisons pour lesquelles j'ai immédiatement adoré l'endroit. J'aime qu'il soit aussi haut, ça me donne moins l'impression d'être enfermé.

Grover resta en retrait et laissa Sierra explorer sa maison. Elle s'arrêta devant les immenses fenêtres et contempla son jardin un long moment. La vue à l'arrière de la maison était semblable à celle qu'on avait depuis le grenier de la grange, une petite étendue de pelouse tondue avant les herbes hautes. Il n'avait pas mis de barrières, préférant garder l'impression d'immensité et de liberté que procurait le terrain.

Sierra finit par se détourner de la vue et continua son exploration. Elle découvrit deux autres canapés en cuir dans le salon, ainsi qu'une table basse et quelques autres tables stratégiquement placées de manière à ce qu'on ait un endroit pour poser son verre où qu'on soit assis. Des lampes éclairaient l'espace d'une lumière chaude, et le siège inclinable préféré de Grover était installé dans un coin depuis lequel on voyait à la fois la télévision et les grandes fenêtres.

Sierra entra dans la cuisine et souleva le couvercle de la mijoteuse. Elle se tourna vers Grover et lui sourit.

— Ça sent super bon.

— Ça l'est. C'est une recette de ma mère, elle me tuerait si je la ratais.

Grover était assez fier de sa cuisine. Il se fichait de tous les appareils que le vendeur avait voulu le convaincre d'acheter. Il s'était décidé pour de l'inox, mais rien de trop excessif. Sa cuisinière avait six plaques, ce qui était bien plus que ce dont il avait besoin, mais comme c'était ce qu'avaient les précédents propriétaires, c'était plus simple de garder ce modèle que de devoir adapter tous les placards.

Sierra jeta un œil dans le garde-manger et se tourna pour hausser un sourcil dans sa direction.

— Je sais, je sais, dit-il. C'est grand.

— Grand ? Dis donc, Grover, tu as assez de nourriture là-dedans pour survivre au moins trois ans. T'es un survivaliste, ou quoi ?

Grover eut un rire.

— Non, mais j'aime être préparé. Comme j'habite un peu loin de la ville, il arrive que le courant soit coupé. Donc j'ai assez d'eau, de papier toilette, de pâtes, de soupe et d'autres conserves pour durer un moment.

— Oui, ça a du sens.

Grover décida de ne pas lui parler du générateur d'urgence qui était relié à la maison au cas où il n'ait *vraiment* plus de courant. Les générateurs étaient bien plus communs dans le nord, où le froid coupait le courant beaucoup plus fréquemment qu'ici, au Texas, mais il aimait le sentiment de sécurité que lui procurait la machine. En vérité, il avait *réellement* des tendances survivalistes. Il voulait être certain d'avoir toujours de quoi prendre soin de lui-même, de sa famille, s'il en avait une, et même de ses voisins en cas de catastrophe.

Une fois qu'elle eut fini d'explorer la cuisine, ils parcoururent le couloir jusqu'à la salle de cinéma qu'il lui avait tant vantée lorsque Sierra s'arrêta et effleura du doigt une lampe posée sur une petite table.

— Tu l'as fabriquée toi-même ?

— Oui, confirma Grover.

Il n'avait pas voulu se lancer là-dedans aussi vite, mais puisqu'elle l'avait remarquée, il se dit qu'il en profiterait pour lui avouer une de ses particularités.

— Ce n'est pas une simple lampe, lui dit-il.

Il s'approcha et appuya sur un petit bouton près de l'endroit où était vissée l'ampoule, et un côté du lourd socle en bois s'ouvrit, révélant un compartiment caché.

Sierra sursauta quand la lampe s'ouvrit, avant de lui sourire.

— Trop cool !

En se penchant, elle vit le petit pistolet qui était dissimulé dans la lampe.

— Pourquoi je ne suis pas surprise que tu caches des armes dans tes lampes ?

Grover ne retourna pas son sourire.

— Parce que je suis un Delta. Parce que j'ai assisté à trop de merdes dans le monde pour ne pas être prêt à me protéger.

— Il y en a d'autres, cachées par ici ? demanda Sierra, la tête penchée d'un air curieux.

Grover s'autorisa enfin à se détendre un peu.

— Peut-être.

— Oooh, ça m'intrigue. Tu me montres ?

— Bien sûr. Je veux que tu puisses avoir accès à une arme au besoin. J'adore vivre ici, mais je sais que ça peut représenter un risque.

Il se retourna pour désigner d'un geste une grande horloge montée sur le mur.

— Il y en a une autre là-dedans.

— Dans l'horloge ? demanda Sierra en traversant immédiatement la pièce. Elle tritura l'horloge un moment avant de se tourner vers lui.

— Comment ça marche ?

— Appuie sur le cadran... juste à côté du trois.

Elle s'exécuta, et le Velcro qui maintenait le cadran en place se souleva du côté gauche, révélant un nouveau compartiment caché, qui contenait un Glock et un couteau à l'aspect redoutable.

Sierra se tourna vers lui, les yeux brillants.

— C'est comme une chasse au trésor ! Ensuite ?

Soulagé qu'elle ne l'accuse pas d'être parano ou cinglé d'avoir caché autant d'armes dans sa maison, Grover désigna la table basse.

Sierra s'en approcha et tomba à genoux devant, lui faisait un signe impatient.

— Allez, me fais pas attendre. Dis-moi son secret.

— Le plateau peut pivoter intégralement, pour qu'on puisse accéder au compartiment sans devoir déplacer ce qu'il y a dessus, dit Grover. Il y a un bouton sous la table, sur la droite, qui défait le verrou à l'intérieur. Pousse vers le bas, puis vers l'arrière.

Au bout de plusieurs essais, elle parvint enfin à débloquer le verrou et déplaça lentement le plateau, révélant le fusil caché à l'intérieur, accompagné d'un autre couteau et de quelques étoiles de lancer, qui avaient presque l'air de décorations, mais pouvaient s'avérer mortelles si on les lançait correctement.

— J'aurais pu me contenter de les mettre dans des tiroirs ou ce genre de choses, mais je ne voulais pas qu'on puisse tomber dessus par hasard. Un coffre-fort serait trop évident, quelqu'un pourrait juste voler l'ensemble et forcer la serrure plus tard. Et puis, je n'ai surtout pas envie que quelqu'un utilise mes propres armes contre moi, ou blesse quelqu'un d'autre avec une arme qui m'appartient, expliqua Grover. Quand les enfants de mes amis sont ici, je voudrais pas qu'ils trouvent mes... jouets. Et, bien sûr, si jamais il arrivait que quelqu'un entre chez moi sans mon autorisation, je voudrais être capable de les surprendre et de me protéger au besoin.

— Tu n'as pas à te justifier, le rassura Sierra. Je trouve ça malin. Et ces compartiments cachés sont trop cool. Je veux voir les autres.

Grover eut un rire.

Il lui montra une des salles de bain et le bureau, qu'il n'utilisait pas vraiment, mais dont l'un des murs était intégralement recouvert d'une bibliothèque. Lorsque Riley l'avait vue, elle en avait presque bavé d'envie. Elle-même possédait une impressionnante collection de livres, et Oz était d'ailleurs revenu inspecter la bibliothèque plus tard, voir comment elle avait été construite, puisqu'il prévoyait de faire une surprise à sa femme en changeant une des pièces de son immense maison en un bureau pour elle... avec des bibliothèques du sol au plafond, comme chez Grover.

Il ouvrit grand la porte de la salle de cinéma et recula pour laisser entrer Sierra. Il y faisait plus froid que dans le reste de la maison, puisque la pièce ne possédait pas de fenêtres. Il avait installé un écran géant sur un des murs, et un projecteur à l'arrière. Il n'avait pas lésiné sur le système sonore. Il n'utilisait pas cette pièce tous les jours, mais c'était plutôt stylé de pouvoir y regarder ses films de guerre. Trois rangs des fauteuils les plus confortables qu'il avait trouvés faisaient face à l'écran, assez grands pour qu'il puisse s'y installer malgré sa taille, recouverts par des coussins qui étaient tout à fait... spongieux. C'était le mot qu'avait choisi Kinley pour les décrire la première fois qu'elle était venue.

— Ouah ! s'exclama Sierra. Impressionnant.

— Yep. Et cet énorme drapeau en bois, là-bas, ne sert pas qu'à décorer.

Elle fit un grand sourire et sautilla presque jusqu'au drapeau.

— La partie étoilée s'ouvre si on appuie sur le dessus.

Sierra se tourna vers lui en faisant une moue, ce qui fit rire Grover. Elle n'était pas assez grande pour atteindre le haut du drapeau, et de loin. Il s'avança à son tour et passa la main par-dessus la tête de Sierra pour appuyer sur le bouton, avant d'ouvrir le compartiment, où se trouvait un autre pistolet.

— Et si tu appuies sur l'interrupteur sur le côté, en bas, la moitié basse s'ouvre et... attention, la prévint Grover quand Sierra manqua de se cogner la tête contre la porte.

— Qu'est-ce que c'est ? Un téléphone ? demanda-t-elle.

— Oui, c'est même un système de communication entier, en fait. Un peu comme les radios qu'on trouve dans les camions. Il y a aussi deux téléphones satellites, qui fonctionnent même sans réseau.

Elle leva les yeux vers lui.

— Tu es *vraiment* survivaliste, hein ?

Grover se contenta de hausser les épaules.

— Je ne dis pas que c'est mal, mais tu ne trouves pas que c'est... un peu trop ? demanda-t-elle.

— Sûrement, répondit Grover sans hésiter. Mais il faut que tu comprennes que j'ai passé toute ma vie d'adulte à essayer de retrouver des méchants ou à sauver leurs victimes. J'ai appris à quel point les gens peuvent être mauvais, et que même les bonnes personnes peuvent commettre des actions graves quand elles sont dans une impasse. Je préfère largement être trop préparé que pas assez.

— Je comprends, dit Sierra en hochant la tête.

— Tu as peut-être remarqué que les cachettes sont installées soit à hauteur de taille, enfin, de ma taille, soit plus haut. Je ne sais pas dans quelle situation je pourrais me retrouver, et il faut que je sois prêt à tout.

— Il y en a d'autres ici ?

— Le dessous de certains des fauteuils abrite un compartiment. Ils ne sont pas accessibles à des enfants, je m'en suis assuré ; ils ont des serrures biométriques, programmées pour ne s'ouvrir qu'au contact de mon empreinte digitale. Ce qui me rappelle qu'il faudra que je t'enregistre aussi. On s'en occupera après le repas.

— Je ne suis pas sûre que ce soit nécessaire, protesta Sierra.

Grover réfléchit un moment, désireux de trouver les bons mots pour exprimer les raisons pour lesquelles c'était important.

— Je dois savoir que quoi qu'il arrive, tu seras en mesure de te protéger. J'aimerais pouvoir dire que je serai toujours là quand tu auras besoin de moi, mais on sait l'un comme l'autre que c'est impossible. Parfois, des ennuis arrivent, et s'il t'en arrive à *toi*, je veux que tu puisses te défendre. Et me défendre, moi, si je n'en suis pas capable.

— D'accord, dit-elle doucement. Maintenant, est-ce qu'on peut arrêter de parler d'un scénario dans lequel tu es blessé et je suis obligée de me la jouer Rambo ?

— Tout à fait, répondit immédiatement Grover.

Il ne voulait pas s'attarder sur les milliers de situations affreuses qui lui traversaient l'esprit qui justifieraient que Sierra soit seule et armée.

Il vit Sierra balayer la pièce du regard et frissonner.

— Quoi ? Qu'y a-t-il ?

— C'est juste… cette pièce me rappelle un peu la caverne. Pas de fenêtre, sombre, plus froide que le reste de la maison.

Elle haussa les épaules d'un air hésitant.

— Ce n'est pas bien grave, finit-elle.

Grover attrapa immédiatement son coude et la guida hors de la pièce. Il n'y avait pas vraiment pensé avant, mais elle avait raison. Il se fit une note mentale d'appeler un expert pour faire percer une fenêtre dans un des murs. Il mettrait des rideaux d'obscurcissement, ça ne changerait rien à l'aspect salle de cinéma, mais il serait de toute façon plus prudent d'avoir une sortie d'urgence.

Sierra pouffa.

— Tu es clairement en train de te poser trop de questions.

Grover adorait qu'elle le devine aussi facilement.

— Pas impossible, admit-il.

— Cette salle est super, dit Sierra.

— Mais elle te rend mal à l'aise, ce qui est inacceptable. Je refuse que le moindre centimètre de cette maison te rappelle de mauvais souvenirs, dit-il alors qu'ils retournaient dans le salon.

— Ce n'est rien, répéta-t-elle.

— Pour moi, si, répondit simplement Grover. Et si on dînait, maintenant ? On reprendra la visite après.

Sierra posa la main sur son bras et interrompit leur chemin vers la cuisine.

— Grover ?

— Oui ?

Elle le dévisagea pendant un long moment. Il n'arrivait pas à déchiffrer l'émotion qu'il voyait tournoyer dans ses yeux.

— Je suis heureuse d'être ici, dit-elle finalement.

— Moi aussi, Petit Pois. Moi aussi. Viens, allons manger. Je te prépare une grande salade, aussi, comme promis. On commandera la fameuse pizza un autre jour.

— Super. Qu'est-ce que je peux faire pour t'aider ?

Grover ne put se défaire de son sourire tandis qu'ils préparaient la salade. Il adorait ça. Cuisiner avec elle, lui montrer où étaient les divers ustensiles lui faisait du bien. C'était une sensation intime. Ce n'était, il l'espérait, que le premier des nombreux, très nombreux repas qu'ils prépareraient ensemble.

CHAPITRE QUATORZE

Sierra soupira de contentement, tout aussi détendue qu'elle l'avait été pendant leur séjour au Nouveau-Mexique. Elle était avec Grover sur sa terrasse arrière. Il lui avait servi un verre de soda, lui-même sirotait une bière. Après le dîner, il lui avait fait visiter le reste de la maison : quatre chambres au premier étage, une deuxième salle de bain, et une magnifique buanderie. Il avait expliqué que la buanderie était à l'origine une chambre, mais qu'il l'avait reconvertie pour ne pas devoir trimballer ses vêtements sales dans les escaliers.

Elle avait légèrement rougi quand il lui avait montré la chambre principale et la salle de bain attenante, mais s'était efforcée de paraître calme et composée. Ce qui était particulièrement difficile, puisqu'elle n'arrivait pas à se sortir de la tête l'image de Grover debout dans la douche aux parois de verre, entièrement nu. Ou s'habillant dans le dressing. Ou encore allongé dans l'immense lit à baldaquin qui occupait la majeure partie de la pièce, et dont le modèle démodé ne correspondait en rien à ce qu'elle aurait imaginé trouver chez lui.

Il lui raconta que le lit avait appartenu à ses grands-parents, et qu'il l'avait récupéré après leur décès, personne d'autre n'en ayant voulu. L'anecdote ne fit que révéler une nouvelle facette de l'homme qu'elle aimait. Chaque nouvelle information qu'elle apprenait à son sujet ne faisait qu'augmenter son respect et son admiration pour lui. Garder un vieux lit n'était pas quelque chose qui importerait à la plupart des hommes ; mais c'était important pour lui.

Sa maison entière était une révélation. Elle était bien agencée, et Grover avait fait un travail de rénovation incroyable. Des portes de l'ancienne grange qu'il avait conservées jusqu'au repaire audiovisuel extravagant qu'il s'était construit, en passant par les touches modernes comme la buanderie de l'étage, tout lui correspondait si bien. Et Sierra aimait chaque petite chose qu'elle avait apprise sur lui par le simple fait de visiter son espace.

— À quoi tu penses si fort dans ton coin ? lui lança Grover.

Ils étaient assis chacun sur un fauteuil, une sage décision, songeait Sierra qui le désirait un peu plus à chaque instant.

— J'aime bien ta maison, dit-elle simplement.

— Moi aussi, répondit-il. Avant, ça ne me dérangeait pas d'habiter dans un appartement, mais ce n'était pas vraiment chez moi, plus une étape entre le boulot, traîner avec mon équipe, et nos déploiements. Mais au bout d'un moment, j'ai eu besoin d'avoir mon propre refuge. Un endroit où je pourrais complètement décompresser. Mon travail est stressant, j'avais besoin d'un endroit où me sentir réellement chez moi. Je sais que l'armée pourrait décider de m'envoyer dans une nouvelle base à tout moment, mais je finirais ici de toute façon. J'ai construit cette maison avec une idée de permanence. Si j'ai la chance de me marier un jour, c'est ici que je veux vivre avec la femme que j'aime.

Il se tourna vers elle.

— C'est ça que je veux faire. M'asseoir ici le soir, parler de ma journée, l'entendre parler de la sienne. Je veux guetter les cerfs et les tatous. Discuter et me détendre.

Sierra fut traversé d'un éclair de désir si puissant qu'il en fut presque douloureux. Elle voulait être la femme dont il parlait. Elle voulait être assise ici avec lui, comme ce soir, dans des années encore.

Sans détourner le regard, elle se pencha pour poser son verre sur le sol près du fauteuil. Elle se leva ensuite et s'approcha de Grover. Comme si c'était une seconde nature, elle grimpa à califourchon sur ses genoux. Elle l'avait déjà fait plusieurs fois, mais cette fois-ci était différente.

Grover posa son propre verre et attrapa ses hanches. Ses grandes mains étaient si chaudes qu'elle en sentait la chaleur à travers ses vêtements. Elle garda les yeux fixés sur Grover et tendit la main vers les boutons de sa chemise. Elle défit le premier. Puis le suivant.

— Sierra ? demanda-t-il en penchant légèrement la tête.

Ses mains se figèrent. Elle ne voulait surtout pas faire quoi que ce soit qu'il ne soit pas prêt à faire. Elle avait le souffle court de nervosité et d'excitation. Pour la première fois depuis de nombreux mois, elle ressentait du désir. Quand elle était captive, elle n'avait pas le temps de se consacrer à autre chose qu'à sa survie, mais désormais, de retour aux États-Unis, en sécurité, avec Grover... son corps reprenait vie.

— Je te veux, admit-elle d'une voix rauque qu'elle ne reconnut pas.

— Tu es sûre de toi ? demanda doucement Grover en levant les mains pour attraper les siennes.

— Oui, dit Sierra avec un hochement de tête.

— Il y a encore quelques semaines, tu préférais qu'on ne soit qu'amis. Tu n'étais pas prête pour plus que ça. Je veux seulement être certain que c'est vraiment ce que tu souhaites avant d'aller plus loin. Je sais que les choses ont changé entre nous au Refuge, mais je ne veux pas me précipiter si tu n'es pas réellement prête.

— Je sais, et je le suis, dit-elle. Quand je t'ai dit ça, j'avais peur. Peur de combien tu étais important pour moi après si peu de temps. J'essayais de protéger mon cœur. Mais après ces deux semaines au Nouveau-Mexique, je me suis rendu compte que je me mentais à moi-même. Et que la vie est courte. Je le sais mieux que quiconque. Tu es un des hommes les plus incroyables que j'ai jamais rencontrés. Et je ne dis pas ça seulement parce que tu as fait quelque chose d'aussi courageux et désintéressé pour moi. J'ai le sentiment que même si on s'était rencontrés dans un endroit tout à fait normal, au bar ou au supermarché, cette alchimie entre nous n'aurait pas changé. Tu me donnes l'impression d'être la personne la plus importante du monde. Tu me donnes envie d'être meilleure, d'être plus que ce que je suis. Je sais que je n'exprime pas ça très bien, mais Grover... je ne serais pas ici, au Texas, chez toi, sur tes *genoux*, si je ne voulais pas qu'on aille plus loin.

Pendant un moment après son discours passionné, Grover ne bougea pas. Il se contenta de la dévisager comme s'il tentait de lire dans ses pensées. Puis il resserra ses doigts autour des siens et prit une grande inspiration. Ses narines se dilatèrent, et elle vit ses yeux changer. Elle n'eut qu'un bref instant pour se préparer avant qu'il n'attaque.

Ses mains lâchèrent les siennes et il se pencha en avant pour l'embrasser fougueusement, avec passion.

Il avait le goût de bière, et bien qu'elle ne soit pas très fan de la boisson, sur lui, cela faisait à Sierra l'effet d'un aphrodisiaque. Elle se rendit compte à ce moment-là qu'il s'était retenu lors de leurs derniers baisers. Il prenait sa bouche avec une intensité proche du désespoir. Il attrapa l'arrière de sa tête pour la maintenir en place tandis que son autre main agrippait sa cuisse si fort qu'elle en avait presque mal... mais en bien.

Grover perdit l'impressionnant contrôle qu'il avait sur lui-même, et c'était la chose la plus sexy qu'elle ait jamais vue. Il ne se retenait plus, plus du tout, et elle ne s'était pas rendu compte jusqu'alors que c'était ce dont elle avait besoin. Tant de gens prenaient tellement de précautions autour d'elle désormais, ne voulant pas risquer de la contrarier ou de lui rappeler de mauvais souvenirs de sa captivité. Mais il était évident que Grover ne pensait à rien d'autre qu'à sa passion. Il n'essayait pas d'être doux ou de la traiter comme un objet fragile.

Cela ne fit qu'alimenter son propre désir.

Elle reprit sa tâche de déboutonner la chemise de Grover. Une fois qu'elle fut assez ouverte, elle plaqua les mains sur son torse musclé et planta légèrement ses ongles dans la peau.

Grover poussa un grognement à l'intérieur de sa bouche, sans reculer pour autant. Se tortillant sur ses genoux, Sierra sentait son corps se préparer à l'accueillir en elle. Sa culotte était trempée, et ses muscles internes se serraient à la perspective de ce qui les attendait.

Trouvant ses tétons, Sierra les pinça d'abord légèrement, puis plus fort lorsqu'elle le sentit soulever ses hanches vers elle. Il arracha sa bouche de la sienne et s'adossa à nouveau au fauteuil. Il avait le souffle court, comme s'il venait de courir sur plusieurs kilomètres, et de savoir que c'était *elle* qui avait fait ça, elle qui l'avait mis dans cet état avec de simples baisers et ses mains sur son torse, la fit se sentir extrêmement puissante.

C'était un don. *Il* était un don. Si on lui avait dit, deux mois plus tôt, qu'elle serait ici, à faire ce qu'elle faisait, à se sentir comme elle se sentait, elle aurait pensé qu'on testait sur elle une nouvelle forme de torture. Et pourtant, elle était là. Avec cet homme qu'elle n'avait jamais pu oublier. Cet homme dont elle avait si souvent rêvé.

Sierra se pencha pour embrasser la peau douce et vulnérable de sa gorge, qu'elle mordilla et lécha au passage. Il ne bougea pas la tête, mais une de ses mains se glissa sous son T-shirt en réponse, caressant la peau sensible dans le bas de son dos. Puis son côté. Puis, lentement, si lentement, son sein.

Sierra avait toujours été complexée par sa taille. Elle était petite et menue. Avant son enlèvement, elle faisait un petit bonnet B, et malgré le poids qu'elle avait repris, son ancienne taille de soutien-gorge était encore un peu grande. Mais dès l'instant où les doigts de Grover commencèrent à jouer avec la dentelle de sa lingerie, Sierra oublia toute timidité. Ses tétons durcirent, comme pour supplier cet homme de les toucher. Elle se cambra, se pressant contre lui, lui demandant plus sans dire un mot. Et il ne la déçut pas.

Grover inséra la main à l'intérieur de son soutien-gorge et passa rapidement le pouce sur son téton. Elle poussa à son tour un gémissement et se cambra encore plus.

— Tu aimes ça, gronda-t-il.

Ce n'était pas une question, et l'arrogance dans sa voix aurait agacé Sierra s'il s'était agi de n'importe quel autre homme.

— Ouiiiii, gémit-elle.

Ses lèvres se soulevèrent d'une fraction avec satisfaction, tandis qu'il faisait rouler son téton entre son pouce et son index. Les hanches de Sierra firent un mouvement brusque vers l'avant, et elle laissa à son tour retomber sa tête en arrière. Elle ne pouvait rien faire d'autre que de rester assise sur les genoux de Grover à savourer les sensations qui parcouraient son corps. Son excitation lui semblait étrange, presque inconnue, mais oh, si délicieuse.

— Si belle, putain. Accroche-toi, Petit Pois.

L'espace d'une seconde, Sierra ne sut pas de quoi il parlait. Elle était *déjà* accrochée à lui. Ses mains s'étaient glissées jusqu'aux épaules de Grover, et elle avait planté ses ongles dans ses muscles durs comme du roc sans même s'en rendre compte.

Et puis Grover se leva, et elle resserra ses jambes autour de sa taille. Mais il n'avait pas l'intention de la lâcher. Il passa une main sous son cul tandis que l'autre restait sous son T-shirt, à jouer avec son téton. Sierra le regarda et fut parcourue d'un frisson devant le désir qu'elle vit dans ses yeux. Il marcha jusqu'à la porte.

— Tu vas devoir l'ouvrir. Moi, j'ai les mains pleines, dit-il.

Sierra rougit, mais elle ne pouvait nier qu'elle adorait son refus de la lâcher, ne serait-ce que pour une seconde. Elle se pencha par-dessus son épaule et attrapa la poignée, impressionnée par le fait qu'il ne cesse ses caresses décadentes sur son sein, malgré ses mouvements.

Il entra dans la maison et se retourna vers la porte.

— Ferme à clé.

Grover se montrait aussi autoritaire qu'à son habitude, mais comme il la faisait se sentir si incroyablement bien, Sierra ne lui fit pas de remarque. Elle appréciait le fait qu'il pense à leur sécurité.

Dès l'instant où elle eut verrouillé la porte, il se redressa et se dirigea vers les escaliers. Tout en marchant, il engouffra sa main entière par le dessous de son soutien-gorge et entoura son sein entier de sa grande main calleuse. Sierra gémit à nouveau.

Grover entra dans sa chambre à grandes enjambées et marcha directement jusqu'au lit. Il ne la lâcha pas, se contentant de se pencher en avant en la tenant contre lui jusqu'à ce qu'elle soit exactement là où il la voulait. Sierra sentit son dos toucher le matelas une seconde avant que Grover ne baisse la tête. Sa main continua de tâter son sein tandis qu'il prenait son téton en bouche à travers le T-shirt.

— Putain, Grover !

Il ne répondit pas, dévorant son sein comme un homme affamé. Sierra se tortilla sous son corps. Elle voulait plus.

Tirant sur ses cheveux, elle réussit à lui faire lever la tête. Elle désirait cet homme. Plus qu'elle n'aurait su le dire. Mais elle était nerveuse à l'idée qu'il la voie sans ses vêtements. C'était vain de sa part, mais elle ne pouvait s'en empêcher.

— Ils ne sont pas très gros, s'excusa-t-elle.

Il avait les pupilles dilatées, et il fallut une seconde avant que ses mots ne lui parviennent. Sa main se resserra autour de la chair excitée sous son T-shirt.

— Tu es parfaite.

Sierra souffla.

— Tu ne me crois pas ? demanda-t-il avec une pointe de dureté.

— Les femmes ne dépensent pas des millions de dollars en implants mammaires pour impressionner les autres femmes, dit-elle.

— Les hommes aiment les seins, dit Grover d'un ton factuel. Peu importe s'ils sont gros, petits, mous, fermes, ou un mélange. Je ne sais pas d'où vient cette obsession, mais elle est là. Ce qui importe, c'est la femme à laquelle ils sont attachés. Lorsque c'est la femme qu'on aime, ses seins font la taille parfaite, peu importe s'ils sont gros ou non. Et toi, Sierra, tu as les nichons les plus parfaits que j'ai jamais vus. S'ils étaient plus gros, ce serait disproportionné par rapport au reste de ton corps. En plus... j'aime à quel point ils sont sensibles.

Il pinça à nouveau son téton, et Sierra ne put retenir un hoquet de plaisir à la douleur érotique qui parcourut son corps.

— Tu vois ? dit-il avec un sourire narquois.

Sierra déglutit. Il était évident à sentir l'érection qui pulsait contre sa cuisse que Grover était excité. Il était temps qu'elle cesse de réfléchir à ses défauts potentiels et qu'elle assume ses désirs. Et ce qu'elle désirait, c'était cet homme. Elle voulait qu'il pénètre au plus profond d'elle-même, qu'il la fasse se sentir entière.

En guise de réponse, Sierra passa les mains entre leurs corps et attrapa le col de son propre T-shirt. Elle se tortilla et parvint à le passer par-dessus sa tête. Grover ne l'aidait pas vraiment, avec la poigne ferme qu'il gardait sur son sein. Lorsqu'elle jeta enfin son T-shirt sur le côté, elle se cambra et passa la main dans son dos pour dégrafer son soutien-gorge. Une fois que ce fut fait, elle se rallongea et leva les yeux vers Grover. Elle avait le souffle court et était encore un peu embarrassée, mais elle était déterminée à se comporter en adulte.

Grover retira lentement son soutien-gorge, et la contempla pendant un long moment. Il se passa la langue sur les lèvres et pencha la tête.

Au premier passage de sa langue sur son téton, l'afflux de sensations fit sursauter Sierra. Il ne prenait pas son temps, en plus. Il ne la léchait pas sensuellement. Non, Grover prit en bouche son téton et suça. Fort.

Elle émit un son inintelligible du plus profond de sa gorge et attrapa son bras d'une main, l'autre étant agrippée à la couverture sous son corps. Elle ne pouvait rien faire d'autre que de s'accrocher de toutes ses forces à Grover tandis qu'il s'affairait à la rendre folle.

Au bout d'une minute de cette torture si douce, il releva la tête, ses lèvres produisant un bruit de succion en libérant son téton. Il passa un doigt sur la chair dure, dressée vers le ciel. Ce simple geste lui fit ressentir des sensations incroyables. Elle avait l'impression d'être traversée de petits courants électriques qui allaient directement jusqu'à son entrejambe. Elle était absolument trempée, et tellement excitée.

— Je les adore, dit Grover d'une voix une octave plus basse que d'habitude.

— Enlève ces vêtements, ordonna Sierra en haletant presque.

Elle devait le toucher. Elle devait le sentir sur elle.

Grover, il fallait bien le lui reconnaître, ne s'arrêta pas pour lui demander à nouveau si elle était sûre d'elle. Il n'hésita pas une seconde. Il tendit la main vers l'attache du pantalon de Sierra.

Qui le repoussa d'un geste.

— Enlève *tes* vêtements, précisa-t-elle.

Grover lui fit un sourire narquois en réponse.

— Seulement si tu enlèves les tiens.

— On fait la course ? lança-t-elle en souriant à son tour.

Après avoir passé deux semaines en sa compagnie, elle savait que Grover était plus compétitif que quiconque. Elle n'avait aucun remords à l'utiliser contre lui. En deux secondes, il avait arraché sa chemise et s'attaquait au bouton de son pantalon.

La seule raison pour laquelle Sierra remporta leur petite compétition pour savoir lequel des deux se déshabillerait le plus vite fut que Grover dut descendre du lit pour retirer son pantalon et son caleçon. Sierra n'eut qu'à baisser le sien le long de ses jambes et s'en débarrasser d'un coup de pied, n'ayant déjà plus son T-shirt et son soutien-gorge.

Près du lit, Grover hésita. Sa queue était longue et épaisse, et elle y distinguait une goutte de liquide séminal. Il se toucha tandis qu'elle le regardait, tordant le poignet au niveau de son gland. Sierra ne put s'empêcher de se lécher les lèvres.

Sans un mot, Grover se retourna. De sa main libre, il ouvrit un tiroir de la table de nuit près du lit et en sortit une boîte de préservatifs, qu'il ouvrit avec difficulté. Sierra aurait pu lui proposer son aide, mais elle était trop occupée à le mater.

Aucun doute, Grover était un bel homme. Il n'apprécierait peut-être pas ce qualificatif, mais c'était bien le plus adapté pour le décrire. Il était couvert de muscles, qui ondulaient sous sa peau au moindre de ses mouvements. Son ventre était plat, et on aurait dit qu'il rasait ses poils pubiens, ce qui la fit sourire.

— Qu'est-ce qui te fait sourire comme ça, ma belle ?

gronda-t-il en parvenant enfin à ouvrir la boîte de sa seule main libre et à en sortir un préservatif.

— Toi, dit-elle simplement.

Elle glissa une main le long de son propre corps et commença à se caresser doucement à son tour.

Grover remonta sur le lit et ses yeux se fixèrent entre les jambes de Sierra. Il la chevaucha, et elle sursauta à la sensation de sa queue contre sa peau nue, qui y laissa une trace de liquide.

Ses doigts jouaient avec son clitoris en de petits mouvements rapides, et elle écarta les jambes du mieux qu'elle put, ce qui n'était pas beaucoup puisque les genoux de Grover les bloquaient de part et d'autre. Tandis qu'elle se touchait, Grover fit glisser le préservatif le long de son membre. Sierra était heureuse qu'il soit préparé. Elle savait qu'ils devraient parler de contraception et de santé sexuelle bientôt, surtout après sa longue captivité, mais pour l'instant, elle le voulait en elle. Le reste pouvait attendre.

Elle adorait qu'il soit incapable de détacher les yeux d'entre ses jambes. Elle ne s'était jamais sentie aussi sexy. N'avait jamais eu l'impression qu'un homme en mourrait s'il ne la pénétrait pas au plus vite. C'était pourtant ce qu'exprimait le visage de Grover, qui se mordait la lèvre et dont la poitrine se soulevait. Il attrapa sa queue et en serra la base, comme pour se retenir de jouir, avant même d'être en elle.

Il tendit la main et passa le doigt entre ses plis moites. Sierra voulut retirer sa main, mais il l'en empêcha d'un mouvement de tête.

— Non, continue, ordonna-t-il.

Sierra remit immédiatement les doigts sur son clitoris. Le pire sentiment au monde, c'était d'être incroyablement excitée, mais d'être avec un homme qui était plus préoccupé de jouir lui-même que de s'assurer qu'elle avait un orgasme aussi. Elle était heureuse de voir que ce ne serait pas un problème avec lui.

— J'en ai une grande, dit Grover assez inutilement. Je ne

veux pas te faire de mal. Fais-toi jouir, rends-toi bien humide pour moi, Sierra. Après ça, je te baise.

Putain, ses mots étaient si autoritaires, si excitants. Sierra manipula son clitoris encore plus vite. Grover inséra doucement un doigt à l'intérieur de son corps pendant qu'elle se touchait, et elle serra ses muscles internes autour de lui.

— Putain, dit-il dans un souffle.

Sierra eut un grand sourire.

Qui s'effaça une fois qu'il ajouta un deuxième doigt au premier et se mit à entrer et sortir doucement de son entrée humide.

Après ça, elle ne put penser à autre chose qu'à l'orgasme qui grandissait de plus en plus à l'intérieur d'elle. Elle s'était masturbée pour la première fois depuis son sauvetage après leur retour du Nouveau-Mexique. Elle était dans son lit, chez ses parents, et Grover occupait tous ses fantasmes. Elle avait joui en l'imaginant au-dessus d'elle, lui souriant tendrement.

Mais la réalité dépassait tous ses fantasmes. Elle se sentit approcher de plus en plus de son plaisir et ses doigts accélérèrent leur mouvement sur son petit paquet de nerfs.

— Si belle, dit Grover d'une voix rauque.

Sierra tenta en vain d'écarter les jambes et poussa un gémissement de frustration. Elle sentit Grover bouger, et l'instant d'après, elle était grande ouverte devant lui. Il s'était positionné entre ses jambes et avait écarté ses cuisses. Elle ne put s'empêcher de relever les hanches pour venir à la rencontre de ses doigts, qui continuaient leur mouvement paresseux.

— Encore, supplia-t-elle.

— Jouis pour moi, répondit-il.

Sierra tendit sa main libre et s'agrippa au biceps de Grover sans cesser de frotter désespérément son clitoris. Son ventre se contracta et ses cuisses tremblèrent sous le coup de l'orgasme qui la parcourut enfin.

Dès qu'il la vit jouir, Grover retira ses doigts et les remplaça par sa queue. Il s'enfonça en elle et elle s'éleva à sa rencontre, perdue dans les affres de l'orgasme intense qui la submergeait.

Elle ressentit vaguement un pincement inconfortable en

s'ajustant à la taille et à l'épaisseur de Grover tandis qu'il poussait un peu plus. Il écarta ensuite sa main d'un geste et frappa son clitoris du pouce.

Sierra poussa un cri et se cambra contre lui, cherchant désespérément à soulager son clitoris encore sensible. Mais bien sûr, elle fut incapable de le déloger, il était trop grand. Trop lourd. Sa caresse la submergea à nouveau de plaisir. Elle ne put que s'accrocher à lui tandis que la torture érotique reprenait.

Alors qu'elle se tortillait et se débattait sous son corps, il commença à aller et venir. Fort.

Sans la moindre finesse dans ses mouvements, les hanches de Grover bougeaient dans un va-et-vient incessant et brutal, qui prolongeait l'extase de Sierra tandis que lui-même approchait de son propre plaisir.

Il ne lui fallut pas longtemps pour jouir à son tour. Son corps entier se tendit alors qu'il s'enfonçait une fois de plus dans son corps, plus profondément qu'il ne l'avait été jusquelà. Il se tint immobile tandis que sa poitrine se couvrait de rouge, un gémissement bruyant s'échappant de ses lèvres sous le coup de l'orgasme.

Après quelques longues inspirations, il baissa les yeux vers elle… avant de regarder l'endroit où leurs corps étaient liés, et de recommencer à manipuler son clitoris.

— Grover, geignit Sierra.

Il l'ignora.

— Jouis encore, ordonna-t-il. Je veux te sentir sur ma queue. La première fois, j'étais trop occupé à me retenir d'exploser.

Incapable de faire autrement que d'obéir, Sierra sentit son corps trembler dans l'anticipation d'un nouvel orgasme. Elle n'avait jamais joui plus d'une fois en faisant l'amour auparavant. Son deuxième orgasme fut moins intense que le premier, mais pas moins satisfaisant.

Grover gémit tandis que Sierra se contractait autour de lui, et le désir dans ses yeux la fit se sentir aussi belle que puissante. *Elle* lui faisait cet effet. *Elle* avait réduit cet homme hors du commun à l'état d'une bête incontrôlable.

Lorsqu'il retira ses doigts de son clitoris, elle poussa un soupir de contentement, un peu soulagée. Il se dégagea de son corps et ils gémirent simultanément à la sensation de sa queue qui glissait hors de son intimité. Grover se leva et partit vers la salle de bain, dont il revint avant que Sierra n'ait eu le temps de revenir complètement à elle. Il remonta sur le lit, s'allongea sur le dos, et prit Sierra dans ses bras. Elle s'étendit pratiquement par-dessus lui, et il tira une de ses jambes vers le haut pour qu'elle repose sur sa cuisse.

Et là, inexplicablement... Sierra resta muette.

Elle n'avait jamais autant aimé faire l'amour, mais elle se demandait déjà si elle avait bien fait d'initier tout ça. Surtout aussi rapidement après son arrivée au Texas. Est-ce qu'elle aurait dû prendre plus son temps ? S'assurer que Grover voulait bien entamer une relation à long terme ? S'il ne voulait rien d'autre que coucher avec elle, elle lui avait rendu la vie bien facile.

Alors que son anxiété augmentait de plus en plus, Grover passa la main sur ses fesses en une douce caresse.

— C'était incroyable.

Contre son torse, Sierra hocha la tête.

— Je dois avouer que ce n'était pas ce que j'avais prévu.

— Euh... il y avait une boîte de préservatifs neuve dans ta table de chevet, fit-elle remarquer.

— Oui, mais je ne m'attendais pas à ce qu'elle soit pour ce soir.

Sierra se raidit. Quelle idiote. Elle était allée trop vite.

Visiblement, Grover sentit qu'elle était mal à l'aise et roula sur le côté pour se mettre au-dessus d'elle. Il se redressa sur les coudes et attrapa le visage de Sierra entre ses mains. Il l'entourait, sans l'étouffer pour autant. Il veillait à ne pas s'appuyer de tout son poids contre elle, mais il était évident qu'il voulait avoir toute son attention.

— Je ne l'avais pas *prévu*, par contre, je suis au septième ciel, actuellement, lui dit-il. Pour info, si jamais tu as encore des doutes, quand je t'ai invitée à venir au Texas, c'est ça que j'avais en tête, à terme. Et quand je parlais de partager cette maison avec une femme pour le restant de mes jours, c'est à toi que je pensais. Je ne suis pas inquiet de la vitesse à laquelle les choses progressent entre nous, parce que ça fait plus d'un an que je pense à toi. Je ne pouvais pas te sortir de mon esprit après notre rencontre dans cette base en Afghanistan, et mes sentiments n'ont pas changé quand tu as disparu. Et...

Il s'interrompit et eut un petit rire.

— Eh bien, quand tu entendras les histoires de Doc, Oz, Brain et les autres, tu comprendras. Aller vite, c'est un peu notre spécialité, termina-t-il.

Sierra hocha la tête.

— Quand j'ai décidé de venir ici, c'est aussi ce que j'avais en tête, clarifia-t-elle en écho. Même si te sauter dessus sur ta terrasse n'était pas exactement mon plan.

— C'était super sexy, dit Grover en souriant, penchant la tête pour l'embrasser sur le front.

Il roula sur le côté jusqu'à être allongé sur le dos, et elle se retrouva à nouveau plaquée sur lui.

— Merci de ne pas... Je ne sais pas comment dire ça sans passer pour une idiote.

— Tu n'auras jamais l'air d'une idiote, même en essayant, dit Grover.

Sierra fronça le nez et décida de cracher le morceau.

— J'apprécie que tu ne m'aies pas traitée comme si j'étais en porcelaine. Tu sais, tu ne m'as pas demandé cent fois si j'étais sûre de moi, tu n'as pas remis en cause le fait que j'étais prête. Je sais qu'il faut encore que je travaille sur beaucoup de séquelles de ma captivité, mais je n'ai pas été violée, donc ma sexualité n'en fait pas partie.

— J'aimerais pouvoir dire que je n'avais en tête que mon respect pour toi et la confiance que j'avais dans le fait que tu pouvais prendre tes propres décisions, mais je suis un mec, dit-il en haussant les épaules. Un mec qui te veut depuis long-temps. Je crains que mon cerveau ne se soit complètement éteint dès le moment où j'ai pu te toucher.

Rien n'aurait pu soulager plus Sierra. Elle adorait savoir qu'il avait été aussi fou de désir qu'elle.

— Pareil pour moi, dit-elle doucement.

— Cela étant dit... il faut que je te demande. Je ne t'ai pas fait mal ? Tu es petite, et moi... pas vraiment.

Sierra sourit.

— Non. Tu ne m'as pas fait mal. Loin de là. Je n'ai jamais... Grover, j'ai joui avant même que tu me pénètres. Je n'ai jamais été aussi humide.

Elle savait qu'elle était en train de rougir ; heureusement, Grover ne la regardait pas, à l'instant.

— Tu ne m'as pas fait mal, répéta-t-elle.

— Tant mieux, dit-il, et Sierra entendit la satisfaction et la fierté dans sa voix. Je n'ai pas tenu aussi longtemps que je l'aurais voulu. Je ferai mieux la prochaine fois. Peut-être. Par contre, il va falloir qu'on parle de ta santé.

— Je n'ai pas de maladies, dit-elle immédiatement. Quand je suis allée voir un médecin, ils ont fait plein de tests. Je pense qu'ils ne m'ont pas crue quand je leur ai dit que je n'avais pas été agressée sexuellement.

— Je ne parlais pas de ça, dit Grover. Je pensais plus à ta santé de manière générale. Est-ce que tes règles ont repris ? Tu as regagné assez de poids. À quoi est-ce qu'on doit faire attention, en ce qui concerne le retour à la normale de ton corps ?

Sierra se blottit contre lui, et il resserra son bras autour d'elle. C'est une conversation qui aurait dû être embarrassante, mais avec Grover, ce n'était pas le cas du tout.

— Pas encore de règles, mais le docteur dit que c'est normal. Potentiellement, ça pourrait prendre jusqu'à six mois, même en ayant repris du poids.

Elle le sentit hocher la tête.

— C'est ce que je me suis dit. Ce n'est sûrement pas une bonne idée de commencer à injecter plein d'hormones et de produits chimiques dans ton corps alors qu'il essaie de revenir à la normale. Ça ne me dérange pas d'utiliser des préservatifs, mais ils ne sont pas efficaces à cent pour cent. Si besoin, je prendrai des mesures plus permanentes pour ton bien.

À ces mots, Sierra releva la tête.

— Que veux-tu dire ?

— Je veux dire que s'il faut que je me fasse une vasectomie pour éviter que tu ne tombes enceinte alors que ton corps est encore en pleine guérison, je le ferai.

Sierra cligna des yeux.

— Mais... ça veut dire que tu ne pourras jamais avoir d'enfants.

— D'après qui ?

— Euh... la science ?

Il lui fit un petit sourire.

— Il est probablement trop tôt pour parler de ce genre de choses, et on aura tout le temps d'en discuter plus tard, si et quand on décide d'avoir des enfants, mais la vasectomie est une opération réversible. Ou alors, je pourrais faire congeler mes spermatozoïdes, si jamais l'adoption n'est pas une option pour toi. Il y a plein d'enfants dans le monde qui ont besoin d'une famille, et on pourrait toujours prendre cette voie, si on veut des enfants un jour.

Sierra sentit sa gorge la démanger, même si, comme toujours, aucune larme ne vint accompagner cette sensation. Elle n'arrivait pas à croire qu'il était prêt à en faire autant pour elle.

— Je suis là pour rester, lui dit-il avec sérieux. Mais je ne prendrai pas de risques en ce qui concerne ta santé. Tomber enceinte maintenant ne serait pas une bonne idée. Même si tu as l'air en forme, même si tu te sens bien, ton corps se remet encore du traumatisme qu'il a vécu. Je ferai ce qui est nécessaire pour m'assurer que tu guéris à ton rythme, sans ajouter de stress à ton corps.

Sierra pencha la tête et pressa son nez dans la peau chaude du cou de Grover.

— Petit Pois ?

— Je... c'est juste... je ne peux pas te demander ça, Grover. C'est de la folie.

— Tu ne me demandes rien. C'est moi qui propose. Regarde-moi, Sierra.

Elle prit une profonde inspiration et releva la tête, croisant son regard.

— Ce n'est pas une passade, pour moi. Je tiens tellement à toi que je pense que si tu me quittais, je n'y survivrais pas.

Il n'avait pas dit qu'il l'aimait, mais Sierra le voyait dans ses yeux.

Elle hocha la tête.

— Je ne sais pas ce que j'ai bien pu faire pour te mériter, murmura-t-elle finalement.

— Tu as survécu, dit simplement Grover.

Il se redressa un peu pour l'embrasser, avant de lui faire signe de se rallonger.

— On en parlera plus tard.

Sierra prit une grande inspiration. Il avait raison. Elle n'était pas prête à parler d'avoir des enfants. Et bien qu'elle apprécie qu'il souhaite veiller sur elle, elle n'était pas certaine de vouloir qu'il se fasse une vasectomie, non plus. Elle repensa à la conversation qu'ils avaient eue sur les enfants, quand ils étaient encore prisonniers. Elle lui avait dit qu'elle aimait ne pas avoir d'attaches, et il avait avoué qu'il préférait être avec des enfants plus vieux, comme Logan et Bria. Ce qui la fit penser aux nombreux enfants qui avaient besoin de familles d'accueil.

Son idée n'était peut-être pas si folle. Si, plus tard, elle voulait être mère, l'adoption était clairement une option.

— Dors, Petit Pois, on verra les détails plus tard.

— Quelle heure est-il ? demanda-t-elle.

— Aucune idée.

— On devrait mettre un réveil. Mes affaires doivent arriver demain matin, dit-elle.

— Je serai debout, affirma Grover. Mon corps est habitué à se réveiller tôt tous les jours. Après tant d'années d'entraîne-ment, il est rare que je dorme encore passé sept heures du matin.

— D'accord, dit Sierra dans un grand bâillement.

Elle avait constaté elle-même qu'il était plutôt du matin lors de leur séjour au Nouveau-Mexique. S'il disait qu'il serait levé, il le serait.

— En plus, je sais que je dormirai bien cette nuit, donc c'est encore plus certain que je serai réveillé à temps, dit-il.

— Je croyais que tu dormais bien depuis ton retour du Refuge, commenta Sierra.

— C'est le cas. Mais avec toi à mes côtés, dans mes bras, je dormirai encore mieux.

Gah ! Il avait beau clamer qu'il ne réfléchissait jamais avant de parler, il n'arrêtait pas de lui dire ce genre de choses adorables.

— Pareil pour moi, fit-elle doucement.

Elle sentit ses lèvres effleurer le sommet de sa tête et se rendit compte avec surprise qu'elle avait complètement oublié ses cheveux. Elle avait l'habitude que les gens la dévisagent, puisqu'elle était pratiquement chauve. La coiffeuse avait équilibré leur longueur, mais ils repoussaient très lentement, et elle en était toujours embarrassée.

Mais ce soir, elle n'y avait pas pensé un seul instant. Grover l'aimait exactement comme elle était, avec ou sans ses cheveux.

Avec un soupir de contentement, Sierra s'autorisa à se détendre complètement. Elle ne savait pas où ils en seraient, Grover et elle, dans un mois, un an, cinq ans, mais elle espérait, elle priait pour se sentir toujours aussi à l'aise, aussi protégée avec lui qu'elle l'était à cet instant.

Au son du cœur de Grover, qui battait sous son oreille, Sierra tomba dans un sommeil profond et sans rêves, certaine que Grover la défendrait de tous les monstres qui pouvaient se cacher dans l'obscurité.

<h1 style="text-align:center">CHAPITRE QUINZE</h1>

Grover posa le dernier carton de déménagement sur le sol du nouvel appartement de Sierra. Grâce à l'aide de Doc, Lucky et Trigger, en plus des déménageurs, il ne leur avait guère fallu de temps pour décharger toutes ses affaires.

— On dirait bien que c'est bon, dit Lucky.

— Je ne sais pas comment vous remercier, leur dit Sierra. Comment est-ce que je pourrais vous rendre la pareille ?

Grover ouvrit la bouche pour dire qu'ils ne l'avaient pas aidée en espérant quoi que ce soit en retour, mais Doc fut plus rapide.

— Tu peux venir chez nous ce week-end. Ember meurt d'envie de te rencontrer, et les autres aussi.

— J'adorerais ! s'exclama Sierra avec excitation.

— Super. Dimanche, ça irait ? À partir de deux heures de l'après-midi, à peu près. On fera un barbecue, quelques steaks, un truc tranquille.

— Tranquille, c'est ça, dit Trigger avec un petit rire.

Les autres rirent à leur tour.

— Dès qu'on se voit, c'est le chaos total. Ce n'est jamais vraiment tranquille. Et si tu ajoutes les deux bébés, Logan, et Bria, c'est un bazar complet, expliqua Grover devant l'air confus de Sierra.

— Ça a l'air... sympa, fit Sierra en souriant.

145

— Les gars sont désolés de ne pas avoir pu venir t'aider aujourd'hui, lui dit Trigger. Avec cette fichue milice qui n'a pas cessé de harceler les gens qui entrent ou sortent de la base, on nous a rajouté des tours de garde.

— Pas de souci, on n'avait pas besoin d'être plus. Je n'ai pas tellement d'affaires, comme vous pouvez le constater, répondit Sierra. Elle est vraiment dangereuse, cette milice Strong Foot ?

Le changement de sujet était abrupt, mais les yeux de Sierra brillaient d'inquiétude.

— Ils sont surtout agaçants, la rassura Trigger. Ils essaient de forcer les soldats et leurs familles à réagir pendant qu'ils font la queue pour entrer sur la base. Ils n'enfreignent aucune loi, puisqu'ils veillent à rester sur la propriété publique, mais ils ont fait peur à assez de gens pour que le commandant décide d'augmenter la sécurité, par prudence.

Sierra hocha la tête.

— Qu'est-ce qui les contrarie, exactement ?

— Qu'est-ce qui ne les contrarie *pas*, surtout, contra Lucky. Ils sont anti-gouvernement et pensent que l'armée est la source de tous les maux. Ils considèrent que quiconque travaille pour le gouvernement est leur ennemi.

— Et donc, qu'espèrent-ils accomplir en harcelant tous ceux qui visitent la base ? Ce n'est pas comme si vous alliez démissionner... si ? demanda Sierra.

— Non, répondit Grover. La plupart des manifestants sont jeunes. On dirait qu'ils ont dans la vingtaine d'années, à quelques années de plus ou de moins. Je pense qu'ils n'ont rien d'autre à faire et qu'ils se sont regroupés naturellement. L'union fait leur force, un truc comme ça. Pour l'instant, ils font ça pour s'amuser.

— Il y en a un qui est plus vieux que les autres, fit remarquer Trigger. Il reste en retrait, généralement, et laisse les autres s'occuper d'invectiver les soldats. Un peu moins d'un mètre quatre-vingt, avec une barbe et des cheveux mi-longs ?

— C'est vrai, je l'ai vu aussi. On sait quelque chose sur lui ? demanda Lucky.

— Non. Mais peut-être que ce ne serait pas une mauvaise

idée de se renseigner. Si c'est le meneur du groupe, et qu'on peut s'en débarrasser, les autres retourneront sûrement à San Angelo ou je ne sais où sans faire de manières, dit Trigger d'un ton méditatif.

— Ça vaut le coup d'essayer, approuva Grover. Si on coupe la tête, le corps est inutile.

Il jeta un regard à Sierra et sourit en la voyant grimacer.

— C'est dégueu, fit-elle.

— Mais il n'a pas tort, dit Lucky. Tu as encore besoin d'aide pour quoi que ce soit ?

Sierra balaya du regard les cartons empilés au hasard dans le petit appartement.

— Non, ça ira. Merci encore d'être venus m'aider.

— On a l'habitude, la rassura Lucky.

— On se voit ce week-end, lui rappela Doc.

— J'ai hâte, répondit Sierra en souriant.

— Ne sois pas surprise si les filles en parlent dans votre conversation, la prévint Trigger. Elles aiment répartir qui apporte quoi. Tu sais, pour savoir qui prend les desserts et qui prend l'alcool.

Lucky se mit à rire.

— Vous vous souvenez de cette fois où on ne s'était pas mis d'accord et on avait tous apporté de la viande et des trucs au chocolat ?

— Si mes souvenirs sont bons, ça n'avait dérangé personne, lança Grover. On avait mangé toute la viande et les filles s'étaient gavées de desserts.

Sierra gloussa.

Trigger, Lucky et Doc lui firent un signe de tête avant de sortir de l'appartement.

— Alors, par quoi tu veux commencer ? lui demanda Grover.

— Tu ne dois pas retourner au travail ?

— Nope. Mon commandant m'a donné ma journée. Il a l'habitude qu'on demande une permission pour aider nos copines à emménager. Je pense qu'on devrait commencer par assembler ton lit. Il faudra bien que tu dormes.

Sierra haussa un sourcil.

— Non, ce n'est pas une proposition, dit Grover avec un rire. Même si… ce n'est pas une mauvaise idée.

Elle rit à son tour.

— Quel homme, vraiment.

— Yep, dit-il en se rapprochant d'elle.

Sierra recula au fur et à mesure de son avancée jusqu'à ce qu'elle se retrouve adossée à un mur.

Grover plaça ses mains de chaque côté de sa tête et se pencha en avant.

— Et je voudrais faire remarquer que ce n'est pas moins qui ai lancé l'idée, mais toi. Je n'ai fait qu'émettre un commentaire innocent sur ton lit, c'est toi qui en as fait un sous-entendu sexuel.

Elle posa les mains sur son torse, et Grover en voulut brièvement à son haut d'uniforme d'être rentré dans son pantalon, empêchant Sierra de glisser les mains dessous.

— Est-ce que tu peux m'en vouloir ? Après ce qui s'est passé ce matin ?

Grover sourit. Il s'était réveillé tôt, comme à son habitude, et n'avait pas pu résister à la tentation de la dévorer. La voir se réveiller à la sensation de sa bouche entre ses jambes avait été si sensuel, si sexy qu'il avait failli oublier de mettre un préservatif avant de la pénétrer.

— Tu es irrésistible, dit-il. Ce n'est pas de ma faute.

— Pas de ta faute, c'est ça, le taquina-t-elle. Ta langue s'est juste *accidentellement* retrouvée entre mes jambes, et ta queue s'est enfoncée profondément dans mon corps comme par magie.

Grover éclata de rire. Mon Dieu, ce qu'il aimait cette femme. Il pencha la tête et frôla du nez la peau sensible près de son oreille. Il avait découvert le matin même à quel point elle aimait qu'on la touche et qu'on la lèche à cet endroit-là.

— Ce n'est pas juste, marmonna-t-elle, tout en penchant la tête sur le côté pour lui donner la permission tacite de continuer.

Grover déplaça ses mains jusqu'à sa taille et s'efforça de

résister à la tentation de lui enlever son chemisier. Il voulait vraiment l'aider à assembler son lit. Le reste pouvait sûrement attendre, mais elle aurait besoin d'un endroit où dormir. Il n'aimait pas l'idée de la savoir ici, seule sans lui, mais il l'écarta de son esprit. Elle voulait, et elle avait besoin, d'être indépendante. Il avait survécu trente-trois ans sans elle, il pourrait survivre à une nuit ou deux tout seul. En tous cas, il l'espérait.

Ses petites provocations laissèrent finalement place à une session plus intense. En dépit de ses meilleures intentions, l'une de ses mains finit sous le chemisier de Sierra, l'autre entre ses jambes. Il la fit jouir là, contre le mur, et c'était si sexy. Il n'avait pas beaucoup de place où bouger sa main dans son pantalon, la stimuler représentait donc un défi certain, mais il jugeait qu'il ne s'en était pas trop mal sorti vu la manière dont elle gémissait et ondulait contre lui.

Une fois qu'elle eut joui, il sortit les doigts de son pantalon et les lécha jusqu'à en enlever toute trace de son liquide. La rougeur qui couvrit le visage de Sierra était une image dont il ne se lasserait jamais.

— Je n'en reviens pas que tu aies fait ça, dit-elle.

— Tu n'as qu'à pas être aussi tentante, rétorqua-t-il.

— Alors ça aussi, c'était de ma faute ?

— Yep, répondit Grover sans le moindre remords.

L'air de détermination qui traversa son visage la trahit, et Grover attrapa sa main avant qu'elle n'ait pu se saisir de sa queue.

— Nope, dit-il. Il faut qu'on monte tes meubles.

Il jeta un œil à sa montre.

— En plus, il se fait tard. Il va falloir te nourrir.

Elle émit un grognement.

— Et ça, alors ? dit-elle en désignant son érection d'un signe de tête.

— Ça peut attendre. Cette fois, c'était toi qui étais à l'honneur.

Grover tendit la main vers elle mais elle se décala en secouant la tête.

— Ce n'est pas contre toi, mais il va falloir que tu laves cette main avant de faire quoi que ce soit d'autre.

Grover eut un rire.

— D'accord. Va dans la chambre et regarde où tu veux installer le lit. J'arrive dans une minute.

— OK. Grover ?

— Oui, Petit Pois ?

— Je suis heureuse.

Trois mots. Tout ce qu'il fallait pour que Grover se sente content et satisfait.

— J'en suis ravi. Moi aussi.

Ils échangèrent un sourire avant que Sierra ne se détourne pour aller dans la chambre. Grover se dirigea vers la cuisine pour s'y laver les mains, pensant à combien sa vie avait changé en si peu de temps. Lorsqu'il était parti pour l'Afghanistan, il n'avait pas de plan précis en tête, mais une fois qu'il s'était rendu compte que la meilleure manière de découvrir ce qui était arrivé à Sierra était de se laisser capturer, il n'avait pas hésité. Et il le referait sans plus d'hésitation si cela signifiait qu'il pouvait entendre Sierra lui dire qu'elle était heureuse.

Il avait de la chance, il le savait. Sa capture aurait pu se terminer autrement. Mais Sierra valait toute la douleur et l'in-certitude qu'il avait endurées. La voir s'épanouir, rire, rougir, sourire, valait toutes les difficultés qu'il avait traversées. Sierra était libre. Et elle était sienne. Il lui faudrait encore du temps avant de redevenir normale, quelle qu'en soit sa définition, mais elle y parviendrait. Il n'en doutait pas une seconde.

* * *

Le soir même, Sierra, allongée dans le lit de Grover, se demandait comment elle y avait atterri. Elle avait réellement eu l'intention de passer la nuit dans son nouvel appartement. Elle ne voulait surtout pas abuser de l'hospitalité de Grover. Mais après l'avoir aidée à assembler son lit, Grover l'avait convaincue de déballer quelques affaires. Ils avaient ensuite installé quelques meubles avant de retourner chez lui pour le déjeuner, puis enchaîné avec une après-midi relaxante ensemble avant que Grover ne lui cuisine à dîner.

Il avait préparé des côtes de porc à l'orange, et l'avait persuadée de rester un peu admirer le coucher de soleil depuis le grenier. Ils avaient perdu la notion du temps en discutant, assis sur le canapé en cuir, et avant même de s'en rendre compte, elle bâillait et avait du mal à garder les yeux ouverts.

Grover lui avait dit qu'il serait trop dangereux pour elle de conduire jusqu'à son appartement, fatiguée comme elle l'était. De toute façon, elle avait oublié de sortir ses draps de ses cartons ; elle ignorait où ils étaient rangés, en plus. Comme sa valise était toujours chez lui, il était logique qu'elle y passe la nuit.

Dès l'instant où ils s'étaient glissés sous les draps, ils n'avaient pu se retenir, et elle était nue avant même de s'en rendre compte, à califourchon sur Grover. Elle l'avait chevauché longtemps ; elle adorait être au-dessus. Lui aussi avait adoré, à en juger par ses gémissements et le fait qu'il ne semblait pouvoir détacher ses yeux d'elle.

Elle repensa à ce qu'elle avait dit à Grover plus tôt dans la journée, sur le fait qu'elle était heureuse. Elle avait oublié ce qu'était la joie, le contentement. Pendant sa captivité, toute sa concentration était focalisée sur la tâche de survivre à chaque journée, sans devenir folle de solitude. Une expérience qui avait l'étrange effet d'arrêter le temps, les mois semblant se changer en années.

Il lui restait encore tant de choses à décider, entre autres, ce qu'elle allait faire pour gagner de l'argent. Mais elle avait un petit ami incroyable qui veillait sur elle, un groupe d'amies qui l'avait accueillie à bras ouverts sans même la connaître, un toit, même au-dessus d'un appartement dans lequel elle n'avait pas encore dormi, et à manger. Elle avait tellement de chance. Malgré tout ce qui lui était arrivé, elle n'éprouvait aucune amertume. Comment le pourrait-elle, avec Grover à ses côtés ?

Elle se blottit contre lui et sourit lorsqu'il serra sa main un peu plus fort. Elle était allongée sur le côté près de lui, les jambes relevées, et ils se tenaient la main. C'était ainsi qu'ils avaient dormi toutes les nuits, au Refuge, et cela semblait encore plus intime maintenant qu'ils avaient fait l'amour.

— Dors, Petit Pois, dit Grover d'une voix endormie.

Sierra embrassa son épaule nue et hocha la tête.

— Toi aussi.

— Maintenant que tu es là, pas de problème.

Savoir que Grover avait autant besoin d'elle qu'elle de lui était une sensation enivrante. Il avait fini par avouer plus tôt dans la soirée qu'il avait en réalité bel et bien fait quelques cauchemars après leur séjour au Nouveau-Mexique, quand elle était chez ses parents et lui de retour au Texas. Elle détestait qu'il se sente encore responsable de sa captivité, et soupçonnait qu'elle ne parviendrait jamais à le faire se sentir autrement. C'était le genre d'homme qu'il était.

Fermant les yeux, pleine de contentement, Sierra s'endormit.

* * *

Cory Holliday nettoyait son fusil sans même devoir réfléchir à ses mouvements. À l'âge de huit ans, il savait déjà assembler et démonter n'importe quelle arme en moins de dix secondes. Son père y avait veillé.

Beaucoup de gens diraient sans doute que Cory avait eu une enfance difficile, mais ce n'était pas comme ça qu'il voyait les choses lui-même.

Son père était soldat de la marine, avait tout donné pour son pays... avant d'être renvoyé de l'armée, exclu pour cause d'indignité. Tout ça pour une accusation de merde que le gouvernement n'avait jamais réussi à prouver. À son retour chez eux, il n'était plus l'homme fier dont Cory se souvenait. Il était amer, colérique, et jurait de se venger.

Après son retour déshonorant, son père n'avait plus qu'un seul but en tête : montrer au monde entier à quel point l'armée était corrompue et abusive. Il avait transmis sa haine à Cory, lui avait appris à haïr le gouvernement autant que lui.

Si son père était encore en vie aujourd'hui, Cory savait qu'il serait fier de lui. Fier de se tenir à ses côtés, de prendre part à ce qu'il avait prévu pour les soldats lobotomisés stationnés à Fort Hood, et tous les autres qui travaillaient ou vivaient sur la base.

Cory était tout à fait prêt à passer à la prochaine étape de son plan. La milice Strong Foot était installée à Killeen depuis plusieurs semaines. Plusieurs douzaines de membres avaient fait le trajet, et protestaient tour à tour à l'entrée principale de Fort Hood. Cory adorait voir le malaise qui se dessinait sur les visages des soldats, des contractuels et de leurs familles lorsqu'ils entraient ou sortaient de la base.

Le gros de leur groupe campait juste en dehors des limites de la ville, mais Cory avait sélectionné une dizaine de ses fidèles les plus jeunes et les plus loyaux pour une mission encore plus importante. La vraie raison pour laquelle ils se trouvaient à Killeen.

Ils se planquaient actuellement tous les onze dans une vieille maison abandonnée. Ils avaient fait suffisamment peur aux voisins pour que personne n'ose appeler la police. Mais l'endroit ne suffirait pas à provoquer le genre d'impact dont ils avaient besoin. Non, il leur fallait une maison plus grande, plus chic, et occupée de préférence.

Une maison dont l'explosion ferait frémir d'horreur le public.

Ils avaient aussi besoin d'un appât.

Cory savait que squatter la maison de quelqu'un au hasard ne suffirait pas. Non, il fallait quelque chose qui attire les reporters. Qui attire les *militaires*, et les pousse à faire leur possible pour récupérer la maison. Cory et son groupe pourraient les provoquer, leur forcer la main. Les pousser à utiliser la force pour mettre fin au siège. Comme à Waco. Le pays entier avait été horrifié par les actions du gouvernement à l'époque, et Cory voulait recréer le même genre d'événement.

Il était prêt à mourir pour sa cause. Comme le seraient ses fidèles. En échange de leur sacrifice, il devait s'assurer que le pays entier les regarderait, que les gens constateraient d'eux-mêmes à quel point le gouvernement était hors de contrôle. Le monde entier devait assister à leurs assassinats ; et enfin, les citoyens de ce grand pays se débarrasseraient du bandeau qui les aveuglait depuis tout ce temps. Ils se soulèveraient contre la tyrannie qu'ils subissaient sans même en avoir conscience.

Mais, encore une fois... ils auraient besoin d'un appât. Un soldat respecté, décoré, à faire miroiter devant les yeux des militaires. Pour les mettre au défi de secourir l'un des leurs.

Cory attendait et surveillait les portes de l'enfer, aussi connues sous le nom de Fort Hood, à la recherche de la personne parfaite. Il lui fallait quelqu'un d'un rang assez élevé pour que les hauts gradés s'inquiètent de le perdre. Un simple soldat ne suffirait pas. Lui et ses fidèles avaient suivi les soldats jusque chez eux depuis plusieurs jours, mais ils n'étaient pas encore tombés sur une maison qui conviendrait à leur plan. Elles étaient toutes trop petites, dans des quartiers peuplés. Trop peuplés pour que Cory et ses hommes soient certains de pouvoir contrôler la situation.

Ils devaient faire preuve de patience. Ils finiraient bien par trouver le soldat parfait. Peut-être quelqu'un qui avait une famille. Les enfants tendaient à décupler l'émotion du public.

— Passez-moi un joint, lança Adam.

Cory était assis au fond de la pièce, à nettoyer mécaniquement son fusil, se contentant d'observer Sam, Cameron, Rob, Adam et Zeke qui fumaient de l'herbe.

Brody, Alan, Tony, Luis et Kevin étaient de garde. Ils se tenaient devant la base, parmi les autres membres de la milice, et harcelaient tous ceux qui circulaient. S'ils pouvaient gagner des alliés grâce à leurs protestations, tant mieux. Mais les nouveaux arrivants ne seraient pas mêlés au grand plan, ni le reste de leur groupe, les dizaines de membres qui avaient rejoint les manifestations... et auxquels Cory ne faisait pas assez confiance pour l'aider à réaliser sa volonté.

Les dix jeunes hommes qu'il avait choisis venaient de San Angelo, d'où était originaire leur mouvement. Ils étaient jeunes, plusieurs d'entre eux avaient arrêté le lycée, et la promesse d'avoir accès gratuitement à de la drogue suffisait à les contrôler. Eux-mêmes n'étaient pas au courant de son plan ultime, mais ce n'était pas nécessaire. Ils étaient de vrais fidèles.

Ils feraient ce qu'il leur demandait, sur un simple ordre de sa part.

Posant son fusil au sol, Cory attrapa le petit paquet d'herbe à côté de lui et s'approcha pour le tendre à Adam.

— Merci, mec.

Cory hocha la tête et retourna à son emplacement contre le mur. Il saisit son fusil et reprit son travail mécanique de nettoyage. Une fois qu'ils auraient trouvé leur cible, ils se rendraient au container qu'il avait loué quelques mois plus tôt pour y récupérer le reste de leur arsenal. Le lance-roquette et les autres armes montreraient à l'armée américaine qu'ils étaient sérieux, et les forceraient à se battre avec une violence égale à la leur.

Souriant, Cory s'appuya contre le mur et ferma les yeux. Bientôt. Tout son travail porterait ses fruits, et son père serait vengé. Ils n'avaient plus qu'à trouver la cible et l'endroit parfaits. Et le spectacle pourrait commencer.

CHAPITRE SEIZE

— Si ça devient trop pour toi, dis-moi, et on s'en ira, dit Grover.

Sierra lui sourit. C'était dimanche, et ils étaient en route vers la maison de Lucky pour leur petite fête. Le plan d'origine était de se retrouver tous chez Doc, mais en discutant des détails sur leur conversation de groupe, les femmes avaient finalement décidé que la maison de Lucky serait plus appropriée.

— D'accord.

Elle ne fit pas semblant d'être sûre qu'elle s'en sortirait très bien, puisqu'ils savaient tous les deux que ce ne serait pas forcément le cas. Elle avait beau adorer passer du temps avec les autres, elle avait appris quand elle était dans le Colorado que c'était plus difficile pour elle qu'elle ne l'aurait pensé. Sa psychologue l'avait rassurée sur le fait que sa facilité à sociabiliser avec de grands groupes reviendrait petit à petit, mais pour l'instant, elle ne se forçait pas.

Elle avait prévu de dormir dans son nouvel appartement la veille, mais s'était finalement endormie sur le canapé de Grover. Le matin, ils s'étaient rendus dans son appartement pour y déballer plus de cartons, mais elle avait fini par avoir besoin d'un peu d'air frais, et ils étaient donc retournés sur la propriété de Grover, où elle l'avait aidé à jardiner. Elle avait pris son petit tracteur pour tondre la pelouse, une expérience inédite, tandis que lui coupait à la débroussailleuse.

Grover leur avait à nouveau préparé un dîner incroyable et avait allumé Netflix pour mettre la série *Cheer*, qu'il affirmait ne jamais regarder seul mais qui pourrait plaire à Sierra, d'après lui. Elle ne savait pas quand elle s'était endormie, mais elle se souvenait vaguement qu'il l'avait portée jusqu'à la chambre, où elle s'était blottie contre lui. Ce n'était qu'en se réveillant chez lui le dimanche matin qu'elle s'était rendu compte qu'elle avait passé la nuit sur place et non dans son propre appartement.

Et Trigger avait eu raison. Gillian avait lancé une longue journée de messages dans leur conversation, portant sur leur heure d'arrivée à tous et ce qu'ils apporteraient. C'était sympa de se sentir incluse. Elle n'avait pas beaucoup participé, mais elle adorait entendre le *ding* de son téléphone lorsqu'elle recevait un nouveau SMS.

Grover gara sa Jeep Grand Cherokee le long de la route, l'allée de chez Lucky était déjà remplie des voitures de ses camarades.

— Zut, on est les derniers ? demanda Sierra. Je croyais que les autres prévoyaient d'arriver vers quatre heures. Il n'est que trois heures et demie.

Grover éteignit le moteur et se tourna vers elle.

— Ils sont sournois, se contenta-t-il de déclarer.

Sierra lui jeta un coup d'œil méfiant.

— Ils avaient prévu d'arriver avant nous ? Pourquoi ?

— Parce qu'ils saisissent n'importe quelle excuse pour faire la fête, probablement, dit Grover. Viens, allons voir.

Sierra descendit de la voiture et attrapa le sac contenant les cookies qu'elle avait préparés dans la matinée avec l'aide de Grover. Il lui prit le sac et lui tint la main à la place tandis qu'ils remontaient l'allée qui menait à la maison.

— J'adore mes amis, mais je sais qu'ils peuvent en faire un peu trop, parfois. Surtout quand on est tous ensemble. Quand il n'y avait que nous, les hommes, on pouvait se retrouver et passer un moment tranquille, assis ensemble à discuter. Mais maintenant que tout le monde est en couple et qu'il y a des enfants dans l'équipe... notre petit groupe de sept personnes en compte dix-huit, toi incluse. Et si Brain et Aspen ont aussi invité leur voisine de quatre-vingt-dix ans et quelques, sa petite-fille et son petit-fils par alliance, on sera plus que ça. Je suis très sérieux quand je te dis que si tu as besoin de partir, on s'en ira.

Sierra ne pouvait nier qu'elle était nerveuse de voir autant de gens d'un coup, mais ce n'était pas comme si elle rencontrait de parfaits inconnus. C'étaient les meilleurs amis de Grover. Et toutes leurs femmes, qui avaient été si gentilles avec elle par message au cours du mois passé, et qu'elle avait hâte de rencontrer enfin en personne.

— Merci, lui dit-elle. Je verrai comment ça se passe. Et c'est pareil pour toi. Si jamais tu commences à fatiguer, je serais ravie qu'on retourne se détendre chez toi.

Grover se pencha, et Sierra bascula la tête en arrière pour l'accueillir. Il l'embrassa avec fougue, puis se recula pour la regarder. Elle n'arrivait pas à déchiffrer son expression, mais au bout d'un moment, il hocha la tête.

— C'est parti, déclara-t-il sobrement.

Il ne frappa pas à la porte, tournant simplement la poignée pour entrer dans la petite maison.

Sierra eut le temps d'apercevoir des gens partout dans la pièce avant qu'on ne les remarque.

— Ils sont là ! appela une femme blonde.

Grover et Sierra furent immédiatement entourés de femmes qui s'exprimaient dans un unisson bruyant.

— Je suis si heureuse de te rencontrer enfin en personne !

— Tu es toute petite !

— Tu as l'air super en forme, Sierra !

— Dieu merci, tu es là !

— Ton appartement te plaît ?

Sierra ne put s'empêcher de rire.

— Je suis là, acquiesça-t-elle. Vous parlez toujours toutes en même temps ?

Trigger s'approcha et passa son bras autour de la femme blonde ; Gillian, supposa Sierra.

— Elles sont un peu surexcitées. Elles ont travaillé dur pour te faire la surprise.

Il désigna la pièce d'un geste, et Sierra découvrit une bannière en papier faite main, accrochée au mur de la salle à manger. Les mots BIENVENUE À LA MAISON, SIERRA étaient inscrits dessus.

— On s'est dit que ça avait une double signification, expliqua Gillian. Bienvenue aux États-Unis, chez toi, et peut-être aussi ici, à Killeen, ta nouvelle maison.

Encore ce fichu chatouillement dans le fond de sa gorge. Sierra leur fit un grand sourire.

— Merci.

— Viens, dit une femme à peine plus grande qu'elle en faisant un geste vers les portes vitrées. Les enfants jouent dehors, et on a installé un endroit pour s'asseoir. Les gars ont monté deux auvents pour qu'on puisse être à l'ombre sans être tous collés sur la terrasse pendant qu'ils s'occupent du barbecue.

— Peut-être qu'elle préfère rester d'abord un peu dedans, Kinley, dit une autre femme.

— Et si on se présentait, avant de passer à la suite ? suggéra Ember.

Sierra savait qu'il s'agissait d'Ember parce que... bah... c'était une star. Elle était aussi belle que sur les photos. Sa peau parfaite n'avait aucun défaut. Ses cheveux noirs crépus étaient à peine retenus par un chouchou dans sa nuque. Elle ne portait pas de maquillage, mais Sierra décida que ça lui allait encore mieux, la faisait paraître plus détendue, plus naturelle que les photos de ses réseaux sociaux.

— Je suis Ember, dit-elle.

— Je sais, répondit Sierra avec une certaine timidité. Je ne saurais te remercier assez pour l'appartement. Sérieusement. Dès que je trouve ce que je vais faire de ma vie, je te rembourserai.

Ember agita la main et haussa les épaules.

— Ce n'est rien. De toute façon, il était vide, donc je suis contente que tu l'utilises. Et j'espère qu'après avoir vu mon gymnase, tu décideras de m'y aider.

— Pas si vite ! intervint Devyn, que Sierra reconnaissait aussi grâce aux photos de famille qui parsemaient la maison de Grover. Peut-être qu'elle décidera de venir travailler avec moi à la clinique vétérinaire.

Sierra fonça les sourcils.

— Mais je n'y connais rien, aux animaux.

— On a toujours besoin de réceptionnistes, contra Devyn d'un air tout à fait insouciant.

— Moi, je suis Gillian, et j'adorerais que tu m'aides avec mes événements, si ce genre de choses t'intéresse.

Grover leva la main.

— Du calme, mesdames. Tout d'abord... Sierra, voici Gillian, Ember, Devyn, Kinley, Aspen, et Riley.

Il désigna les femmes tour à tour, et Sierra fut soulagée d'en connaître déjà trois ; elle avait l'impression qu'elle aurait eu du mal à se rappeler de toutes autrement.

— Et ensuite, je suis sûr que Sierra sera ravie de traîner avec vous et de vous accompagner au travail, mais elle n'est pas à votre entière disposition comme vous semblez le penser, ajouta-t-il d'un ton sarcastique.

Sierra lui sourit.

— Tout va bien, le rassura-t-il.

— Non, il a raison, dit Kinley en souriant. On se comporte comme une horde de hyènes prêtes à sauter sur la nouvelle arrivée. On est juste très heureuses que tu sois là, et en bonne santé. Et, bien sûr, on voudrait t'aider à t'installer ici. Si tu as besoin de quoi que ce soit, tu n'as qu'à demander.

— Absolument, dit Riley avec un grand sourire.

Elle tenait un bébé contre sa poitrine, et Sierra ne put s'empêcher de remarquer comme elle avait l'air heureuse.

Aspen hocha la tête.

— Tu es la bienvenue dans l'ambulance avec moi, mais ce n'est pas un travail très excitant... jusqu'au moment où ça le devient d'un coup.

— Et ça veut dire quoi, ça, exactement ? demanda Devyn en fronçant les sourcils.

— Juste qu'on s'ennuie beaucoup, jusqu'à ce qu'on reçoive un appel concernant une personne inconsciente qui a besoin d'un massage cardiaque. Là, ça devient vite très excitant, expliqua Aspen.

— Bon, mesdames, il va falloir déplacer cette conversation jusqu'à l'extérieur, grommela Brain.

Son fils était dans un porte-bébé contre sa poitrine, et la vision de cet homme avec un nourrisson dans les bras, alors qu'elle l'avait vu exécuter des terroristes, fut un peu perturbante pour Sierra.

Il avait dû remarquer qu'elle le regardait, parce qu'il lui fit un clin d'œil.

— Si jamais tu veux porter ce petit monstre, tu me demandes, dit-il.

— Ce n'est pas un petit monstre, protesta Aspen avant de se tourner vers Sierra. Il veut juste qu'on lui donne ce qu'il veut, immédiatement, expliqua-t-elle. Et il le fait savoir.

Tout le monde se mit à rire ; ils étaient visiblement habitués au comportement du jeune tyran.

Elle adorait ça. Qu'ils se connaissent tous aussi bien, et l'aisance dont ils faisaient preuve quand ils étaient ensemble. Même le fait qu'ils parlent les uns par-dessus les autres ne l'ennuyait pas. On aurait dit... une grande famille.

Grover se pencha pour lui embrasser la tempe.

— Je t'apporte un verre. Tu veux quelque chose ?

— De l'eau ? demanda-t-elle.

— Ça marche.

— Allez, viens, on a *plein* de choses à se raconter, dit Gillian avec un grand sourire.

Si elle avait été n'importe où ailleurs, ailleurs qu'aux côtés d'hommes qui lui avaient littéralement sauvé la vie, elle aurait été réticente à l'idée de quitter Grover. Mais même si elle venait à peine de rencontrer ces femmes, elle les *connaissait*. Elle leur parlait par messages depuis un mois. Elles étaient amicales et exubérantes et drôles, et elle savait que chacune d'elles avait traversé son propre genre d'épreuve, ce qui créa une connexion instantanée entre elles.

— Je prends le sac, dit-elle à Grover en tendant la main. J'ai comme l'impression qu'on aura besoin de sustentation.

— Dis-moi qu'il y a quelque chose de sucré dedans, implora Kinley.

— C'est des cookies menthe-chocolat, répondit Sierra.

— Oh, oui, tu vas t'intégrer très vite, plaisanta Rley.

— Hé ! Elle est là ? appela un petit garçon en entrant dans la maison en courant.

— Oui, Logan, Sierra est arrivée, dit Oz à son neveu.

Sierra regarda le petit, qui avait les mêmes cheveux bruns et les mêmes yeux gris que son oncle. Il était aussi étonnamment grand pour son âge.

— Salut, dit-elle.

Logan l'étudia un moment, avant de s'avancer vers elle et de lever la main. Sierra n'eut pas le temps de se rendre compte de ce qu'il faisait avant qu'il ne passe sa main légèrement sur les cheveux qui couvraient le côté de sa tête.

Oz et Grover bougèrent au même instant. Sierra sentit le bras de Grover autour de sa taille la tirer en arrière, tandis qu'Oz attrapait le poignet de Logan et retirait doucement sa main.

— Quoi ? Qu'est-ce que j'ai fait ? demanda Logan en regardant son oncle d'un air confus.

— Ce n'est pas poli de toucher les gens sans leur permission. Tu te souviens de ce méchant garçon dans ta classe, et de la petite fille qu'il avait touchée ? demanda Riley.

— Mais... je voulais toucher ses cheveux. Pas ses *seins*.

Il finit sa phrase en chuchotant, comme si c'était un gros mot.

— Ce n'est pas grave, dit Sierra, qui se sentait mal de voir Logan aussi triste.

— Si, répliqua fermement Oz.

— Je n'avais jamais vu une fille avec la tête rasée. C'est trop cool !

Sierra poussa un petit soupir de soulagement. Elle n'avait

pas réellement besoin de l'approbation du petit, mais elle ne voulait pas devoir expliquer pourquoi ses cheveux étaient aussi courts.

— On en discutera plus tard, dit Riley. Retourne dehors voir si Bria va bien, OK ?

— D'accord. Je suis désolé si je t'ai fait de la peine, dit Logan à Sierra.

Elle sourit et hocha la tête, et il ressortit de la maison en courant.

— Je suis vraiment désolé, s'excusa Oz.

— Ce n'est rien.

— Les gens faisaient tout le temps ça à mes sœurs, dit Doc. Elles avaient des afros et des tresses incroyables, et de parfaits inconnus venaient parfois leur toucher les cheveux sans même un mot. Je n'ai jamais compris pourquoi les blancs trouvaient que c'était normal de tripoter les cheveux des noirs sans leur permission.

— Moi aussi, ça m'est arrivé souvent, ajouta Ember.

— C'est un peu étrange, dit Sierra. Je n'irais jamais toucher les cheveux de quelqu'un sans autorisation. Et je suis sûre que si je faisais ça à un enfant, ses parents seraient furieux. Mais la différence, c'est que je suis une adulte, je sais que le consentement, c'est important. Je ne pense pas que Logan réfléchissait à ça, et je sais qu'il n'avait pas de mauvaises intentions.

Ember sourit.

— Et il avait raison sur un point... tes cheveux sont trop cool.

Sierra faillit lever les yeux au ciel. Elle n'en était pas certaine, mais c'était toujours sympa à entendre.

— Tu devrais les garder courts, approuva Riley.

— J'y réfléchis, à vrai dire, répondit Sierra.

— OK, c'est bon. Dehors, les filles. Vous pouvez parler coiffures et maquillage sans vos hommes, grommela Trigger.

Tout le monde éclata de rire.

— Tu es sûre que tout va bien ? demanda Grover tandis qu'ils se dirigeaient tous vers le jardin.

Sierra leva les yeux vers lui et hocha la tête.

— Merci de ne pas l'avoir fait se sentir encore plus mal, les interrompit Oz.

— Jamais. Il est seulement curieux.

— Je m'assurerai quand même qu'il comprenne pourquoi c'était impoli, la rassura Oz.

— Vraiment, ce n'est rien, insista Sierra. Ce n'est pas le premier, et ce ne sera pas le dernier.

— Ce sera le dernier tant que je serai là, grogna Grover.

Sierra secoua la tête.

— Couché, toi, ordonna-t-elle.

Oz s'esclaffa et lui fit un clin d'œil.

— J'adore voir quelqu'un remettre Grover à sa place, dit-il avant de sortir.

— Après réflexion, j'aurais peut-être besoin d'un verre de vin ou quelque chose dans le genre, dit Sierra à Grover.

— Je m'en occupe, répondit-il. Et, pour info… tu t'intègres parfaitement dans cette drôle de bande.

— Je les aime beaucoup. Ils sont… authentiques.

Lorsque les mots franchirent ses lèvres, elle se rendit compte que c'était la vérité. Personne ne faisait semblant d'être content de la voir. Ils étaient tous affectueux et honnêtes, ils disaient des bêtises, faisaient des blagues avec elle et les autres. Elle n'avait pas l'impression de devoir faire attention à ce qu'elle répondait.

Depuis son retour d'Afghanistan, elle s'efforçait de bien réfléchir avant de parler, par peur de mettre les autres mal à l'aise. Elle ne faisait clairement pas assez confiance aux habitants de son village pour faire part de ses *vrais* sentiments sur ce qui lui était arrivé, à l'exception de ses parents. C'était fatiguant… et c'était maintenant qu'elle en prenait conscience.

Ce groupe-là ne la jugerait jamais pour ce qu'elle disait ou faisait. Sierra le sentait, jusqu'au plus profond de son âme. Elle pouvait réellement se détendre et profiter de leur compagnie.

— C'est sûr qu'ils sont authentiques, dit Grover avec une pointe d'exaspération. Ce qu'ils m'agacent, des fois, ajouta-t-il en grommelant. Tu me gardes un cookie ?

Sierra lui sourit.

— Bien sûr.

— Tu dis ça, mais attends de les voir tous se précipiter dessus comme s'ils n'avaient pas mangé depuis des mois. Surtout Bria, fais bien attention à elle. Si tu la laisses faire, elle te fera du charme jusqu'à t'en prendre une demi-douzaine.

Sierra eut un petit rire.

— Je ferai attention, promit-elle.

Grover ne la lâcha pas des yeux, et Sierra reconnut *le* regard. Elle se passa la langue sur les lèvres et dut se retenir de ne pas l'attirer dans un placard ou dans une salle de bain vide pour lui sauter dessus. Le désir la submergea d'un coup, mais elle ne se sentit pas coupable pendant la moindre seconde, surtout en distinguant un besoin similaire dans l'expression de Grover.

— C'est le moment des filles, dit-il presque avec désespoir. Vas-y, ou elles vont penser qu'on se pelote ou quelque chose du genre. Pas que ça ne leur soit jamais arrivé avec leurs hommes.

Sierra eut un rire. Elle n'avait aucun mal à imaginer les autres s'éclipser en douce avec leurs maris. Cela faisait partie des éléments qu'elle avait remarqués, que personne n'avait peur d'exprimer son affection envers son ou sa partenaire. Se dressant sur la pointe des pieds, Sierra initia le baiser.

Grover n'hésita pas, se penchant pour la rejoindre.

— Je suis heureuse, lui dit à nouveau Sierra.

Elle n'avait pas raté la manière dont son visage s'était adouci la première fois qu'elle avait prononcé ces mots. Si cela suffisait à provoquer cette expression si contente, si satisfaite chez lui, alors elle le répéterait tous les jours pour le reste de leur vie.

— Moi aussi. Allez, va-t'en, va créer des liens.

Sierra souriait encore lorsqu'elle sortit dans le jardin. Dès la seconde où elle passa la porte, une petite fille poussa un cri.

— Des cookies ! s'exclama-t-elle en marchant droit vers Sierra.

Son sourire grandit encore tandis qu'elle se faisait attraper par le jeune monstre à cookie contre lequel on venait de la prévenir.

* * *

Grover était assis, Sierra sur ses genoux, lorsque le portable de Trigger se mit à sonner. Il se raidit, tout comme ses amis. Riley, Oz, Aspen et Brain étaient déjà rentrés chez eux avec leurs enfants, dont l'heure de coucher était bien dépassée. Ils n'avaient pas de raison particulière de penser que l'appel avait trait à leur travail, mais ils étaient conditionnés pour considérer le pire scénario possible lorsqu'on les appelait en dehors de leurs heures réglementaires.

— Trigger, fit son chef d'équipe en décrochant.

Il resta silencieux un moment, à écouter son interlocuteur.

— Bien sûr, mon commandant. Demain matin, première heure. Oui, mon commandant. À demain, dit-il enfin.

Grover se tendit dans l'attente de ce qui allait suivre.

— C'était le commandant Robinson, dit Trigger. On est de garde permanente à l'entrée de la base jusqu'à ce que cette fichue milice Strong Foot décide de passer à autre chose.

— Ils ne peuvent pas juste les virer de là ? demanda Gillian.

— Ils n'enfreignent pas de loi, techniquement. Ils occupent un terrain de propriété publique, répondit Lefty.

— Mais ils harcèlent les gens, grommela Devyn. C'est forcément contre la loi.

— La ligne est floue, dit Doc. Et j'imagine que personne n'a envie d'énerver ce groupe spécifique. Ils ont des connexions avec d'autres milices texanes, et la dernière chose dont on a besoin, c'est que Fort Hood se retrouve à l'épicentre d'un immense rassemblement.

— Et donc vous devez faire quoi, garder l'entrée ? demanda Sierra.

— Oui, en gros. On l'a déjà fait quelques fois depuis le début de cette affaire. Mais le commandant veut surtout assurer aux contractuels, aux civils et au personnel militaire qu'ils ne craignent rien en venant sur la base, expliqua Trigger.

— Ce n'est rien de très inquiétant, dit Grover pour rassurer Sierra et les autres femmes.

— Oui, et puis, pensez-y comme ça : si on est de garde

permanente pour les jours à venir, on ne sera pas déployés, dit Doc en souriant.

— Oh, vraiment ? Parfait, dit Ember. Tu vas pouvoir m'aider avec les mini-matchs d'escrime qu'on a prévus le week-end prochain, alors.

Doc émit un grognement, et Ember lui donna une tape sur le bras.

Ils éclatèrent tous de rire, et Grover sentit Sierra se détendre à nouveau contre lui. Elle s'était redressée quand Trigger avait décroché son téléphone. Il caressa son bras avant de mêler ses doigts aux siens. C'était incroyable à quel point ce simple geste le faisait se sentir mieux.

— Qu'as-tu pensé du Refuge ? demanda Doc à Sierra.

— C'était super. Tellement beau et calme. Les gars qui s'en occupent ont littéralement pensé à tout. La nourriture était aussi bonne que dans un restau cinq étoiles, sans être aussi excessivement chic. Et on pouvait faire tout ce qu'on voulait, ou rien du tout, pendant notre séjour. La psy locale était vraiment bien. Je me suis sentie immédiatement à l'aise avec elle, et même pendant les sessions de groupe, je n'avais pas du tout l'impression que c'était un genre de compétition pour comparer nos malheurs... je ne sais pas si c'est clair.

— Ça l'est, la rassura Doc.

— Et les chalets ? Ils étaient plutôt modernes ou rustiques ?

— Les nôtres étaient modernes. Mais certains étaient plus minimalistes. À vrai dire, ils avaient un peu de tout. Oh ! Et Melba la vache était clairement un des points forts ! termina Sierra avec excitation.

— Ils avaient une vache ? demanda Kinley.

— Yep. Et des chèvres. Et un chien, et des chats. On avait établi une sorte de routine où on allait les voir chaque jour après le petit déjeuner. Melba me manque.

— Pas de souci, Grover a une grange, plaisanta Lucky.

— Oh, oui ! Allez, Fred ! Il te faut une vache ou deux ! Et peut-être quelques-unes de ces petites chèvres myotoniques ! Oh, et des poules ! s'exclama Devyn.

— Pas question, dit Grover avec toute la fermeté dont il

était capable, tout en sachant pertinemment qu'il s'empresserait d'acheter tous ces animaux si Sierra le lui demandait.

Sa sœur fit la moue, et Grover se contenta de lever les yeux au ciel.

Il sentit le rire de Sierra résonner dans son corps, et il fut soulagé qu'elle n'essaie pas pour l'instant de le convaincre d'adopter une ferme entière. Il ne serait pas capable de refuser. Par contre, s'il s'agissait de sa sœur, il n'y avait aucun problème.

Après quelques piques de plus, leur conversation prit un tour plus sérieux. Ember leur parla avec excitation du nombre croissant d'inscriptions dans son gymnase et de son bonheur devant la reprise du contact avec ses parents. Leur relation s'était détériorée pendant un moment, quand Ember avait décidé de renoncer complètement à sa vie d'athlète professionnelle pour venir s'installer au Texas.

Devyn leur parla de quelques cas de sa clinique vétérinaire, et Kinley se lança dans une longue tirade sur l'impolitesse de certaines personnes. En tant qu'assistante de direction, elle était chargée d'organiser l'emploi du temps de son chef, et apparemment, beaucoup de gens s'énervaient d'avoir à lui parler à elle avant de pouvoir le rencontrer.

Tandis que Gillian leur décrivait les détails d'une fête qu'elle était chargée d'organiser, Grover se pencha vers Sierra.

— Tout va bien ? demanda-t-il.

Il s'était assuré de son état au moins une fois par heure, vérifiant qu'elle ne restait pas seulement par politesse. Il était tout à fait évident aux yeux de Grover, et il espérait que ça l'était aussi à ceux de Sierra, que les autres femmes appréciaient réellement sa compagnie. Si elle désirait ou ressentait le besoin de partir, personne ne lui en voudrait.

— Oui, dit-elle.

Elle était assise de côté sur ses genoux, la tête posée sur son épaule. En dépit de sa réponse, elle poussa un long soupir.

— Tu es fatiguée, constata Grover.

— Un peu.

— On va y aller, annonça Grover lorsque la conversation retomba un peu.

— Oui, il se fait tard, acquiesça Trigger.

— On s'entraîne quand même, demain matin ? demanda Doc à leur chef d'équipe. Je demande juste parce que je ne sais pas à quelle heure notre tour de garde commence.

— Oui, confirma Trigger. On maintient, au moins pour demain. J'irai voir le commandant Robinson pour décider de nos rotations. Mais il n'a pas dit qu'on devait arriver plus tôt, donc sauf contre-ordre, on fait comme d'habitude.

— Jogging ou course d'obstacles ? demanda Ember.

— Je sais que ton médecin t'a donné le feu vert, mais je ne sais pas si c'est une bonne idée que tu tentes le saut d'obstacle, commença Doc.

— Jogging, intervint Trigger, tuant dans l'œuf toute dispute potentielle.

— Cool. Ça m'a manqué, et je sais que j'ai perdu la forme, dit Ember.

Kinley se pencha vers Sierra.

— Elle est un peu folle. Elle *aime* s'entraîner avec eux, murmura-t-elle d'un ton dramatique.

— J'imagine que c'est la raison pour laquelle elle est allée aux JO, et pas nous, dit Sierra en riant.

— C'est bien vrai, approuva Kinley.

— Roh, les filles, ce n'est pas si horrible de faire un peu de sport, cajola Ember.

— Si tu le dis. Moi, je reste avec mes donuts et mes grasses matinées, dit Gillian.

— Oooh, des donuts. C'est ce que je préfère, dit Sierra.

— On peut passer en acheter sur le chemin, fit immédiatement Grover.

Devyn eut un gloussement.

— Quoi ? lui demanda Grover.

— Elle te mène par le bout du nez, lui dit-elle.

— Yep, répondit Grover sans ressentir la moindre honte.

— Pas la peine qu'on s'arrête, intervint Sierra.

— Tu veux des donuts, tu auras des donuts, dit-il simplement.

— Super, maintenant, moi aussi j'en ai envie, se plaignit Kinley.

— Si tu viens m'aider au Modern Kid demain, je ferai en sorte d'avoir des petits snacks disponibles dans la salle de pause, la tenta Ember.

— Assure-toi de savoir exactement quel *genre* de snacks, la prévint Devyn. Ember a tendance à n'avoir que des trucs bons pour la santé.

Grover sourit en écoutant les plaisanteries des femmes. On aurait dit qu'elles étaient amies depuis des années, et non depuis seulement quelques jours. Elles s'étaient réellement bien entendues très vite, et il leur était très reconnaissant d'avoir inclus Sierra aussi rapidement.

— D'accord. Je te promets qu'il y aura des roulés à la cannelle, rien que pour toi, dit Ember à Sierra.

— J'avais déjà dit que je viendrais t'aider, ce n'est pas la peine de me soudoyer... mais pour info, les roulés à la cannelle, c'est ce que je préfère, dit Sierra.

— C'est noté. Les premiers cours commencent à dix heures, puisqu'il n'y a pas école. Viens quand tu veux. On sera contents d'avoir de l'aide, Julio et moi.

— Je serai là.

— Parfait.

— Sur ce, dit Grover. Il va vraiment falloir qu'on y aille.

Il se releva, reposant Sierra sur ses pieds au passage. Les autres décidèrent de partir aussi, tant qu'à faire, et tous traversèrent la maison en direction de la porte d'entrée.

Il fallut un peu de temps pour dire au revoir à tout le monde, ce qui fit à nouveau sourire Grover. Une fois qu'ils furent partis, il prit la route de sa maison.

Ce n'est qu'une fois arrivé sur l'allée caillouteuse de sa propriété qu'il se rendit compte qu'il aurait sûrement dû ramener Sierra chez elle. Il n'avait même pas réfléchi à sa destination.

Après s'être garé dans son garage, il se tourna vers elle, prêt à s'excuser et à proposer de la ramener.

Pas la peine de s'inquiéter à l'idée de l'avoir contrariée : elle était profondément endormie, la tête dans un angle étrange, le corps retenu par la ceinture de sécurité.

Elle avait été surexcitée lorsqu'ils s'étaient arrêtés au magasin de donuts, et avait pris son temps pour décider laquelle de ces magnifiques pâtisseries lui faisait le plus envie. Mais visiblement, elle était plus fatiguée qu'elle ne voulait l'admettre, puisqu'elle s'était endormie avant la fin du trajet.

Grover sortit de la voiture et fit le tour jusqu'au côté passager. Il détacha la ceinture de Sierra et la souleva délicatement dans ses bras.

Elle remua.

— On est à la maison ?

— Oui, Petit Pois, on est rentrés.

— OK.

Elle reposa sa tête contre son épaule et resserra sa prise autour de lui.

La confiance qu'elle avait en lui valait de l'or aux yeux de Grover. Il adorait aussi qu'elle pense à sa maison comme la sienne. Enfin, peut-être qu'elle ne savait pas qu'ils étaient chez lui. Elle pensait peut-être qu'elle était à son appartement, mais il soupçonnait que ce n'était pas le cas.

Grover la porta dans les escaliers et la plaça délicatement dans son lit, souriant en la voyant se tourner immédiatement sur le côté et se rouler en boule. Il lui enleva ses chaussures, avant de redescendre dans le garage chercher les donuts, puis de vérifier que toutes les portes étaient bien fermées à clé. Il retourna dans sa chambre, se prépara à se coucher, et puis resta debout près du lit un moment, à regarder Sierra dormir. Il avait laissé la lumière de la salle de bain allumée, au cas où elle se réveillerait pendant la nuit. Il songea à la relever pour qu'elle se change, mais décida que ce ne serait pas un problème qu'elle dorme en jean et en chemisier pour une nuit.

Il monta dans le lit en faisant attention à ne pas la bousculer, mais elle se réveilla à moitié malgré ses efforts.

— Grover ?

— Oui, c'est moi.

— Je me suis bien amusée, ce soir.

— Moi aussi.

— Ça valait le coup de t'attendre.

Grover se figea à ces mots. Si elle voulait dire ce qu'il *pensait* qu'elle voulait dire, il ne savait pas s'il était prêt à l'entendre.

— Je serais restée encore une année de plus dans cette caverne si ça voulait dire que je pouvais finir ici avec toi.

Seigneur. Elle voulait *vraiment* dire ce qu'il pensait.

Il ne put retenir ses mots plus longtemps.

— Je t'aime, dit-il d'une voix basse et un peu rauque.

Elle soupira et se rapprocha un peu de lui.

Grover se rendit compte qu'elle était encore presque complètement endormie. Qu'elle n'avait sûrement aucune idée de ce qu'elle venait de dire... ni de ce qu'il avait répondu. Mais ce n'était pas grave. Il ne voulait pas l'effrayer en lui faisant de grandes déclarations aussi tôt dans leur relation. Ce qui ne l'empêchait pas d'être certain de ce qu'il disait.

Il attrapa sa main et referma ses doigts sur les siens, se sentant plus à sa place que jamais. Fermant les yeux, il s'endormit.

CHAPITRE DIX-SEPT

Grover était de bonne humeur. Il avait été réveillé en pleine nuit par Sierra, agenouillée entre ses jambes. Elle avait sorti sa queue et l'avait entourée de sa bouche avant même qu'il ait vraiment compris ce qui se passait. Après ça, il n'avait pu que se retenir d'exploser trop tôt. Lorsqu'il avait atteint sa limite, il l'avait repoussée sur le matelas et l'avait baisée avec force.

Il l'avait laissée dormir pendant qu'il se rendait à l'entraînement avec le reste de son équipe, et à son retour, ils avaient pris un petit déjeuner pas vraiment nutritif composé de donuts et de café. Grover ne se souvenait pas avoir déjà ri autant que ce matin-là. Plus il passait de temps avec Sierra, plus il *voulait* en passer avec elle.

Au cours des jours passés, il avait bien vu par moments qu'elle pensait à ce qui lui était arrivé, mais elle s'efforçait vite d'oublier ses démons et de se concentrer sur l'instant présent. Ce qui était remarquable, mais bien qu'il admire sa force d'esprit, il soupçonnait tout de même qu'il faudrait garder un œil sur elle pour s'assurer qu'elle gère bien les émotions négatives provoquées par sa captivité.

En se garant devant le Modern Kid vers neuf heures ce matin-là, après avoir prévenu Trigger qu'il serait un peu en retard au travail, il dut se forcer à penser au fait qu'il verrait

Sierra le soir. Elle avait dit qu'Ember la ramènerait chez lui une fois qu'elles auraient fini leur journée au gymnase.

— Passe une bonne journée. Et n'hésite pas à prévenir Ember quand tu as besoin d'une pause, lui dit-il.

— Elle est toujours à fond, hein ?

— Oui, quasiment. Doc a eu tellement de mal à la convaincre de ne pas en faire trop quand elle s'est fait tirer dessus.

Sierra secoua la tête.

— Je n'en reviens toujours pas de ce qui lui est arrivé. Ni, d'ailleurs, du fait que je m'apprête à passer la journée avec *Ember Maxwell.*

Grover sourit. Il lui avait fallu un peu de temps pour s'habituer, lui aussi.

— Amusez-vous bien. Et souviens-toi, si ça ne te plaît pas, tu n'as pas à lui promettre de revenir.

— Je sais.

Il tendit la main et la posa sur sa nuque pour l'attirer doucement à lui. Il l'embrassa longtemps et passionnément avant de reculer un peu. Il la regarda dans les yeux un instant, se retenant de ne pas lui dire à quel point il tenait à elle.

Sierra leva la main et la posa sur son visage.

— Fais attention à toi, aujourd'hui. Ces hommes de la milice ont l'air d'être de vrais connards.

Il eut un rire et hocha la tête.

— C'est le cas. Mais ce n'est rien qu'on ne puisse gérer. Surtout pas après avoir été déployés autant de fois pour faire face à certains terroristes parmi les pires du monde.

— C'est vrai. Mon grand méchant copain, dit Sierra en souriant.

— Ça, tu peux le dire, plaisanta-t-il.

Elle se pencha pour l'embrasser à nouveau avant de descendre de sa Cherokee. Grover attendit qu'elle ait disparu à l'intérieur du gymnase pour sortir sa voiture du parking et continuer en direction de la base.

Lorsqu'il approcha des grilles, il comprit pourquoi leur commandant leur avait donné des tours de garde supplémentaires. Au moins deux douzaines d'hommes de la milice Strong Foot se tenaient devant l'entrée, et pour un groupe aussi réduit, ils se montraient particulièrement bruyants et hostiles. Ils s'approchaient de chaque véhicule sur la route qui menait aux grilles et criaient sur ses occupants tandis qu'ils attendaient de pouvoir pénétrer dans l'enceinte de la base.

Clairement, ils étaient conscients qu'ils pouvaient dire ce qu'ils voulaient, même si cela ne plaisait pas aux autres, mais qu'ils ne devraient pas risquer de faire de vraies menaces ou d'inciter à la violence. Leurs cris n'en étaient pas moins aussi impolis qu'effrayants.

— Bande de moutons !

— L'armée tue des innocents à l'étranger !

— Pensez par vous-mêmes !

— Big Brother vous regarde !

— Surveillez vos arrières !

Grover serra les dents. De toutes ses forces. La file pour entrer dans la base avançait lentement à cette heure-ci, et il n'avait pas d'autre choix que de rester là, à écouter ces imbéciles harceler tout le monde, en attendant son tour.

Un homme s'approcha de sa Jeep, se planta juste devant la fenêtre et commença à le provoquer.

— Hé, regardez ! Un tueur d'enfants !

Avant que Grover n'ait le temps de cligner des yeux, deux autres hommes l'avaient rejoint. L'un d'eux était nettement plus vieux que les autres. C'était l'homme que lui et son équipe soupçonnaient d'être le chef de la bande. Celui qui se contentait généralement de rester en retrait et d'exciter les autres, plutôt que de s'en prendre lui-même aux militaires et aux contractuels. Il devait avoir dans les quarante ou cinquante ans, était de taille et de corpulence moyennes, couvert des pieds à la tête d'un uniforme de camouflage sale et usé. Sa barbe était hirsute et il avait l'air débraillé, mais la ruse dans ses yeux signalait à Grover qu'il représentait une réelle menace, contrairement aux hommes plus jeunes qui l'entouraient.

— Hé, le soldat, si tes chefs te disent de te pencher pour leur lécher le cul, tu le fais, hein ? le provoqua l'un des jeunes.

— Bien sûr, répondit un autre. Il n'a pas le choix, sinon il aura des ennuis.

— C'est vrai, ce ne sont que des moutons, ils font ce qu'on leur ordonne sans réfléchir.

— Il n'est même pas capable de réfléchir, il est con comme un balai !

Leurs provocations minables n'avaient absolument aucun effet sur Grover. Il n'était pas non plus surpris de constater qu'ils n'avaient aucune idée de ce dont ils parlaient.

— Il fait ce qu'il a été programmé pour faire, dit le plus vieux. Obéir. Il tue d'honnêtes hommes qui ne font que vivre leurs vies, et lorsque notre gouvernement les qualifie de terroristes, il acquiesce aveuglément sans même essayer de voir ce qui se trouve devant lui.

Sa fenêtre n'était baissée que d'environ sept centimètres, mais cela suffisait à Grover pour entendre distinctement ce que disaient les hommes de la milice, et cela leur suffirait à entendre sa réponse. Et il voulait leur répondre. Leur dire qu'ils n'étaient qu'une bande d'imbéciles. Mais il savait que ça n'en valait pas la peine. Cela ne ferait que les encourager.

— Hé, Cory, regarde toutes ces jolies décorations sur son uniforme. Il a sûrement assassiné des *tas* d'innocents.

— Alors, ça fait quoi de savoir que tu aides un gouvernement corrompu à opprimer non seulement ses propres citoyens, mais aussi d'autres innocents ? fit l'autre homme, Cory.

Toute la décontraction qu'il avait ressentie jusque-là après sa super matinée avec Sierra disparaissait à vue d'œil.

Le vent souffla à travers sa fenêtre baissée, et il sentit l'odeur des drogues qu'avaient fumées les hommes. Il secoua la tête, dégoûté.

— C'est quoi, votre problème ? leur demanda-t-il, brisant sa propre règle de ne pas leur répondre.

Il garda une voix calme et posée, ne laissant pas transparaître un iota de la colère qu'il ressentait envers ces hommes et ce qu'ils représentaient.

— Vous êtes pas contents parce qu'il y a des milliers

d'hommes et de femmes qui sont fiers de leur pays, et qui font activement leur part du travail nécessaire pour que tous y soient en sécurité ?

— En sécurité ? cracha Cory. C'est ça. Le gouvernement menace d'envoyer la Garde nationale pour nous éliminer alors qu'on ne fait qu'attirer l'attention sur le fait que les droits que nous donne la Constitution se font détruire les uns après les autres.

— L'un ne va pas sans l'autre, objecta Grover d'un ton neutre. Vous ne pouvez pas parler de vos droits et dénigrer le gouvernement coup sur coup. Ils vont ensemble.

Le visage de l'homme vira au rouge écarlate sous l'effet de la colère.

— Non, c'est faux ! insista-t-il. Nous sommes opprimés, et vous êtes trop stupides pour le voir. Ouvre les yeux, mec ! L'armée peut tuer qui elle veut, quand elle veut, sans aucune répercussion. *Tu es un assassin.* Tu vas dans d'autres pays, où les gens ont des croyances différentes des nôtres, quelqu'un te désigne une victime en te disant de la tuer, et tu t'exécutes ! Personne ne te jette en prison. Non, ils te félicitent, ils te donnent des médailles. C'est *dégueulasse.* Et un jour, les citoyens de notre pays finiront par s'en rendre compte, et ils frapperont le sol du pied, et ils diront que c'en est assez !

Grover se rendit compte que l'homme était sûrement déséquilibré. Le fait qu'il s'énerve aussi facilement était un premier indice. Son apparence était relativement normale, mais s'il pensait réellement que Grover, ou qui que ce soit d'autre dans l'armée, pouvait tuer comme il l'entendait, il délirait complètement.

— C'est faux, répondit-il simplement.

— Non ! Retiens bien mes mots, quand le gouvernement et l'armée n'obtiennent pas ce qu'ils veulent, ils sortent leurs armes et détruisent tous ceux qui osent se dresser contre eux !

Les voitures devant la sienne avancèrent, et Grover n'avait jamais été aussi soulagé de sa vie. Il se fit une note mentale de ne pas laisser Sierra venir à la base avant que ces hommes se décident à quitter les lieux. Il ne voulait surtout pas l'exposer à ces conneries. En plus, elle-même serait sûrement furieuse et s'en prendrait aux manifestants. Et si jamais l'un d'eux faisait seulement mine de la blesser, il réagirait, et cela lui causerait certainement des ennuis sans fin.

Oui, il valait mieux la garder loin d'eux.

— Vous me faites pitié, dit-il en haussant les épaules.

Cory lui lança un regard noir et s'empourpra encore plus, tandis que les deux autres hommes balbutiaient avec indignation, essayant sans aucun doute de trouver une réplique appropriée.

— Big Brother te regarde ! lança finalement l'un d'eux tandis que Grover démarrait son véhicule.

— Sauve ton âme et fuis l'oppresseur ! cria l'autre.

Grover secoua la tête. Le groupe ne savait même pas contre quoi il protestait. On aurait dit des enfants gâtés, qui se fâchaient contre ceux qui leur disaient ce qu'ils avaient le droit de faire ou non.

Lorsqu'il arriva enfin au niveau des portes, le jeune agent de la police militaire qui les gardait s'excusa pour l'attente et pour le comportement des manifestants.

— Ce n'est pas de votre faute.

— La bonne nouvelle, c'est qu'on aura des hommes en plus à partir de cette après-midi, ici à l'entrée de la base, dit l'agent.

— Oui, je fais partie des soldats chargés des tours de garde supplémentaires, dit Grover en hochant la tête.

— Oh, super. Je vous verrai tout à l'heure, alors.

Grover jeta un regard dans son rétroviseur en franchissant les portes, et vit les hommes se tenir un peu plus loin, harcelant toujours les pauvres passagers. Au départ, il avait cru qu'ils ne seraient qu'une vague nuisance, mais après avoir fait l'expérience de leur vitriol lui-même... et avoir rencontré Cory... il avait le pressentiment que ces hommes étaient plus dangereux qu'il ne l'avait pensé.

* * *

Cory contempla la Jeep Cherokee qui s'éloignait et nota mentalement le numéro de la plaque d'immatriculation.

— C'est lui, dit-il à voix haute.

— Lui qui ? demanda Luis.

— C'est la cible grâce à laquelle on fera passer notre message, répondit Cory.

— Lui ? Il a l'air… fort.

En effet. Il était parfait. C'était un soldat qui avait de l'expérience, et quand Luis avait fait remarquer le nombre de médailles qu'il portait à la poitrine, Cory avait su qu'il devait être important. Il fallait qu'ils découvrent où il habitait. À ce stade, il s'en fichait qu'il vive même dans un appartement. Ce serait peut-être encore mieux, à vrai dire. Plus de gens à évacuer. À déranger.

Cory avait voulu un emplacement à l'écart, un endroit duquel il serait difficile de s'approcher discrètement, avec de grands espaces faciles à surveiller, un peu comme la résidence du siège de Waco. Mais il venait de se rendre compte que le lieu importait bien moins que la personne qu'ils prenaient pour cible.

La plupart des soldats auxquels ils s'en prenaient s'efforçaient de les ignorer. Les femmes et les enfants étaient souvent carrément terrifiés. Mais cet homme-là paraissait *énervé*. Comme s'il se retenait de descendre de sa voiture de luxe pour les tabasser.

C'était exactement le genre de soldat dont le gouvernement était friand. Des gaillards, qu'on utilisait comme du muscle pur. Si Cory pouvait pousser l'armée à tenter de sauver un de ces hommes, qu'elle aurait désespérément envie de protéger, son message n'en serait que d'autant mieux reçu.

Il se détourna des jeunes cons qu'il supportait de moins en moins et sortit son téléphone de sa poche. Il tapa le numéro d'un ami, à San Angelo, qui travaillait pour le Département des Véhicules Motorisés. La milice Strong Foot comportait de nombreux membres infiltrés dans diverses agences du gouvernement. Ils se devaient d'être sur leurs gardes, de découvrir ce que prévoyaient leurs oppresseurs, et quel meilleur moyen pour cela que de travailler pour eux ?

Souriant en entendant son ami décrocher, Cory contempla la route au bout de laquelle avait disparu le soldat. Oui, il serait parfait... surtout s'il avait une femme et des enfants à ajouter à l'équation.

* * *

Sierra souriait comme une folle, debout dans la cuisine de Grover, tandis qu'elle préparait un dîner simple à base de poulet au four. Faire quelque chose d'aussi ordinaire était... une vraie joie. Lorsqu'elle était arrivée chez ses parents dans le Colorado, ils faisaient la cuisine pour elle. Pareil au Refuge, où elle n'avait jamais eu à préparer plus que de simples sandwichs. Lors de son trajet vers le Texas, elle avait mangé dans des fast-foods, et depuis son arrivée, c'était Grover qui s'occupait de la cuisine.

C'était la première fois qu'elle cuisinait un repas du début à la fin depuis son retour de captivité, et c'était une activité étonnamment libératrice. C'était idiot ; elle préparait du poulet cuit au four, pas un plat hautement gastronomique, mais c'était un pas de plus vers la récupération de tout ce qu'on lui avait pris. Vers le retour de son indépendance.

Elle était tout à fait consciente qu'elle n'avait pas passé une seule nuit dans son appartement, contrairement à l'objectif qu'elle s'était fixé elle-même. Elle s'était montrée si intransigeante sur le fait d'avoir son propre logement, de se débrouiller seule. Et pourtant, elle était entièrement satisfaite de rester ici, avec Grover. Il la faisait se sentir normale. Comme si elle n'était pas Sierra Clarkson, ancienne prisonnière de guerre.

Et puis, il y avait le sexe...

Elle n'aurait jamais cru que cela pourrait lui plaire autant. Elle n'avait aucun doute que cela tenait au fait qu'elle était avec Grover, et pas n'importe qui d'autre. Ils étaient compatibles, tant émotionnellement que physiquement. Elle n'était jamais gênée, avec lui. Après leur première fois, elle n'avait plus jamais été complexée par son corps, ou ses cheveux, ou quoi que ce soit d'autre.

Lorsque Sierra entendit la porte s'ouvrir, elle se retourna pour saluer Grover, qui entrait par le garage. L'accueil joyeux qu'elle lui destinait s'éteignit dans sa gorge quand elle vit son expression.

Il n'était pas content. Pas content du tout.

Elle s'empressa de contourner le comptoir pour le rejoindre.

— Que se passe-t-il ? Tu vas bien ? Les autres vont bien ? Merde, où est mon portable ? Je ne l'ai pas regardé depuis un moment.

Sierra chercha son téléphone du regard, se creusant la tête pour se souvenir où elle avait bien pu poser le fichu appareil, lorsqu'elle sentit les bras de Grover encercler sa taille par-derrière.

— Tout le monde va bien, la rassura-t-il en posant le menton sur son épaule.

Sierra savait que ce n'était pas une position qui devait être très agréable pour lui, et elle se retourna dans son étreinte.

— Dis-moi, le supplia-t-elle.

— C'est cette foutue milice. Ils sont... agaçants.

Sierra cligna des yeux.

— Agaçants ? Je sais que je ne te connais pas aussi bien que ça, mais je pense qu'après nos deux semaines au Nouveau-Mexique, j'en ai appris assez pour savoir que tu ne serais pas aussi contrarié s'ils étaient seulement *agaçants*.

— Tu as raison. Ce sont de vrais connards que ça excite de faire peur aux gens et de raconter de la merde. Des terroristes domestiques qui s'efforcent de répandre la haine et la crainte, et ça me fait bouillir de rage.

Eh bien... d'accord. C'était une réaction qui convenait mieux à l'homme qu'elle avait appris à connaître. Sierra plaqua ses mains contre sa poitrine et le massa doucement.

— Que s'est-il passé ?

Grover poussa un soupir, et Sierra vit qu'il tentait de contrôler sa colère.

— Rien de très différent de leurs actions de ces dernières semaines, dit-il. Mais cette fois, j'ai eu droit à une place privilégiée pour assister à cinq heures de leur harcèlement constant de tous les visiteurs de la base. Ils sont offensants, et ils n'ont pas la moindre idée de ce dont ils parlent. Ils inventent des trucs et manipulent la vérité pour l'adapter à leurs idées tordues, enfin, plutôt à celles de leur chef, probablement. Et je n'ai aucune idée de ce qu'ils espèrent accomplir. De ce qu'ils attendent comme résultat de ces protestations. Ce n'est pas comme si l'armée allait décider de fermer la base. Je n'aime pas être aussi ignorant de leurs projets... ça me rend nerveux.

Sierra n'était pas sûre de comment l'aider.

— Je suis désolée.

Une fois de plus, Grover soupira, avant de fermer les yeux. Lorsqu'il les rouvrit, il semblait avoir repris le contrôle sur lui-même. Au moins un peu.

— Non, c'est moi qui suis désolé. Je ruine l'ambiance.

— Grover, tu n'as pas à être constamment heureux et de bonne humeur. C'est comme ça que fonctionnent les relations. Quand tu es contrarié, je fais de mon mieux pour te redonner le sourire, et quand je serai triste, tu feras la même chose pour moi. Maintenant, dis-moi ce que je peux faire pour que tu ailles mieux.

L'angoisse dans son regard perdit encore un peu en intensité quand il la regarda.

— Ce que tu fais maintenant. Être là. En plus, quelque chose sent très bon, ici.

— Ce n'est que du poulet, dit Sierra en haussant les épaules.

— Tu sais quand c'est, la dernière fois que je suis rentré du travail et qu'un dîner chaud m'attendait ?

— Non.

— Jamais, dit-il simplement. Merci d'avoir préparé notre repas. Comment s'est passée ta journée ?

— Très bien. Monte te changer. Prends une douche, peut-être. Ça aidera. Enfin, les longues douches m'ont bien aidée, récemment, quand j'étais dépassée par les événements. Peut-être que c'est parce que j'ai vécu si longtemps sans avoir ce luxe, mais il y a quelque chose dans le fait de me tenir sous l'eau chaude qui me rend les idées plus claires. Peut-être que ça marchera pour toi aussi.

— Bonne idée. Et après, je veux que tu me racontes tout ce qui s'est passé avec Ember au gymnase, dit-il.

— Pas de souci. Tu préfères des haricots verts ou du maïs, avec le poulet ?

— Les haricots. Il y a du pain à l'ail au congélateur, aussi.

Sierra lui sourit.

— OK. Je prépare tout ça pendant que tu te changes.

Grover pencha la tête pour toucher son front du sien.

— Merci d'être là, Petit Pois.

— Bien sûr. Tu es sûr que je n'abuse pas de ton hospitalité, hein ? J'ai toujours un appartement en parfait état, si jamais.

— Non ! aboya-t-il en se relevant brusquement.

Sierra cligna des yeux de surprise.

— Pardon, dit-il en secouant légèrement la tête. Je n'avais pas l'intention de crier. Et si tu préfères habiter dans ton appartement, je bouderai un peu, mais je ne t'en empêcherai pas.

— Je me sens juste un peu mal d'avoir fait tout un plat sur mon indépendance et le fait de me débrouiller par moi-même, pour finir ici, à squatter joyeusement chez toi tous les soirs. Je n'ai même pas fini de déballer tous mes cartons.

— Mais tu te débrouilles vraiment par toi-même, protesta Grover. Ne te mets pas autant de pression. Tu réfléchis à ce que tu vas faire désormais, tu te fais de nouveaux amis, et tu avances dans ta nouvelle vie. À quel endroit du « Manuel de retour à la vie normale en sortant de captivité » est-il écrit que tu dois être seule pour réfléchir à tout ça ?

Sierra fronça le nez.

— Je ne veux seulement pas que tu aies l'impression que je t'utilise.

— Pas du tout. C'est plutôt *moi* qui t'utilise, dit Grover. Après tout, tu as préparé le repas. Et j'entends la lessive qui tourne. J'imagine que tu n'y as pas mis que tes propres affaires.

— N'importe quoi, dit Sierra en levant les yeux au ciel.

— Putain, j'adore.

— Quoi ? Mon comportement odieux ?

Grover eut un rire.

— Si c'est ça quand tu es odieuse, les soixante prochaines années vont être faciles.

Sierra cligna des yeux à nouveau avant de sourire, charmée par le fait qu'il pense à leur futur commun comme ça. Ils ne savaient pas de quoi le lendemain serait fait, ni l'un ni l'autre, et encore moins les soixante années à venir, mais elle se sentait tout émue qu'il veuille être avec elle dans si longtemps.

— Merci, Petit Pois.

— De quoi ?

— Quand je suis rentré, j'étais d'une humeur massacrante. Je l'ai été toute la journée. Cette milice m'avait vraiment tapé sur les nerfs. Mais maintenant, je suis là, à rire et à penser à nos futures taquineries, quand on aura quatre-vingt-dix ans. Et c'est grâce à toi. Alors, merci d'être là, d'être toi.

— De rien, répondit-elle doucement. Va te doucher. Le dîner sera prêt quand tu redescendras.

Grover se pencha pour l'embrasser.

— Je pense qu'on devrait aller regarder les étoiles depuis le canapé du grenier, ce soir.

Sierra voyait le désir dans ses yeux, et ses tétons se durcirent immédiatement. Faire l'amour avec Grover dans l'air frais du grenier ? Elle était tout à fait partante.

— Bonne idée, dit-elle avec toute la nonchalance dont elle était capable.

Grover lui fit un sourire malicieux en reculant vers les escaliers.

— Je suis heureux, Petit Pois, lui dit-il.

— C'est moi qui dis ça, d'habitude, se plaignit-elle tout en lui rendant son sourire.

— Yep.

Il n'ajouta rien d'autre avant de se retourner et de monter les marches deux par deux.

Sierra regarda dans le vide un long moment avant de retourner dans la cuisine terminer de préparer leur dîner. Elle repensa à ce qu'elle avait dit à Grover la veille. Que si ça lui avait permis de finir ici, avec lui, plus heureuse qu'elle ne l'avait jamais été, elle aurait accepté avec joie de passer deux fois plus de temps dans sa cellule souterraine. Elle n'avait pas menti. Être avec lui valait tous les sacrifices. Tout ne serait pas toujours facile, bien sûr, mais pour l'instant, elle s'accrocherait des deux mains à ce bonheur. Elle savait plus que quiconque que la vie pouvait basculer en un clin d'œil.

Elle se fit à nouveau la promesse de vivre pour l'instant présent, en espérant avoir des années et des années de moments passés avec Grover.

À commencer par ce soir, avec un nouveau souvenir... faire l'amour à l'homme qu'elle aimait, sous les étoiles.

Elle savait qu'elle souriait à nouveau comme une folle, mais elle s'en fichait. Elle attrapa quelques boîtes de haricots en conserve dans le placard. En entendant l'eau de la douche couler à l'étage, Sierra ne put s'empêcher de fermer les yeux un instant, pleine de gratitude. Et pour la première fois, elle comprit un peu ce qu'avait dû ressentir Grover en recevant sa lettre longtemps perdue.

Elle ferait *tout* pour garder cette vie. Y compris se mettre en danger. Elle ferait ce qu'elle pourrait pour conserver cette relation saine et heureuse.

CHAPITRE DIX-HUIT

Quatre jours plus tard, Grover peinait à empêcher sa mauvaise humeur d'affecter sa relation avec Sierra. Il était conscient qu'elle ne voulait pas qu'il ait de secrets pour elle, mais ces connards de la milice Strong Foot étaient en train de le pousser à bout. On aurait dit qu'ils le prenaient pour cible, lui spécifiquement ; ils se montraient particulièrement violents pendant ses tours de garde.

Même Doc l'avait remarqué, commentant qu'il devrait peut-être en parler à leur commandant et voir s'il pouvait être dispensé des heures supplémentaires.

Mais Grover n'en avait pas envie. Il ne voulait pas laisser ses camarades s'occuper du sale boulot pendant qu'il restait dans un bureau. Il prenait donc sur lui et s'efforçait d'ignorer les piques et les provocations qu'ils lui criaient pendant qu'il surveillait l'entrée.

Son humeur en fin d'après-midi, lors de son retour chez lui, en était grandement affectée. Il détestait se comporter ainsi lorsqu'il était avec Sierra. Il faisait de son mieux pour avoir l'air heureux lorsqu'elle lui racontait la journée qu'elle avait passée avec ses nouvelles amies, mais c'était difficile. Elle n'était pas dupe ; elle voyait bien qu'au bout d'une semaine seulement après son arrivée au Texas, Grover n'était pas présent à cent pour cent dans leur relation.

Ils étaient allongés dans son lit à présent, et elle venait de finir de lui raconter la journée qu'elle avait passée avec Riley et les enfants. Elles étaient allées assister à un match de baseball de Logan, qui avait attrapé au vol une balle haute décisive pour son équipe. Ils avaient gagné huit à sept, et Logan était très fier de lui, disant encore une fois à qui voulait l'entendre qu'il serait joueur de baseball professionnel, en champ extérieur, comme son idole Shin-Soo Choo.

Grover souriait et hochait la tête aux endroits qu'il estimait être appropriés, mais quand Sierra passa une jambe au-dessus de lui pour s'asseoir sur son ventre, il sut qu'il s'était sûrement perdu dans ses pensées au lieu de l'écouter parler.

— Je déteste te voir comme ça, dit-elle doucement.

— Je déteste *être* comme ça, admit-il.

— La police ne peut pas les virer ou quelque chose ? C'est ridicule qu'ils soient encore là depuis tout ce temps. Qu'ils continuent à faire peur aux gens et à crier ces bêtises.

Grover n'aurait pas dû être surpris qu'elle sache exactement ce qui le préoccupait.

— Techniquement, ils ne font rien d'illégal.

— Le harcèlement, c'est pas illégal ? souffla-t-elle.

— Ils font bien attention à ne pas franchir la ligne qui les sépare de vrais ennuis, lui dit-elle.

Sierra se pencha jusqu'à être allongée sur sa poitrine. Elle fourra son nez dans le côté de son cou.

— Eh bien, moi, je les déteste de te faire te sentir mal. Je sais que tous les soldats n'ont pas autant d'honneur que toi et ton équipe, mais généraliser en disant que tous les soldats sont des assassins, ça m'énerve.

Sans surprise, Grover se sentit mieux devant sa compassion et sa compréhension.

— Merci, Petit Pois.

Elle hocha la tête, et Grover poussa un soupir. Ils restèrent ainsi pendant quelques minutes, avant qu'elle ne gigote un peu pour se glisser à nouveau à son côté. Une de ses jambes était encore passée par-dessus celle de Grover, un de ses bras autour de sa poitrine.

— Hmmm, j'aime bien cette position.

Grover eut un petit rire.

— Moi aussi, mais d'ici deux secondes et demie, tu auras besoin d'un peu d'espace.

— C'est vrai, dit-elle en riant à son tour. Tant que tu ne me lâches pas la main, tout ira bien.

Grover ne savait pas comment dormaient les autres couples, mais il s'en fichait royalement. Un lien s'était créé entre eux dans ces montagnes, lorsqu'ils s'étaient tenu la main à travers les barreaux sans même pouvoir se voir.

Sierra s'endormit peu après, et comme il l'avait prédit, elle se décala pour se mettre sur le côté, roulée en boule. Il ne lâcha pas sa main, et elle se détendit rapidement.

Fixant le plafond, dans l'obscurité, Grover ne parvenait pas à calmer son agitation. Les choses se passaient bien avec Sierra. Mieux que bien. Elle s'adaptait bien à sa vie à Killeen, et il ne pourrait en être plus ravi. Ses amis étaient heureux, en bonne santé, sa sœur aussi. Il devrait être content, être en extase d'avoir trouvé quelqu'un avec qui il voulait passer le reste de sa vie.

Mais au fond, la situation avec la milice le rongeait. Quelque chose clochait. Cela faisait trop longtemps qu'ils protestaient. Il n'y avait pas de limite de temps pour manifester autour de ses idées, bien sûr, mais tout ce qui concernait ce rassemblement sans but lui semblait... vain.

On aurait dit qu'il y avait deux groupes distincts. Les hommes plus vieux qui tenaient les pancartes semblaient presque s'ennuyer. Les jeunes, généralement accompagnés de Cory, leur chef, Grover en était de plus en plus convaincu, semblaient être à peine sortis du lycée. On aurait dit qu'ils répétaient les mots de quelqu'un d'autre, et pas ce qu'ils pensaient, eux.

Et ils paraissaient... tendus. Contrairement aux plus vieux. Comme si les jeunes attendaient quelque chose.

Le commandant Robinson avait fait quelques recherches et appris que leur chef s'appelait Cory Holliday. Il avait un casier judiciaire, mais seulement pour quelques incidents mineurs.

Possession de drogues et entrée par effraction. Il était né dans le Wyoming, et son père s'était fait renvoyer de la Marine pour insubordination. On n'en savait pas plus.

L'équipe en avait parlé, partant du principe que le père avait dû transmettre sa haine de l'armée à son fils, et que Cory était toujours embourbé dans cette haine des années plus tard.

Comme la milice était constituée de citoyens américains, les Deltas, et les autres soldats devaient avancer avec précaution. Ils ne voulaient surtout pas créer un incident encore plus important. Mais Grover n'aimait pas le regard qu'il voyait dans les yeux de Cory. L'homme préparait quelque chose, il le sentait instinctivement, mais jusqu'à ce que le groupe passe réellement à l'action, Grover avait les mains liées.

Il ne doutait pas que le groupe soit armé ; ils étaient seulement assez malins pour ne pas ouvertement porter d'armes pendant leurs manifestations. C'était l'incertitude qui le rongeait. Lui et les autres Deltas dépendaient des informations qu'ils avaient pour préparer un plan d'action. Sans info, il se sentait clairement désavantagé. Et comme le groupe semblait avoir un intérêt particulier pour lui, Grover était encore plus mal à l'aise.

Dieu merci, il n'était censé travailler qu'une demi-journée le lendemain. Trigger avait remarqué combien il était stressé, face à Cory qui faisait de son mieux pour le provoquer, et avait donné à Grover les heures du samedi matin. Comme ils n'avaient pas de mission prévue dans l'immédiat, il serait ensuite libre de rentrer chez lui.

Sierra était censée travailler avec Gillian demain, l'aider à organiser une fête de cinquante ans de mariage. Il voulait faire quelque chose de spécial pour elle, pour rattraper son humeur de la semaine passée. Préparer un repas chic, et puis s'asseoir avec elle sur la terrasse arrière, regarder le coucher de soleil. Ce qu'ils faisaient n'avait pas vraiment d'importance, tant qu'il pouvait passer du temps avec elle.

Elle devait repasser à son appartement pour récupérer plus de vêtements, aussi. Grover savait qu'il devrait se sentir coupable qu'elle n'ait pas passé une seule nuit dans son nouveau logement, mais ce n'était pas le cas. Il se serait bien porté volontaire pour rester avec elle dans son appartement, mais il préférait sa propre maison.

Jetant un œil à sa table de chevet, il distingua à peine le contour de la boîte de mouchoir qui s'y trouvait. Il n'avait pas montré cette cachette à Sierra. Le haut de la table se soulevait, révélant une autre arme.

Il savait qu'il en faisait trop, avec toutes ses armes, mais il préférait être trop prudent, surtout maintenant qu'il avait quelque chose d'important à protéger.

Grover serra involontairement la main de Sierra, qui remua près de lui.

— Grover ?

— Pardon, tout va bien. Rendors-toi, dit-il à voix basse.

— Hmm, OK.

Lorsqu'elle se fut rendormie, Grover prit une grande inspiration. Il fallait qu'il arrête de voir des problèmes là où il n'y en avait pas. Plusieurs psychologues qu'il avait consultés au cours des années lui avaient dit qu'il était trop protecteur. Trop protecteur de sa famille, de son équipe, de sa maison. Ce n'était pas nouveau pour lui. Mais il préférait largement être trop protecteur que trop peu préparé.

Il se pencha vers Sierra pour l'embrasser sur le front avant de se rallonger.

— Je t'aime, Petit Pois, murmura-t-il.

À sa grande surprise, elle répondit.

— Moi aussi, je t'aime, chuchota-t-elle.

Souriant, Grover ne put que secouer la tête. Un jour, bientôt, l'un d'eux aurait le courage de prononcer ces mots lorsqu'ils seraient complètement éveillés, à la lumière du jour. Mais pour l'instant, il porterait ce murmure dans son cœur. Il avait tellement de chance. Il avait plein d'amis exceptionnels, une famille et une femme qui l'aimaient. Tout irait bien. Il avait la belle vie.

* * *

Cory se tenait devant les membres de la milice Strong Foot qu'il avait sélectionnés pour l'aider à démontrer le contrôle de plus en plus alarmant que le gouvernement avait sur ses citoyens.

— Il est temps, dit-il aux autres. Demain, on passe à l'action. Nous savons où habite notre cible, et c'est la providence qui nous a guidés vers lui. Sa maison est parfaite. Elle est isolée, et le gouvernement n'hésitera pas à passer à l'action, à montrer au monde entier jusqu'où il irait pour protéger leurs secrets.

— Cool !

— Ça va être trop drôle !

— On sera pas en prison très longtemps, hein ? demanda Kevin. Ma petite sœur a dix ans dans deux semaines et je lui ai promis que je serais là pour fêter son anniversaire.

Cory parvint de justesse à retenir une grimace méprisante. Ces voyous ne savaient pas dans quoi ils s'engageaient. Ils pensaient qu'ils se contenteraient de suivre le soldat jusque chez lui, l'embêter un peu, faire venir les journaux, et faire tout un spectacle de leur arrestation. Ils n'avaient aucune idée de la vraie mission dans laquelle ils allaient s'embarquer.

On parlerait d'eux pendant des années. On écrirait des articles sur eux dans les livres d'histoire. Ils feraient le sacrifice ultime. Comme David Koresh et ses fidèles.

Lorsque leurs concitoyens américains verraient à quel point l'armée était hors de contrôle, quand ils verraient qu'ils étaient prêts à user d'une force mortelle contre leur propre peuple pour le faire taire, ils ouvriraient enfin les yeux. Ils cesseraient de soutenir aveuglément un gouvernement corrompu. Ils cesseraient de payer des impôts qui ne servaient qu'à financer des missions meurtrières.

— Ne vous inquiétez pas, dit Cory à Kevin et aux autres. Demain, les Américains comprendront qu'ils ont été dupés par leurs dirigeants. Ils ne remercieront plus les militaires pour leur service. Ils verront comme ils ont eu tort de croire, ils verront que ceux qu'ils remerciaient ne sont que des assassins.

Le bandeau ne couvrira plus leurs yeux, plus jamais. Et c'est nous, la milice Strong Foot, qu'ils remercieront.

— Je comprends pas comment squatter la maison d'un mec va causer tout ça, marmonna Tony.

Cory était en mouvement avant même que Tony n'ait fini sa phrase. Il frappa le jeune homme en plein visage, l'envoyant valser en arrière. Le joint qu'il était en train de fumer s'envola de sa main pour atterrir sur un tas de vieux journaux dans un coin de la pièce. Zeke et Cameron s'empressèrent d'éteindre le mégot pour éviter que la maison abandonnée ne prenne feu autour d'eux.

— Tu n'es pas ici pour *réfléchir*, grogna Cory. Je faisais déjà partie de cette milice avant même que tu sois né. Tu ne poses pas de questions, c'est bien clair ?

— Oui, Cory, répondit rapidement Tony.

Cory jeta un regard noir aux autres.

— D'autres lâches qui ont des choses à dire ? Peut-être que vous avez trop peur pour faire ce qui doit être fait, demain. Peut-être que vous n'êtes que des gosses incapables de vous battre pour votre pays. C'est ça ?

Ils secouèrent tous la tête.

— Soit vous êtes avec moi, et avec notre beau pays, soit vous êtes contre moi. Alors, vous choisissez quoi ?

— On est avec toi, répondirent-ils tous en même temps.

— Évidemment que oui. Et demain, on montrera au monde qu'il ne faut pas sous-estimer la milice Strong Foot. Fini, les pancartes. Fini, les mots. On utilisera les armes qu'on a achetées, qu'on s'est procurées depuis notre arrivée ici. Si les militaires pensent qu'ils sont les seuls à avoir de la puissance de feu, ils vont vite se rendre compte de leur erreur. Hein ?

— Oui !

— Carrément !

— C'est obligé !

— J'ai hâte de pouvoir enfin leur tirer dessus !

— On va utiliser le lance-roquette ? demanda Brody.

Cory sourit au jeune blond. Il n'avait que dix-sept ans, mais il était de loin le plus prometteur du groupe. Il portait en lui une haine qui égalait celle de Cory. L'armée l'avait aussi mise à l'envers à *son* père à lui, et il était prêt à tout pour avoir sa revanche. Il regrettait presque que l'adolescent doive y passer, mais sa mort servirait à pousser ses deux frères à suivre ses traces, forcément.

Tout ce que faisait Cory servirait au bien commun, et la mort de Brody aux mains de leur propre gouvernement aiderait leurs semblables dans le pays entier à se soulever en réaction.

— Oh, oui, dit Cory à Brody. Demain, on va carrément utiliser le lance-roquettes.

Brody fit un immense sourire.

— Trop cool.

— Bon, voilà le plan..., commença Cory, détaillant le rôle de chacun dans leurs activités du lendemain. Des questions ?

Ils secouèrent la tête, et Cory se retourna pour fouiller dans son sac, en sortant un petit paquet de drogue qu'il avait acheté le matin même et le levant au-dessus de sa tête.

Les jeunes poussèrent des cris de joie. Ils n'avaient pas eu d'herbe de cette qualité depuis un bon moment. Ils se mirent tous à rouler des joints, et Cory se rassit en les regardant, un sourire satisfait sur le visage. C'était la moindre des choses qu'il pouvait faire pour ces garçons. Après tout, certains d'entre eux mourraient pour leur cause, le lendemain, même s'ils ne le savaient pas encore. Il pouvait quand même les laisser s'amuser un peu avant.

Demain serait l'aube d'un monde nouveau... mais pas pour tout le monde.

CHAPITRE DIX-NEUF

— Vous voyez les jeunes ? demanda Grover à la cantonade le lendemain, alors qu'ils se tenaient en position près des portes d'entrée de la base.

Les quelques douzaines d'hommes habituelles étaient postées devant les grilles, leurs pancartes à la main, à interpeller les visiteurs, mais Cory et les jeunes qui l'entouraient constamment n'étaient pas parmi eux.

— Nope, dit Doc.

— Quelque chose cloche, marmonna Grover.

— Tu trouves aussi ? fit Brain.

Grover hocha la tête. Les hommes présents ce matin agissaient de manière automatique. Ils n'étaient pas aussi énergiques que les jeunes, et pas du tout aussi bruyants que lorsque Cory était là.

— Ça fait du bien de ne pas les entendre jacasser, dit Lucky avec un reniflement de dégoût. Avec un peu de chance, ils se sont lassés.

— Croisons les doigts, approuva Brain.

La matinée se déroula sans accroc, et Grover fut soulagé de voir arriver Trigger, Lefty et Oz pour la relève peu avant le déjeuner.

— Des ennuis ? demanda Trigger.

— Non. Les manifestants qui sont venus ce matin étaient plutôt calmes, dit Lucky.

— Tant mieux, répondit Lefty. Leurs conneries commençaient à me fatiguer.

— Moi aussi, acquiesça Doc.

— Grover ? fit Trigger.

— Oui ?

— Essaie de te détendre un peu, cet après-midi. Tu es crispé depuis quelques jours.

— J'essaierai, dit Grover en hochant la tête.

— Et salue Sierra de notre part. Gillian lui est très reconnaissante d'être venue l'aider aujourd'hui, surtout qu'une de ses assistantes est malade et n'a pas pu venir.

— Bien sûr, promit Grover avant de se diriger vers la Durango de Doc, qui les avait amenés jusqu'aux grilles et les ramèneraient au bureau avant qu'ils ne repartent chacun de leur côté.

Dix minutes plus tard, Grover roulait en direction de l'entrée dans son propre véhicule. Il fit un signe à Trigger et aux autres en les dépassant, jetant un regard noir aux manifestants avec leurs pancartes.

Il alla directement au supermarché, où il acheta de quoi préparer un dîner décadent à base de steak et de homard pour Sierra. Il devait encore lui apporter cette pizza promise en Afghanistan, mais pour ce soir, il voulait la gâter de cuisine terre et mer. Après avoir pris les ingrédients pour faire une bonne salade, il se dirigea vers le fond du supermarché et attendit avec impatience son tour dans la longue file devant l'étal du boucher. En partant vers la caisse, il passa devant le rayon surgelés et attrapa les barres glacées chocolat noir-caramel que Sierra adorait.

Penser à la soirée à venir calma un peu sa tension. Il avait hâte de passer du temps avec Sierra, de laisser derrière lui le stress de la semaine passée.

Une fois au volant, il sentit son téléphone vibrer dans sa poche, et l'ignora par précaution. S'il s'était agi d'une urgence, on l'aurait appelé, plutôt que d'envoyer un message.

Il faisait bon, comme d'habitude, mais Grover savait que des orages avaient été annoncés plus tard dans la journée. Il n'avait jamais eu peur des tornades, mais maintenant que Sierra vivait chez lui, il décida qu'il se pencherait sur la question d'installer un abri d'urgence sur sa propriété. Il avait largement la place, et il valait mieux être trop prudent.

Perdu dans ses pensées sur les tornades et l'endroit où il se rendrait avec Sierra si une devait éclater, il remonta son allée. La vue de sa maison et de sa grange participa à le détendre encore plus.

Jusqu'à ce que Sierra le rejoigne, il considérait l'endroit comme un refuge, mais comme un simple bâtiment avant tout. Elle en avait fait autre chose : c'était désormais réellement chez lui, *sa* maison.

Grover appuya sur le bouton qui ouvrait la porte du garage et se gara. Baissant les yeux vers son téléphone, il tendit la main avec l'intention de consulter le message qu'il avait reçu pendant son trajet.

Avant qu'il n'ait eu le temps de déverrouiller son écran, quelqu'un arracha sa porte et pressa quelque chose de dur sur sa tempe.

— On ne bouge plus, soldat, ou je te plante cette balle dans le crâne.

Grover se figea.

Merde.

Il découvrit plusieurs des jeunes hommes de la milice, qu'il reconnaissait pour les avoir vus devant les grilles de la base. Chacun d'entre eux était armé jusqu'aux dents, des armes semi-automatiques aux mains, des fusils passés sur les épaules.

Grover comprenait à présent pourquoi il ne les avait pas vus à la base, ce matin. Ils étaient là, à préparer leur embuscade.

Lentement, pour ne pas alarmer Cory, dont il avait reconnu la voix, Grover leva les mains, montrant au chef de la milice qu'il ne tenait pas d'arme.

— Descends. Doucement, grogna Cory.

Malgré son envie d'étaler le connard, Grover obéit. Il ne

doutait pas d'être capable de battre Cory, mais vu la quantité d'armes à feu que tenaient ses camarades, ils le tueraient avant qu'il ne puisse les désarmer tous. Si son équipe avait été là, ç'aurait été différent... mais il était seul.

Jusqu'à ce qu'il détermine leurs objectifs, il valait mieux passer sous silence son identité et à quel point il pouvait être létal.

Grover fut brièvement soulagé en pensant au fait que Sierra n'était pas avec lui. Si elle s'était retrouvée en danger, il aurait fait quelque chose d'imprudent, il en était certain. Pour l'instant, il resterait calme et se contenterait d'évaluer la situation.

Ils finiraient bien par faire une erreur, et alors, ils regretteraient de s'en être pris à lui.

* * *

Sierra avait mal aux joues à force de sourire. Elle ne savait pas comment faisait Gillian pour faire ça tous les jours. Le simple fait d'être avec elle, une véritable tornade d'énergie positive, était épuisant.

Gillian était une experte de l'événementiel, il n'y avait aucun doute là-dessus. Tous, de l'heureux couple qui fêtait ses cinquante ans de mariage au plus jeune de leurs arrière-arrière-petits-enfants, semblaient passer un excellent moment. Gillian s'assurait que tout se déroulait comme prévu, et même les imprévus occasionnels passaient inaperçus grâce à son aisance à régler le moindre problème.

Sierra adorait Gillian et elle était ravie de pouvoir l'aider, mais elle savait que ce n'était pas le genre de travail qu'elle serait capable de faire à plein temps. Ni même à temps partiel. Il n'était pas aussi facile qu'avant de se retrouver en compagnie d'autant de gens ; elle refusait cependant de laisser ce constat la faire se sentir mal ou coupable.

Autant dire que malgré l'excellente journée qu'elle avait passée, elle avait hâte de rentrer chez elle.

Chez elle.

Quand avait-elle commencé à penser à la maison de Grover comme la sienne ?

Elle devrait quand même au moins faire semblant d'utiliser l'appartement que lui avait si gentiment offert Ember, mais la pensée de s'y rendre sans Grover ne l'intéressait absolument pas. Elle avait donc plus ou moins... quoi ? Déjà emménagé chez Grover ?

Yep, c'était exactement ça.

Pas que cela semble le déranger.

Sierra repensa à la veille. Elle était presque endormie lorsqu'elle l'avait entendu bouger un peu. Il l'avait embrassée sur le front et lui avait dit qu'il l'aimait. Sans même y penser, comme si rien n'avait jamais été aussi naturel, elle se souvenait lui avoir répondu la même chose.

— Qu'est-ce qui te fait sourire comme ça ? demanda Gillian.

— Rien de particulier. Enfin, si, en vrai, je pensais à Grover, admit Sierra.

— Vous êtes parfaits, tous les deux. Vous allez bien ensemble, dit Gillian. C'est difficile à expliquer, mais on dirait que vous vous connaissez depuis des années. Vous êtes tellement à l'aise l'un avec l'autre.

— J'ai l'impression de l'avoir connu toute ma vie, acquiesça Sierra.

— Eh bien, je trouve ça top.

Gillian s'apprêtait à continuer lorsque son téléphone sonna. Elle fit une grimace d'excuse à Sierra et décrocha. Son portable avait vibré non-stop toute la journée, diverses personnes la contactant sans cesse à propos de la fête qu'elle organisait.

— Allô ? Oh, salut, Trigger. Oui, elle est là... on a fini notre journée, on est aux voitures... Pourquoi ? Euh... *quoi ?* Que se passe-t-il ? Tu sais très bien que je vais devoir lui en dire plus.

Sierra se tendit. Elle savait, sans avoir besoin d'une confirmation, que Gillian parlait d'elle. Et elle n'aimait pas le ton qu'avait pris son amie. Elle était inquiète... plus inquiète qu'elle ne l'avait été de la journée, même lorsqu'elle réglait les problèmes les plus urgents ou lorsqu'elle parlait aux vendeurs de l'anniversaire de mariage.

— Il parle de moi ? Qu'est-ce qui se passe ? demanda Sierra, alarmée par l'expression sur le visage de Gillian qui écoutait ce que lui expliquait Trigger.

Gillian secoua la tête, et tout à coup, Sierra fut submergée par l'impression d'être *exclue*. Lors de sa captivité, chaque décision avait été prise pour elle. Elle *détestait* ne pas être au courant de la situation, ne pas savoir ce qui pourrait lui arriver. Et à l'instant, il était évident que le mari de Gillian lui disait quelque chose que c'était à *Sierra* d'entendre.

Sans réfléchir, elle tendit la main et attrapa le téléphone que Gillian tenait à son oreille.

Avant sa captivité, elle n'aurait jamais osé faire quelque chose d'aussi impoli, mais elle était moins préoccupée par les politesses aujourd'hui, et plus désireuse d'en savoir le plus possible sur tout ce qui pourrait l'affecter.

— Allô ?

— Sierra ?

— Oui. Que se passe-t-il ? Que devait me dire Gillian ?

Trigger soupira.

— Il faut que tu accompagnes Gillian chez nous.

— Pourquoi ?

— Il y a eu un incident.

— Qu'est-ce que ça veut dire ? Arrête de tourner autour du pot, Trigger, dis-moi ce qui se passe. *Tout de suite.*

— D'accord, mais sache tout d'abord que la situation est sous contrôle.

Cela ne fit rien pour calmer Sierra, au contraire. Elle peinait à maîtriser son impatience en attendant que Trigger reprenne.

— Mets le haut-parleur, ordonna Gillian.

Sierra s'exécuta, et les deux femmes se penchèrent au-dessus du téléphone pour écouter Trigger.

— Vous savez que la milice Strong Foot nous a posé beaucoup de problèmes ces derniers temps. Aujourd'hui, ils ont franchi un cap. Certains des membres les plus bruyants n'étaient pas devant la base pour manifester, ce matin, ce qui nous a paru étrange. Grover, surtout, était très perturbé.

Sierra aurait voulu lui crier de se dépêcher, d'en venir au fait, mais elle se mordit la langue.

— Ils attendaient Grover chez lui, lâcha Trigger d'un air solennel. Une douzaine de membres de la milice sont terrés là-bas actuellement, et ils l'ont pris en otage. Mais on s'en occupe, Sierra. On va le sortir de là.

Une vague de choc et de terreur pure s'abattit sur Sierra, qui se figea complètement.

Son esprit, par contre, fonctionnait à toute vitesse. Que feraient-ils à Grover ? Pourquoi l'avoir pris en otage, lui spécifiquement ? Pourquoi chez lui, et pas à l'endroit où ils manifestaient ?

— Sierra ? Tu vas bien ? demanda Trigger. Reste avec Gillian, s'il te plaît. Allez attendre chez nous. Je te tiendrai au courant de la situation et je te préviendrai dès la seconde où on l'aura récupéré.

— OK, dit Sierra d'une voix monotone.

— OK ? fit Trigger, visiblement surpris devant son peu de résistance... ou peut-être plutôt méfiant.

— Oui.

Elle ne savait même pas ce qu'elle disait. Il fallait qu'elle réfléchisse. Elle devait faire quelque chose, mais quoi ? Elle n'était pas soldat. Elle n'avait pas l'entraînement de Grover et de son équipe. Il y avait une base militaire entière remplie de gens qui avaient bien plus d'expérience qu'elle lorsqu'il s'agissait de secourir des otages.

Mais serait-elle capable de ne rien faire du tout ?

— Bien, dit Trigger en soupirant, coupant court à sa réflexion. Je le répète, tout est sous contrôle. On est sur place, ainsi qu'une autre équipe de Deltas avec laquelle on travaille. Il y a aussi des représentants venant d'à peu près tous les postes de police à vingt kilomètres à la ronde, et le bruit court que le FBI et l'ATF sont en route, eux aussi.

— Tant mieux.

— On va le sortir de là, répéta encore Trigger.

— Je sais. Merci d'avoir appelé, lui dit Sierra.

Gillian enleva le haut-parleur et Sierra l'entendit vaguement parler à Trigger à voix basse.

— Je suis tellement désolée, dit-elle après avoir raccroché. Je sais que ta voiture est ici, mais il vaut mieux que tu viennes avec moi. Tu n'es pas en état de conduire.

Elle prit le bras de Sierra et la guida vers sa RAV4.

— Je vais bien, dit Sierra d'un ton absolument inexpressif.

— On dirait pas, à t'entendre, dit Gillian d'une voix sceptique en déverrouillant sa voiture.

Une fois qu'elles furent installées, Sierra prit une grande inspiration et se tourna vers son amie.

— Je ne sais pas comment je me sens, à l'instant, dit-elle avec honnêteté.

La compassion et l'inquiétude qu'elle lisait sur le visage de Gillian suffirent presque à la faire s'écrouler, mais elle déglutit avec force et repoussa les émotions qui menaçaient de la submerger. Elle avait besoin d'avoir les idées claires. Elle devait réfléchir à ce qu'elle allait faire.

Le téléphone de Gillian sonna à nouveau, les faisant toutes les deux sursauter.

— Allô ? Non, je suis encore là.

Gillian soupira.

— Ce n'est vraiment pas un bon moment. Est-ce que tu... D'accord. Non, ça ne fait rien, j'arrive. Essaie de la calmer un peu en attendant. Je sais. On en parle plus tard.

Sierra la regarda d'un air interrogateur.

Gillian fronça les sourcils.

— C'était mon assistante. Une des invitées plus âgées est revenue en disant qu'elle ne retrouvait plus son sac à main. Elle jure qu'on lui a volé, et elle est en train de faire une crise. C'est celle qui affirmait que quelqu'un lui avait pris son repas et l'avait jeté avant qu'elle ait fini de manger, tu te souviens ? Alors qu'en fait, elle s'était retournée et avait oublié qu'elle était en train de manger ? Son repas, à moitié entamé, était là où elle l'avait laissé et personne n'avait volé quoi que ce soir.

Gillian secoua la tête, exaspérée.

— Je suis sûre que c'est la même chose. Elle a posé son sac quelque part et elle l'a oublié. Mais évidemment, elle ne veut pas en parler à qui que ce soit d'autre que *moi*, et elle est infernale avec mon assistante. Je ne devrais pas en avoir pour longtemps. Je suis désolée.

— Pas de souci, dit Sierra.

Elle serait contente d'avoir un peu de temps toute seule.

— Dès que je reviens, on ira chez moi. J'appellerai les autres, et on attendra ensemble d'avoir plus de nouvelles. D'accord ?

Sierra hocha la tête.

Gillian posa la main sur son bras.

— Tout ira bien, dit-elle fermement. Je sais que mon mari et les autres gars de l'équipe vont sortir Grover de là. Ils font bien leur travail.

Sierra en était consciente. Elle avait assisté en personne à leur professionnalisme.

— Je sais, dit-elle automatiquement.

Elle se sentait presque comme un robot, avec ses réponses courtes et plates, mais elle ne parvenait pas à trouver l'énergie d'en dire plus.

Gillian serra son bras et hocha la tête.

— Je reviens, dit-elle avant de descendre de la voiture et de partir d'un pas rapide vers le bâtiment.

Une fois seule, Sierra ferma les yeux et se concentra sur ses prochaines actions.

Ce qu'elle *devrait* faire, c'était rester là où elle était, attendre que Gillian revienne, et rentrer avec elle. Elle savait que les autres femmes ne tarderaient pas à les rejoindre, pour essayer de calmer Sierra en attendant d'avoir plus de nouvelles de ce qui se passait chez Grover.

Mais plus le temps passait, moins cette option lui plaisait.

Elle avait passé un an de sa vie à attendre sans rien faire que d'autres prennent les décisions à sa place. Et la *seule* raison pour laquelle elle s'en était sortie, c'était parce que Grover était venu jusqu'en Afghanistan, seul, pour la retrouver. Que se serait-il passé s'il n'avait pas pris un tel risque ? S'il n'était pas allé à l'encontre de tous les protocoles qu'il avait jamais connus ?

Elle serait certainement toujours dans cette caverne. Voire morte, à l'heure qu'il était.

Plus elle restait là, à penser à Grover, détenu contre son gré dans sa propre maison, plus la colère montait en elle. L'appel de Trigger l'avait effrayée, presque engourdie, mais c'était désormais une rage brûlante qui la consumait.

Comment ces imbéciles de la milice *osaient*-ils menacer Grover ? Surtout après tout ce qu'il avait fait pour assurer la sécurité des Américains. Il avait risqué sa vie à tellement de reprises, pas pour la célébrité, la gloire ou son propre amusement... mais parce que c'était nécessaire. Parce que c'était la *bonne chose à faire.*

Pouvait-elle faire moins que lui ?

Passant la main sur son crâne, Sierra sentit les cheveux doux qui y repoussaient. Cela lui rappela la caverne obscure... et les terroristes, qu'elle avait manipulés avec tant de facilité.

Pourrait-elle le refaire ? Elle n'en était pas certaine... mais comment ne pas au moins *essayer* ?

Baissant les yeux vers sa montre, Sierra vit que seules quelques minutes s'étaient écoulées depuis que Gillian l'avait laissée. On aurait dit des heures. Elle ne pouvait s'imaginer ce que devait ressentir Grover.

Plus elle restait sans rien faire, plus ces connards pourraient faire du mal à l'homme qu'elle aimait.

Sans plus hésiter, Sierra ouvrit la porte de sa voiture et se dirigea vers sa propre Impreza. Gillian s'inquièterait, mais Sierra avait pris sa décision.

Elle n'avait pas la moindre idée de la manière dont elle parviendrait jusqu'à Grover, et l'aide qu'elle pourrait lui apporter dépendrait largement de ce qu'elle découvrirait en arrivant chez lui. Mais elle ne se pardonnerait jamais de rester sans rien faire.

Sierra prit le temps d'envoyer un SMS rapide à Gillian, lui disant qu'elle avait besoin d'être seule et qu'elle l'appellerait plus tard. Gillian ne prendrait certainement pas ces mots à la légère ; elle se rendrait certainement à son appartement pour vérifier qu'elle allait bien. Sierra détestait mentir à son amie, mais elle n'avait pas le choix. Pas alors que Grover était en danger.

* * *

Dix minutes plus tard, Sierra fronçait les sourcils devant la quantité de voitures et de camions militaires garés dans tous les sens qui bloquaient l'accès à l'allée de chez Grover. Ils ne la laisseraient jamais passer, c'était certain.

Elle réfléchit et décida de continuer sur quelques centaines de mètres avant de tourner brusquement et de s'engager dans un champ d'herbe haute semblable à celui qui se trouvait derrière la maison de Grover. L'herbe était assez haute pour cacher sa voiture, mais elle ne pourrait pas couvrir les traces de pneus qui menaient dans le champ. Avec un peu de chance, les occupants des véhicules qui passeraient par-là seraient trop distraits par la présence des militaires pour se préoccuper d'une voiture qui aurait quitté la route.

Une petite voix dans sa tête lui criait qu'elle était complètement folle, mais Sierra fit de son mieux pour l'ignorer. Grover était prêt à sacrifier sa vie pour la sienne, alors qu'il ne la connaissait même pas à l'époque. Elle l'aimait. Elle était incapable de *ne pas* agir.

Elle dut pousser sur sa portière pour l'ouvrir au milieu de la végétation, et partit dans la direction de la maison de Grover, lentement, reconnaissante aux arbres et à l'herbe de dissimuler son approche. Son cœur battait à toute vitesse, mais bizarrement, plus elle se rapprochait de la maison, plus elle se sentait calme.

Il lui fallut plus de temps que prévu pour arriver à destination, parce qu'elle avait dû brusquement changer de direction deux fois, en apercevant des policiers puis un agent du FBI qui montaient la garde dans les environs.

Elle se trouvait à présent à plat ventre, à contempler à travers les herbes le chaos absolu qui régnait autour de chez

Grover. Des camions de pompiers et des voitures de police étaient garés un peu partout sur la pelouse d'un côté de l'allée. Elle se doutait qu'il y en avait encore plus en dehors de son champ de vision. Elle aperçut aussi quelques véhicules militaires et un van orné des mots « Commandement Incident ».

Tandis qu'elle regardait, un nouveau véhicule remonta l'allée à toute vitesse, soulevant un nuage de poussière dans son sillage. Avant même qu'il ne se soit arrêté, une demi-douzaine d'hommes en descendirent, leurs vestes indiquant en grandes lettres blanches dans leur dos leur appartenance au FBI.

À sa grande surprise, elle vit plusieurs silhouettes s'extraire de la campagne qui entourait la maison et se diriger vers le van. Avec un sursaut, elle se rendit compte qu'il s'agissait de quelques-uns des camarades de Grover, et qu'elle n'en avait pas vu un seul jusque-là. Clairement, ils surveillaient sa maison, se fondant parfaitement dans le décor. Maintenant qu'un haut gradé du FBI était arrivé, elle se doutait qu'ils allaient lui parler.

Son cœur battant la chamade, Sierra se rendit compte qu'elle n'aurait jamais pu s'approcher de la maison sans l'arrivée de cette voiture du FBI. Les Deltas attendaient, surveillaient... ils l'auraient arrêtée en un instant.

Elle tenait sa chance. Ce serait sûrement la *seule* chance qu'elle aurait de s'introduire à l'intérieur.

C'était de la folie. C'était complètement délirant. Et Grover ne lui pardonnerait peut-être jamais pour ce qu'elle s'apprêtait à faire. Elle savait qu'il se sentait toujours coupable de ne pas l'avoir secourue plus tôt, peu importe ce qu'elle en disait ou ce qu'en disait la psychologue. Peut-être qu'il considérerait ses actions comme une trahison de tous les sacrifices qu'il avait faits pour elle en Afghanistan. Il s'était laissé capturer, torturer, tout ça pour que Sierra finisse par se jeter volontairement dans une situation qui pourrait signer leur arrêt de mort à *tous les deux*.

Pourtant, elle ne pouvait s'empêcher de penser que si

Grover mourait aujourd'hui, sans qu'elle ait tenté de l'aider, cela signerait aussi la fin de sa vie à elle.

Elle ne survivrait pas au fait d'être restée sans rien faire alors que la vie de Grover était en danger. Peut-être que la Sierra d'avant sa capture aurait laissé aux professionnels le soin de le secourir, mais elle n'était plus cette personne-là. Elle avait changé.

S'ils s'en sortaient tous les deux vivants, et qu'il était si en colère contre elle qu'il ne pouvait lui pardonner... eh bien soit. Au moins, il serait en vie. Ce serait horrible de ne pas pouvoir être avec lui, mais elle pourrait poursuivre sa route, en sachant qu'il était sain et sauf.

Décidée, Sierra surveilla les environs une fois de plus. Elle voyait au moins trois officiers cachés derrière des arbres. Elle soupçonnait que l'avant et les côtés de la maison étaient tout aussi bien gardés. Les membres de la milice ne sortiraient jamais de là vivants.

Cette pensée lui fit froncer les sourcils. Cela n'avait pas de sens de prendre Grover en otage dans sa propre maison. Ils devaient *savoir* qu'ils étaient pris au piège. Que dès qu'on saurait ce qui se passait, la maison serait immédiatement entourée de militaires.

Elle ne savait pas qui avait alerté la police et l'armée... mais une boule d'angoisse se forma dans le creux de son ventre.

Même ses ravisseurs, en Afghanistan, avaient pris soin de ne pas se laisser piéger à l'intérieur des maisons où ils la gardaient prisonnière avant son arrivée dans la caverne de la montagne. Mais enfin, pourquoi la milice Strong Foot déciderait-elle alors de se barricader à l'intérieur ? Cela n'avait pas de sens...

Les pensées galopantes de Sierra s'arrêtèrent net.

À moins qu'ils n'aient aucune intention d'abandonner.

À moins qu'ils ne *comptent* mourir.

Merde.

Il fallait qu'elle agisse. Qu'elle rejoigne Grover.

Une fois sortie de la couverture des herbes, elle n'aurait aucun moyen de cacher ses intentions. Tellement de choses pourraient mal se passer... mais elle espérait avoir un peu d'avance, en comptant sur le fait que les officiers, les yeux braqués sur la maison, avaient relâché leur attention sur le terrain autour. Personne ne s'attendait à ce que quelqu'un essaie d'*entrer* et non de sortir. Il lui faudrait être assez rapide pour leur échapper, pour entrer dans la maison avant qu'ils ne puissent la plaquer au sol. Elle y comptait bien.

À tout moment, Trigger et les autres pouvaient achever leur conversation avec le FBI et retourner à leurs positions tout autour de la maison. Elle devait faire vite.

Elle compta mentalement jusqu'à trois, et bondit hors de sa cachette, courant à toute vitesse vers la porte arrière de la maison de Grover.

Les officiers la repérèrent presque immédiatement, et lui crièrent de s'arrêter. Mais elle ne ferait pas demi-tour. Jamais de la vie.

Elle laissa échapper un cri de frayeur lorsque le premier coup de feu retentit.

Elle s'attendait à moitié à sentir la douleur éclore dans sa propre poitrine, mais elle n'interrompit pas sa course, et elle ne sentit rien.

Comme si ce premier coup de feu avait brisé la glace, on aurait soudain dit qu'une vraie guerre prenait place autour d'elle.

Les membres de la milice tiraient depuis l'intérieur, par les fenêtres, mais on aurait dit que ce n'était pas elle qu'ils visaient. Ils braquaient leurs armes sur les hommes et les femmes stationnés autour de la maison. Plusieurs d'entre eux étaient sortis de leurs cachettes pour lui crier de s'arrêter, dévoilant leurs positions, et deux lui couraient après, à en juger par les mouvements qu'elle distinguait dans sa vision périphérique.

Ils rebroussèrent rapidement chemin sous les tirs de la milice.

Sierra ne savait absolument pas pourquoi personne ne lui tirait dessus. Elle s'imaginait qu'elle était certainement bien moins menaçante, une femme seule, en habits de civile, et a priori sans arme, qu'une personne armée jusqu'aux dents.

Étonnamment, la milice lui avait rendu service. Ils avaient empêché les policiers de la rattraper, de la plaquer au sol et de l'empêcher d'accomplir son objectif... autrement dit, d'entrer dans la maison.

Plus effrayée qu'elle ne l'avait été depuis sa première nuit de captivité en Afghanistan, Sierra grimpa les marches menant jusqu'à la terrasse, veillant à garder les mains levées pour bien montrer qu'elle ne portait pas d'arme. Elle était parvenue jusque-là ; elle n'allait pas échouer maintenant. Elle n'aurait qu'une seule chance ; et même *elle* savait que cela se jouerait à rien.

CHAPITRE VINGT

— C'est quoi ce bordel ? s'exclama un des hommes qui se tenaient dans son salon.

Les autres se retournèrent pour voir ce qui l'avait alarmé.

Le cœur de Grover faillit s'arrêter de battre à la vue de Sierra, qui débarqua en courant sur la terrasse arrière.

Il n'avait aucune idée d'où elle sortait, ni de qui avait bien pu la laisser s'approcher à ce point de la maison, mais il était fou de rage.

Il ouvrit la bouche et s'apprêtait à lui hurler de fuir, mais il ne fut pas assez rapide.

— Laissez-moi entrer ! Je suis avec vous ! cria-t-elle. Ça fait des semaines que je vous observe, et je veux vous rejoindre !

Grover cligna des yeux de surprise. Mais qu'essayait-elle de faire ?

Cory s'avança en poussant hors de son passage les trois hommes qui se tenaient près de la porte coulissante à regarder Sierra à travers la vitre, bouche bée. Les autres, à l'étage, n'avaient pas cessé de tirer sur ceux qui se trouvaient dans le jardin, les empêchant de venir la récupérer.

Cory pointa son fusil automatique sur elle, à travers la fenêtre.

— Casse-toi de là ! lui cria-t-il.

— Non, attendez, insista-t-elle. Moi aussi, je déteste les

militaires ! Ils ont ruiné ma vie ! Je ne mens pas. Mon nom est Sierra Clarkson. Cherchez sur internet, vous verrez que je dis la vérité ! S'il vous plaît, laissez-moi entrer !

Merde !

Grover sut immédiatement que Cory obéirait. Qu'il la laisserait entrer. Et qu'elle se retrouverait plongée en plein dans cette situation hautement dangereuse.

Il aurait voulu crier de rage et de frustration. Mais il ne fit pas un bruit.

Le dernier endroit où il voulait qu'elle se trouve à l'instant, c'était l'intérieur de sa maison.

Il savait que c'était trop tard. Elle avait piqué la curiosité de Cory. Elle devrait désormais continuer sur sa lancée, quel que soit son plan.

Elle mentait sur son désir de rejoindre les rangs de la milice. Il n'avait absolument aucun doute là-dessus. Il ne se souvenait que trop bien de la manière dont elle avait manipulé leurs ravisseurs, en Afghanistan. Elle les avait poussés à faire exactement ce qu'elle voulait, sans qu'ils se doutent un seul instant de n'être que des pantins à sa merci. Espérait-elle parvenir ici au même résultat ?

Ils n'étaient plus dans le désert, et Cory n'était pas Shahzada. Mille et un éléments pouvaient venir faire échouer son plan. Il savait qu'elle pensait l'aider, mais ce n'était pas le cas. Elle venait d'empirer dramatiquement sa situation... en en faisant une affaire personnelle. Si ces hommes touchaient au moindre de ses cheveux, il péterait les plombs.

— C'est bien elle ! s'exclama Alan.

Grover avait déjà retenu les noms de tous les hommes présents. Il s'était appliqué à retenir tout ce qu'il pouvait sur chacun d'entre eux, en fait, dans l'espoir de pouvoir utiliser ces informations contre eux plus tard.

— Regarde, dit Alan à Luis en lui tendant son téléphone. Elle a même encore la tête rasée et tout.

— Qu'est-ce que ça dit ? demanda Cory, dont le fusil était toujours pointé vers la poitrine de Sierra.

— Elle était prisonnière de guerre pendant un an, dit Alan. En Afghanistan. Elle a été secourue il y a pas très longtemps.

— Intéressant, fit Cory.

Il fit un signe de la tête à Tony.

— Laisse-la entrer. Fouille-la. Si elle fait le moindre geste de travers, descends-la.

Tony s'avança vers les portes. Il lui fallut un certain temps pour pousser le fauteuil inclinable de Grover qu'ils avaient placé contre la vitre.

Encore une preuve que ces imbéciles n'avaient aucune idée de ce qu'ils faisaient. Mettre un putain de fauteuil devant une *porte vitrée* n'allait pas empêcher qui que ce soit d'entrer.

— Entre, ordonna Tony.

Sierra se glissa à l'intérieur de la maison, veillant à garder les mains levées et pas trop près de son corps.

Grover nota qu'elle bougeait lentement, évitait les mouvements brusques, et gardait les yeux fixés sur Cory, qui donnait les ordres et était visiblement le chef de la bande.

— Merci de m'avoir laissé entrer ! dit Sierra, avant de continuer d'une voix plus dure. La maison est encerclée. Je ne suis passée que parce que ces stupides flics surveillent les gens qui voudraient sortir, pas entrer. Merci de leur avoir tiré dessus, ça m'a facilité la tâche. Ils ont pas mal de force de frappe, dehors. J'imagine que vous avez assez d'armes pour leur résister ?

Personne ne lui répondit tandis que Tony la fouillait, à la recherche d'armes.

Grover n'apprécia pas la manière dont ses mains s'attardèrent un peu trop sur la poitrine de Sierra et entre ses jambes, mais il n'en laissa rien paraître sur son visage. Il devrait faire preuve de patience en attendant de découvrir les vraies intentions de Sierra. Elle n'avait pas fait mine de lui prêter attention, il devait donc en faire de même. Si Cory découvrait à quel point elle était importante aux yeux de Grover, il l'utiliserait contre lui.

L'espace d'un instant, le début de leur captivité en Afghanistan lui revint à l'esprit, lorsque Sierra l'avait mis en garde contre cette technique.

Il *détestait* se retrouver à nouveau dans une situation de ce genre.

— Elle n'a rien, annonça Tony.

— Dès que j'ai entendu ce qui se passait, j'ai sauté dans ma voiture et je suis venue direct. Je n'ai pas eu le temps de m'arrêter à ma réserve. Prendre mes armes, leur dit Sierra avant de balayer la pièce du regard. Je pensais que vous seriez plus que ça.

— Les autres sont à l'étage, répondit Tony.

— Ferme-la, siffla Cory d'un ton furibond.

— Une petite dame comme elle ne pourrait pas nous faire grand-chose, même si elle le voulait, fit Luis d'un ton moqueur.

Cory s'avança à grands pas vers Sierra, et Grover dut faire appel à toute sa volonté pour ne pas réagir devant les vagues de danger qui émanaient de lui. Pas qu'il soit en position de faire quoi que ce soit... Pas avec Brody qui tenait une arme contre son crâne.

Deux mois plus tôt, avant de rencontrer Sierra, Grover n'aurait pas hésité à agir. Il se serait sacrifié pour laisser à son équipe et aux autres membres des forces de l'ordre présents l'occasion de prendre d'assaut la maison et d'éliminer la menace. Mais maintenant qu'il avait Sierra ? Hors de question. Il devait rester en vie. Il avait plus de raisons que jamais de vivre.

Cory plongea la main dans l'étui sur ses côtes et en sortit un pistolet.

Sans hésitation, il en frappa Sierra au visage.

Elle tomba par terre à quatre pattes, la tête penchée, et tous les muscles de Grover se tendirent.

Et puis elle releva les yeux, croisa le regard de Cory, et sourit.

Son expression était glaçante. Si Grover ne la connaissait pas aussi bien, il aurait pu sérieusement se dire qu'elle était folle.

— Joli coup, dit-elle calmement.

— Que viens-tu *réellement* faire ici ? grogna Cory.

— Je veux vous rejoindre, répéta Sierra. Je *déteste* les militaires. Surtout l'armée. Je suis partie en Afghanistan pour servir mon pays. J'étais trop petite et trop faible pour entrer dans l'armée, donc j'ai trouvé un poste de contractuelle à la place. Je pensais que ce qu'on faisait là-bas était bien. Qu'on essayait d'aider les gens. Mais j'avais tort. J'avais tellement tort...

Elle eut un rire amer avant de reprendre.

— Les Afghans n'ont pas besoin d'aide. Ils n'ont pas *envie* qu'on les aide. Ils s'en sortent très bien. Tout ce que fait l'armée, c'est interférer avec leur mode de vie. Comment est-ce qu'on réagirait, nous, si quelqu'un envahissait notre pays pour nous dire qu'on faisait n'importe quoi ? Si on nous disait que nos religions étaient immorales et fausses ? Les Américains pensent qu'ils sauvent les gens, mais en réalité, personne ne veut ni n'a besoin d'être secouru.

— C'est vrai, dit Cory d'un ton neutre en rangeant son pistolet.

Grover osait à peine respirer tandis qu'il assistait au lent effet de la ruse de Sierra sur l'homme maléfique qui la surplombait.

— Au début de ma captivité, j'ai cru pendant longtemps que le gouvernement enverrait quelqu'un pour me sauver. Ils viendraient forcément aider une de leurs citoyennes, hein ? Pas du tout. Ils se fichaient *complètement* de moi. Qui j'étais, pour eux ? Personne ! Une contractuelle inutile. Une simple *femme*. J'avais moins de valeur à leurs yeux que le sable sur leurs bottes. Ils m'ont abandonnée à mon sort. À la torture. À devenir la cible de la frustration d'un pays entier, pendant un an ! Ce n'était pas juste. Mais est-ce que ça leur importait ? Absolument pas !

— Pourtant, ils t'ont sauvée, à la fin, dit Tony. L'article raconte qu'une unité de l'armée t'a secourue.

— C'est vrai, confirma Sierra. Mais seulement parce que l'un des *leurs* avait aussi été capturé. Vous savez combien de temps il a été prisonnier ? Une *semaine*. Une *seule putain de semaine*, avant que son équipe ne vienne le chercher. Ils n'avaient pas vraiment d'autre choix que de me prendre avec eux quand ils se sont rendu compte que j'étais là aussi. Mais ce n'est pas pour moi qu'ils sont venus. Je serais encore là-bas si le hasard n'avait pas fait que ce soldat se fasse capturer.

— Hmm.

Clairement, Cory commençait à être rassuré par son discours... Grover s'aperçut qu'il avait légèrement baissé le canon de son fusil, que sa posture s'était un peu détendue.

Il était tellement soulagé à cet instant que son rôle dans le sauvetage de Sierra n'ait pas été diffusé dans la presse, que personne en dehors de son cercle ne sache que c'était *lui* qui avait été capturé avec elle.

Son plan fonctionnait.

Sierra était en train de persuader ce connard.

— Je ne sais pas ce que vous avez prévu... mais je veux participer, pressa Sierra. Surtout si ça implique de descendre ces chiens de soldats.

Cory hocha la tête, sa décision prise.

— D'accord... mais on ne te laisse pas seule.

Sierra haussa les épaules, comme si ça lui était égal.

— Et tu n'auras pas d'arme, continua Cory.

Là, Sierra fit une moue.

— Et comment je suis censée tuer qui que ce soit, alors ?

— Tu nous serviras d'appât, dit Cory avec un sourire moqueur. Quand ils te verront ici, avec nous, ça les poussera encore plus à faire quelque chose de stupide.

— Oh, cool. OK. Je peux jouer les demoiselles en détresse, répondit Sierra en lui rendant son sourire.

Elle tourna ensuite la tête et croisa pour la première fois le regard de Grover.

Il avait cru qu'il distinguerait de l'inquiétude dans ses yeux. Peut-être qu'elle tenterait de lui faire passer un message. Mais il ne vit que de la haine.

Il dut se rappeler qu'elle jouait un rôle. Que la colère qu'il lisait n'était pas dirigée contre *lui*.

— Et lui ?

— Quoi, lui ? demanda Cory de façon agressive.

— C'est un des *leurs*, cracha-t-elle. Il est dangereux.

— C'est une vraie fillette, dit Brody en riant. Il n'a pas bougé d'un muscle, pas avec un fusil pointé sur sa tête.

Sierra jeta un œil à Cory.

— Je sais que je ne suis qu'une meuf et que vous êtes sûrement bien plus malins que moi, mais vous devriez faire attention avec ces connards de militaires. Ils essaieront de vous surprendre, de vous prendre par surprise. J'en ai été témoin plus d'une fois, en Afghanistan. Vous ne pouvez pas être certains de ses actions, même avec une arme.

Cory parut réfléchir à ses mots.

Elle continua.

— Il n'y a pas un endroit plus sûr où vous pourriez le garder ? Un abri contre les cyclones ou quelque chose du genre ? Il y a plein de tornades, au Texas. Cet endroit à forcément une pièce comme ça. Aussi sûr qu'un coffre-fort.

— Il y a bien cette salle de cinéma, au fond, dit Luis. Elle n'a pas de fenêtres.

Le cœur de Grover se mit à battre plus fort dans sa poitrine. *Putain*, ce qu'elle était maline. Il détestait qu'elle se soit retrouvée *obligée* d'apprendre à manipuler aussi bien les gens, mais à cet instant, il était terriblement fier d'elle. Il voulait toujours l'engueuler pour s'être mise d'elle-même dans cette mauvaise posture, mais il n'en revenait pas de la manière dont elle avait réussi à retourner complètement la situation en l'espace de quelques minutes.

Bien sûr, rien n'était encore décidé, il ne pouvait donc pas encore se faire trop d'espoirs.

Mais il pouvait faire de son mieux pour l'aider.

— Non, fit-il d'une voix rauque.

Cory se tourna vers lui.

— Non quoi ?

— Je suis sage. Je fais ce que vous voulez que je fasse. Je peux rester ici.

Cory le contempla pendant un long moment, et Grover craignit un bref instant en avoir trop fait. Cory se tourna à nouveau vers Sierra.

— Pourquoi ?

— Pourquoi le mettre ailleurs ? Parce que je ne fais pas confiance aux militaires ! Pas une seule seconde. Et puis, pourquoi gâcher un homme et une arme pour lui, alors qu'ils pourraient servir à contrôler ce qui se passe dehors ? En plus, regardez-le. Il est tellement grand qu'à moins de lui tirer dessus, si jamais il décidait d'agir, il faudrait plusieurs d'entre vous pour l'arrêter.

Elle secoua la tête, comme si tout cela aurait dû être évident.

— En le mettant dans un placard, ou dans cette pièce sans fenêtre, ça veut dire qu'il serait incapable d'envoyer un signal à qui que ce soit, et qu'il ne pourrait pas s'échapper. Ce n'est pas comme s'il pouvait creuser un tunnel, termina-t-elle en riant comme si elle n'avait jamais rien entendu de plus ridicule.

— Je vous jure que je ne ferai rien, protesta Grover en gémissant presque.

— Putain, mec, t'es pathétique, dit Brody en levant les yeux au ciel.

— Reste avec elle, ordonna Cory à Tony. Si elle fait mine de bouger, descends-la.

Tony eut un air incertain.

— Euh... OK.

Grover était persuadé qu'il ne tirerait pas sur Sierra. La simple idée semblait le mettre mal à l'aise.

Cory s'avança vers l'endroit où était assis Grover, les mains liées à la chaise par une attache en plastique. Il fut incapable de se défendre lorsque Cory sortit à nouveau son pistolet pour le frapper au visage une première fois. Puis une deuxième. Puis une troisième.

Grover sentait le sang couler le long de sa joue. Il gémit, comme si ces coups avaient suffi à le briser.

Cory eut un sourire victorieux.

— Amenez-le dans la salle de cinéma. Enlevez d'abord tout ce qui pourrait ressembler à une arme, de près ou de loin. Et puis enfermez-le à clé, et barricadez la porte. Oh, et détruisez l'interrupteur.

Enfin, il se tourna vers Sierra.

— Bienvenue dans la milice Strong Foot, petite.

— Merci, répliqua-t-elle avec un grand sourire.

— Si j'ai le moindre doute sur ce que tu nous as raconté, je m'assurerai que tu regrettes qu'on ne t'ait pas descendue dès l'instant où tu as passé la porte, la prévint-il.

Sierra se leva lentement. Elle était sagement restée à quatre pattes pendant sa conversation avec Cory, à essuyer le sang sur sa lèvre du coup qu'il lui avait porté.

— Je suis exactement celle que j'ai dit être. Et je suis prête à voir l'armée payer pour ce qu'ils m'ont fait.

— Amène-la en haut, ordonna Cory à Tony. Explique aux autres ce qui se passe.

Il regarda Sierra.

— Et toi... fais-leur une petite performance, depuis la fenêtre de la chambre à l'avant. Pleure, crie, supplie-les de te venir en aide. Il est grand temps que le spectacle commence.

— Pas mal, dit Sierra en souriant.

Tony l'attrapa par le bras et la traîna avec lui jusqu'aux escaliers.

Grover aurait voulu qu'elle se retourne. Communiquer avec elle, d'une manière ou d'une autre. Lui dire à quel point il l'aimait, comme il était fier d'elle. Mais elle ne jeta pas un regard en arrière tandis qu'elle disparaissait à l'étage.

— Détache-le, dit Cory à Brody

Le jeune homme s'exécuta, entaillant le poignet de Grover en coupant le plastique de ses menottes de fortune, qui tombèrent au sol.

— Toi. Debout, ordonna-t-il ensuite à Grover en le poussant avec le canon de son fusil automatique.

Grover se leva, titubant délibérément, comme s'il avait du mal à tenir debout.

— Va faire un tour de la salle multimédia, je te l'apporte dans une seconde. Et toi, retourne à la porte et assure-toi que personne d'autre ne décide de nous rejoindre, dit-il aux deux hommes qui restaient dans la pièce.

Une fois qu'ils furent assez loin, Cory se pencha vers Grover et leva le pistolet qu'il tenait encore. Il en planta le canon sur le dessous du menton de Grover.

Un instant, Grover crut qu'il allait le tuer sur le coup.

— Dommage pour toi, tu vas rater le spectacle, dit doucement Cory. Mais cette garce a raison. C'est mieux si on n'a pas à s'occuper de toi pendant les opérations.

— De quoi parlez-vous ? demanda Grover en s'efforçant d'avoir l'air effrayé.

Il avait besoin d'informations, et il avait l'impression que ce serait sa dernière occasion d'en obtenir.

— Des feux d'artifice, répondit Cory avec un rire sombre. On a un lance-roquettes. Tu le savais ?

Grover secoua la tête.

— On prépare ça depuis des semaines. Tout le monde connaît notre nom, sait que la milice Strong Foot est là, avec des revendications. La presse meurt d'envie d'avoir une interview, une vidéo de nous. Quand ils entendront parler de *ça*, de la facilité qu'on a eue à capturer un des grands méchants soldats contre lesquels on manifeste, ils voudront leur part de l'action. Une fois qu'ils seront là, qu'ils auront installé toutes leurs caméras, et on sait tous les deux qu'ils vont adorer, ça fait des années qu'il ne s'est rien passé d'aussi excitant dans le coin... on utilisera le lance-roquettes pour lancer les festivités.

Grover pressa les lèvres de consternation.

— Le ciel va s'illuminer. Et ils ne pourront pas s'empêcher de tirer à leur tour. Ils mettront le feu à ta maison, ce sera comme les feux d'artifice du 4 juillet. *Tout le monde* entendra les cris des pauvres hommes, et de la femme, prisonniers des flammes. Et tout le monde verra bien que le gouvernement est prêt à tout pour faire taire les dissidents. Même à assassiner leurs propres citoyens... et tout ça pour quoi ? Pour avoir manifesté, tenu des pancartes ? Ça leur ouvrira les yeux. Le pays entier se rendra enfin compte qu'on a raison. Que le gouvernement n'est composé que de tyrans, et qu'il est temps de se révolter. De se dresser contre eux.

— Est-ce que les autres sont au courant de ce plan ? ne put s'empêcher de demander Grover.

Il voulait que ce connard se souvienne que lorsqu'ils mourraient, ce ne serait pas pour avoir agité quelques pancartes. Ce
serait parce qu'ils avaient pris un homme en otage et utilisé un
foutu lance-roquettes contre l'armée.

Cory eut un petit rire méprisant.

— Cette bande de fillettes ? Pas du tout. Tout ce qui leur
importe, c'est de fumer de la drogue et de ne pas travailler. J'ai
besoin que leur peur et leurs hurlements soient le plus authentiques possible. Mais ils seront des héros, après ça. Morts en
martyrs pour leur cause.

— C'est bon ! cria Brody depuis le couloir, dans la direction
de la salle de cinéma.

— Avance, ordonna Cory en enfonçant un peu plus son
pistolet dans le menton de Grover.

Sans autre choix, les pensées tournoyant à la recherche
d'un moyen de mettre un terme à cette folie sans passer par des
douzaines de morts et l'incendie de sa maison, Grover
s'exécuta.

CHAPITRE VINGT ET UN

— Putain, marmonna Brain. C'est complètement hors de contrôle.

Trigger était tout à fait d'accord. En plus de la sienne, une autre équipe de la Delta Force, menée par Ghost, était là, mais aussi les Texas Rangers, le FBI, et le Bureau de l'Alcool, du Tabac et des Armes à feu. Même la police locale de Killeen avait envoyé des dizaines d'agents.

Il y avait trop de monde, pas assez d'action, et tous les yeux étaient tournés vers la maison de Grover.

Au-delà de ça, cette situation pourtant déjà bien merdique avait encore empiré quand Sierra avait décidé de s'en mêler. Elle était censée être bien en sécurité chez lui, avec Gillian, mais non : elle avait couru vers la porte arrière et était entrée comme si c'était la chose la plus naturelle du monde.

Personne ne savait ce qui se passait à l'intérieur de la maison. Personne ne savait si Grover était encore en vie, ni ce qu'espérait accomplir la milice Strong Foot.

Trigger prit conscience d'un certain remue-ménage derrière lui, et se retourna à temps pour voir qu'un camion de reporters était parvenu à franchir le barrage du périmètre extérieur et fonçait à toute allure dans leur direction.

Ils n'avaient vraiment pas besoin que l'impasse dans

laquelle ils se trouvaient soit diffusée en live à la télé et sur internet pour les yeux du pays entier.

— Ils avaient tout prévu, murmura Lucky d'un ton dégoûté, en fixant la maison.

— Oui, c'est certain, approuva Trigger, ramenant son attention à la question de comment ils allaient sortir Grover et Sierra de là.

Le FBI pouvait bien s'occuper de gérer la presse.

— Mais pourquoi ? demanda Doc.

— Et qu'est-ce qui se passe, là-dedans ? marmonna Lefty.

La question à dix mille dollars.

Si leur équipe avait eu son mot à dire, ils auraient déjà pris d'assaut la maison. La douzaine de membres de la milice ne feraient pas le poids contre eux, surtout avec l'équipe de Ghost en renfort. Mais quelques minutes à peine avant leur signal de départ, le FBI avait débarqué, et il avait fallu aller les informer de la situation. Pendant ce temps, Grover courait un danger toujours plus grand avec chaque minute qui s'écoulait. Et maintenant que Sierra s'était ajoutée à l'équation, ils devraient faire preuve d'encore plus de prudence.

Le téléphone de Trigger se mit à vibrer dans sa poche, et il poussa un juron. Il n'avait vraiment pas le temps de gérer qui que ce soit, à l'instant. Pourtant, sachant que Gillian et les autres étaient sûrement extrêmement inquiètes, et d'autant qu'ils ne faisaient à vrai dire pas grand-chose d'important pour le moment, à son grand désespoir, il mit la main dans sa poche et en sortit son portable.

Il s'attendait à voir le nom de Gillian s'afficher et fut donc surpris de voir que son interlocuteur avait bloqué son numéro. Il aurait pu s'agir de n'importe qui, à ce stade. Trigger serait à peine surpris que le président lui-même l'appelle pour demander ce que c'était que ce foutoir.

— Trigger, dit-il en décrochant.

— Est-ce qu'on est vraiment autant dans la merde que j'en ai l'impression ?

L'espace d'un instant, Trigger crut qu'il avait des hallucinations. Il se retourna et s'éloigna lentement du groupe d'agents de l'ATF qui se tenaient à proximité.

— *Grover ?* demanda-t-il d'une voix incrédule.

— J'apprécierais que tu les empêches de foutre le feu à ma maison, répondit son ami avec frustration.

— Putain, mec ! Où es-tu ? Tu vas bien ? Ils savent que tu m'appelles ?

— Dans ma salle multimédia, avec le téléphone satellite. Oui. Et non.

Trigger fit un geste au reste de son équipe, et ils s'éloignèrent encore un peu plus du chaos de la pelouse de Grover.

— Parle-moi, ordonna Trigger.

— Les autres sont là ? demanda Grover.

— Évidemment.

— OK, voilà ce que je sais...

Les cinq minutes suivantes furent consacrées au récit de Grover, qui leur donna toutes les informations qu'il avait recueillies sur les hommes de la milice et leurs plans.

— Putain de merde !

— Oui, et le hic, c'est que Cory est le seul à savoir qu'il s'agit d'une mission-suicide. Les jeunes pensent qu'ils sont là pour attirer l'attention sur leur mouvement, et qu'ils finiront seulement en prison pour quelques jours d'ici la fin de la soirée, dit Grover avec dégoût.

— Et Sierra ?

— Je n'ai aucune idée de ce qu'elle a en tête, mais c'est grâce à elle que je peux vous parler. Elle a convaincu Cory de m'enfermer dans une pièce vide.

— Dans ta salle multimédia. Où il y a un système de communication complet et des armes sous chaque fauteuil, fit Brain, incrédule.

— Yep. Quand je lui ai fait visiter la maison, je lui ai montré toutes mes cachettes. Elle est incroyable, mais je vais lui passer le savon de sa carrière quand on sera sortis de là. Trigger ?

— Ouais, mec, qu'est-ce qu'il y a ?

— Je fais mon possible de mon côté, mais j'ai besoin que tu

t'occupes de Sierra. Cory va être furieux quand il se rendra compte que son plan ne fonctionne pas.

— Bien sûr.

— Je ne peux pas vivre sans elle, lâcha Grover d'une voix bourrue.

— Ce ne sera pas le cas, lui assura Trigger.

— Ne les laisse pas faire sauter ma maison, dit Grover. Quand ils sortiront le lance-roquettes, tout le monde risque de paniquer. Cory a raison sur ce point.

— On s'en occupe, promit Trigger. Une fois qu'on aura expliqué le plan au FBI, et qu'on sera sûrs qu'ils ne feront rien, on entre le plus vite possible. Je te préviendrai quand le moment sera venu.

— Sierra est à l'étage.

— Oui, on l'a vue, dit Trigger. Une putain d'actrice, ta copine. Elle pleurait et criait à travers une fenêtre.

— Elle fait semblant, dit Grover.

— On sait, le rassura Trigger.

— Mais est-ce que les quatre cent cinquante autres personnes présentes le savent ? demanda Grover.

C'était une bonne question, mais pour l'instant, elle n'était pas essentielle. Que les larmes de Sierra soient réelles ou non et ce qu'elle essayait d'accomplir n'étaient que des détails, à l'instant. Ce qui était important, c'était de couper la tête du groupe. L'équipe l'avait déjà fait souvent, la dernière fois en date étant l'Afghanistan, avec Shahzada. Grover avait émis la suggestion qu'une fois Cory éliminé, les autres se rendraient assez vite.

Trigger lui faisait confiance.

— Je déteste ne pas savoir ce qui se passe, grogna Grover.

— Ce sera bientôt fini, lui dit Trigger. Donne-moi un peu de temps pour parler à Ghost, à l'ATF et au FBI. J'ai un plan.

— Belle épitaphe, plaisanta Grover.

Trigger prit une grande inspiration. Si son ami était capable de blaguer dans cette situation, alors que sa maison, Sierra, et sa propre vie étaient en jeu, tout se passerait bien. Il en était certain.

— Attends mes instructions. Reste discret.

— Je n'ai pas le choix, se plaignit Grover avant de soupirer. Ce sont des gamins, ils sont jeunes et cons, Trigger. N'oublie pas, ils n'ont aucune idée qu'ils se sont portés volontaires pour une mission-suicide.

— Je sais. On va faire tout notre possible pour garder le nombre de victimes au minimum.

Ce que Trigger ne dit pas, c'était que si l'un d'eux était assez stupide pour leur tirer dessus, il ne garantissait plus rien. Grover le savait.

— Rappelle-moi dans quinze minutes, j'aurai les infos, reprit Trigger. On assure tes arrières, Grover.

— Reçu.

Trigger raccrocha et se retourna vers son équipe, leur donnant leurs ordres. Ils devaient parler à beaucoup de gens, en très peu de temps. Le soleil était en train de disparaître à l'horizon, et si Grover avait raison, et il avait raison, Cory serait impatient de pouvoir enfin utiliser son foutu lance-roquettes. Il fallait impérativement que tout le monde ici soit au courant de son plan lorsque ce serait le cas, pour que tout ne s'envole pas littéralement en fumée devant leurs yeux.

Repérant Ghost et son équipe, Trigger sentit un courant d'énergie nouveau le parcourir. Entre ses propres gars, et Ghost, Fletch, Coach, Hollywood, Beatle, Blade et Truck... il était confiant en leurs capacités à retourner la situation.

Il s'avança vers Ghost d'un pas décidé, prêt à lui expliquer son plan.

* * *

Sierra se tenait à l'arrière d'une des chambres d'amis de Grover et s'efforçait de paraître aussi excitée que les jeunes hommes qui l'entouraient. Cameron et Rob flanquaient la fenêtre, tirant à travers chacun à son tour. De ce qu'elle comprenait, ils ne visaient pas qui que ce soit : ils tiraient juste de temps en temps pour s'assurer que personne n'essayait de s'approcher de la maison.

Adam et Zeke faisaient la même chose depuis d'autres fenêtres de l'étage. Ils couvraient ainsi l'avant et l'arrière de la maison.

— Plus de munitions, Sierra ! appela Zeke.

On lui avait confié la tâche de s'assurer qu'ils avaient suffisamment de munitions à tout moment. Elle partit dans le couloir et attrapa une nouvelle boîte de balles, qu'elle amena dans la chambre principale. Il lui était douloureux de voir cette pièce où elle avait été si heureuse, si détendue, être souillée de la présence de la milice Strong Foot.

Elle tendit la boîte à Zeke et se retourna pour quitter la pièce. Moins elle y passerait de temps, mieux elle se porterait.

Elle faillit se cogner contre Kevin dans le couloir. Cory le suivait de près... et elle fut parcourue d'un frisson devant l'expression qui couvrait son visage.

— Il est temps, dit-il avec un grand sourire. La presse est là. Il n'y a qu'un seul camion, puisque ces connards retiennent les autres, mais même une seule caméra suffira largement. Leur vidéo fera le tour du monde.

Kevin poussa un cri de joie.

— Je peux préparer le lance-roquettes ? demanda-t-il.

Sierra dut se retenir de ne pas lever les yeux au ciel. On aurait dit qu'il pensait être en train de jouer à un jeu vidéo, sans avoir conscience qu'il s'apprêtait à armer un instrument de destruction capable de tuer une douzaine de personnes en un seul coup.

Cory hocha la tête.

— D'accord. Installe-le dans cette petite pièce, là. On y a la meilleure vue sur l'avant de la maison, là où ces imbéciles ont garé tous leurs véhicules de luxe.

Sierra n'était pas certaine de la marche à suivre. Elle était seule. Cory et ses hommes étaient onze, et ils étaient tous armés. Certes, elle savait que Grover avait caché des armes un peu partout, mais même si elle parvenait à s'en emparer sans qu'on la voie et qu'on l'arrête, elle n'était pas sûre de savoir les utiliser. Peut-être qu'ils avaient des crans de sûreté, peut-être qu'ils n'étaient même pas chargés.

Elle avait travaillé dur pour qu'ils lui fassent confiance, sa lèvre coupée le prouvait. Pour rien au monde elle ne ruinerait cette opportunité, pas si elle pouvait encore trouver un moyen d'aider les Deltas.

Elle savait que Grover avait probablement déjà parlé à son équipe à l'heure qu'il était. C'était pour lui laisser libre accès au système de communication qu'elle avait suggéré à Cory de l'enfermer dans la salle multimédia. Son équipe aurait besoin de savoir ce qui se passait à l'intérieur, et Grover pourrait aider à coordonner leur sauvetage. Enfin, elle l'espérait.

À défaut d'une meilleure idée, elle retourna dans la chambre où elle avait laissé Cameron et Rob.

— Putain, mec. J'ai trop envie d'un joint, se plaignit Rob.

— Pareil. Tu crois que Cory nous laissera bientôt faire une pause ? demanda Cameron.

Sierra savait qu'ils étaient conscients de sa présence, mais visiblement, ils s'en fichaient. Tony leur avait expliqué ce qu'elle faisait là quand il l'avait amenée à l'étage. Les autres avaient accepté son histoire sans poser la moindre question. Plus le temps passait, plus elle se rendait compte que ces hommes, ces enfants, presque, étaient encore plus naïfs qu'elle-même l'avait été lorsqu'elle avait accepté son contrat en Afghanistan.

Ils n'étaient pas venus pour blesser qui que ce soit. C'était presque un jeu, pour eux. Un peu d'excitation à leurs yeux d'adolescents qui s'ennuyaient. Et Cory leur fournissait des joints, de la nourriture et tout ce dont ils avaient besoin, quelle raison auraient-ils de ne *pas* le suivre ?

Jetant un coup d'œil en direction du couloir, elle ne vit pas trace de Cory. Elle l'entendait, avec Kevin, mettre en place ce qu'elle soupçonnait être ce fichu lance-roquettes. Elle n'avait pas beaucoup de temps.

— Comment vous avez rencontré Cory, vous ? demanda-t-elle.

Rob fit feu et éclata de rire.

— T'as vu ? Je pensais pas qu'un vieux comme ça pouvait bouger aussi vite.

— Attends, regarde, fit Cameron et tirant quelques balles à son tour.

Sierra serra les dents avec force. Elle détestait voir ces imbéciles viser ses amis, ou d'autres innocents, juste parce qu'ils trouvaient ça *drôle*.

Poussée par la volonté d'interrompre leurs tirs, Sierra dit la première chose qui lui passa par la tête.

— Vous savez qu'on va tous mourir, hein ? lâcha-t-elle avec précipitation.

Elle n'avait aucune idée de ce qu'elle disait, mais il fallait qu'elle fasse *quelque chose* pour détourner leur attention des fenêtres.

Cameron se retourna pour la dévisager.

— Quoi ?

— C'est quoi ces conneries ? demanda Rob.

Le cerveau de Sierra tournait à toute vitesse.

— Vous vous souvenez de Waco ? Non, attendez... vous n'étiez même pas nés. Mais vous en avez sûrement entendu parler. L'ATF et l'armée, le même genre de personnes que celles qui sont là, dehors, ont perdu patience en voyant qu'ils étaient incapables de pénétrer dans l'enceinte du bâtiment des davidiens, à Waco. Alors ils ont pris un tank et ils ont forcé l'entrée, en mettant le feu au complexe au passage. Tuant les soixante-dix personnes qui se trouvaient à l'intérieur. Hommes, femmes et enfants. Je vois pas comment ça pourrait se passer autrement pour nous.

Elle ne mentionna pas le fait qu'il était probable que les davidiens aient en réalité été responsables des incendies, qui avaient éclaté à l'intérieur du bâtiment avant même que le tank n'en défonce le mur.

Rob et Cameron restèrent silencieux un moment. Et puis Rob secoua la tête.

— Non. Cory dit qu'on fait juste semblant, pour la presse. Et ils sont là, dehors, les reporters, ils filment. Une fois que le monde aura vu à quel point l'armée est dangereuse, incontrôlable, on se rendra.

Sierra eut un rire sombre.

— Vous y croyez vraiment ? demanda-t-elle. Dès la seconde où on sort d'ici, on est morts. Ces putains de militaires sont fous de rage qu'on leur tire dessus. Ils vont nous descendre, et ils affirmeront qu'on avait des armes. Ils tordent toujours la vérité pour avoir le beau rôle.

Elle secoua la tête.

— Nope, on va tous mourir ce soir, reprit-elle. Mais moi, ça me va. J'ai déjà des problèmes, à cause de ce qui m'est arrivé. Je préfère largement mourir pour la cause que vivre avec tous les cauchemars et les flash-backs qu'ils m'ont donnés, ces foutus soldats.

Cameron et Rob échangèrent un regard nerveux, et Sierra fut satisfaite d'avoir ne serait-ce que planté un soupçon de doute dans leurs esprits. Il était grand temps qu'ils commencent à se servir de leurs propres cerveaux au lieu de suivre Cory aveuglément.

— Sierra ! Plus de balles ! cria Adam depuis une autre pièce.

— Le devoir m'appelle, dit-elle à Cameron et Rob.

Elle se tourna et quitta la chambre. Elle faillit encore une fois bousculer Kevin, qui sortait une grande boîte en bois du bureau de Grover.

— Fais gaffe ! aboya-t-elle.

— *Toi*, fais gaffe, rétorqua Kevin.

— Ouah, c'est déjà installé ? demanda Sierra, sentant son estomac plonger dans son ventre.

— Ouais, c'était pas compliqué. Cory est en train de finir. Il y a un énorme camion du SWAT garé juste devant la maison, avec un 4x4 militaire derrière. Il pense qu'il peut avoir les deux d'un coup, dit Kevin avec excitation.

— Trop cool ! Et ensuite ?

— Qu'est-ce que tu veux dire ?

— C'est quoi, le plan, après ça ? Les soldats dehors vont ouvrir le feu à leur tour en réponse. Et donc nous, on fait quoi, une fois qu'on aura réduit leurs camionnettes en cendres ?

Elle parlait à voix basse, pour éviter que Cory ne l'entende. Sa lèvre la lançait toujours, là où il l'avait frappée. Bien sûr, le coup n'était rien en comparaison de ce qu'elle avait subi aux mains de Shahzada.

— Je sais pas trop, mais Cory nous dira, dit Kevin, visiblement peu préoccupé par tout ce qui ne concernait pas directement l'arme qu'il venait d'installer.

— Sierra ! cria à nouveau Adam.

Elle se pencha pour ramasser une nouvelle boîte de munitions et remonta le couloir en direction de la chambre où Adam jouait à faire semblant d'être dans un jeu vidéo. Sans un mot, elle lâcha la boîte à ses pieds, avant de repartir. Elle l'entendit jurer et se plaindre des balles qui roulaient au sol, mais elle s'en fichait. Elle n'avait pas menti à Tic et Tac dans l'autre chambre. Elle avait un mauvais pressentiment sur ce qui se passerait une fois que Cory aurait tiré son lance-roquettes.

Elle entendait quelqu'un crier dans un mégaphone, tentant de les persuader d'envoyer quelqu'un pour leur parler, pour négocier. Mais personne ne semblait incliné à répondre. Et si Cory ne voulait pas négocier, cela signifiait sûrement qu'il se fichait de vivre ou mourir. Et qu'il se fichait tout autant du sort de ses fidèles.

Sierra supposait que certains parmi ceux qui assisteraient à ce spectacle penseraient exactement ce que Cory voulait qu'ils pensent. Ils seraient peut-être d'accord pour dire que le gouvernement et l'armée avaient eu une réaction disproportionnée. Ils se ficheraient du fait que les hommes et les femmes qui se tenaient à l'extérieur avaient été poussés à agir comme ils le feraient.

Debout au milieu du couloir, incertaine, Sierra était à court d'idées. Elle avait fait ce qu'elle pouvait pour aider Grover, puis pour répandre le doute chez certains des idiots qui obéissaient à Cory sans réfléchir. Maintenant, elle ne voulait plus que s'enfuir de là. Mais elle s'était mise elle-même dans cette situation, elle ne fuirait pas.

Kevin sortit de la pièce dans laquelle se trouvait encore Cory et lança un signal aux autres depuis le couloir.

— Plus que cinq minutes !

Les autres, depuis leurs fenêtres, signifièrent leur approbation par des cris, et elle entendit les hommes encore au rez-de-chaussée faire de même.

Kevin croisa son regard et sourit.

— Prête pour le feu d'artifice ? Ça va être un truc de fou.

— Super, parvint à articuler Sierra.

Heureusement pour elle, Kevin était trop surexcité pour relever la mollesse de sa réaction.

Sierra contempla un instant sérieusement la possibilité de chercher une des armes cachées de Grover et de tenter d'arrêter Cory elle-même, de l'empêcher de pousser les officiers et les soldats à l'extérieur à riposter. Mais les obstacles étaient toujours les mêmes. Elle ne savait pas utiliser une arme, et la moindre hésitation pourrait lui être fatale.

Elle ne pouvait qu'espérer que Grover avait bien pu utiliser son téléphone secret, ses armes, et qu'il était en train de s'échapper de la cellule de fortune dans laquelle elle s'était arrangée pour qu'il se trouve enfermé.

Sierra s'avança jusqu'au fond du couloir et pressa son dos dans un angle, suivant les ordres que Grover lui avait donnés dans cette caverne en Afghanistan. Elle se laissa glisser le long du mur jusqu'à être assise par terre. Enroulant ses bras autour de ses genoux, elle s'efforça de se faire aussi petite que possible.

Aucun endroit de la maison n'était sûr à cet instant, mais au moins elle n'était pas à portée des fenêtres. Elle ne doutait pas que les balles se mettraient à pleuvoir dès l'instant où Cory tirerait son foutu lance-roquettes.

L'espace d'une seconde, elle eut l'impression d'être de retour en Afghanistan. Prise au piège. Sans autre choix que d'attendre que d'autres décident de son destin. Sauf que cette fois-ci, elle était retenue par sa propre volonté.

Fermant les yeux, elle posa son front sur ses genoux et se mit à prier.

* * *

Dès l'instant où il s'était retrouvé seul dans la salle multimédia, Grover s'était mis au travail. Brody, suivant ses ordres, avait tiré sur l'interrupteur pour le rendre hors d'usage, mais Grover n'avait pas besoin de lumière. Il savait où étaient cachées toutes les armes de la pièce. Ses pensées se tournèrent brièvement vers Sierra, mais s'il réfléchissait trop à ce qu'elle subissait peut-être pendant ce temps, il n'arriverait plus à rien.

Il commença par les fauteuils.

Il lui fallut un certain temps, mais il parvint à retirer un couteau de sa cachette pour couper les attaches en plastique qui le menottaient. Il sentait du sang sur sa peau, là où Brody l'avait entaillée plus tôt, mais aucune douleur. Il était trop concentré pour ça. Une minute plus tard, il avait atteint le téléphone caché derrière le drapeau en bois et composait le numéro de Trigger.

Son chef d'équipe lui avait demandé du temps.

Le premier instinct de Grover était de bondir hors de la pièce et d'éliminer quiconque le séparerait de la femme qu'il aimait. Mais il faisait confiance à Trigger, et il avait besoin que tout le monde soit au courant que Cory possédait un lance-roquettes qu'il avait tout à fait l'intention d'utiliser.

Il avait conçu la salle multimédia pour être parfaitement insonorisée, et à l'instant, il le regrettait. Il n'entendait pas ce qui se passait au-dehors, ni même à l'intérieur de la maison. Pour s'occuper, il entreprit de rassembler autant d'armes qu'il pouvait en porter. Il attacha un pistolet dans l'étui à sa cuisse, un autre dans le bas de son dos, un couteau à son mollet et un à sa taille, avant d'attraper aussi un fusil.

Il ne voulait tuer personne…

Bon, c'était un mensonge. Il voulait éliminer Cory, et si n'importe lequel de ces imbéciles avait blessé Sierra, il les éliminerait aussi.

Une fois armé, Grover fit les cent pas.

Au bout d'un temps qui lui parut durer une heure, mais qui était en réalité plus proche des quinze minutes demandées par Trigger, le téléphone vibra dans sa main.

— Raconte.

— On dirait que Cory s'apprête à passer à l'action, dit Trigger, et Grover entendait sa respiration hachée, comme s'il se déplaçait rapidement tout en lui parlant. J'ai informé tout le monde de ce qui se préparait, et ils sont tous d'accord pour ne pas raser ta maison. Par contre, ils risquent de faire beaucoup de bruit.

— Sierra pourrait être touchée s'ils tirent vers l'intérieur, gronda Grover.

— L'ordre est de tirer très bas ou très haut, pas à hauteur de fenêtre.

Grover n'était pas complètement satisfait, mais il savait qu'il n'aurait pas droit à mieux pour l'instant.

— Les autres les tiendront occupés, pendant qu'on entre depuis l'ouest et Ghost et ses gars arrivent depuis l'est. Le garage est leur point faible. Personne ne le surveille, a priori.

— Ils ont bloqué la porte arrière avec des meubles, le prévint Grover.

— Ouais, on a vu. Ça ne suffira pas à ralentir l'équipe de Ghost. Tiens-toi prêt, Grover. On débarque dans deux minutes. On entre discrètement plutôt que d'arriver à fond.

— Reçu.

— À tout de suite. Dans cinq minutes, tout sera fini. Terminé.

Grover rangea le téléphone dans sa poche arrière et se dirigea vers la porte. Cory et Brody l'avaient barricadée avec plusieurs chaises de la salle à manger, qui ne seraient pas d'une grande aide face à la force de Grover. Il ne lui fallut pas plus de quelques poussées brutales avant de pouvoir s'introduire dans le couloir.

Il s'arrêta pour tendre l'oreille, sans percevoir d'autre bruit qu'une voix désarticulée par un mégaphone, qui tentait de pousser Cory à négocier. Grover sentit le rythme de son cœur ralentir au fur et à mesure qu'il régulait sa respiration et remontait doucement le couloir, entièrement concentré sur sa tâche.

Il sursauta lorsqu'un bruit semblable à un coup de vent retentit, immédiatement suivi d'une explosion si puissante que la maison entière en trembla.

Dans la pièce qui donnait sur l'avant de la maison, quelqu'un poussa un cri de joie. Du verre éclatait de tous les côtés, certainement à cause de l'onde de choc provoquée par l'impact du tir de Cory.

Et puis l'air se remplit du son des coups de feu.

On aurait dit qu'il se trouvait en plein milieu de la Troisième Guerre mondiale. Il n'avait plus besoin de tenter d'être silencieux, puisque personne ici ne serait capable d'entendre quoi que ce soit par-dessus le rugissement de douzaines d'armes à feu.

De nouveaux cris résonnèrent à l'étage, des hommes qui prévenaient qu'un groupe de gens s'avançait vers la maison depuis le jardin à l'arrière.

Visiblement, la milice Strong Foot commençait à paniquer.

Bien. Cela rendrait les choses bien plus faciles pour lui et son équipe.

Ses mouvements rapides et précis, Grover s'approcha d'Alan, qui contemplait bêtement le jardin à travers la vitre de la porte arrière, son arme pointée vers le sol.

Grover plaqua la main contre sa bouche et lui arracha son arme des mains. Alan émit un grognement de surprise, les yeux écarquillés, mais il ne se débattit pas.

En entendant un bruit derrière lui, Grover se retourna... et la scène qu'il découvrit était la plus belle qu'il ait jamais vue.

Six silhouettes qui traversaient le couloir, en provenance de son garage.

Son équipe, menée par Trigger.

Doc attrapa Alan, et Grover fit un geste en direction de la petite salle à manger à l'avant de la maison.

En l'espace de deux minutes, quatre hommes gisaient sur le sol de son salon, les bras attachés dans le dos, bâillonnés à l'aide de scotch pour éviter qu'ils n'avertissent leurs alliés.

Doc se tenait au-dessus d'eux, armé d'un fusil, tandis que le reste de l'équipe partait en direction des escaliers. Leur prochaine manœuvre serait délicate. Une bataille intense faisait encore rage, et Grover priait pour que Trigger ait dit la vérité, pour que personne ne tire directement à l'intérieur de sa maison. Il se fichait complètement du sort de ses affaires, mais il ne supporterait pas que Sierra se retrouve victime d'une balle perdue.

Trigger le laissa ouvrir la voie dans l'escalier, et Grover monta d'un pas lent et régulier. Une fois qu'il eut grimpé quelques marches, il leva une main pour arrêter les autres, et jeta un coup d'œil par-dessus le bas de la rampe pour s'assurer de la situation.

Les yeux écarquillés sous le choc, il aperçut Sierra, assise au fond du couloir. Elle s'était recroquevillée dans un coin, roulée en boule.

Il était si fier d'elle, à cet instant. C'était exactement la marche à suivre. Elle s'était éloignée des fenêtres et avait fait de son corps la cible la plus petite possible.

Elle fit de grands yeux à son tour en le repérant, et, sans qu'il lui demande quoi que ce soit, elle désigna la chambre principale et leva deux doigts. Elle fit ensuite un geste vers une chambre d'amis et leva un doigt. Elle continua avec chaque pièce, l'informant du nombre d'hommes présents. Grover ne savait pas qui se trouvait où, mais pour l'instant, ça n'avait pas d'importance. Il faudrait tous les maîtriser de toute façon.

Jetant un regard en arrière à son équipe, Grover ne fut pas surpris de voir qu'ils avaient été rejoints par Ghost, Fletch et Truck, debout en bas de l'escalier. Visiblement, ils étaient eux aussi entrés sans souci dans la maison. Leur nombre était désormais largement suffisant pour éliminer facilement les autres membres de la milice ; la question était seulement de savoir si ceux-ci se rendraient sans protester ou s'ils se montreraient stupides.

Sachant qu'ils pouvaient être découverts à tout instant, les Deltas grimpèrent les escaliers en courant et s'empressèrent de pénétrer dans les différentes pièces de l'étage.

Alors que Grover s'apprêtait à rejoindre Sierra, Cory surgit de son bureau.

Il n'hésita pas un instant, attrapant Sierra et la relevant brutalement de sa position assise.

Elle poussa un cri aigu et se débattit de son mieux, sans résultat.

Cory laissa tomber au sol le fusil qu'il tenait et sortit un pistolet de son étui. Il poussa Sierra devant lui sans difficulté et planta le canon de l'arme sous son menton, comme il l'avait fait à Grover peu avant. La tête de Sierra fut projetée en arrière, et Grove fut incapable de distinguer ses yeux.

— Plus un geste, ou je tire.

Grover s'arrêta net, Trigger à ses côtés. Tout autour d'eux, on entendait les hommes de la milice se rendre les uns après les autres, mais Grover ne détachait pas son regard de leur chef. Il tenait son propre pistolet dans ses mains assurées. Il n'attendait qu'une ouverture, et Cory serait mort.

Le bruit des tirs s'estompa lentement. Un des Deltas avait dû signaler à l'extérieur que la situation était sous contrôle. En majeure partie.

— C'est fini, dit Trigger. Ton plan a échoué.

— Pas du tout, se vanta Cory. Des millions de personnes ont assisté à cette explosion ! Et aux tirs qui y ont répondu. Des soldats américains qui tirent sur des citoyens américains. *Tout le monde* a pu voir que le gouvernement se fiche complètement du peuple.

— Personne n'a vu quoi que ce soit, répondit Trigger. La seule équipe de reporters sur la propriété a été empêchée de filmer. Tu vois, on savait que tu avais un lance-roquettes, et on savait que tu l'utiliserais.

Cory vira au rouge écarlate sous sa barbe.

— Non ! s'écria-t-il.

— Si, dit calmement Trigger. Aux yeux du peuple améri-cain, les manifestants qui harcelaient des civils innocents depuis des semaines viennent de dépasser les bornes et de prendre en otage un soldat décoré et une femme innocente. Personne ne vous voit, toi et ton groupe, comme les victimes. C'est fini.

Sierra s'était figée entre les bras de Cory lorsqu'il avait planté son arme dans sa chair vulnérable... mais un mouve-ment qu'il distinguait du coin de l'œil attira l'attention de Grover. La main de Sierra.

Elle leva un doigt.

Elle ne perdait pas de temps. Elle ne leur donnerait pas l'occasion d'essayer de convaincre Cory de se rendre. Pour être honnête, Grover n'était pas certain qu'il *puisse* être convaincu. Il était piégé, et il le savait. Ses plans littéralement partis en fumée.

Deux doigts.

Le champ de vision de Grover rétrécit. Il pointa son arme vers l'espace entre les yeux de Cory, qui essayait de se protéger derrière le petit corps de Sierra. Dès la seconde où elle bougerait, Grover agirait.

Personne ne menaçait cette femme. *Personne.*

Cory était encore en plein monologue sur le gouvernement corrompu, sur le fait qu'il avait peut-être échoué aujourd'hui mais que ses fidèles reprendraient le flambeau, et prouveraient au monde que l'armée était une structure immorale, remplie d'assassins.

Ignorant l'ironie de ce dernier élément, Grover vit Sierra leva un troisième et dernier doigt.

Elle lança sa main en arrière et attrapa l'entrejambe de Cory, qui, surpris, délogea le pistolet de son menton.

Elle serra le plus fort possible, et Cory eut la réaction prévue. Il hurla. Par réflexe, il poussa Sierra loin de lui et se plia en deux.

Elle était encore en pleine chute quand Grover déchargea son arme.

Deux corps s'écroulèrent sur le parquet à quelques instants d'écart, mais seul l'un des deux importait à Grover. Il laissa tomber son arme et se précipita vers Sierra.

Tandis que Trigger et Lefty s'approchaient de Cory pour s'assurer qu'il était désarmé et ne représentait plus une menace, Grover attrapa les bras de Sierra et la releva d'un geste, jusqu'à ce qu'elle soit debout devant lui. Son esprit était en plein chaos ; il ne l'aurait jamais relevée aussi brusquement sinon, mais il voulait désespérément s'assurer qu'elle allait bien.

Elle le regarda en clignant des yeux tandis qu'il cherchait frénétiquement du regard la moindre trace de blessure.

— Sierra ? aboya-t-il.

Elle fronça les sourcils et secoua la tête en grimaçant.

— Rapport de situation ! cria une voix derrière eux.

C'était Lucky.

— Coups de feu ! cria quelqu'un d'autre en réponse.

— Sans blague ! Qui est touché ?

Le couloir était bondé, tous les soldats tentant de comprendre ce qui s'était passé. Grover entendit vaguement que quelqu'un criait de cesser le feu, visiblement à ceux qui étaient en charge des soldats à l'extérieur, pour s'assurer qu'ils ne se remettraient pas à tirer en entendant de nouveaux coups de feu, mais il ne pouvait rien faire d'autre que de dévisager Sierra.

— Tu es touchée ? demanda-t-il.

Elle se lécha les lèvres et prit une grande inspiration. Lorsqu'elle secoua la tête, les genoux de Grover faillirent le lâcher sur le coup.

— Tu es sûre ? insista-t-il.

Elle hocha la tête, cette fois, et tenta de regarder derrière elle. Grover attrapa son visage entre ses mains et l'empêcha de regarder ailleurs que droit vers lui.

— Parle-moi, Petit Pois.

— J'ai les oreilles qui sifflent encore à cause des tirs mais je... je crois que je vais bien. Est-ce qu'il...

— Il est mort, dit Grover sans la moindre émotion.

Cory avait raison sur un point : l'armée était remplie d'assassins. Et le plus terrible d'entre eux s'était tenu juste en face de lui.

Il passa doucement son pouce sur sa lèvre fendue, là où Cory l'avait frappée. En retour, elle leva sa propre main et caressa sa joue, là où *lui* avait reçu un coup.

Autour d'eux, les gens s'activaient, entraînant les jeunes hommes des chambres où ils étaient terrés jusqu'au rez-de-chaussée, s'assurant de la situation. Mais Grover ne pouvait rien faire d'autre que de rester planté là, à regarder Sierra.

À sa grande surprise, ses yeux se remplirent de larmes, qui s'écoulèrent rapidement le long de ses joues.

Merde. Sierra ne pleurait pas. Ils en avaient déjà parlé longuement, l'un avec l'autre ou en présence de psychologues.

Et pourtant, elle pleurait.

— Sierra ? murmura-t-il, sa voix se brisant sur la dernière syllabe.

Incroyablement, elle sourit. Ses larmes dégoulinaient de son menton, et elle souriait.

— Tout va bien ! le rassura-t-elle. Je suis juste tellement soulagée que ce soit fini !

L'attirant à lui, Grover fit de son mieux pour ne pas l'étouffer dans son étreinte. Il sentait ses larmes tremper sa chemise, et c'était un sentiment qu'il n'oublierait jamais.

— Je t'aime, dit-il.

Il posa les mains sur ses épaules et la repoussa légèrement.

— Je t'aime, répéta-t-il, plus fort.

— Moi aussi, je t'aime, répondit Sierra qui souriait et pleurait toujours en même temps. Peut-être que c'est l'occasion de passer une nuit dans mon appartement. Ta maison semble un peu trop... aérée.

Un rire bruyant résonna derrière eux, et Grover se retourna pour découvrir Brain.

— Oui, c'est que la plupart des fenêtres ont explosé à cause de l'onde de choc du lance-roquettes, expliqua-t-il. J'imagine qu'il faudra encore quelques jours avant que vous puissiez revenir.

— On déménage, de toute façon, l'informa Grover.

— Quoi ? Hors de question ! s'exclama Sierra en fronçant les sourcils, s'essuyant le visage de sa manche.

— Tu ne peux pas vouloir vivre ici, insista Grover.

— Et pourquoi pas ? Je ne vais pas laisser une bande de tarés me chasser de ma propre maison !

Grover l'attira à nouveau vers lui et se retourna pour les sortir au plus vite du couloir. Il ne voulait pas que Sierra voie le corps de Cory, même s'il soupçonnait qu'elle n'en serait pas aussi affectée que d'autres pourraient l'être. Elle avait déjà vécu pire que ça. Il supposait qu'elle ne se laisserait pas souvent déstabiliser, à l'avenir.

— On en a pour des heures et des heures de réunions, lui dit-il en l'accompagnant dans les escaliers. Il va falloir qu'on raconte tout non seulement au FBI et à l'ATF, mais aussi à mon commandant. Il faudra qu'on appelle Gillian et les autres, pour qu'elles sachent qu'on va tous bien. Et nos parents. Je devrai aussi contacter une agence de sécurité pour venir équiper cette maison de leur meilleur matériel, et trouver quelqu'un pour remplacer ces fenêtres...

— Je m'occupe des fenêtres, l'interrompit Ghost.

Ils se tenaient en bas des escaliers, et Grover peinait à croire au nombre de gens qui se trouvaient dans sa maison. Il avait déjà trouvé qu'ils étaient à l'étroit lorsque tous ses camarades et leurs familles étaient présents, mais ce n'était rien comparé aux corps qui s'entassaient à l'intérieur à cet instant.

Grover adressa un signe de tête à Ghost.

— J'apprécie. Merci d'être là.

— C'est normal.

— Hé, au moins ta maison n'a pas sauté comme la mienne, plaisanta Fletch.

Grover se souvenait de cet événement, qui avait eu lieu quelques années plus tôt. Il se contenta d'acquiescer.

— C'est vrai.

Il se tourna à nouveau vers Sierra.

— Bref, comme je le disais, on risque d'être occupés pendant un moment. Mais dès qu'on aura fini, je te ramène à ton appartement et on n'en sort plus pendant quelques jours. Je n'ai pas eu l'occasion de te préparer le dîner que j'avais prévu, ça m'énerve.

Sierra lui sourit.

— Ne pas avoir pu me faire à manger, ça t'énerve, mais pas le fait que ta maison se soit retrouvée en plein champ de bataille ?

— Oh, si, ça m'énerve aussi. Surtout que tu t'es mise en plein milieu de cette foutue situation. Et que Cory t'a frappée. Et que ces imbéciles de gamins n'avaient même pas compris ce qu'il prévoyait de leur faire. Et...

Sierra se dressa sur la pointe des pieds pour lui couvrir la bouche de sa main.

— Ça va, j'ai compris.

Soudainement, les événements de la soirée lui revinrent tous d'un coup. Il ne pouvait sortir de son esprit l'image de Cory, pistolet enfoncé sous le menton de Sierra. Il vacilla.

— Une chaise ! aboya brusquement Sierra.

Tout le monde se figea autour d'eux, et elle claqua des doigts avec impatience.

— Maintenant !

Grover ne put s'empêcher de sourire légèrement quand plusieurs personnes s'empressèrent de s'exécuter. Sa copine était une vraie boule d'énergie dans ce petit corps. Et elle était la personne la plus forte qu'il ait jamais rencontrée.

Il s'assit, l'entraînant avec lui. Sierra se blottit contre lui comme si elle se fichait de qui pouvait les regarder. Et il supposait que c'était le cas, parce que *lui* s'en fichait tout aussi royalement.

Tandis que des hommes et des femmes s'activaient autour d'eux, plongés dans leur tâche de comprendre exactement ce qui s'était passé et comment un citoyen américain moyen avait bien pu mettre la main sur un lance-roquettes, Grover ferma les yeux et serra dans ses bras cette femme qu'il aimait au-delà des mots. Ils n'étaient pas passés loin d'une situation tragique, et ils le savaient tous les deux. Mais ils allaient bien. Et il comptait s'assurer que ce serait toujours le cas.

CHAPITRE VINGT-DEUX

Sierra releva les yeux depuis sa place sur la terrasse arrière. Grover se tenait à l'intérieur, et, comme s'il avait senti son regard, il se retourna.

— Tu vas bien ? articula-t-il sans un son.

Sierra hocha la tête et lui sourit. Elle traînait sur la terrasse avec Devyn, Gillian et Aspen.

La semaine qui s'était écoulée depuis qu'il avait été pris en otage et sa maison envahie avait été complètement folle. Les parents de Sierra étaient venus s'assurer par eux-mêmes qu'elle allait bien. Les parents de Grover étaient descendus du Missouri. Apparemment, l'explosion d'une bombe dans le jardin de leur fils était bien plus terrifiante à leurs yeux que les missions top secrètes qui mettaient régulièrement sa vie en danger.

Il s'avérait que Trigger avait menti à Cory lorsqu'il lui avait dit que la presse n'avait rien filmé. Les reporters n'auraient jamais accepté, et il n'y avait aucun moyen légal de les en empêcher. Même les caméras qui filmaient la scène depuis l'autre bout de l'allée avaient capturé le nuage de fumée noire qui s'était élevé dans le ciel suite au tir de Cory. L'unique chaîne de télévision qui était parvenue à s'approcher de la maison, par un moyen que Grover et son équipe ignoraient encore, avait bien sûr filmé et retransmis tout ce qui se passait en direct.

Y compris le fait que la police et les soldats tiraient dans le vide, n'agissant que comme distraction pour que les équipes Deltas puissent pénétrer dans la maison.

Cory avait voulu que les Américains se retournent contre leur armée, mais c'était le contraire qui s'était finalement produit. Grâce au reportage, le soutien des citoyens envers leurs soldats semblait être plus fort que jamais.

Grover n'avait pas quitté Sierra depuis l'incident. On aurait dit qu'elle prenait mieux tout ce qui lui était arrivé que lui. Il avait complètement pété les plombs, un soir, lui avait crié dessus pour s'être montrée si inconsciente, si imprudente. Elle l'avait laissé faire, consciente qu'il devait sortir ces émotions de son système, et une fois qu'il s'était calmé, elle s'était blottie dans ses bras et l'avait serré contre elle.

— J'avais si peur pour *toi*, lui dit-elle. Je ne pouvais pas te laisser là-dedans tout seul.

— Plus jamais, répondit-il. Je me fiche que ta présence et tes actions nous aient sauvés. Mon cœur ne le supporterait pas une seconde fois.

— D'accord, accepta-t-elle immédiatement.

Ce n'était pas comme si elle avait l'intention de revivre une telle situation, de toute façon.

Les autres femmes étaient toutes venues lui rendre visite une par une au cours de la semaine passée. Sierra avait été très émue de voir à quel point toutes tenaient à elle. Elles ne la connaissaient que depuis quelque temps, mais l'amitié au sein de l'armée était un sentiment plus fort, plus instantané qu'ailleurs.

En parlant d'amitié, l'autre équipe de Delta qui était venue en renfort ce jour-là s'était dépassée pour la remise en état de la maison de Grover. Les fenêtres avaient toutes été remplacées en une journée à peine, et à part la trace de brûlure laissée par l'explosion des véhicules que Cory avait visés de son lance-roquettes, tout était revenu à son état normal.

Même Tex s'en était mêlé, prenant les mesures nécessaires

à l'installation d'un portail ultra-sécurisé à l'entrée de la propriété. Les membres de la milice s'étaient contentés de rouler jusqu'à sa maison et d'en forcer l'entrée, n'ayant plus qu'à attendre son retour. Grover détestait ce portail, et il n'excluait pas de le retirer dans un futur pas si lointain, mais pour l'instant, cela gardait les curieux à distance.

Même sans le portail, *personne* ne pourrait plus pénétrer dans la propriété de Grover sans qu'il le sache, vu la quantité de systèmes de sécurité qu'il avait fait installer.

Sierra s'en fichait. Elle ne pouvait nier être intimidée par tous ces gadgets, ces cloches et ces sifflets, mais cela lui donnait aussi un sentiment de sécurité que Cory et ses fidèles avaient failli détruire entièrement.

Les jeunes hommes qui avaient rejoint Cory dans son plan délirant étaient encore en prison, et ils y resteraient un bon moment. Ils affirmaient tous n'avoir eu aucune idée que Cory prévoyait une mission-suicide. Ils pensaient réellement qu'ils se contenteraient de faire un peu de bruit, de jouer la comédie pour le bénéfice de la presse, et de prendre une petite tape sur les doigts une fois leur mission accomplie.

À titre personnel, Sierra pensait qu'ils étaient tous complètement idiots, mais elle supposait qu'elle aussi avait dû faire des choix stupides lorsqu'elle avait leur âge. Peut-être pas aussi stupides que de rejoindre une milice de hors-la-loi, mais bon.

Les choses commençaient à peine à revenir à la normale. Enfin, autant qu'elles pouvaient l'être pour deux anciens prisonniers de guerre qui avaient à nouveau atterri sous le feu des projecteurs. Sierra vivait au jour le jour et s'efforçait de suivre le rythme sans se laisser perturber par le fait qu'elle croulait une fois encore sous les demandes d'interviews. Ember l'aidait beaucoup avec cet aspect-là, mettant à profit ses connaissances et son expérience pour l'accompagner dans la délicate navigation des eaux médiatiques.

Aujourd'hui, ils étaient tous rassemblés chez Grover pour célébrer la vie, l'amitié, et le simple fait d'être là. Et par « tout le monde », elle entendait vraiment tout le monde : l'équipe de Grover et leurs familles, l'équipe de Ghost et les leurs, ses parents, les parents et frères et sœurs de Grover, à l'exception de Spencer qui était encore en train de se rétablir de ses problèmes de jeu. Même le commandant Robinson était là, ainsi que la voisine âgée d'Aspen et Brain, Winnie, accompagnée de sa petite-fille et de la famille de celle-ci.

Gillian avait tout organisé malgré le délai serré. Elle avait fait appel à de nombreuses faveurs, mais avait balayé les remerciements de Sierra d'un geste de la main, disant qu'elle était heureuse d'utiliser ses connexions pour leur propre plaisir.

Chaque surface disponible était couverte de nourriture, et même s'il n'y avait largement pas assez de chaises pour tous, cela n'avait l'air de déranger personne. Les enfants couraient dans tous les sens, c'était le chaos total... et Sierra n'aurait pu en être plus heureuse.

— C'est de la folie, dit Devyn avec un petit rire. Enfin, sérieusement, qui sont tous ces gens ?

Même si Sierra avait signifié à Grover qu'elle allait bien, il sortit s'en assurer par lui-même. Il entendit la question de sa sœur tandis qu'il approchait.

— Mes amis, répondit-il en posant la main sur l'épaule de Sierra.

— Toi, tu as des amis ? Non, impossible. Mon frère est un ermite, plaisanta Devyn, provoquant un rire général.

Sierra serra la main de Grover dans la sienne.

Il se pencha vers elle.

— Je pense qu'on devrait s'échapper et retourner au Refuge, murmura-t-il à son oreille. Loin de tous ces gens.

Elle eut un petit rire et bascula la tête pour le regarder.

— Je suis tout à fait d'accord avec ce plan. Mais peut-être pas là, de suite. Ce serait impoli.

Du coin de l'œil, Sierra vit les parents de Grover s'approcher d'eux. Grover se redressa pour les saluer. Elle le vit esquisser un petit sourire.

— Alors, Devyn... quand est-ce que tu comptes épouser Lucky ? lança-t-il.

Sierra étouffa un gloussement. Tout le monde savait que Devyn et Lucky étaient *déjà* mariés... tout le monde, sauf leurs parents. Ils n'avaient pas eu vraiment l'intention de leur cacher leur mariage, mais c'est ainsi que les choses s'étaient passées. Lucky voulait épouser Devyn pour qu'elle puisse profiter des avantages des familles de militaires, et ça ne posait pas de problème à Devyn, qui l'aimait tellement. Le seul problème était que ses parents à elle auraient voulu une immense cérémonie traditionnelle, dans le Missouri. Elle ne voulait pas décevoir ses parents en disant qu'elle et Lucky avaient déjà passé cette étape, et qu'ils n'avaient pas eu le temps de s'occuper de gérer une grande réception.

— Ooh, quelle bonne idée ! Parlons-en, dit leur mère en tapant dans ses mains avec enthousiasme.

Devyn jeta un regard noir à son frère.

— On en parlera plus tard, Maman.

— Promis ?

— Promis, répondit Devyn avec un soupir.

Dès que le couple fut reparti, Devyn roula en boule une serviette de papier et la jeta sur son frère.

— Pas sympa, ça, Fred.

Grover eut un rire.

— Je sais, désolé. Mais il fallait bien que je trouve quelque chose à dire pour l'empêcher de tourner autour de Sierra et moi.

— Et donc c'est moi que tu as jeté sous les roues du carrosse nuptial ? demanda Devyn.

— Ça a marché, répondit Grover avec un haussement d'épaules. Et puis, plus tôt tu laisses Maman avoir sa grande cérémonie, plus vite elle te lâchera avec ça.

— Oui, jusqu'à ce qu'elle commence à me soûler en me demandant quand est-ce que j'aurai des enfants, dit Devyn en soupirant à nouveau.

— Ce serait mal ? demanda Sierra.

Devyn rougit et haussa les épaules.

— Pas vraiment, non.

— Je serai le meilleur oncle du monde, dit Grover. Je gaverai tes enfants de sucre, et je les renverrai chez toi pour que tu doives gérer les conséquences.

— C'est que tu le ferais, en plus, fit Devyn en se rappuyant contre le dossier de sa chaise.

— Yep.

Sierra adorait ça. Il était difficile de croire que sa vie était si différente il y a encore quelque temps. Si morne. Et maintenant, elle était là, entourée de gens qui la traitaient comme s'ils étaient amis depuis toujours. Qui se préoccupaient honnêtement de son bien-être.

— Hé, Aspen !

Ils relevèrent tous la tête à l'arrivée d'une adolescente qui se dirigeait vers eux.

Sierra l'avait rencontrée un peu plus tôt. Elle s'appelait Annie, c'était la fille de Fletch et Emily. Elle avait les cheveux blonds et les yeux bleus, et en rencontrant Sierra, elle avait immédiatement déclaré que sa coupe était « trop stylée » et qu'elle demanderait à sa mère si elle pouvait couper ses cheveux comme ça.

— Salut, Annie, dit Aspen d'une voix douce pour ne pas réveiller le bébé qui dormait contre sa poitrine.

— Tu pourras venir m'expliquer comment on fait un garrot, tout à l'heure ?

— Bien sûr, répondit Aspen du tac au tac.

— Super ! Merci ! s'exclama joyeusement Annie avant de repartir d'un pas bondissant.

— C'était quoi, ça ? demanda Sierra une fois que la jeune fille fut hors de portée.

— Annie veut être aide-soignante militaire quand elle sera plus grande. Elle a entendu parler de ce que je faisais quand j'étais dans l'armée, et maintenant elle voudrait apprendre un maximum de choses sur la médecine. Je crois qu'elle veut passer sa licence de secourisme dès qu'elle aura l'âge.

— Ouah, quelle ambition, commenta Sierra.

— Yep. Et elle va y arriver, en plus, dit Aspen avec un petit sourire. Elle fait partie de ces gens qui ne se détournent plus jamais de leur objectif une fois qu'ils en ont trouvé un.

— C'est vrai, ajouta Grover. Elle a un petit copain en Californie qu'elle a rencontré quand elle avait sept ou huit ans. Elle dit qu'elle l'épousera, un jour. Et même si moi je pèterai sûrement les plombs si ma fille me disait ça aussi jeune, je crois que Fletch est ravi parce qu'elle n'est pas intéressée par qui que ce soit d'autre, du coup.

Ils se mirent tous à rire.

— Je ne suis pas sûre qu'Oz serait aussi enthousiaste si Bria rentrait chez eux un jour et déclarait qu'elle avait trouvé l'homme qu'elle voulait épouser, dit Gillian en riant.

— C'est vrai ! Mon Dieu, jamais de la vie, acquiesça Aspen.

— Tu marches un peu avec moi ? demanda doucement Grover à Sierra, tandis que les autres discutaient de la réaction certainement hilarante d'Oz quand sa nièce déciderait qu'elle voulait commencer à sortir avec des garçons.

Sierra hocha la tête et se leva. Grover attrapa immédiatement sa main.

— On revient, dit-il à ses amis, qui les regardèrent partir en souriant.

Ils traversèrent le jardin, et Sierra n'eut pas besoin de demander où ils allaient. Elle le savait.

Grover la guida jusqu'à la grange, et elle sourit en voyant les stalles vides. L'une d'elles serait bientôt occupée. Grover lui avait fait la surprise la veille de lui annoncer qu'une vache rejoindrait bientôt leur famille. Apparemment, la vache avait été sauvée d'une vie en manque d'attention et le groupe qui l'en avait secourue cherchait un endroit où elle ne manquerait ni d'amour ni d'herbe fraîche. Sierra avait pleuré quand il lui avait dit tout ça.

Elle avait l'impression de passer son temps à pleurer, maintenant. Ses yeux se remplissaient de larmes à la moindre occasion. Quand elle était heureuse. Quand elle était surprise. Quand elle était triste. Quand elle avait peur. Globalement, elle était devenue une vraie pleurnicharde, mais ça ne lui posait strictement aucun problème. Cela voulait dire qu'elle commençait à oublier peu à peu les horreurs qu'elle avait vécues au Moyen-Orient.

Grover la mena vers les escaliers et la suivit de près tandis qu'elle montait jusqu'au grenier. Sierra était étonnée qu'ils soient seuls, que personne ne les ait suivis dans la grange. Tout le monde semblait vouloir parler à Grover, qui était respecté et aimé par tous ceux qu'il rencontrait.

Il marcha jusqu'au canapé, et se laissa tomber à côté d'elle lorsqu'elle s'assit. Sierra cligna des yeux, surprise. En général, il commençait par ouvrir grand les portes devant eux, pour qu'ils puissent admirer la vue ou le coucher de soleil.

Mais aujourd'hui, il prit ses mains dans les siennes et se contenta de la regarder un long moment.

— Tout va bien ? demanda-t-elle avec une légère hésitation.

— Oui, répondit-il immédiatement. Tout va très bien. La semaine dernière, pendant un temps, je n'étais pas sûr de pouvoir revenir ici, faire ça. M'asseoir avec toi et me contenter d'*être là*. Je suis fort, mais même moi, je ne suis pas certain de pouvoir me battre contre une douzaine d'hommes et ressortir vainqueur. Je comptais suivre le mouvement, attendre une éventuelle opportunité pour agir, et si mon heure était vraiment venue, j'étais satisfait de savoir que tu étais en sécurité.

— Et puis je suis entrée.

— Et puis tu es entrée, confirma-t-il. Je n'avais jamais eu aussi peur, je n'ai jamais été aussi déterminé à survivre qu'à cet instant. Mais tu as à nouveau prouvé à quel point tu es maline, comme je sais que tu l'es. Tu as manipulé Cory pour qu'il me place pile à l'endroit où il fallait que je sois. Je ne te sous-estimerai jamais. Je t'apprécierai toujours à ta juste valeur. Je ne cesserai jamais de t'aimer, Petit Pois. Nous sommes faits pour être ensemble, et j'ai hâte de passer le restant de mes jours avec toi.

Le cœur de Sierra faillit s'arrêter de battre. Était-il en train de dire ce qu'elle croyait ? Elle sentit à nouveau ce chatouillement à l'arrière de sa gorge, mais ses émotions, au lieu de rester bloquées, se manifestèrent dans les larmes qui lui montèrent immédiatement aux yeux.

Grover rit doucement en les voyant.

— Je n'aurais jamais cru pouvoir être aussi heureux de voir une femme pleurer, dit-il à voix basse. Pour info, tes larmes ne me dérangent pas du tout, tu peux pleurer quand tu veux.

— Je ne sais même pas pourquoi je pleure, dit Sierra avec un petit rire. C'est vraiment ridicule, mais je pense que mon corps rattrape toutes les larmes qu'il n'a pas pu pleurer depuis que vous m'avez sauvée.

— Eh bien, pourquoi est-ce que je ne te donnerais pas une bonne raison de pleurer, alors ? dit doucement Grover.

Sierra fronça les sourcils. Elle s'apprêtait à lui demander ce qu'il voulait dire lorsqu'il se leva et se dirigea vers les grandes portes. Il en poussa une, puis la deuxième, avant de tendre la main vers elle et de lui faire signe de venir en agitant les doigts.

Elle se leva à son tour et fit un pas dans sa direction... avant de se figer lorsque son regard tomba sur le jardin en dessous.

Tous leurs amis y étaient rassemblés.

Ils s'étaient positionnés de manière à épeler de leurs corps les mots ÉPOUSE MOI.

Lorsque Sierra se tourna vers Grover, il était agenouillé devant elle sur le sol poussiéreux du grenier. Il tenait ouverte une boîte qui contenait une bague, mais elle y jeta à peine un regard.

— Grover, articula-t-elle d'une voix rauque, ses larmes coulant réellement à présent.

— Je sais que c'est tôt. Et je sais que les gens pensent sûrement qu'on est fous. Mais je savais que tu étais la femme de ma vie il y a un an déjà. Je ne sais pas comment, mais je le sentais au plus profond de mon être. Et quand je t'ai perdue, j'étais dévasté. J'étais censé continuer à vivre ma vie, prétendre que ça ne me déchirait pas de l'intérieur, alors que c'était le cas. Rien n'aurait plus pu me retenir dès la minute où j'ai reçu ta lettre. *Rien*. Épouse-moi, Sierra Clarkson. Laisse-moi t'aimer pour le reste de ma vie. Je ne sais pas quel avenir nous attend, mais j'espère qu'il ne sera plus fait de milices en pleine mission-suicide.

Elle eut un rire à travers ses larmes.

— Oui. Bien sûr que j'accepte de t'épouser, lui dit-elle doucement.

Grover se releva et Sierra se jeta dans ses bras. Il faillit lâcher la boîte qui contenait la bague en l'attrapant.

— Qu'est-ce qu'elle a dit ? cria quelqu'un en bas.

Sierra tourna la tête et vit que les mots que leurs amis formaient à l'origine avaient laissé place à un gribouillis inintelligible au fur et à mesure que les gens rompaient la formation. Elle se mit à rire en voyant les parents essayer sans succès de remettre leurs enfants à la bonne place. Gillian tentait d'attirer l'attention du groupe pour pouvoir prendre une photo, mais personne n'écoutait. La scène était tout à fait désorganisée, et Sierra savait qu'elle n'oublierait jamais cette journée.

Elle sentit Grover passer un anneau à son doigt. Elle baissa les yeux... et eut un hoquet de stupeur.

— Oh mon Dieu, Grover ! Comment...

— Ce n'est pas celui de ta grand-mère, interrompit-il rapidement. Malheureusement, il a disparu à jamais quand Shahzada te l'a pris. J'ai ajouté quelque chose, aussi, j'espère que ça te plaira.

Cela faisait plus que lui plaire. Il avait incrusté un diamant taillé en émeraude au design simple de la bague de sa grand-mère. L'ancien et le neuf côte à côte créaient un aspect unique qui lui allait parfaitement.

— Tu as fait faire ça en une semaine ? demanda-t-elle.

— Non, dit Grover en haussant les épaules. J'ai demandé au joaillier de s'y mettre avant qu'on se retrouve au Nouveau-Mexique. J'en ai parlé à ton père au téléphone, je lui ai expliqué ce que je comptais faire. Il en a discuté avec ta mère et ils m'ont envoyé des photos de l'original, et j'ai trouvé quelqu'un qui serait capable de le reproduire.

Sierra le dévisagea, bouche bée.

— Sérieusement ?

— Oui. Même à l'époque, je savais que je voulais passer ma vie avec toi. Comment pourrait-il en être autrement ? Tu possèdes tout ce que j'ai jamais recherché chez une femme. Dès la seconde où tu m'as tendu la main dans cette caverne, c'en était fini de moi.

— Mince, souffla Sierra.

Et puis, ignorant le chahut des amis de Grover en contrebas, elle passa ses bras autour de lui et se dressa sur la pointe des pieds.

— Je t'aime, Fred Groves. De tout mon être. Je sais que je ne suis pas facile. J'ai un appartement rempli de toutes mes affaires dans lequel je n'ai passé qu'une seule nuit, je n'ai pas de travail, et je t'ai convaincu d'acheter une vache alors qu'aucun de nous ne sait comment s'en occuper... mais je ferais n'importe quoi pour être une partenaire digne de toi.

— Je le sais, et je ferai la même chose pour toi, répondit Grover. Je me fiche de ton appartement, et tu n'auras jamais à travailler si tu n'en as pas envie. On apprendra à s'occuper de notre vache ensemble. Je n'ai besoin que de toi, à mes côtés, ta main dans la mienne. On fera face à ce que la vie met sur notre chemin au fur et à mesure.

— D'accord.

— D'accord, répéta-t-il avant de se pencher pour recouvrir ses lèvres des siennes.

Et sous les acclamations de leurs amis et leurs familles, Sierra embrassa l'homme de ses rêves. L'homme qu'elle aimait.

ÉPILOGUE

Cinq mois plus tard

— Qui a eu cette idée, déjà ? se plaignit Grover en tirant sur la cravate qui lui serrait la gorge.

— Toi, dit Lucky en riant.

— Ouais, bah, c'était stupide, grogna Grover.

Toute l'équipe éclata de rire.

Ils se tenaient dans une salle à l'arrière de l'église que fréquentaient ses parents depuis leur déménagement à Saint-Louis, dans le Missouri. Une nuit, en plein milieu d'une mission, alors que Grover et Lucky attendaient, allongés dans la poussière au fin fond de la Sibérie, que leur cible se mette en mouvement, Lucky avait commenté que Devyn risquait de devenir folle si sa mère continuait de la harceler à propos de son futur mariage.

Grover savait exactement à quel point sa mère pouvait se montrer insistante, et il avait suggéré qu'ils pourraient organiser une double cérémonie pour son mariage avec Sierra et celui de Lucky et Devyn.

Il en avait aussi parlé à Devyn, qui en avait parlé à leur mère... menant ainsi à leur situation actuelle. À Saint-Louis. À attendre le signal qui les enjoindrait à venir se tenir devant le prêtre pour voir leurs futures épouses remonter l'allée de l'église.

Ce n'était pas vraiment le truc de Grover. Et il ne pensait pas que c'était celui de Sierra, non plus. Mais devant l'excitation visible de sa mère, et des parents de Sierra, ils n'avaient rien dit. Avant même qu'ils s'en rendent compte, leurs deux mères avaient tout prévu. Ils s'étaient donc tous rendus dans le Missouri, et s'apprêtaient à se marier.

— Je parie que tu regrettes de ne pas être simplement allé à la mairie comme Gillian et moi, hein ? le taquina Trigger.

Grover lâcha un grognement. Il était grincheux. Il avait trop chaud. Et il n'avait pas vu Sierra de la journée. Sa mère avait insisté, pour la tradition, et elle lui manquait terriblement.

— Hé, moi, j'ai fait le truc de la mairie, leur rappela Lucky.

— Ça vaudra le coup quand tu la verras arriver, dit Lefty, ignorant la remarque de Lucky et donnant une grande tape dans le dos de Grover.

— Et quand on arrivera à la fête, enfin, à la réception, tout à l'heure, ajouta Lucky.

Grover hocha la tête. Il en avait assez d'attendre. Il voulait en finir le plus vite possible. Il avait hâte que Sierra soit à lui, légalement. Elle était déjà sienne dans tous les sens qui importaient vraiment.

Enfin, l'heure arriva pour eux d'entrer dans l'église. Toute l'équipe se mit en ligne près de l'autel et attendit que la musique retentisse.

Lorsque la chanson commença, Grover resta confus un instant. Au lieu de la marche nuptiale à laquelle il s'attendait, « Let's Get It On » de Marvin Gaye s'éleva depuis les haut-parleurs accrochés sur les murs de l'église.

Il entendit Trigger rire. Puis Lefty. Grover ne put s'empêcher de se joindre à eux. Et puis toute l'église se mit à rire, si fort qu'on entendait à peine la musique.

Une fois que Gillian, Kinley, Aspen, Riley et Ember furent remontées le long de l'allée, Devyn et Sierra s'y engagèrent à leur tour et s'avancèrent vers eux, bras dessus bras dessous. Chacune était vêtue d'une longue robe blanche qui frôlait le sol et tenait entre ses mains un énorme bouquet de fleurs. Grover n'aurait pas su dire de quelles fleurs il s'agissait ; il était incapable de détacher les yeux de Sierra.

Sa coupe lutin, comme elle l'appelait, était agrémentée d'une fleur qui attachait ses cheveux sur le côté, et elle était absolument radieuse. Elle avait repris un poids normal, et ses joues étaient roses, à cause de la chaleur qu'il faisait dans l'église ou des mimosas qu'elle avait bus avec les autres femmes. Mais par-dessus tout, elle avait l'air heureuse.

Si heureuse.

Grover se souvenait de la première fois qu'elle s'était tournée vers lui pour lui dire ces mots. *Je suis heureuse.* C'était tout ce qu'il désirait. Il ferait tout pour préserver son bonheur, pour le reste de sa vie.

Il était impatient de lui montrer le cadeau de mariage qu'il lui réservait, à Killeen. Il avait trouvé deux ânes nains en besoin d'un abri. Ils viendraient donc s'ajouter à leur sanctuaire animalier déjà composé d'une vache, de deux chèvres et d'une multitude de poules.

— Mince, je ne me suis jamais senti aussi chanceux, murmura Lucky.

Grover était parfaitement d'accord.

Plutôt que d'attendre que Sierra le rejoigne, Grover s'avança vers elle d'un pas rapide. Il entendit les gens rire, mais il ne la quitta pas des yeux.

— Salut, dit-elle une fois qu'il fut devant elle.

— Salut, répondit-il.

Elle lui tendit la main, et il poussa un soupir de soulagement à l'instant où ses doigts se refermèrent autour des siens. C'était ce qu'il lui fallait. Son amour à ses côtés, sa main dans la sienne. Avec elle, le monde avait enfin du sens.

Lucky lui avait emboîté le pas, et les quatre reprirent leur chemin jusqu'à l'avant de l'église pour venir se tenir devant le prêtre.

— Nous sommes rassemblés aujourd'hui...

Grover cessa d'écouter son discours et baissa les yeux vers Sierra. Elle serra sa main, et il sourit. Il regarda ensuite sa sœur et Lucky. Puis, derrière eux, Trigger, Lefty, Brain, Oz et Doc. Sur sa gauche, il apercevait Gillian, Kinley, Aspen, Riley et Ember. Il était entouré par les gens qu'il aimait le plus au monde.

Il était heureux.

* * *

Lucky partit rejoindre sa femme en tenant à la main la margarita à la mangue qu'elle avait requise. Sa *femme*. Même s'ils étaient en réalité mariés depuis un certain temps, il fut frappé tout à coup par la réalisation qu'elle était bel et bien à lui, désormais, et plus seulement en secret. Il était vraiment l'homme le plus chanceux du monde.

Son sourire s'effaça rapidement lorsqu'il se rendit compte qu'il ne la voyait nulle part. Elle n'était plus assise à la table où il l'avait laissée.

Balayant la salle du regard, Lucky fronça les sourcils.

Il déposa sa boisson sur la table et fit le tour de la pièce, à la recherche de Devyn, qu'il aurait préféré garder à ses côtés. Elle était sublime dans sa robe de mariée, et même si toute cette réception ultra-chic l'exaspérait, il ne lui aurait rien refusé. Ses parents et ses frères et sœurs avaient l'air tellement heureux que cela en valait la peine.

Le seul nuage dans le ciel clair de cette journée était l'absence de son frère Spencer. Lucky n'avait pas voulu l'inviter, pas après tout ce qu'il avait fait subir à Devyn, mais sa femme, si pleine de compassion, si prompte à pardonner, avait insisté.

Au grand soulagement de Lucky, Spencer avait décliné. Il était sorti de réhabilitation, et, d'après leurs parents, se portait mieux... mais Lucky, lui, n'était pas encore prêt à lui pardonner.

— Déjà perdu ta femme ? plaisanta un homme un peu plus vieux en croisant le chemin de Lucky.

— Temporairement égarée, pas perdue, répondit Lucky en souriant.

— Eh bien, je l'ai vue sortir il y a quelques minutes, l'informa l'homme.

— Merci, dit Lucky avant de se diriger vers la sortie.

Il n'avait aucune idée de ce qui aurait pu la pousser à quitter la réception. Pour l'instant, il n'était que vaguement curieux, mais s'il y avait un problème, il tenait à être là pour elle.

Lucky salua d'un geste de la tête quelques invités au passage et s'avança vers l'entrée de l'hôtel. Il fut soulagé d'apercevoir Devyn juste devant les portes tournantes, mais son soulagement fut de courte durée, virant à l'inquiétude une fois qu'il put distinguer son interlocuteur.

Son pas accéléra tandis qu'il se dépêchait de sortir. Il s'engagea dans les portes tournantes, pestant mentalement contre leur lenteur.

Il ouvrit la bouche pour demander à *Spencer* ce qu'il foutait là, mais Devyn s'avança vers son frère et le prit dans ses bras.

Lucky s'arrêta net. Il aurait voulu attraper le bras de Devyn et l'écarter de l'homme qui lui avait causé tant de peine, mais il se retint, restant près d'eux le temps de leur étreinte.

Devyn se dégagea, puis, sentant la présence de Lucky derrière elle, tourna la tête pour lui adresser un petit sourire.

Spencer fit un pas en arrière et plongea ses mains dans ses poches. Il fit un signe de la tête en direction de Lucky, puis se détourna et partit.

Lucky passa immédiatement son bras autour de la taille de Devyn et l'attira à lui.

— Tout va bien ? demanda-t-il.

— Oui, répondit-elle en hochant la tête. Il m'a envoyé un message pour dire qu'il était devant. Il m'a demandé si j'accepterais de lui parler une minute.

— Et ? l'encouragea Lucky lorsqu'elle s'interrompit.

Devyn se tourna pour passer les bras autour de son cou.

— Il a l'air d'aller vraiment mieux, lui dit-elle. Il se sent vraiment mal par rapport à ce qui s'est passé... et je le crois quand il me dit qu'il a changé. Il voulait seulement m'offrir ses félicitations.

Lucky savait qu'il ne pourrait jamais être ami avec Spencer, mais Devyn aimait son frère et souhaitait réparer leur relation brisée. Il respecterait sa décision.

— C'est super, Dev.

— C'est super, acquiesça-t-elle.

— Je t'ai amené ta boisson, lui dit-il, prêt à changer de sujet.

Devoir penser à Spencer, en cette journée si spéciale, ne faisait pas partie de sa liste d'envies.

— Ah oui ?

— Oui. Mais tu sais quoi, j'ai une meilleure idée.

— Laquelle ?

— On pourrait monter dans ta chambre et commander une bouteille de champagne au room-service.

Devyn éclata de rire et secoua la tête, mais il distinguait le désir dans ses yeux.

— On ne peut pas, dit-elle. On doit encore couper le gâteau. Et faire la première danse. Mes parents seraient déçus de ne pas avoir des photos de tout ça.

Lucky soupira d'un air exagéré, avant de lui faire un grand sourire. Il savait bien qu'elle lui répondrait ça, mais bon, il devait tenter sa chance.

Elle se dressa sur la pointe des pieds pour l'embrasser.

— Je t'aime, mon mari.

— Je t'aime, ma femme, répondit-il.

Tandis qu'ils pénétraient à nouveau dans l'hôtel pour retourner à la réception, Lucky jeta un œil dans la direction où était parti Spencer.

Le frère de Devyn se tenait encore dehors, les yeux fixés sur sa sœur. Lorsque leurs regards se croisèrent, il baissa le menton respectueusement.

Lucky retourna son geste et le regarda disparaître derrière l'angle du bâtiment.

— Merci de ne pas t'être énervé, dit doucement Devyn.

Lucky se pencha pour embrasser sa tempe.

— Il a merdé. Complètement. Mais il t'aime, et je ne peux pas lui en vouloir d'avoir envie de te voir le jour de ton mariage.

— C'est une des mille et une raisons pour lesquelles je t'aime autant, dit Devyn, les larmes aux yeux.

— Allez, viens. Retournons à l'intérieur avant que ce soit au tour de tes *parents* de s'énerver, dit Lucky.

— Je ne suis pas partie si longtemps que ça, protesta Devyn.

Dès l'instant où ils passèrent la porte, la mère de Devyn se précipita vers eux.

— Vous êtes là ! s'exclama-t-elle. Le photographe est en train d'installer le gâteau pour prendre les photos.

Lucky baissa les yeux vers sa femme en haussant un sourcil.

Elle éclata de rire.

— D'accord, tu avais raison.

Lucky l'embrassa à nouveau.

— Vas-y. J'arrive.

Devyn hocha la tête et accompagna sa mère jusqu'à la table qui supportait leur gâteau de mariage. Sur une autre table, juste à côté, se trouvait le gâteau de Grover et Sierra. Partager la cérémonie avec son ami s'était avéré une excellente décision. Lucky n'aurait certes pas opté pour si une grande cérémonie, mais la joie qui brillait dans les yeux de Devyn valait tous les sacrifices.

La vie n'était pas faite que de roses et de bonheur, mais c'était les moments comme celui-ci, ceux qu'on passait avec les gens qu'on aimait, qui faisaient disparaître les aspects plus sombres. Lucky avait hâte de pouvoir passer chaque instant de sa vie avec Devyn. Ce n'était que le début.

Deux ans plus tard

— Plus jamais ! siffla Riley entre ses dents serrées.

— D'accord, l'apaisa Oz.

Riley lâcha un grognement animal sous l'effet d'une nouvelle contraction. Un grognement à la limite du rugissement.

— Je suis sérieuse, Porter. Je ne peux pas recommenceeeeer !

Son dernier mot se perdit dans un gémissement aigu.

À vrai dire, Oz détestait ça. Pas qu'elle porte son enfant, non, ça, il aimait *beaucoup*. Mais il détestait la voir souffrir. Des millions d'enfants naissaient chaque année, mais voir Riley se tordre de douleur en amenant leur bébé au monde était une vraie torture.

Cependant, il ne pouvait nier qu'il adorait les enfants. Il adorait tout ce qui avait trait aux enfants. Le chaos qu'était leur maison. Les nuits sans sommeil. Les câlins contre la peau chaude des bébés. Mais il savait que les trois grossesses en trois ans de Riley l'avaient fatiguée. En plus de ça, il fallait ajouter Logan et Bria au mélange. Tous leurs enfants étaient super, mais quatre, c'était déjà beaucoup. Cinq, ça allait être encore plus dur.

— D'accord, plus d'enfants, assura-t-il à sa femme.

— Tu dis ça seulement parce que je suis en train d'accoucher et que tu sais que je serais prête à te blesser sérieusement si tu parlais de me mettre à nouveau enceinte ? ragea-t-elle.

Oz savait qu'il valait mieux éviter de se mettre à rire.

— Non. On aurait dû attendre un peu avant le troisième.

— C'est un peu tard pour ça, lâcha-t-elle dans un grognement.

En effet. Et Oz avait hâte de rencontrer son fils. Riley lui avait donné Amalia, puis Brittney. Et maintenant, c'était au tour de Charlie.

Leur discussion sur de potentiels futurs enfants prit fin lorsque la sage-femme arriva pour prévenir Riley que « la meilleure partie » allait bientôt commencer.

Trois heures plus tard, Riley tenait leur fils dans le creux de ses bras. Elle était épuisée, couverte de sueur, mais Oz la trouvait plus belle que jamais. D'autant qu'elle venait de lui faire le cadeau d'un troisième enfant.

Oz oublia leur conversation, trop occupé à présenter son nouveau fils à ses autres enfants. Puis à célébrer l'événement avec son équipe de la Delta Force. Puis à donner à Gillian et Trigger les instructions de dernière minute sur ce qu'avait le droit de regarder Amalia avant d'aller au lit, ce que Brittney mangeait au dîner, l'heure à laquelle Logan devait être à son entraînement de baseball le lendemain, et le fait que la mère d'une amie de Bria s'occupait de la ramener chez eux après son cours de danse.

Sa vie était très animée, et il n'avait pas une seconde de repos, mais il n'aurait changé ça pour rien au monde. Il avait prévu de passer la nuit à l'hôpital avec Riley et Charlie. L'armée le forçait à être loin de chez eux plus souvent qu'il ne l'aurait voulu, il ne gâcherait donc pas cette chance, même si Riley était encore alitée.

À présent, il faisait sombre dehors, et il était assis près de son lit tandis qu'ils regardaient la télé.

— Porter ?

— Oui, Ri ?

— J'étais sérieuse. Je ne peux pas repasser par là. Trois grossesses, c'est tout ce que ce corps pourra supporter.

— Et je t'ai dit que j'étais d'accord, lui rappela Oz.

— Mais ça ne veut pas forcément dire que je ne veux plus d'enfants...

Oz se tourna vers elle, lui accordant toute son attention.

— J'adore nos enfants. On mène vraiment une vie complètement dingue, mais je n'aurais jamais pensé pouvoir être aussi heureuse. J'aime ce chaos, même si ça me rend folle parfois. Je ne dis pas de s'y mettre maintenant, probablement pas avant quelques années, mais je ne serais pas contre me renseigner sur les procédures pour devenir une famille d'accueil, voire adopter.

Le cœur d'Oz gonfla dans sa poitrine. Putain, ce qu'il aimait cette femme.

— Dis quelque chose, lui dit-elle, l'air inquiète.

En réponse, Oz se leva pour s'asseoir sur le rebord de son lit. Il se laissa lentement tomber sur le côté et la prit dans ses bras avec délicatesse. Il ne voulait surtout pas ajouter à sa douleur. Il la serra doucement dans ses bras et soupira.

— J'adorerais.

Ils ne dirent plus rien après ça. Ils auraient encore beaucoup de temps avant de devoir y réfléchir. C'était le jour de la naissance de leur fils, pas le moment de parler d'ajouter encore des enfants dans la tornade qu'était leur vie, mais l'idée ne l'enthousiasmait pas moins. Rien n'était plus satisfaisant aux yeux d'Oz que lorsqu'un de ses enfants se tournait vers lui pour demander un conseil, de l'aide, sa protection. C'était grisant de savoir qu'ils avaient besoin de lui, qu'il serait là pour les guider, et il ne pouvait s'imaginer une vie sans enfants.

— Plus tard, dans quelques années, insista Riley, comme si elle savait à quoi il pensait.

— OK. Je t'aime, Ri. Tu m'as rendu plus heureux que je n'aurais cru pouvoir l'être. Et chaque jour, ce bonheur grandit un peu plus.

Il savait qu'il se montrait trop sentimental, mais s'il ne pouvait pas l'être le jour de la naissance de son propre fils, alors quand ?

— Pareil pour moi, dit Riley avant de bâiller à s'en décrocher la mâchoire.

— Dors, lui ordonna Oz.

— Réveille-moi s'ils apportent Charlie, marmonna-t-elle.

Oz sourit. Bien sûr qu'il la réveillerait. Ce n'était pas comme si *lui* serait capable de lui donner le sein. Mais ce n'était pas le moment de faire la remarque.

— D'accord, se contenta-t-il de dire.

Tandis que sa femme s'endormait dans ses bras, Oz ferma les yeux de contentement. Si quelqu'un lui avait dit, il y a quelques années, qu'il élèverait bientôt cinq enfants, il aurait éclaté de rire. Mais maintenant, il ne s'imaginait pas vivre sans eux.

Trois ans plus tard

— Je n'en reviens pas que tu aies enfin réussi à me convaincre de t'épouser, dit Doc à Ember.

Ils se trouvaient dans la suite nuptiale de l'hôtel Four Seasons, à Los Angeles. Leur fille d'un an, Jemila, était chez ses grands-parents, qui la couvraient certainement de cadeaux. Doc adorait sa fille, mais il était heureux de pouvoir enfin passer un peu de temps seul avec sa femme.

Doc n'avait jamais rencontré une femme qui travaillait aussi dur qu'Ember. Son gymnase, chez eux, le Modern Kid, accueillait désormais plus de quatre cents élèves. Il y avait des cours de huit heures du matin à neuf heures du soir. Et Ember avait beau n'en enseigner que quelques-uns, elle insistait pour passer un maximum de temps au gymnase.

L'un de ses plus grands succès jusqu'ici était la qualification aux championnats juniors nationaux de pentathlon moderne d'un de ses élèves plus âgés, un jeune noir qui avait rejoint son programme trois ans plus tôt. Ember avait été si fière de lui, de sa progression, de tout ce qu'il avait appris.

Elle avait utilisé sa célébrité pour faire le bien, comme elle l'avait déclaré. Ses réseaux sociaux étaient réputés, non pas pour des selfies ou du marketing, mais pour aider à retrouver les personnes portées disparues. La presse attribuait à ses publications le sauvetage de cinquante-trois personnes pour l'instant. Il restait encore tellement d'hommes, de femmes et d'enfants disparus, mais Doc était émerveillé que cinquante-trois personnes aient été retrouvées.

Il avait demandé Ember en mariage trois mois plus tôt. Jemila avait alors neuf mois, et ils étaient ensemble depuis plus de trois ans. Ils n'étaient pas pressés de se marier, ni l'un ni l'autre. Ils s'aimaient, et cela leur suffisait.

Jusqu'à ce jour, trois mois auparavant. Il s'était réveillé... et il avait su qu'il était temps. Cela ne lui suffisait plus d'être simplement le petit copain d'Ember. Il voulait plus que ça.

Il avait demandé, elle avait dit oui, et voilà qu'ils se retrouvaient à Los Angeles.

Les parents d'Ember avaient organisé une petite cérémonie très intime sur leur propriété. Dieu merci, ils s'étaient très bien tenus, n'avaient fait aucun excès, comme organiser l'énorme réception dont Ember savait qu'ils rêvaient. Par contre, ils avaient insisté pour leur payer la nuit dans cette suite nuptiale.

Ils venaient de faire l'amour lentement, passionnément, en

prenant leur temps, pour la première fois en tant que jeunes mariés, et étaient encore allongés confortablement l'un contre l'autre dans le lit lorsque le téléphone d'Ember se mit à vibrer, lui signalant qu'elle avait reçu un message. Comme Jemila se trouvait chez ses parents, elle tendit immédiatement la main pour l'attraper.

— C'est à propos de Jemila ? s'inquiéta Doc.

— Non, c'est la photographe. Elle m'a envoyé la photo que je lui avais demandé de me transmettre le plus vite possible, dit Ember.

Elle tourna son écran pour qu'il voie par lui-même.

Doc prit une soudaine inspiration. La photographe avait capturé l'instant exact où Ember avait pénétré dans le jardin, quand il l'avait vue pour la première fois. Bien sûr, la photo était prise dans son dos, pour que son visage n'y figure pas.

C'était exactement la photo qu'il avait promis qu'elle pourrait poster sur ses réseaux sociaux, il y a si longtemps… mais encore mieux, parce qu'Ember portait leur fille dans ses bras.

Sa femme était absolument sublime. Elle avait perdu un peu de muscles avec les années, et sa grossesse avait épaissi ses hanches, mais aux yeux de Doc, elle était encore plus belle que lors de leur rencontre.

Doc reposa sa tête sur l'épaule d'Ember et lui entoura le ventre de ses bras tandis qu'ils se détendaient dans leur lit luxueux.

— Tu vas la publier ? demanda-t-il.

Elle décala un peu la tête pour pouvoir croiser son regard.

— Je devrais, à ton avis ?

— Tout à fait. Tes abonnés vont adorer.

— Mais je ne suis plus ce genre de personne. Je ne poste plus de selfies.

— Ce n'est pas un selfie. C'est la photo d'une femme superbe, mature, qui s'apprête à épouser l'homme qu'elle aime. Le visage de Jemila n'est pas tourné vers la caméra, donc tu ne déroges pas à notre règle de ne jamais publier des photos de nos enfants.

Ember hocha la tête et se mit immédiatement à tapoter

l'écran de son portable. Cela ne lui prit que quelques instants. Elle tourna à nouveau l'écran vers lui, pour qu'il voie ce qu'elle avait écrit.

Elle avait posté la photo avec un seul mot en légende. *Bonheur*.

Doc attrapa le portable et le jeta presque sur la table de nuit, avant de rouler jusqu'à se tenir au-dessus d'Ember, qui s'était mise à glousser.

— Quelque chose ne va pas ? demanda-t-elle d'un ton innocent.

— Non. Quelque chose va bien. Je t'aime.

— Je t'aime, moi aussi, répondit-elle immédiatement.

Doc savait que le monde frapperait à leur porte bien assez tôt ; pour l'instant, pendant qu'il avait encore sa femme pour lui tout seul, il comptait bien profiter de chaque heureuse minute.

Quatre ans plus tard

— C'est magnifique, murmura la mère de Lefty.

Lefty se trouvait à Paris, avec ses parents et Kinley. Ses parents avaient adoré Kinley dès leur première rencontre, ce dont il s'était douté, et ce sentiment était clairement partagé. C'était leur deuxième voyage jusqu'à la Ville Lumière, et sa mère était tout aussi excitée que lors de leur premier séjour.

Ils se tenaient au pied de la Tour Eiffel depuis cinq bonnes minutes. Sa mère et Kinley admiraient la structure métallique. Elles n'avaient pas dit grand-chose, se contentant de profiter de la vue.

Le père de Lefty le poussa légèrement du coude.

— Tu crois qu'elles vont rester là combien de temps ?

— Encore cinq, dix minutes, à mon avis.

— C'est bien ce que je pensais.

Son père se pencha pour soulever le fils de Lefty et Kinley hors de sa poussette.

— Je vais me promener avec le petit. Je reviens.

Lefty n'en fut pas surpris. Son père était gaga de Dominic. Et son fils adorait son grand-père. Lefty devrait veiller à ce qu'il ne le gâte pas trop.

Sursautant en sentant un bras s'enrouler autour de sa taille, Lefty baissa les yeux vers Kinley. Elle s'était éloignée de sa belle-mère, qui étudiait toujours la tour.

— Hey, dit doucement Lefty.

— Dominic va être tellement ronchon, ce soir, fit observer Kinley, qui n'avait pas l'air plus inquiète que ça.

— Mais il sera fatigué. Donc il ira se coucher sans protester, répondit Lefty.

— C'est vrai, dit Kinley en lui souriant. Ce qui veut dire qu'on aura plus de temps pour nous.

Il lui sourit en retour, l'esprit déjà rempli de tout ce qu'il ferait à sa femme une fois qu'ils se retrouveraient enfin au lit ce soir-là.

Le sourire de Kinley se fit satisfait, comme si elle devinait ses pensées, ce qui était sûrement le cas. Elle avait aussi sûrement ses propres suggestions. Ils se rejoignaient dans chaque aspect de leur vie. Ils allaient parfaitement ensemble, tout simplement.

— Tu te souviens de la première fois qu'on est venus ? demanda-t-elle doucement.

— Bien sûr.

C'était là qu'il avait commencé à tomber amoureux d'elle.

— J'étais tellement malpolie, dit Kinley en plissant le front.

— Quoi ? Non, pas du tout.

— Je suis restée assise là pendant une vingtaine de minutes sans te dire un seul mot. En regardant la tour. Et tu m'as laissé faire.

— Tu m'intriguais. J'adorais la manière dont tu savourais ta venue ici. C'était facile de voir à quel point tu en étais heureuse, et c'était un honneur pour moi de partager cette expérience avec toi, dit Lefty.

— Je sais que notre route n'a pas été aisée, mais je suis si heureuse de pouvoir être là aujourd'hui, dit Kinley en levant les yeux vers lui. Je t'ai, toi. Tes parents sont incroyables, et j'ai l'impression de les avoir connus toute ma vie. Et puis, on a Dominic. Honnêtement, je n'aurais jamais pu rêver d'être aussi heureuse que je le suis aujourd'hui.

En effet, leur vie n'avait pas toujours été facile. Kinley avait souffert d'une dépression post-partum après la naissance de leur fils... et il était arrivé à Lefty d'avoir peur en rentrant chez eux que la dépression n'ait fini par l'emporter. Mais elle s'était battue de toutes ses forces pour s'en sortir, et grâce à un suivi psychologique et aux médicaments appropriés, elle avait fini par gagner.

— Je t'aime, Kins.

— Moi aussi, je t'aime, répondit-elle avec un soupir de contentement.

Ils restèrent ainsi encore quelques minutes, au milieu du chaos de touristes et de Parisiens. Enfin, sa mère se détourna de la tour.

— Allez, c'est l'heure de manger ! Où est ton père ?

— Qui sait ? répondit Lefty en riant.

— Lui, alors. Il a encore emmené Dom à l'aventure, c'est ça ?

— Yep.

Lefty ne s'inquiétait pas de la sécurité de son fils tant qu'il était avec son grand-père. Kaden Haskins était encore plus protecteur du petit que ses propres parents.

— Je vais le chercher. Ne bougez pas, ordonna sa mère.

Kinley eut un rire en la voyant s'éloigner d'un pas décidé.

— Ils sont lourds, marmonna Lefty.

— Ils sont super, le corrigea Kinley.

Elle glissa ses mains sous la ceinture de son pantalon et Lefty sentit ses doigts frôler le haut de ses fesses.

— Attention à toi, ma belle.

— On est dans la ville de l'amour, tu sais, murmura-t-elle en souriant.

Il était difficile de croire qu'elle était vierge lorsque Lefty l'avait rencontrée. Aujourd'hui, elle était aventureuse, presque insatiable. Et il adorait ça. Il se pencha pour l'embrasser longtemps, essayant de communiquer sans paroles à quel point il l'aimait et l'admirait.

Lorsqu'il se recula, il fut fier de voir ses yeux briller. C'était *lui* qui en était la cause. Et il se sentait un peu étourdi lui-même.

— C'était pas sympa, ça, dit Kinley au bout d'un moment.

— Pas plus que de me tripoter en public, rétorqua-t-il.

— Tu sais, je n'aurais jamais cru être capable de revenir ici. Pas après tout ce qui s'est passé. Mais maintenant, je crois bien que c'est mon deuxième endroit préféré au monde, dit-elle doucement.

— Et le premier, c'est quoi ? demanda Lefty.

— Là où tu es.

Lefty ferma les yeux et poussa un soupir content.

— Maman, caca !

À ces mots, Lefty rouvrit les yeux et vit Dominic courir dans leur direction de son pas instable et vacillant.

— Super, l'ambiance romantique, plaisanta Kinley.

— Toi aussi, tu es mon endroit préféré, lui dit Lefty.

Il l'embrassa avec force avant de se pencher pour attraper leur fils au passage.

Leur vie n'était pas ennuyeuse, c'était certain. Et Lefty s'en estimait très heureux.

Cinq ans plus tard

Brain regarda avec fierté son fils parcourir la course d'obstacles de la base militaire. Âgé de près de six ans, il était inépuisable. Leur petit bébé prématuré avait bien grandi ; il était joueur et énergique, et forçait ses parents à être sur leurs gardes du matin au soir.

Son fils adorait la course d'obstacles, et comme son professeur l'avait récompensé d'un prix pour avoir été le « meilleur assistant de la semaine », Brain s'était dit que cela serait un bon cadeau.

Sachant que sa femme avait aussi prévu quelque chose, il s'était arrangé pour qu'Annie Fletcher les retrouve ici. La jeune femme venait d'obtenir son baccalauréat et partirait pour la fac dans un peu plus d'un mois. Elle avait participé au programme d'entraînement des officiers de réserve et prévoyait de suivre les traces de son père en rejoignant l'armée une fois ses études terminées.

Annie avait appris à connaître Chance ces dernières années, et ils s'étaient liés d'amitié grâce à leur passion partagée pour la course d'obstacles.

Aspen avait parlé à Brain de ce qu'elle voulait faire, et il était tout à fait partant.

Pour le moment, Annie aidait Chance à traverser les anneaux, une main après l'autre, et tous les deux riaient aux éclats.

— Elle va être super, dit Aspen, les yeux fixés sur Annie. J'en suis certaine.

— Oui, approuva Brain. Fletch m'a dit qu'elle vise les Bérets verts.

— Elle y arrivera, je n'en doute pas, dit Annie.

— Vous m'avez vu ? cria Chance en courant vers eux. J'ai réussi ! J'ai fait les anneaux !

— Bravo, dit Brain à son fils.

Annie suivait Chance, le sourire aux lèvres.

— J'ai un cadeau pour toi, lui dit Aspen.

— Pour moi ? demanda Annie, visiblement étonnée.

— Oui. Je voulais te donner ça.

Aspen lui tendit un petit objet, et Annie leva la main pour l'attraper. Elle baissa les yeux vers la broche qu'Aspen venait de placer dans sa paume, confuse.

— C'est ma broche de Ranger, expliqua Aspen. Ce n'est pas tout à fait aussi cool que le trident des SEAL, mais quand j'ai enfin pu la porter, j'étais si heureuse. J'étais l'une des premières femmes à être aide-soignante militaire rattachée à une unité de Rangers. La plupart des gens pensaient que je ne tiendrais pas le coup. Certains *voulaient* que j'échoue. Mais je n'ai pas échoué. Je sais que tu pars à la fac bientôt, alors je tenais à te donner cette broche. Pour que tu la regardes quand ce sera dur, quand les gens te diront que tu ne peux pas faire quelque chose, quand ils te sous-estimeront simplement parce que tu es une femme. Regarde cette broche, et sache que tu peux tout faire. Que tu es assez forte, assez intelligente.

Les yeux d'Annie se remplirent de larmes.

— Je ne peux pas la prendre ! Tu y tiens beaucoup.

— Ce serait encore plus important pour moi de savoir que c'est toi qui l'as. Que ça t'inspire à être une meilleure personne, à marcher sur mes traces, dit simplement Aspen.

Annie hocha la tête en refermant ses doigts autour de la broche.

— Merci.

Aspen sourit.

— Je peux voir ? demanda Chance en tirant sur la chemise d'Annie.

Elle rit et s'agenouilla au sol pour montrer au garçon ce que sa mère lui avait donné. Il perdit assez vite son intérêt pour la vieille broche et supplia Annie de revenir l'aider à terminer la course d'obstacles.

— Juste un peu, alors, lui dit Brain. Il va bientôt falloir aller à ton cours de langue.

— D'accord ! dit joyeusement Chance.

Il n'avait pas exactement la même aptitude que son père à apprendre les langues étrangères, mais il en était proche. Une fois tous les deux jours, il passait une demi-heure avec différents instructeurs, à apprendre les bases d'une langue ou d'une autre. Brain et Aspen en avaient parlé, et avaient décidé qu'ils garderaient ces leçons tant qu'elles plaisaient à leur fils et qu'il s'y amusait.

Une fois que Chance et Annie se furent éloignés, Brain embrassa la tempe d'Aspen.

— Tu es incroyable, lui dit-il.

Aspen haussa les épaules.

— Ça ne va pas être facile, pour elle. Je le sais d'expérience. Mais je crois sincèrement qu'elle va y arriver. Il faudra qu'elle soit forte, et qu'elle se souvienne qu'elle a des gens qui la soutiennent. Parce que quand on te crie dessus que tu n'y arriveras pas, que tu n'es qu'une femme, tu as besoin de tous les encouragements possibles.

— Elle va y arriver, dit Brain avec assurance. D'après tout ce que m'ont raconté Fletch et les gars de son équipe, une fois qu'elle a décidé quelque chose, elle va jusqu'au bout. Y compris se fiancer à son Frankie, comme elle l'a toujours dit.

— Yep. Et Dieu sait qu'elle lui est restée complètement fidèle, pendant toutes ces années, ajouta Aspen. Tu crois qu'ils vont tenir le coup ? La fac, ça peut changer les gens. Sans parler du fait qu'elle veut rejoindre l'armée. Ce ne sera pas facile.

Brain l'attira vers lui et la prit dans ses bras par l'arrière, posant le menton sur son épaule tandis qu'ils regardaient leur fils et la jeune femme qui l'accompagnait sur la course d'obstacles.

— Tu sais quoi ? Je crois qu'ils tiendront le coup. Quand on rencontre la personne qui est faite pour nous, parfois, on le sait, au fond de nous. Je crois que c'est ce qui leur est arrivé.

— Et ce qui nous est arrivé, dit Aspen.

— Et ce qui nous est arrivé, acquiesça Brain.

— Je pense que si quelqu'un en est capable, c'est bien Annie, reprit Aspen au bout d'un moment. Elle est mature, et elle a eu le meilleur exemple d'une relation saine, entre ses parents et tous les hommes de l'équipe de Fletch. Je leur souhaite bonne chance, à elle et à ce jeune homme.

— Moi aussi, ajouta Brain.

— Je t'aime, lui dit Aspen.

— Pas plus que moi, je t'aime, répliqua Brain.

Huit ans plus tard

Trigger était nerveux. Gillian et lui avaient déjà été déçus tant de fois. Il se sentait si coupable de ne pas être capable de donner à sa femme ce qu'elle désirait le plus au monde.

Lorsqu'ils s'étaient mariés, ni l'un ni l'autre n'avait voulu d'enfants, et ils étaient satisfaits et heureux de profiter de leur couple. Il y a quatre ans, ils avaient décidé qu'il était temps.

Mais rien n'avait marché.

Au début, rentrer chez lui en courant pendant les périodes d'ovulation de sa femme était très amusant. Excitant. Un peu osé. Mais plus les mois passaient, sans trace de grossesse, plus ils s'inquiétaient.

Maintenant, quatre ans plus tard, Trigger s'inquiétait qu'il ne soit *trop* tard. Il savait qu'ils pourraient avoir des enfants par d'autres moyens... en adoptant, en servant de famille d'accueil, par mère porteuse, s'il le fallait... mais Gillian rêvait de porter ses propres enfants.

Ils avaient tous les deux passé des tests, et les docteurs avaient conclu qu'il était peu probable que Gillian puisse concevoir naturellement. C'est alors qu'avaient commencé leurs visites au centre de procréation médicalement assistée. Chaque procédure qui échouait brisait un peu plus le cœur de Gillian, sous les yeux impuissants de Trigger.

Ils avaient décidé que cette tentative serait la dernière. Trigger ne pouvait pas continuer à assister à l'espoir de sa femme à chaque insémination artificielle, puis à l'agonie de sa déception lorsque les embryons ne survivaient pas.

Aujourd'hui, ils découvriraient si la dernière procédure avait fonctionné. Si l'un des œufs qu'on lui avait implantés avait survécu.

— Respire, Di, dit Trigger.

Gillian serrait sa main si fort que ses articulations étaient blanches.

Elle prit une inspiration et hocha la tête. Ils se trouvaient dans la petite salle d'attente de la clinique. Les murs étaient recouverts d'une peinture joyeusement fleurie, et de photos encadrées d'enfants et de bébés souriants. La dernière fois qu'on leur avait dit que la procédure avait échoué, Trigger s'était dit que ces images ne faisaient que remuer le couteau dans la plaie.

— Si je ne suis pas enceinte, ce n'est pas grave, dit douce-ment Gillian en levant les yeux vers lui. Ce n'est pas grave si on passe le reste de notre vie seuls tous les deux. Je t'aime, et je sais que j'ai beaucoup de chance. J'ai des amies incroyables, et un mari encore mieux.

Putain, Trigger l'aimait tellement. Il mourait d'envie de pouvoir lui donner l'enfant qu'elle désirait depuis tant d'années.

— Je t'aime, moi aussi, dit-il à voix basse.

Il ne put rien ajouter. Il était trop nerveux. Trop tendu. Trop effrayé par la déception qu'il redoutait. Gillian ferait bonne figure, prétendrait qu'elle n'était pas absolument dévastée. Voir sa femme souffrir était ce que Trigger détestait le plus au monde.

La porte s'ouvrit pour laisser entrer leur docteure. Trigger examina son visage, à la recherche d'un indice sur les résultats du test, mais son expression était complètement neutre.

— Comment allez-vous, aujourd'hui ?

— Très bien, répondit Gillian. Et vous ?

— Bien, merci.

Trigger serra les dents. Il voulait juste en finir. Il devait savoir, quel que soit le résultat.

— Je ne vais pas vous laisser dans le doute, dit la médecin. Je sais que le chemin a été long et difficile, pour vous deux. L'insémination artificielle n'est jamais garantie, et le corps humain est une bien étrange merveille. Comme vous le savez, nous avons implanté cinq œufs, comme à chaque fois, dans l'espoir que l'un d'eux soit viable.

Trigger retint sa respiration et sentit Gillian serrer sa main encore plus fort. Il avait l'impression d'être dans un long tunnel, à regarder la docteure à distance. Sa voix semblait résonner dans la pièce, et il se prépara à devoir consoler sa femme une dernière fois.

— J'ai vérifié une deuxième fois, puis une troisième. Deux des œufs sont viables. Félicitations... vous êtes enceinte de jumeaux.

Trigger lâcha une longue et douloureuse expiration. Il regarda leur médecin, incrédule.

— Pardon ? demanda Gillian, visiblement aussi sidérée que lui.

La docteure affichait un grand sourire.

— Vous êtes enceinte. La procédure a marché ! Ce n'est pas seulement un enfant, mais deux qui grandissent dans votre corps.

— Oh mon Dieu, murmura Gillian.

Les yeux de Trigger se remplirent de larmes. Ils avaient réussi.

— Je dois vous prévenir que vous courez encore de grands risques. Il va falloir faire très attention à vous. Je ne peux pas vous garantir avec certitude que les deux bébés survivront aux prochains mois... mais pour l'instant, les embryons sont sur la bonne voie.

Trigger hocha la tête. Il s'assurerait que Gillian ne fasse rien qui puisse perturber sa grossesse. Elle n'allait pas lever le petit doigt pendant les mois à venir.

Il se tourna vers sa femme et vit sur son visage une expression émerveillée qui était un reflet de la sienne.

Elle leva la main pour essuyer les larmes des joues de son mari.

— On a réussi, dit-elle doucement.

Soigneusement, il la prit dans ses bras et enfouit son visage dans le creux de son cou.

— On a réussi, répéta-t-il dans un souffle.

Il entendit vaguement la porte se fermer derrière la docteure, mais ne bougea pas. Trigger savait qu'il aurait des millions de questions à poser, plus tard, et que le choc d'avoir non pas un, mais deux bébés finirait par lui tomber dessus, mais pour l'instant, il devait seulement tenir sa femme dans ses bras.

Comme l'avait dit leur docteure, la route avait été longue et ardue. Mais Trigger n'aurait pas pu être plus heureux qu'à l'instant. Il se recula et entoura de ses mains le beau visage de Gillian.

— Tu seras toujours ma Wonder Woman, lui dit-il.

— Et tu seras toujours mon Steve Trevor, répondit-elle en souriant, secouant légèrement la tête.

— Je t'aime, Di.

— Je t'aime aussi.

Vingt ans plus tard

— Je n'arrive pas à croire qu'on soit là ! dit Riley avec excitation.

— Et dans une loge privée, en plus ! ajouta Devyn.

— Avec Shin-Soo Choo *juste à côté*, chuchota dramatiquement Aspen.

Oz écoutait sa femme et leurs amis discuter joyeusement. Lui-même était incapable de détacher les yeux du terrain sous ses yeux. Il avait l'impression que son cœur allait sortir de sa poitrine à force de gonfler.

Logan avait réussi.

Il avait travaillé d'arrache-pied pendant le lycée et avait obtenu une bourse pour entrer dans une université de première division, où un chercheur de talent l'avait repéré. Il avait ensuite joué dans les ligues mineures pendant quelques années avant d'être recruté dans les ligues majeures.

Menant ainsi jusqu'à leur situation actuelle. Aux Jeux olympiques.

Logan avait été invité à jouer pour l'équipe américaine, et il avait invité toute sa famille et leurs amis à venir le voir jouer. Les Jeux étaient tenus à Dallas, et ils avaient tous fait le trajet pour assister à la réalisation du plus grand rêve de leur joueur de baseball préféré.

Gillian et Trigger étaient là, accompagnés de leur fils et de leur fille. Âgés de presque douze ans, les jumeaux étaient aussi différents que le jour et la nuit. Joe, athlétique, était surexcité d'être aux JO, tandis que Josie était plus intéressée par le fait de pouvoir observer les gens autour d'eux et les tenues qu'ils portaient.

Kinley et Lefty étaient venus avec leur fils, Dominic.

Aspen, Brain et Chance étaient là, même si Chance était assis avec Shin-Soo Choo et sa famille, à discuter en coréen. Le fils de Brain ne maîtrisait pas tout à fait le même nombre de langues que son père, mais il n'en était pas loin.

Devyn et Lucky étaient assis juste à côté d'Oz. Ils avaient choisi de ne pas avoir d'enfants, et étaient parfaitement heureux de gâter ceux de leurs amis.

Ember, Doc et Jemila étaient derrière eux. Jemila observait la foule, les yeux écarquillés. Elle s'apprêtait à entrer en terminale. Elle était absolument magnifique, et malgré le nombre de gens qui encourageaient Ember à la laisser se lancer dans le mannequinat, elle avait toujours refusé. Jemila n'était pas intéressée, de toute façon. Elle était bien la fille de sa mère, et battait des records en pentathlon moderne depuis des années. Oz ne serait pas surpris s'ils se retrouvaient à nouveau tous dans les gradins de futurs Jeux olympiques, à regarder Jemila, cette fois.

Sierra et Grover complétaient le groupe. Ils n'avaient jamais eu d'enfants, mais avaient servi de famille d'accueil à au moins deux douzaines de jeunes en recherche d'un foyer temporaire. Des adolescents pour la plupart, qui avaient besoin d'un endroit sûr où s'abriter le temps que les problèmes de leur vie familiale soient définitivement réglés. Ils avaient tous fini par déménager, mais la grande majorité était restée en contact avec le couple qui leur avait accordé leur amour inconditionnel pendant des époques confuses et instables de leurs vies.

Leur propriété s'était aussi remplie d'animaux victimes d'abus ou de négligences. Grover avait agrandi sa grange, avait ajouté des bâtiments, et le couple s'occupait désormais de presque une cinquantaine d'animaux : chevaux, vaches, ânes, chèvres... même quelques cochons. Oz n'avait jamais vu quelqu'un être aussi attentif aux besoins d'un animal que ses deux amis. Leur maison était clairement la préférée des enfants de toute la bande. Et pourquoi pas ? C'était comme s'ils avaient leur propre petit zoo.

Oz tourna son attention vers sa propre famille. Amalia et Brittney auraient pu passer pour des jumelles. Elles n'avaient qu'un an d'écart, et étaient proches tant comme sœurs que comme meilleures amies. À l'instant, elles s'occupaient de distraire les deux jeunes enfants qu'ils accueillaient en ce moment dans leur famille.

Au fil des ans, Oz et Riley avaient accueilli plus de quarante-cinq enfants, parfois jusqu'à quatre en même temps. Certains n'étaient restés qu'un mois, d'autres, bien plus longtemps. Ils n'en avaient adopté aucun, ce qui ne leur posait pas de problème. Oz était extrêmement fier à chaque fois qu'un enfant pouvait retourner auprès de membres de sa famille qui l'aimaient.

Mais il était plus que tout fier de l'homme que son fils Charlie était devenu. Il était grand et beau, gentil et intelligent, et paraissait très mature, tandis qu'il discutait avec Grover.

Bria était devenue mère elle-même. Elle avait rencontré et épousé un soldat, ce dont Oz n'avait pas été très heureux au départ, tout simplement parce qu'il savait que c'était une vie difficile. Mais son mari et elle semblaient tout à fait heureux, et ils avaient fait de lui un grand-père l'année passée.

La foule se mit à pousser des exclamations, et Oz se retourna vers le terrain, sur lequel les joueurs étaient en train d'entrer. À la vision de Logan, habillé aux couleurs rouge, bleu et blanc de son pays, Oz eut les larmes aux yeux.

Il avait réussi. Après tout ce qu'il avait traversé. Après le départ difficile qu'il avait eu dans la vie, il avait réalisé ses plus grands rêves.

Cela lui était égal que les États-Unis gagnent ou qu'ils perdent. Logan avait réussi.

Un bras se glissa autour de sa taille, et Oz sut immédiatement qu'il s'agissait de sa femme. Elle était si petite par rapport à lui, et il reconnaîtrait son contact n'importe où. Il ne détacha pas ses yeux de Logan. Il ne voulait pas manquer une seule seconde du match.

Riley posa sa tête sur le bras de son mari.

— Il a réussi, dit-elle.

Oz n'était pas surpris qu'elle soit sur la même longueur d'onde.

— Oui.

— C'est sympa de la part de Shin-Soo d'être venu avec sa famille, continua Riley. Je sais que ça veut dire beaucoup pour Logan. Tu te souviens de la première fois qu'il l'a rencontré ? Mon Dieu, j'ai cru qu'il allait s'évanouir. Et maintenant, ils sont amis. C'est fou.

C'était fou. C'était vraiment fou. Ember avait facilité leur rencontre, et une forte amitié s'était développée entre le vétéran et le jeune joueur. C'était aussi improbable que le fait qu'Oz soit devenu père d'un garçon de dix ans du jour au lendemain, vingt ans plus tôt. Et pourtant.

Trois heures plus tard, Oz était tout aussi émerveillé qu'au début du match. Les États-Unis avaient perdu, mais Logan avait attrapé une chandelle phénoménale, permettant à son équipe d'arriver à un point de la victoire. Ce n'était pas leur dernier match, et il faudrait encore un peu de temps avant de savoir si Logan et son équipe remporteraient une médaille, mais dans tous les cas, Oz était résolument fier de lui.

Tout le groupe attendit devant l'entrée du stade que Logan viennent les saluer avant de retourner au Village olympique avec ses coéquipiers, et qu'ils puissent ensuite entamer le retour jusque chez eux. Oz attendit patiemment, et enfin Logan émergea et commença à saluer ses amis.

Une fois que ce fut son tour, Oz se retrouva sans voix. Il se rappelait l'époque où Logan n'était qu'un petit garçon terrifié. Quand il se fâchait dès que la balle qu'il lançait déviait de sa trajectoire. Comme il avait été heureux lorsqu'il avait attrapé sa première chandelle au cours d'un match. Logan était un adulte, désormais, avec une petite copine qui avait des chances, pensait Oz, de devenir sa belle-fille d'ici peu. Mais Logan serait toujours son petit garçon.

Il attrapa Logan dans une étreinte bourrue et le serra dans ses bras, réfléchissant aux mots qui pourraient exprimer à quel point il était fier de lui.

Mais il n'eut pas besoin de dire quoi que ce soit. Logan savait. Il se dégagea doucement et tendit la main vers son oncle. Dedans, il tenait une balle de baseball.

— C'est la dernière que j'ai attrapée, dit-il. Je me suis dit que tu voudrais peut-être la garder.

Oz eut un rire. Il possédait une douzaine de balles similaires, chez eux. Son premier home-run. La balle qu'il avait attrapée lors de son tournoi au lycée, grâce à laquelle son équipe avait remporté la compétition. Une balle de son premier match à l'université, et celles de plusieurs autres jeux importants de la vie de Logan. Et maintenant, il avait celle-ci, la dernière que Logan ait attrapée pendant son premier match aux JO.

— Merci, dit Oz d'une voix étranglée.

— Tu étais incroyable, dit Riley, qui se faufila entre eux deux pour serrer Logan dans ses bras avec force.

Il la dépassait largement, mais aucun des deux ne semblait perturbé par leur différence de taille.

— Pas mal, pour un frère super relou, ajouta Bria en se frayant une place à son tour.

Oz les entoura tous les trois de ses bras. Il entendait les autres discuter derrière lui, mais ce moment était le leur, à tous les quatre.

— Votre mère aurait été si fière de vous, dit-il doucement.

Logan et Bria hochèrent la tête.

— Le jour où vous êtes arrivés chez moi a été le meilleur de ma vie, continua Oz. J'avoue que je n'étais pas prêt pour être père, mais une fois que je me suis habitué, je n'aurais pas pu imaginer ma vie autrement.

— Tu veux dire, une fois que tu as supplié Riley de te donner des cochonneries à manger pour moi, ce premier jour, plaisanta Logan.

— Yep, approuva Oz. J'aurais été complètement perdu sans elle.

Il aurait voulu rester là pour toujours, à serrer ses enfants dans ses bras, mais quelqu'un appela le nom de Logan, qui s'excusa et dit qu'il devait partir. Trop tôt à son goût, Oz le regarda rejoindre ses coéquipiers au petit trot. Bria le serra dans ses bras à son tour en disant qu'il était tard et qu'elle devait ramener son bébé à la maison. Peu à peu, tout le monde finit par quitter le parking, mais Oz ne bougea pas, contemplant toujours l'endroit où Logan avait disparu.

— Difficile de croire qu'on en est arrivés là, hein ? demanda Trigger en s'arrêtant près de lui.

— Ouais, genre, comment on a fait pour tous avoir autant de chance ? ajouta Lefty.

— Moi, je sais comment *j'ai* eu de la chance, dit Lucky en riant. C'est dans mon nom, après tout.

— C'est ça, dit Doc en levant les yeux au ciel.

— C'était incroyable, cette journée, commenta Grover.

— Je crois bien que Shin-Soo a dit à mon fils que s'il voulait travailler dans la société avec un chiffre d'affaires de plusieurs millions de dollars que dirige son beau-fils, en Corée du Sud, il n'avait qu'à demander, raconta Brain. Maintenant, je vais devoir m'inquiéter que mon fils déménage à l'autre bout du monde, là où je ne pourrais plus le voir aussi souvent.

Ils éclatèrent tous de rire. Oz déplaça son attention de l'endroit où avait disparu Logan aux hommes qui se tenaient à ses côtés. Du coin de l'œil, il apercevait leurs familles, qui attendaient un peu plus loin.

Cela faisait un moment qu'ils avaient pris leur retraite, mais il était toujours aussi proche de ces hommes qu'il l'était il y a vingt ans, si ce n'était même plus. Ils avaient plusieurs fois traversé l'enfer ensemble, et cette vie était la récompense de leurs efforts.

— Au risque de paraître trop sentimental, je vous aime, les gars, dit Oz.

Aucun de ses amis ne se moqua.

— Moi aussi, acquiesça Trigger.

— Je sais pas ce que je ferais, sans vous, ajouta Doc.

— Je n'imagine pas ma vie sans cette bande, dit Lucky.

— Les meilleurs amis, c'est le mieux, sourit Brain.

— Moi aussi, je vous aime, dit Lefty en écho.

— On est tous des vieux gars sentimentaux, ce soir, conclut Grover. Mais on s'en fout. Vous êtes les meilleurs amis que j'ai jamais eus.

Et puis une voiture pétarada dans le parking, derrière eux,

et brisa l'ambiance du moment. Tous les sept bougèrent comme un seul homme, en direction de leurs femmes et enfants, ne désirant rien de plus que de les garder près d'eux, en sécurité, loin des démons qui se cachaient dans l'ombre, même si ce n'était qu'une voiture en grand besoin d'un contrôle technique.

La vie était pleine de rebondissements, mais Oz savait que ses amis ressentaient la même chose que lui... qu'ils ne regrettaient pour rien au monde tout ce qui leur était arrivé. Rien de tout ce qu'ils avaient vu, rien de ce qu'ils avaient fait, si cela voulait dire qu'ils pouvaient finir ici, leurs femmes et leurs familles à leurs côtés.

*

J'espère que vous avez aimé la série *Delta Force Deux*... et au cas où vous vous interrogeriez sur les hommes du Refuge... OUI ! Ils ont tous leur propre histoire ! Découvrez ci-dessous les deux premiers tomes de cette série ! *Un soutien pour Alaska* *Un soutien pour Henley*.

Et... JE SAIS que vous attendiez tous l'histoire de la délicieuse Annie Fletcher ! Découvrez si elle a pu devenir un Béret Vert et si elle est toujours avec Frankie dans *Un héros pour Annie*.

Et si vous ne connaissez pas encore mes autres séries, basées sur des anciens soldats qui forment leurs propres équipes de recherche et de sauvetage, ne les ratez pas ! Le premier tome est *Un sauveteur pour Lilly*.

DU MÊME AUTEUR

<u>Autres livres de Susan Stoker</u>

<u>Delta Force Deux</u>

Un refuge pour Gillian

Un refuge pour Kinley

Un refuge pour Aspen

Un refuge pour Jayme

Un refuge pour Riley

Un refuge pour Devyn

Un refuge pour Ember

Un refuge pour Sierra

<u>Sauvetage à Eagle Point</u>

Un sauveteur pour Lilly

Un sauveteur pour Elsie

Un sauveteur pour Bristol

Un sauveteur pour Caryn

Un sauveteur pour Finley

Un sauveteur pour Heather

Un sauveteur pour Khloe

<u>Le Refuge</u>

Un soutien pour Alaska

Un soutien pour Henley

Un soutien pour Reese (30 May)

Un soutien pour Cora

Un soutien pour Lara

Un soutien pour Maisy

Un soutien pour Ryleigh

<u>Silverstone</u>

Pour la confiance de Skylar (1 Juillet)

Pour la confiance de Taylor (1 Septembre)

Pour la confiance de Molly (1 Décembre)

Pour la confiance de Cassidy (1 Mars 2024)

<u>*Hawaï : Soldats d'élite*</u>

Un paradis pour Élodie

Un paradis pour Lexie

Un paradis pour Kenna

Un paradis pour Monica

Un paradis pour Carly

Un paradis pour Ashlyn

Un paradis pour Jodelle (11 Juillet)

<u>Mercenaires Rebelles</u>

Un Défenseur pour Allye

Un Défenseur pour Chloé

Un Défenseur pour Morgan

Un Défenseur pour Harlow

Un Défenseur pour Everly

Un Défenseur pour Zara

Un Défenseur pour Raven

<u>Ace Sécurité</u>

Au Secours de Grace

Au Secours d'Alexis

Au Secours de Bailey

Au Secours de Felicity

Au Secours de Sarah

<u>Forces Très Spéciales Series</u>

Un Protecteur Pour Caroline

Un Protecteur Pour Alabama

Un Protecteur Pour Fiona

Un Mari Pour Caroline

Un Protecteur Pour Summer

Un Protecteur Pour Cheyenne

Un Protecteur Pour Jessyka

Un Protecteur Pour Julie

Un Protecteur Pour Melody

Un Protecteur pour l'avenir

Un Protecteur Pour Les Enfants de Alabama

Un Protecteur Pour Kiera

Un Protecteur Pour Dakota

<u>Forces Très Spéciales : L'Héritage</u>

Un Sanctuaire pour Caite

Un Sanctuaire pour Brenae

Un Sanctuaire pour Sidney

Un Sanctuaire pour Piper

Un Sanctuaire pour Zoey

Un Sanctuaire pour Avery

Un Sanctuaire pour Kalee

Un Sanctuaire pour Jane

<u>Delta Force Heroes Series</u>

Un héros pour Rayne

Un héros pour Emily

Un héros pour Harley

Un mari pour Emily

Un héros pour Kassie

Un héros pour Bryn

Un héros pour Casey

Un héros pour Wendy

Un héros pour Mary

Un héros pour Macie

Un héros pour Sadie

Un héros pour Annie

<u>Autre</u>

Un moment suspendu : Recueil de nouvelles

<u>AUDIO</u>

Un paradis pour Élodie

À PROPOS DE L'AUTEUR

Susan Stoker est une auteure de best-sellers aux classements du New York Times, de USA Today et du Wall Street Journal. Elle a notamment écrit les séries Badge of Honor: Texas Heroes, SEAL of Protection et Delta Force Heroes. Mariée à un sous-officier de l'armée américaine à la retraite, Susan a vécu dans tous les États-Unis, du Missouri jusqu'en Californie en passant par le Colorado, et elle habite actuellement sous le vaste ciel du Tennessee. Fervente adepte des fins heureuses, Susan aime écrire des romans où les sentiments laissent place au grand amour.

http://www.StokerAces.com

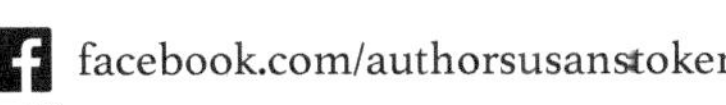

facebook.com/authorsusanstoker

twitter.com/Susan_Stoker

instagram.com/authorsusanstoker

goodreads.com/SusanStoker